Женщины из Собственная страна Бога

Translated to Russian from the English version of
Women of God's Own Country

Варгезе против Девасии

Ukiyoto Publishing

Все глобальные права на публикацию принадлежат

Ukiyoto Publishing

Опубликовано в 2023 году

Авторское право на контент © Varghese V Devasia

ISBN 9789358466423

Все права защищены.
Никакая часть этой публикации не может быть воспроизведена, передана или сохранена в поисковой системе в любой форме любыми средствами, электронными, механическими, копировальными, записывающими или иными, без предварительного разрешения издателя.

Были заявлены моральные права автора.

Это художественное произведение. Имена, персонажи, предприятия, места, события, локализации и инциденты либо являются плодом воображения автора, либо используются в вымышленной манере. Любое сходство с реальными людьми, живыми или умершими, или реальными событиями является чисто случайным.

Эта книга продается при условии, что она не будет предоставляться в виде обмена или иным образом, перепродаваться, сдавать внаем или иным образом распространяться без предварительного согласия издателя в любой форме переплета или обложки, отличной от той, в которой она опубликована.

www.ukiyoto.com

ТО

Клара Мэтью
Поннамма Скария
Лиламма Куриакосе
Вальсамма Томас
Роза Варгезе
Элис Варгезе
Янси Доминик и
Джилси Варгезе.

Признание

Много раз я путешествовал вдоль и поперек по Собственной Стране Бога, невероятно оживленному клочку земли с обильной зеленью, реками, заводями, лагунами, холмами, животными и птицами. Я был счастлив, что родился здесь и научился говорить и писать на этом прекрасном языке - малаялам. Собственная страна Бога благословенна также благодаря своим женщинам; они представляют мою историю, и я в долгу перед ними.

В Собственной Стране Бога действительно просветленных женщин больше, чем мужчин. Стопроцентная грамотность привела к просветлению, поскольку каждая женщина, с которой я сталкиваюсь, является атеисткой, гуманисткой и предпочитает быть активисткой в области прав человека, социальным работником, социальным реформатором, учительницей, юридическим аналитиком, инженером, технологом, спортсменкой, писательницей, врачом или медсестрой. Они видны повсюду и любят устанавливать личные связи с инопланетянами и незнакомыми людьми. Женщины инициируют интеллектуальные беседы тет-а-тет на любую тему, будь то с учеными НАСА, генетиками, экспертами в области права, архитекторами, торговцами рыбой, дрессировщиками слонов, заклинателями змей, фермерами, продавцами овощей, маоистами, контрабандистами золота, религиозными догматиками, сомнамбулами, кубистами, кинорежиссерами нового поколения, писателями-нигилистами, уличные певцы, астрологи, этнографы, лингвисты, креационисты, карикатуристы, сталкеры или мечтатели об искусственном интеллекте.

Поразительным фактом о женщинах в Божьей Стране является то, что они любят собак, кошек и других животных. В каждом укромном уголке этого зеленого рая можно увидеть женщин, кормящих бездомных щенков и котят. Ребенком я с большим любопытством, удивлением и уважением наблюдал, как моя мать ежедневно набожно наполняла свежей водой множество кокосовых скорлупок, расставленных вокруг нашего деревенского дома. Было радостно наблюдать, как сотни птиц утоляли свою жажду в течение безжалостных летних месяцев, пока не пришел муссон с громом и молниями. Воробьи собирались большими группами и время от времени устраивали веселую общественную баню. Я живо помню, как у нашей умной и преданной собаки Булган был уютный уголок в нашем доме, приготовленный моими сестрами. Он был самым счастливым и игривым членом нашей семьи. Я уверена, что тег "Родная страна Бога" наиболее уместен, популярен и значим из-за сильной любви женщин к животным и птицам.

Женщинам нравится быть бунтарками в Собственной Божьей Стране. Они думают, действуют и говорят так, как им хочется, бросая вызов всему, что ограничивает их свободу. Ставя под сомнение патриархат, социальные и политические структуры, подчиненные мужчинам, экономическое неравенство в повседневной жизни и нелепые религиозные изречения, женщины действуют убедительно. Политические партии, политики-мужчины, религии и религиозные лидеры в Собственной Стране Бога изначально мошенничают. Ни одна женщина никогда не занимала пост главного министра или высшего религиозного руководителя. Мужчины контролируют политику и религии, как правило, наименее образованные, алкоголики, коррумпированные и развратные в любви. Женщины нередко бросают вызов нарциссам, педофилам, хищникам, параноикам, наркоторговцам, женоненавистникам и страдающим манией величия в автобусах, поездах, самолетах, местах отправления культа, учебных классах, полицейских участках, на собраниях политических партий, рынках, спортивных аренах и на телеканалах.

Фашизм растет внутри демократии и процветает благодаря речам ненависти. Она не существует отдельно и постепенно накапливает силу и могущество благодаря демократическим процессам и принципам. Поскольку политика и религия - близнецы-братья, фашизм и вера неразделимы. Все религии были созданы мужчинами и приписываются воображаемой реальности, продукту мужского шовинизма, поскольку все боги - мужчины. Небеса - не их главная цель, а эксплуатация женщин на земле и в раю. Фундаментализм - это фасад любой религии, постоянно готовый наброситься на женщин, устанавливающий настолько жесткие социальные и экономические ограничения, что жизнь становится невыносимой. Дресс-код для женщин - это лишь одно из проявлений фундаменталистского женоненавистничества, поскольку политика и религия все чаще становятся близкими и сливаются в единое целое.

Коммунизм имеет богатую историю как народное движение и идеологию политической партии в штате Керала. Она пришла к власти в Собственной Стране Бога, самом грамотном и просвещенном штате Индии, в 1957 году как демократически избранное образование. Люди хранили это близко к сердцу, когда ЭМС Намбудирипад, выдающийся лидер, умевший чувствовать пульс народа, возглавил первое демократически избранное коммунистическое правительство в мире. А.К. Гопалан, выдающийся парламентарий; К.Р. Гаури Амма, преданный и бескорыстный министр и активист; и Э.К. Наянар, честный и эффективный главный министр, продолжали свою борьбу за освобождение угнетенных и эксплуатируемых. Моя история повествует о любви людей к коммунистической партии в первые годы ее существования. Недавняя история говорит нам о том, что постепенно лидеры отошли от благородных идеалов лидеров-основателей, прибегнув к насилию и злоупотреблению властью. Таким образом, они утратили сочувствие и целеустремленность и превратились в животных. Новый имидж - это образ врага народа, выступающего против бедных, против фермеров, против рабочих, против высшего образования, против женщин, против рыбаков, против просвещения, против инвесторов и так далее. Коррупция, покупка и продажа поддельных академических сертификатов, кумовство, контрабанда золота и выборочные убийства тех, кто выступает против всесильных лидеров и партии, превратились в новую норму. Постправда стала идеалом, поскольку США и европейские страны, некогда считавшиеся анафемой, стали предпочтительным местом для получения высшего образования, семейного отдыха и самого современного медицинского лечения - и все это за счет налогоплательщиков. Очевидным недавним явлением является то, что марксисты считают себя неразлучными младшими партнерами исламистов, а исламисты используют марксистов для распространения своих щупалец порабощения женщин, ненавистнических речей и абсурдных божественных изречений. Коммунизм мутировал в такую ветвь фундаментализма, как ультранационализм, праворадикализм и автократия, принижая права и равенство женщин. Когда исламисты отрубили руки профессору, министр образования штата Керала публично поддержал исламистов. Печально известный инцидент с запретом выдающейся, очень уважаемой и любимой женщине, члену партии, принимать международную награду за ее беспрецедентные заслуги в области здравоохранения потряс общество.

Женщины бесконечно страдают под гнетом религии и политических партий, и у них нет выхода. Иран, Афганистан, Сомали, Судан, Нигерия, Куба, Северная Корея и Китай рассказывают истории о том, как в какой-то степени ослаблялась религиозная диктатура или политическое единоличие. Родная страна Бога часто черпает у них вдохновение.

Парадоксально, но женщины свободны в Собственной Стране Бога, благодаря чему их свобода ощущается как рог изобилия вопросов, видимых в каждой из них. Их свобода - это не чей-то дар, а результат постоянной борьбы женщин, их образования, способности зарабатывать, отдельного банковского счета, просвещенности и настойчивости.

Я благодарен директору Лимнологического исследовательского центра и полевой станции Erken Laboratory в Норр-Мальме, подразделению, принадлежащему департаменту экологии и генетики Уппсальского университета, за приглашение посетить курс в Erken. Это была прекрасная возможность поработать примерно с двадцатью женщинами и мужчинами из разных университетов по всему миру. Швеция очаровала меня за гранью воображения своей историей, культурой, независимостью, человеческими отношениями, честностью, любовью к тяжелой работе, филантропией, открытостью, равенством, свободой и гендерной справедливостью.

Я благодарю Грейси Джонни Джона, Мэри Джозеф, Патроуза Анпатичиру, Джиллса Варгезе и Джоби Клемента за прочтение рукописи. Издательство "Уайт Фалкон Паблишинг" опубликовало эту книгу, и я благодарен им.

Празднуйте дух свободы и стремление к истине.

содержание

первая глава: ЖЕНСКОЕ ОДИНОЧЕСТВО	1
вторая глава: КУТТАНАД К ОЗЕРУ ЭРКЕН	25
ГЛАВА ТРЕТЬЯ: БЕЛЫЙ БЫК И ШКОЛА ТАНЦЕВ	54
ГЛАВА ЧЕТВЕРТАЯ: НАСЛЕДИЕ ПРИДОРОЖНОЙ ЧАЙНОЙ И ХОККЕЙНОЙ КОМАНДЫ	90
ГЛАВА ПЯТАЯ: АЙЯНКУННУ В ДХАРМАДОМ И СВАДЬБА В МАЭ	121
ГЛАВА ШЕСТАЯ: НАРОД ТЕЙЯМ	159
ГЛАВА СЕДЬМАЯ: ИСТОРИЯ ЛЮБВИ И СОБРАНИЕ В УППСАЛЕ	187
ГЛАВА ВОСЬМАЯ: МУССОН В МАЛАБАРЕ	216
ГЛАВА ДЕВЯТАЯ: КОРОНА ПРЕСВЯТОЙ ДЕВЫ	245
ГЛАВА ДЕСЯТАЯ: ЛЕГЕНДА	268
ОБ АВТОРЕ	299

первая глава: ЖЕНСКОЕ ОДИНОЧЕСТВО

Через двадцать пять лет после его смерти, когда Амму впервые пришла на кладбище в поисках могилы Рави Стефана Майера, своего мужа, она подумала о Нараянане Бхате, убийце Рави. Когда Амму и Рави помогали ему обустраивать придорожную чайную в то давно забытое утро, Бхат выглядел изголодавшимся в лохмотьях. И она никогда не думала, что Бхат однажды будет приведен к присяге главным министром, а через пять лет окажется на пороге того, чтобы стать премьер-министром.

Амму была на кладбище, где муниципалитет хоронил брошенные тела, и ее муж был одним из них. Рави был человеком, который любил ее безмерно, невыразимо сильно. Она любила его всем сердцем, но не смогла присутствовать на его похоронах, так как никогда не знала, что он умер и где его похоронили. После долгих поисков места его захоронения Амму была уверена, что Рави может быть где-то там. Повсюду росли колючие кусты и лианы, и тут и там росло несколько больших деревьев. Там могут быть вывески, маленькая табличка с именем или что-то знакомое. Приглядевшись повнимательнее к густой растительности, можно было подумать, что здесь были проведены старые похороны. Кладбищу было двадцать пять лет, и Рави был одним из первых, кого там похоронили. Анна-Мария написала Амму, что это, возможно, тело Рави, и муниципалитет похоронил его на кладбище для брошенных тел, рядом с большим деревом, рядом с валуном. Дерево было вырвано с корнем и исчезло, но над могилой все еще было разбросано множество валунов.

Амму с тревогой наблюдала за происходящим. - Рави, где ты? - громко позвала она. Она искала его внутри себя двадцать пять лет и наконец добралась до кладбища. Ей нравилось обнимать его, это были теплые, неразрывные объятия. - Рави, скажи мне, где ты? - спросил ее разум.

Он всегда так гордился своим именем.

"Я Рави", - сказал он, когда она впервые встретила его в аэропорту Копенгагена. Это был высокий, слегка темноволосый, красивый мужчина примерно ее возраста, с бородой и непринужденной, чрезвычайно привлекательной улыбкой. "Я Амму", - ответила она. "Приятно познакомиться с тобой, Амму", - сказал он. "Рави Стефан Майер; С-Т-Е-Ф-А-Н, а не Стефан", - произнес он по буквам свое второе имя и улыбнулся. Она удивленно посмотрела на него, пожимая ему руку. Его пожатие было нежным, но твердым. "Я тоже рада с тобой познакомиться, Рави С-Т-Е-Ф-А-Н Майер", - рассмеялась она. "Стефан Майер был моим отцом; он был немцем из Штутгарта, родины Германа Гундерта", - слова Рави были точными и нежными. Она была несколько удивлена и с минуту смотрела на него, но больше ни о чем не спрашивала.

Она непрерывно ждала его, своего Рави, в течение двадцати пяти лет. И как только она вошла на кладбище, она прошептала: "Рави, мы сегодня снова встретимся. Вы просто спите. Поиски тебя были бесконечной задачей, и у меня была только одна мысль: встретиться с тобой еще раз. Ты был в моем сознании, интеллекте и мечтах миллион раз каждый день, каждый час. Ты был моим постоянным спутником, моим вечным другом. Для меня было невозможно выжить без тебя, - повторила она.

"Там похоронено более ста тел", - сказал муниципальный служащий, отвечающий за похороны брошенных тел.

- Вы ведете какие-нибудь записи о похороненных? - спросила она его.

Офицер пристально смотрел на нее в течение нескольких минут и спросил: "Кто-нибудь из ваших родственников?" "Да", - сказала она.

"Кто?"

"Мой муж", - заявила она.

- Ваш муж? - спросил офицер, повысив голос. "Вы ведете учет людей, похороненных здесь?" - спросила она снова. - Нет, - он на мгновение остановился, прежде чем продолжить, - это были безымянные тела. Как мы могли бы вести учет?" Она почувствовала тяжесть на сердце. - Вы ведете учет дат похорон? - спросил я. она сложила руки на груди и снова спросила: "Да", - сказал он довольно резким голосом. Он вошел в свой кабинет, и Амму услышала скрип открывающегося железного шкафа. Через несколько минут он вернулся с бортовым журналом. "Посмотри сам". Он подтолкнул к ней книгу с угла своего старого пустого стола, заваленного тысячами кружочков от чайных пятен. "Согласно нашим записям, на кладбище было помещено сто тринадцать брошенных тел. Вы можете увидеть запись с разбивкой по дате."

Амму поспешно открыла книгу. Первые похороны состоялись третьего февраля, двадцать пять лет назад, а вторые - в июле. Рави умер в ноябре и месяц пролежал в морге. На него никто не претендовал; вероятно, муниципалитет похоронил его в декабре. Но в последнюю неделю декабря было две записи. "Мой муж был похоронен в декабре. Возможно ли определить точное место?" - спросила она. "Это невозможно, потому что все захоронения были совершены бессистемно, без какой-либо системы маркировки их деталей. Мы разместили брошенные тела везде, где были доступны подходящие места", - сказал муниципальный служащий, глядя на нее.

"Вы сможете найти его, пожалуйста?" - взмолилась Амму. "Мы не поддерживаем никакого порядка или системы. Везде, где были свободные места, мы выкапывали яму и клали туда брошенные тела", - делая ударение на слове "брошенные", - прорычал офицер. Амму молча смотрела на него. - Кроме того, невозможно найти могилу брошенного тела по прошествии двадцати пяти лет. Все они умерли, как уличные собаки, и были похоронены, как уличные псы. Никто не заявлял на них прав и не заявлял о том, что они принадлежат ему. Вы первый, кто ищет брошенное тело и находит место захоронения. Муниципалитет бросил их туда без какой-либо таблички с именем, поскольку все они были брошенными телами", - еще раз подчеркнув слово "брошенными", прогремел офицер. Амму посмотрела на него так, словно умоляла. - Уходи. Кладбище находится в километре отсюда", - сказал он. "Сэр..." Амму хотела спросить, сделал ли муниципалитет фотографию перед интернированием, но побоялась задать этот вопрос. - Уходи! Отправляйся в этот ад и ищи своего мужа!" - крикнул офицер.

За воротами кладбища висела старая, проржавевшая доска с надписью "Место захоронения покинутых". Ходить по кладбищу было непросто из-за низко свисающих ветвей колючих кустарников и лиан. Ползти под кустами было удобнее для Амму. На то, чтобы совершить один круг по кладбищу, ушло около трех часов. Она могла видеть груды свежей земли в углу, новое место захоронения, и хотя на нем не было таблички с именем, было ясно, что это были безымянные люди, личности, забытые обществом, у которых не было ни родственников, ни друзей. Их безымянность была преступлением, совершенным ими.

Амму снова проползла вперед под кустами у старой стены комплекса. Во многих местах кирпичные стены отвалились от стен. Она могла видеть сгнившие останки древнего дерева рядом с грудой камней, а с другой стороны был валун. Внезапно она остановилась, и в ее сердце раздался сильный стук. "Это место, где спит Рави", - вспомнила она слова Анны-Марии.

"Скорее всего, муниципалитет похоронил Адва Рави Майера на муниципальном кладбище для брошенных людей рядом с древним деревом рядом с огромным валуном", - писала Энн Мария около двадцати пяти лет назад. Амму получила его пять лет спустя, когда тюремные власти разрешили ей получать сообщения.

Письмо оставалось у начальника тюрьмы долгих пять лет, и это было первое и последнее, которое Амму получила в тюрьме. Она все еще помнила этот красивый, наклонный почерк. Однажды вечером начальник тюрьмы вызвала Амму в свой кабинет и сказала: "Вам письмо. Вы отработали пять лет и имеете специальное разрешение на получение писем, но вам по-прежнему не разрешается отправлять какие-либо сообщения".

"Проф. Амму Рави Майер" - было написано на обложке, а отправителем был старший. Анна Мария из "Дочерей Пресвятой Девы".

Амму выразила свою благодарность, сложив руки на груди, и вышла из каюты тюремщика в женском отделении. Она медленно вскрыла конверт и начала читать: "Дорогой профессор, с огромным прискорбием позвольте мне сообщить вам, что адв. Рави Майера больше нет с нами. Я слышал из надежных источников, что он скончался около месяца назад, сразу после того, как вы попали в тюрьму. Сотрудники банка наложили арест на ваш дом, поскольку вы не погасили кредит или сложные проценты по нему. Они выселили вашего мужа из дома, и он оставил ребенка в каких-то домах или учреждениях. Предполагается, что он несколько дней бродил по улицам и умер где-то в общественном парке. Скорее всего..." У Амму не хватило смелости читать дальше, поэтому она сложила письмо и спрятала его под одеялом, чтобы прочитать позже. Она не могла плакать, так как плач потерял свой смысл.

Амму медленно убирала упавшие кирпичи, один за другим. "Мой Рави может быть под этими камнями", - уверенно подумала она. Ей потребовалось много времени, чтобы убрать все блоки. "Каждая борьба формирует тебя за пределами твоего воображения", - внезапно вспомнила она слова Рави. "Амму, мы должны бороться за этих детей и освободить их от эксплуатации и угнетения. Они не должны работать по двенадцать-четырнадцать часов в день. Они должны ходить в школу и учиться, получать удовольствие от игр со своими друзьями и иметь доступ к еде, крову и одежде. Давайте бороться за них". "Рави, ты боролся за освобождение работающих детей, как мальчиков, так и девочек, которые вели жалкую жизнь, трудясь за гроши. Ты добьешься успеха", - ответила Амму.

Убрав кирпичи, Амму упала плашмя на место захоронения, где почва значительно просела. Она поцеловала землю и услышала свои внутренние рыдания. Она тяжело дышала, по ее лицу текли струйки пота и слез. "Рави Стефан!" - снова позвала она его. В интимные моменты она называла его "Рави Стефан". "Даже плохие события могут помочь вам вырасти и реализовать свои способности, потенциал и сильные стороны, и мы преодолеем эти смертельные угрозы", - вспомнила она его слова. Это было примерно за неделю до того, как фанатики напали на Рави. "Рави, я уверен, что ты находишься под этой землей. Поговоришь со мной?" Амму всхлипнула. "Вы выступали против эксплуатации детей, которая повлияла на роскошный образ жизни и политические амбиции угнетателей, а они, в свою очередь, были жестоки к вам. Но как они могли принимать решения о вашей жизни и свободе? Их выбором было устранить тебя, и они отняли у тебя жизнь. Но никто не привлекал их к ответственности. Власти закрыли глаза на тех, кто сделал вашу жизнь невыносимой. Но почему они не были привлечены к ответственности?" Ее разум ставил под сомнение систему правосудия.

Он пришел в этот мир сиротой и умер покинутым. Родители нашли его в свертке изодранных простыней под мостом железнодорожной станции Каннур около полуночи дождливым днем двадцать первого июня. Поблизости было несколько бродячих собак, и они зарычали, когда внутри матерчатого свертка что-то зашевелилось. "В этом свертке что-то есть", - сказала Эмилия своему мужу Стефану Майеру. "Да, он движется", - ответил Стефан Майер. - Может, откроем его и посмотрим? Эмилия сделала предложение своему мужу. "Конечно", - ответил Стефан.

Эмилия проползла под мостом, и собакам стало любопытно, что она там найдет. Она осторожно взялась за сверток с тканью и поползла обратно на платформу. Стоя очень близко к мужу, она развернула сверток.

"Это ребенок!" Они оба закричали в унисон. "Это ребенок!"

Они огляделись по сторонам и закричали. Вокруг них собралась пара человек. - Это ребенок! Это твое?" - спросил их Майер. "Это брошенный ребенок", - сказал один из них. Постепенно, один за другим, они исчезли, и Эмилия со Стефаном остались одни. "Что нам делать с ребенком?" - спросила Эмилия Стефана. "Что нам следует делать?" У Стефана не было ответа. Они увидели полицейского с дубинкой, идущего по платформе, и направились к нему. "Сэр, это ребенок!" - сказала Эмилия, показывая ребенка полицейскому. "Мы нашли ребенка вон там, под мостом", - Стефан указал на то место, где они видели ребенка. Полицейский удивился и посмотрел на них. Он был удивлен не потому, что там был ребенок, который не мог быть их биологическим ребенком, а потому, что они говорили на малаяламе. "Вы говорите на малаяламе?" - спросил полицейский. - Сэр, что нам делать с ребенком? - спросил Стефан. "Какой ребенок, чей ребенок?" - спросил полицейский. "Сэр, мы нашли ребенка под мостом, накрытого этой порванной тканью. Вот оно."

Полицейский не проявил никакого интереса. "Идите к начальнику станции и спросите его", - сказал полицейский, уходя. - Где находится кабинет начальника станции? - спросил я. - спросил Стефан. "Вон там", - сказал полицейский, отходя от них. Эмилия и Стефан направились к начальнику станции. "Можно нам войти?" - спросил Стефан, постучав в калитку. - Входите, - сказал начальник станции. Когда они вошли в комнату, начальник станции разговаривал по телефону с каким-то вышестоящим начальством и не смотрел на них. "Сэр, мы нашли этого ребенка под мостом, примыкающим к платформе, около пятнадцати минут назад", - сказали они после некоторого ожидания. "Ребенок?" - воскликнул начальник станции. "Где ребенок?" - спросил я. - спросил он, не глядя на них, и продолжил свою работу. "Сэр, вот ребенок у меня в руках", - сказала Эмилия. Начальник станции поднял голову и посмотрел на них. - Вы британец? - спросил я. - спросил он по-английски. "Нет, немецкий", - ответила Эмилия по-английски. - Ты прекрасно говоришь на малаяламе. Сэр, мы живем в Каннуре уже два года", - объяснил Стефан. - Как тебя зовут? - спросил я. "Я Стефан Майер, а она Эмилия, моя жена". "Итак, что я должен для вас сделать?" - спросил начальник станции. "Что делать с ребенком?" - "Оставь его при себе". Начальник станции говорил очень прямолинейно. "С нами?" воскликнула Эмилия. В ее голосе слышалась какая-то радость.

"Возможно ли это?" - спросил Майер. "В Индии возможно все. В нашей стране слишком много младенцев. Мы обрели независимость всего десять лет назад. Мы не знаем, что делать с пятьюстами шестьюдесятью миллионами человек. Одним меньше не создаст никаких проблем", - был категоричен начальник станции. - Ты хочешь сказать, что мы можем оставить ребенка? Эмилия хотела убедиться. "Ты можешь дать ребенку свое имя, еду, одежду и хорошее образование. Это твой ребенок. Приходите через неделю. Я помогу вам оформить документы на усыновление, чтобы, когда вы вернетесь в Германию, забрать ребенка с собой", - продолжил начальник станции. "Это наш ребенок!" - крикнул Стефан. "Наш ребенок!" Эмилия громко вскрикнула.

Эмилия бережно завернула ребенка в свою шаль и прижала ее к груди, чтобы малышу было тепло. Их радости не было предела, когда они взяли такси и поехали к себе домой. "Наш ребенок", - крикнул Стефан, как только они добрались до дома. "Это наш ребенок, наша крошка", - снова зарыдала Эмилия. Она осторожно сняла шаль и рваную ткань, в которую кто-то завернул ребенка. "О боже, пуповина все еще на месте", - удивился Стефан. "Оно все еще свежее". Эмилия чувствовала это. "Ребенок родился в течение последних двух-трех часов. Видишь, здесь пятна крови, - сказала Эмилия, показывая свою руку Стефану. "Выживет ли ребенок?" Стефан выразил свое сомнение. Внезапно ребенок заплакал. Весь дом содрогнулся от этого крика. Это был крик, который развеял все страхи в их жизни. Это был крик, который принес им радость и внезапное чувство отцовства. Это был крик, который вселил в них бесконечную надежду. Это был крик, который создал их постоянную связь с Индией.

"С ребенком все в порядке", - крикнула Эмилия. "Но, Стефан", - позвала Эмилия своего мужа, и он смог распознать скрытую тревогу на ее лице.

"Да, Эмилия", - ответил он, словно ожидая от нее ответа. "Грудное вскармливание в течение первого часа после рождения является ключом к выживанию новорожденного", - тихо сказала Эмилия. "Это спасает жизни и обеспечивает другие пожизненные преимущества", - продолжила она. - Что же нам делать? - спросил я. Вопрос Стефана свидетельствовал об их неспособности обеспечить своего ребенка спасительным нектаром. "Чем дольше ребенок ждет, тем выше риск. В университете я узнал, что ожидание от двух до двадцати трех часов увеличивает риск смерти, а ожидание в течение одного дня или более увеличивает риск смерти более чем в два раза. Завтра утром нам нужно найти женщину, которая сможет кормить грудью нашего ребенка", - выразила Эмилия свое сильное желание. "Поскольку мы знаем здесь многих людей, и многие из них - наши друзья, мы сможем найти женщину, которая сможет нам помочь". Стефан утешал свою жену. "Конечно", - сказала Эмилия. "Дорогая малышка, ты будешь расти здесь, среди нас. Мы будем петь вместе, танцевать вместе и есть вместе. Ты, твоя мама и я, наш самый дорогой малыш, - одно целое. Мы любим тебя", - Стефан продекламировал колыбельную на немецком языке.

Эмилия вскипятила коровье молоко, разбавила его теплой водой, остудила и накормила ребенка несколькими каплями с крошечной ложечки. - Это безопасно? Стефан выразил свое беспокойство. "Что еще мы можем дать ребенку сейчас?" - ответила Эмилия. "Завтра мы попросим Кальяни найти женщину, которая сможет кормить ребенка грудью в течение шести месяцев", - продолжила Эмилия. Кальяни была учительницей средней школы, которая познакомила Эмилию и Стефана с танцорами Theyyam. Кальяни была их другом и соседкой.

Ребенок проспал на кровати остаток ночи. Эмилия и Стефан не спали, так как дважды покормили малыша и сидели по обе стороны от своего ребенка, который тихо спал. На следующее утро они завернули ребенка в теплую одежду и отправились в дом Кальяни. "У нас есть ребенок!" Эмилия и Стефан радостно закричали, когда муж Кальяни, Мадхаван, открыл дверь. Услышав шум, Кальяни побежала к главному входу. Эмилия рассказала эту историю и попросила Кальяни найти женщину, которая могла бы кормить ребенка грудью. - В семи домах отсюда живет женщина с новорожденным. Ее зовут Ренука", - сказала Майя, дочь Кальяни, стоя позади своей матери и глядя на малышку. "Я знаю Ренуку. Она обязательно согласится", - уверенно сказала Кальяни. "Я знаю ее мужа", - сказал Мадхаван, самый известный танцор Тейям в Валапаттанаме. Другие танцоры Тейяма уважительно обращались к нему "Гурукал", а муж Ренуки, Аппуккуттан, научился нюансам танца у Мадхавана. Мадхаван провел много лет в Махараштре со своими родителями, которые были с Махатмой Ганди в Севаграме. Он научился танцевать Тейям в детстве в Валапаттанаме, прежде чем присоединиться к движению Ганди за свободу. "Я пару раз встречала Ренуку во время *Тираппатту*, когда *они* пели и танцевали", - радостно сказала Эмилия. "Конечно, я знаю Аппуккуттана, мужа Ренуки. Он много раз посещал наши учебные занятия", - воскликнул Стефан. "Давайте пойдем и встретимся с Ренукой и Аппуккуттаном", - сказал Мадхаван.

Стефан взял ребенка на руки и позволил Эмилии свободно гулять. Кальяни, Мадхаван и Майя выступили вперед. Возле соседнего дома Гита, собиравшая цветы жасмина, спросила Кальяни, куда они направляются, и она рассказала всю историю. "Я хорошо знаю Ренуку. Я попрошу ее покормить ребенка", - сказала Гита, присоединяясь к ним. "Ренука - моя троюродная сестра по материнской линии", - сказал муж Гиты Равиндран, выходя вперед. Равиндран тоже был танцором Тейяма. Он совершил турне по Касарагоду, Мангалору и Южной Канаре вместе с Мадхаваном, чтобы обучить молодежь танцам Тейям. Аммалу и ее муж Унникришнан присоединились к группе в соседнем доме вместе с

Мойдином, Сарой и их детьми. Соседи горели желанием присоединиться к группе, так как там царило глубокое чувство единства и сопричастности. Почти все работали в различных группах Theyyam на фабрике по производству плитки на берегу реки Валапаттанам. Кроме того, все они были коммунистами, включая Мадхавана. После движения "Покинь Индию" Мадхаван и его родители стали сочувствовать коммунистам. "Мы идем!" - крикнул Кунджираман из шестого дома вместе со своей женой Сумитрой.

В группе было более двадцати пяти человек, включая взрослых и детей. Ренука и Аппуккуттан были удивлены, увидев небольшую толпу, приближающуюся к их дому. - Что случилось? Какие-нибудь серьезные проблемы или несчастные случаи?" - крикнул Аппуккуттан из своего дома. Добравшись до дома Ренуки, Кальяни объяснила все в двух словах.

"Ребенку нужно грудное вскармливание", - сказала она в конце.

"Конечно", - сказала Ренука.

"Я так счастлив", - сказал Аппуккуттан, муж Ренуки.

Затем внезапно Эмилия обняла Ренуку и поцеловала ее в щеки. Это было так, как если бы она собиралась съесть Ренуку. "Мы благодарны вам", - сказал Стефан Аппуккуттану. Эмилия обняла всех женщин. Они все знали Эмилию и Стефана. "Ты один из нас", - сказала Сара. "Мы здесь для того, чтобы поделиться с вами всем", - продолжила она. Время от времени Мойдин присоединялась к Мадхавану и Аппуккуттану в танце Тейям, и Мойдин с Сарой гордились своей близостью к группе. - Это мальчик или девочка? - внезапно спросила Ренука. "О боже, мы не знаем", - сказала Эмилия, и ей стало неловко. Кальяни развернула ребенка, пока Стефан держал сверток. "Это мальчик", - сказала Кальяни. "Мальчик!" - закричали все. "Мы научим его Тейяму", - сказал Мадхаван. "Конечно", - сказал Аппуккуттан.

Ренука взяла ребенка и вошла в свой дом. Эмилия сопровождала ее. Ренука развернула ребенка и нежно помассировала его тело кокосовым маслом, настоянным на листьях, стеблях, цветах и орехах аюрведических лекарственных растений. Затем она положила ребенка на кавунгинпалу, гибкий стебель ореха арека, листья которого покрывают ствол, и приняла ванну с умеренно теплой водой. После душа она взяла кусочек золотого украшения, намазала его медом, накормила ребенка тремя каплями и спела: "Пусть ты будешь преданным сыном, хорошим человеком. Расти любящим человеком, человеком с большим сочувствием к другим и законопослушным гражданином в мудрости и знаниях, будь сильным без болезней, пой, как кукушка, бегай, как олень, и танцуй, как павлин. Ты будешь мудр, как слон, и точь-в-точь как король Малабара..." Затем она покормила грудью ребенка и своего шестимесячного сына Адитью. Эмилия наблюдала за ритуалами с большой признательностью, уважением, благоговением и любопытством. Когда Ренука и Эмилия вышли со своими сыновьями, Стефан, Мадхаван, Кальяни, Аппуккуттан, Сара и другие обсуждали возможность празднования в этот вечер. "Мы отпразднуем появление новорожденного в моей резиденции этим вечером!" - объявил Штефан Майер с безграничной радостью. "Я принесу *марачени пужуку*, вкусное блюдо, приготовленное из тапиоки с очищенным кокосом, зеленым перцем чили, куркумой, кардамоном и другими специями", - сказал Мадхаван. "Баранина бирияни из нашего дома", - заявила Мойдин. Мы обе умеем хорошо готовить", - заявила Сара. "Позвольте мне принести говядины", - взмолился Равиндран. "Кокосовый пунш из моего дома", - вещал Кунджираман.

Внезапно поднялся страшный шум. - Вечеринка с пуншем и говядиной! Выше, выше, ура! Вверх, вверх, ура!" - закричали все они от радости. Они танцевали вокруг, держась друг за друга. Они были дружной группой, хорошо знавшей друг друга и состоявшей в Коммунистической партии. Они встречались два-три раза в месяц в разных домах. Они обсуждали освобождение бедных людей и эксплуатируемых рабочих от ига землевладельцев и других угнетателей в Малабаре. Стефан и Мадхаван объяснили основные принципы коммунизма и его внутреннюю силу, призвав их освободить угнетенных от всех форм порабощения, поскольку эмансипация была их мечтой. Стефан происходил из богатой семьи землевладельца в Баден-Вюртемберге и изучал философские аспекты и идеологическую устойчивость коммунизма. Его магистерская диссертация в Берлинском университете была посвящена *динамике коммунизма в процессе освобождения крестьян и рабочих*. Он мог адекватно объяснить свои идеи на целомудренном малаяламе с соответствующими примерами из жизни, приводя реальные ситуации людей. В течение двух лет после своего прибытия в Валапаттанам он начал писать статьи на малаяламе о народных движениях в Малабаре. Когда он приземлился в Малабаре, Стефану было двадцать семь, и он легко мог завоевать уважение и внимание в любой группе, поскольку убедительно говорил и писал на народном диалекте.

Мадхаван был упорен в достижении власти для бессильных и становлении голосом для безгласных. В возрасте восьми лет он посещал встречи со своим отцом, посвященные свободе Индии и ее освобождающей силе. В свои сорок с небольшим Мадхаван стал авторитетом в области видения народных движений. Он мог убедительно и лаконично рассказать о внутреннем смысле каждой идеологической позиции, о потребностях людей и отреагировать на невыразимые и невыносимые нарушения прав человека, которым подвергаются угнетенные. Он путешествовал со своим отцом по сотням далитов и племенных деревень в Видарбхе и Маратхваде, когда его родители были в Севаграме с Махатмой Ганди. Мадхаван глубоко уважал Ганди, однако он верил в вооруженную борьбу и считал, что бедные и угнетенные должны бороться против *заминдаров*, землевладельцев. Для людей было редким и обогащающим опытом присутствовать на его выступлениях. Большинство его друзей также *были* танцорами Тейяма, которые танцевали величественно и мощно.

Они не нашли никакого противоречия в изображении различных богов посредством своих танцев, даже несмотря на то, что коммунизм, по словам Стефана Майера, был движением, "уничтожающим бога". Боги в *Тейяме* представляли обычных людей доарийской эпохи.

Эмилии было двадцать пять лет, когда она приехала в Каннур со своим мужем. Ее отец, Герхард Шмидт, владел несколькими ювелирными магазинами во Франкфурте, Германия. Учась в колледже, Эмилия прочитала "*Сиддхартху, Нарцисса и Гольдмунда*" Германа Гессе, "*Игру в бисер*" и "*Путешествие на Восток*", которые вызвали у нее неутолимое увлечение Индией. Ее профессор сообщил ей, что дед Германа по материнской линии, Герман Гундерт, провел много лет в Талассерии и написал более четырнадцати книг на малаялам. Наиболее заметными среди них были грамматика малаялама и англо-малаяламский словарь. Преисполненная решимости выучить малаялам, а также историю и культуру Малабара, Эмилия решила посетить Талассери.

Читая в университете о древних видах искусства Малабара, она наткнулась на экзотический танец-игру, известный как *Тейям*. Она приобрела всю возможную литературу на немецком и английском языках, чтобы узнать об этом больше. Во время посещения Берлинского университета она познакомилась со Стефаном, и они полюбили друг друга. Они гастролировали по всей Европе и поженились в течение нескольких недель. Оба были очень мотивированы отправиться в Малабар, так как Эмилии нравилось исследовать *Тейям*, а Стефан хотел влиять на народные движения через коммунизм. Таким образом, Эмилия и Стефан испытали *Фернве*, страстное желание отправиться в далекие страны. Для них это был

Малабар. Они добрались до Каннура за два года до того, как ЭМС Намбудирипад был приведен к присяге в качестве первого главного министра штата Керала, возглавившего первое избранное коммунистическое правительство в мире.

Случайно Эмилия и Стефан Майер встретили Мадхавана на железнодорожном вокзале Каннура по прибытии. Мадхаван пригласил их в свою деревню на южном берегу реки Валапаттанам, известную как *Барапужа*. Они расположились в большом доме с видом на реку. Эмилия и Стефан были впечатлены его удобствами, расположением и прекрасной природой, полной кокосовых пальм, мангровых зарослей и обширных бесплодных земель. Поскольку их деревня находилась совсем рядом с Талассери и Каннуром, в самом сердце страны Тейям, они решили поселиться в Валапаттанаме и через два года стали родителями ребенка.

Майерс поджарил большое количество *каримина* для вечернего празднования - пятнистой рыбы, обитающей в заводах и реках по всей Керале. К тому вечеру во дворе дома Майера, откуда открывался вид на Барапужу, был установлен красочный *пандал*. К семи вечера там собралось около семидесяти пяти человек. Эмилия играла на пианино, а Мадхаван и Аппуккуттан - на *Маддаламе*. Кальяни и Гита спели из *Вадаканпатту* о прекрасной и мужественной Унниарче и доблести Аромала Чевакара. Еда была великолепной. Мужчины, женщины и дети ели говядину с *пушем* и наслаждались блюдом из тапиоки и бирьяни из баранины. Празднование продолжалось до полуночи, и ничего не осталось. Ренука трижды кормила новорожденного и Адитью во время вечеринки, и она была единственной, кто не употреблял *пуш*. Все они поблагодарили друг друга и разошлись.

Эмилия и Стефан удалились с ребенком в свою спальню. - Как нам его назвать? - спросил я. - спросил Стефан Эмилию. - Может, мы назовем его Рави? - немедленно предложила Эмилия. - Рави - красивое имя. Это означает *Сурья*, солнце, что очень подходит для нашего ребенка", - ответил Стефан. " Его брата зовут Адитья, " сказала Эмилия. - Кто его брат? - спросил я. Стефан был удивлен, услышав это. - Адитья, сын Ренуки и Аппуккуттана, - сказала Эмилия. "Ему шесть месяцев, и я считаю его старшим братом Рави". - О, это замечательно. Слово "Адитья" означает солнце", - добавил Стефан. В ту ночь они все хорошо спали, включая Рави.

Ранним утром Ренука пришел вместе с Адитьей. Она нежно помассировала обоих младенцев аюрведическим маслом, искупала их в теплой ванне и кормила грудью, пока они не насытились. Адитья и Рави лежали в одной детской коляске, накрытые москитной сеткой. Пока малыши спали, Ренука объяснила Эмилии, что такое Тейям, включая рисунки, цвета, замысловатые жесты, танцевальные па и эмоции. Она сказала, что тейям был неотъемлемой частью народа Малабара, охватывая территорию от Вадакары на юге до Касараγоды на севере. *Тейям* был распространен среди жителей Южной Канары и Коорга. Вот почему тысячи людей из Курга, Удупи и Мангалора посетили различные храмы в Каннуре и прилегающих районах. Эмилия записывала мельчайшие детали объяснений Ренуки и задавала множество вопросов. Диалоги и дискуссии всегда были очень продуктивными, живыми и энергичными. Эмилии нравилось, как Ренука рассказывала каждую историю, и она радовалась ее приезду каждый день.

Неделя пролетела незаметно, и Эмилия со Стефаном планировали отправиться в Каннур, чтобы встретиться с начальником железнодорожной станции и завершить процедуру усыновления Рави. Они пригласили Мадхавана, Кальяни и Ренуку сопровождать их, которые с готовностью согласились. Начальник станции был занят работой, но он сразу узнал Майеров. "Как поживает твой ребенок?" - спросил он. "Он жив и здоровается", - ответила Эмилия. - Это замечательно. Вы не сказали мне, был ли ребенок мальчиком или девочкой", - глядя на Эмилию, сказал начальник станции. "Только на следующий день мы обнаружили, что это был мальчик. Сейчас у нас есть ребенок, и нам этого достаточно. Будет ли это мальчик или девочка, не имеет значения", - объяснил Стефан. "Это прекрасно. Я напишу письмо помощнику регистратора, что ребенок был брошен, и вы нашли его под железнодорожным мостом", - предложил начальник станции, глядя на Стефана. "Это здорово, сэр!" Стефан поразился острой памяти офицера.

Начальник станции достал свой официальный бланк. "Кстати, могу я узнать ваше имя?" - поинтересовался начальник станции.

"Она моя жена, Эмилия, а я Стефан Майер. Мы граждане Германии и проживаем в Валапаттанаме последние два года", - объяснил Стефан, записывая их имена и почтовые адреса проживания на бумаге. - У вас с собой паспорта и визы? - спросил я. "Да, сэр", - сказали Эмилия и Стефан, передавая документы начальнику станции. Тут же начальник станции написал письмо заместителю регистратора с просьбой завершить процедуру усыновления. Он включил в сообщение все соответствующие данные об Эмилии и Стефане и сделал две точные копии. Он пометил оригинал для субрегистратора и копии под копирку для Индийских железных дорог, г-жи Эмилии Майер и г-на Стефана Майера. С широкой улыбкой он вручил им письмо. Было удивительно, что он смог заполнить всю бумажную волокиту за пятнадцать минут. Стефан представил Ренуку, Кальяни и Мадхавана начальнику станции и поблагодарил его за исключительное сотрудничество и помощь

Офис заместителя регистратора находился в полуразрушенном здании примерно в двух километрах от железнодорожного вокзала. Помощник регистратора, находящийся на грани выхода на пенсию, казался задумчивым и отчужденным. Он внимательно прочитал письмо начальника станции. "Каждый месяц мой офис получает три-четыре письма от начальника станции. Некоторые родители бросают своих новорожденных из-за бедности и голода. Для некоторых это происходит из-за слишком большого количества детей, и они бросают нескольких, как дохлых кошек. Известны случаи, когда незамужние матери оставляли своих детей в местах, где люди могли их найти. Индии может потребоваться по меньшей мере полвека, чтобы преодолеть эту сложную проблему", - глядя на Эмилию и Стефана, заместитель регистратора объяснил так, как будто ему было стыдно за подобные инциденты, а иностранцам необходимо было понять, в какой ужасной ситуации находится страна.

Эмилия и Стефан ничего не сказали и с уважением прислушались к его словам. Они хотели получить подписанные документы об усыновлении, чтобы Рави стал их ребенком.

"Итак, какое имя вы хотите дать ребенку?" - спросила Эмилию помощник регистратора.

"Сэр, мы бы с удовольствием назвали его Рави", - ответила Эмилия.

- Почему Рави? Почему бы тебе не называть его немецким именем?"

- Сэр, Рави - красивое имя. Он символизирует солнце. Кроме того, мы любим Индию и хотим жить и умереть здесь", - сказал Стефан. Помощник регистратора удивленно посмотрел на Стефана. Он был поражен, услышав свои слова, поскольку за последние несколько лет сотни иностранных пар обращались в его офис с просьбой об усыновлении, и ни одна из них не сказала ему, что любит Индию и хотела бы остаться в ней навсегда. Эти приемные родители предпочли покинуть страну со своими детьми сразу после усыновления. Помощник регистратора объяснил, что Майерс был первым случаем, когда приемные родители захотели остаться в Индии. "Получить индийское гражданство будет трудно, даже если вы будете бороться до самой смерти. Тем не менее, вы можете усыновить по меньшей мере полдюжины индийских детей, и в настоящее время у нас нет закона, запрещающего это".

Он подготовил документы об усыновлении, и датой рождения ребенка было двадцать первое июня, когда Майерс нашел Рави под мостом недалеко от платформы железнодорожного вокзала Каннур. Затем субрегистратор подписал его и попросил Эмилию и Стефана Майеров расписаться. Кальяни и Мадхаван были свидетелями, и они тоже расписались на пунктирных линиях. После проверки подлинности всех подписей заместитель регистратора объявил Рави сыном Эмилии и Стефана Майеров. Ренука, Кальяни и Мадхаван поздравили родителей Рави теплым рукопожатием. Внезапно Эмилия заплакала от радости.

Из офиса заместителя регистратора они могли видеть форт Святого Ангела, построенный португальцами на берегу Аравийского моря. Форт был построен в 1505 году первым португальским вице-королем Индии Франсиско Д'Алмейдой. В 1666 году голландцы разгромили португальцев, захватили форт и продали его Али радже из Араккала. В 1790 году англичане отобрали его у биви из Араккала. Мадхаван рассказал историю форта Эмилии и Стефану Майерам, пока они наслаждались роскошной трапезой в ресторане с видом на форт. После обеда они осмотрели треугольный форт, и Эмилия внезапно вспомнила Гейдельбергский замок, где Стефан сделал ей предложение. Когда Эмилия сказала "Да", Стефан обнял и поцеловал ее. "Мы будем жить в любви до конца наших дней, дорогая Эмилия", - сказал он. "Я бы хотела быть с тобой всегда, дорогой Стефан", - ответила Эмилия. Это был их первый шаг. Теперь, в форте Святого Анджело, она испытала на себе выполнение их обещания.

Вернувшись домой, Эмилия и Стефан встретились со всеми своими соседями и раздали немецкие шоколадные конфеты *Moser Roth Edelbitter* и *фундук*, которые они получили из Штуттгарта накануне, чтобы отпраздновать усыновление и наречение своего ребенка. У Рави и Адитьи было две матери, Эмилия и Ренука, которые любили их безмерно. Рави несколько раз рассказывал Амму эту историю и с удовольствием ее обсуждал. "Я был брошенным ребенком, но потом у меня появились две матери, и они любили меня всей душой", - с гордостью рассказал Рави эту историю. "Да, дорогой Рави, теперь я ищу тебя на кладбище, отмеченном для брошенных тел", - повторила Амму, сидя на валуне. Солнце опускалось в безоблачное небо. Амму, возможно, провела на кладбище больше четырех часов. Немного дальше, за кладбищем, была кокосовая роща; она могла видеть красивые, современные двухэтажные дома. А дальше шоссе вело в город. В течение многих лет это был их дом, пока она преподавала в университете, а Рави практиковал в окружном и верховном судах в качестве адвоката по правам человека, в основном для детей, которые работали чернорабочими.

Это были дни любви, борьбы, агонии и боли. Теперь, сидя в одиночестве на пустынном кладбище и разыскивая могилу своего мужа, которого она любила всем сердцем, Амму почувствовала головокружение.

"Рави, возьми меня за руку", - сказала она. Именно тогда она поняла, что беременна их сыном Теджасом. "Рави, кажется, я беременна". Это было утром, перед тем как отправиться в университет.

Рави был готов отправиться в верховный суд. - Пойдем, навестим гинеколога, - сказал Рави, крепко обнимая Амму. Врач выглядела веселой и приятной, и после первичного осмотра она сказала Рави: "Ты станешь отцом". Рави снова обнял Амму и поцеловал ее в лоб, сказав: "Дорогая, я люблю тебя вечно". "Рави, я люблю тебя. Я слишком сильно люблю тебя", - сказала она, падая ничком и целуя могилу. Возможно, она оставалась там еще долгое время.

"Привет, что с тобой случилось? Ты в порядке?" Амму услышала, как кто-то заговорил с ней.

Она подняла голову и оглянулась. Там кто-то был, но она не могла разглядеть его лица, так как солнце находилось позади него на западном горизонте. - В чем дело? Ты в порядке?" - спросил он еще раз. Она подняла левую руку, протянула ему правую и крепко сжала ее. - Ты выглядишь измученной. Тебе нужна вода?" - спросил он, доставая маленькую бутылочку воды и протягивая ей. Амму открыла бутылку и молча выпила половину воды. "Спасибо вам", - сказала она незнакомцу. Она посмотрела на него; это был высокий, слегка темноволосый, красивый мужчина с бородой. С первого взгляда он ей понравился, и она сразу же почувствовала к нему симпатию. "Что ты здесь делаешь?" он спросил. "Ищу могилу своего мужа". "Ты нашел это?" "Я полагаю, это может быть тот самый", - ответила она. "Это выглядит очень старым". "Да, двадцать пять лет". - Двадцать пять? "Я здесь в первый раз. Я так и не узнала, где именно муниципалитет похоронил моего мужа. Кто-то написал мне двадцать пять лет назад, что муниципалитет похоронил моего мужа на муниципальном кладбище для брошенных тел. Я не мог прийти сюда раньше. Надеюсь, я не слишком опоздала, -

сказала она, глядя на незнакомца. "В любой день еще не поздно", - ответил мужчина.

"Это наши усилия и надежда, которые важны. Наша цель придает нам смысл, а поиск может дать нам результаты. Если мы не будем искать, то никогда не найдем", - добавил он.

Его голос был убедительным, сосредоточенным и приятным, как у Рави. - Рави раньше говорил так же, как ты. Мне всегда нравилось слушать его часами. У него было видение, цель. Его идеи были завораживающими. Он был моим лучшим другом, моим идеалом, - сказала Амму, глядя на незнакомца. "Кто такой Рави?" - спросил он. "Рави Стефан Майер был моим мужем", - ответила она. - Хорошо, и он умер двадцать пять лет назад, а вы здесь ищете его могилу. Позвольте мне помочь вам найти это место, - сказал он. "Я думаю, что это то самое место. Человек, который написал мне, упомянул, что муниципалитет похоронил его рядом с древним деревом рядом с огромным валуном. Я думаю, что это остатки того старого дерева и огромный валун рядом с ним. Здесь нет других древних деревьев и таких больших валунов, как этот", - пояснила Амму. "Похоже, ваша любовь к нему была бесконечной, и вы бесконечно восхищались им", - заметил он. "Да, я это сделал. Он был моей вселенной. Он был человеком с золотым сердцем. Его любовь ко мне была безгранична. Мы были независимыми людьми с единой душой", - поэтично сказала Амму. - Могу я узнать ваше имя, молодой человек? "Я Арун Намбиар", - сказал он, протягивая руку. "Приятно было познакомиться с вами, мистер Намбиар", - сказала Амму, пожимая ему руку.

Его рука была точь-в-точь как у Рави, с такой же текстурой и ощущениями. "Я здесь, чтобы посмотреть, есть ли на могилах надгробия, но, к сожалению, ни на одном из них их нет. Итак, я возвращаюсь", - сказал он. - Здесь похоронены брошенные тела. Муниципалитет не располагает данными о погибших. Офицер сказал мне, что узнать имена кого-либо из них было невозможно. Все они были брошенными телами", - сказала Амму. - Куда ты хочешь пойти? Я могу вас подвезти, - сказал Намбиар. - Я останусь здесь и проведу ночь с Рави. Это будет чудесное чувство. Я могу разговаривать с ним всю ночь, слушать биение его сердца, чувствовать его дыхание и прикасаться к нему спустя двадцать пять лет. Позволь мне спать с ним до скончания веков, - настаивала Амму. - Провести ночь на заброшенном кладбище? О чем ты говоришь? Вокруг могут быть ядовитые змеи и опасные хищники. Ночь будет холодной, и может пойти дождь. Это опасно для тебя. Пойдем со мной. Ты можешь переночевать у меня дома. Мой партнер будет рад познакомиться с вами. Кроме того, я чувствую себя близким к тебе, - сказал Намбиар, проявляя сочувствие.

Арун помог ей подняться на ноги. Она выглядела очаровательно, а ее большие глаза отражали ее ум и зрелость. "Миссис Рави Майер, я чувствую к вам близость", - сказал он. "Спасибо, мистер Намбиар", - ответила Амму. - Пожалуйста, зовите меня Арун. Мне нравится, когда ты называешь меня по имени". "Арун, я тоже чувствую привязанность к тебе, как будто могу тебе доверять". "Это взаимно". - Конечно, - сказала Амму. "Возможно, вам близко к шестидесяти, и вы должны заботиться о своем здоровье", - сказал Арун. "Ты прав. Мне шестьдесят один, - ответила Амму. - Пока, Рави. Я приду снова. Мы будем говорить, петь вместе и праздновать еще раз", - сказала Амму, глядя на могилу. Арун припарковал свою машину, "Бенц", рядом с кладбищем. Амму села рядом с Аруном. Автомобиль быстро и мягко огибал многочисленные холмы, поросшие кокосовыми пальмами и орехом арека, джекфрутовыми деревьями, манговыми деревьями и каучуковыми плантациями. Внезапно Амму вспомнила о тех очаровательных днях, когда она ездила с Рави по всей Керале. - Миссис Майер, какова ваша профессия? - спросил Арун.

- Преподаю. Я была профессором в университете", - ответила она.

"Мой партнер и я - компьютерные инженеры. Джанаки основал стартап по обмену денег, а я специализируюсь на анализе данных и построении теории финансовых транзакций. Часто мы сотрудничаем. Сразу после окончания Индийского технологического института мы начали работать на себя. Здесь нет никакого напряжения, и у нас есть в запасе двадцать четыре часа. Мы часто путешествуем по странам Восточной и Юго-Восточной Азии и работаем над анализом данных искусственного интеллекта совместно с Сингапурским университетом. Нам обоим нравится наша работа, и это полезный опыт, поскольку мы несем ответственность только перед самими собой", - решительно сказал Арун.

Амму посмотрела на Аруна. Уверенный в себе, он знал, о чем говорил. После получаса езды Арун остановился возле придорожной чайной. Чай, поданный в стакане, был великолепен на вкус. Арун проверил свой мобильный и сделал пару звонков. "Через полчаса мы будем дома", - сказал Арун. Было уже темно. После двадцати пяти лет тюремного заключения свет из близлежащих домов и строений имел для Амму особое значение. "Это выглядит красиво", - прокомментировала она.

"Мы въезжаем в пригород города. Наш город - второй пригород отсюда. Мы живем в квартире с семью домами", - сказал Арун. Амму жила в квартире, пока проводила исследования в Стокгольме. В Уппсале она делила небольшой домик с тремя другими исследователями, а на озере Эркен у нее был небольшой домик с одной комнатой, примыкающей ванной и кухней, предоставленный университетом. "Вот мы и на месте", - сказал Арун, входя в семиэтажный современный жилой комплекс. "Мы живем на третьем этаже, и на каждом этаже находится только один дом", - добавил он. Арун постучал пальцем по двери, и та открылась. "Он также может читать по моим глазам", - сказал Арун.

"Добро пожаловать, профессор Амму Рави Майер", - сказала Джанаки, высокая, элегантно выглядящая женщина. Она поцеловала Амму в щеки.

- Спасибо тебе, Джанаки. Арун постоянно говорил о тебе. Приятно было с вами познакомиться."

"Профессор Майер, вы защитили докторскую диссертацию по рыболовству в Уппсале, одном из лучших университетов Европы".

"Откуда ты это знаешь?"

"Когда Арун упомянул твое имя, я поискал его в Google. Ваша докторская диссертация была посвящена ракам в озерах Эркен и Ваттерн и омарам в Куттанаде."

"О, это звучит чудесно", - сказал Арун.

"Мадам, пожалуйста, займите свое место", - попросил Джанаки. Джанаки и Арун сидели рядом с Амму и обменивались любезностями. Затем Джанаки снабдил Амму свежей одеждой и отвел ее в спальню с примыкающей ванной комнатой. Приняв теплую ванну, Амму присоединилась к Джанаки и Аруну за ужином. Еда была простой, но питательной. Покончив с едой, Амму отправилась спать.

Спустя двадцать пять лет Амму впервые спала в одноместной комнате. Накануне тюремные власти освободили ее в четыре часа вечера. Это был первый раз, когда она покинула тюрьму, которая находилась на одном конце штата Керала. Никто не ждал ее за большими воротами; она была одна в огромном мире. Мне казалось, что все изменилось. Прогулка до железнодорожного вокзала была утомительной и обременительной. В ее старой, выцветшей кожаной сумке лежало немного денег — вознаграждение, которое она получала за двадцать пять лет работы в тюрьме. Ежедневная зарплата, которую она получала, была настолько мала, что после вычета суммы на ее личные нужды остаток составлял сущие гроши — в общей сложности семь тысяч триста двадцать одну рупию, что не составляло и десятой части месячной зарплаты, которую она обычно получала в университете. Тюрьма была учреждением для эксплуатации, а не для исправления. Иногда это вырождалось в темницу для крайнего наказания, устрашения и мести.

Амму провела там гораздо лучшие времена, чем многие другие заключенные, поскольку первые десять лет она занималась обучением грамоте женщин-заключенных, а затем и мужчин-заключенных. Она могла бы вызвать уважение и доверие у всех них. В этих массивных стенах она полностью потеряла себя, постепенно становясь покорной, восприимчивой и физически хрупкой. Амму страстно хотелось увидеть свое лицо, чтобы поговорить со своими собственными глазами, но она никогда не видела своего отражения.

У заключенных не было свободы; они всегда находились под наблюдением. Власти относились к заключенному как к получеловеку; самым болезненным было полное отключение от мира. Ей было запрещено общаться с внешним миром в течение пяти лет. Позже ей разрешили получать письма, но не отправлять ни одного. Это было бесчеловечно, поскольку она чувствовала, что у нее нет ни ценности, ни чести, а ее достоинство и личная идентичность были утрачены навсегда. С самого начала тюремный персонал относился к ней хорошо. Тем не менее, она всегда находилась под давлением, испытывая стыд и аномию - чувство, которое уничтожало ее индивидуальность, способность рассуждать и надежды на будущее.

Дни, недели, месяцы и годы потеряли смысл, интенсивность и динамику. Ночи, когда они приносили глубокую тревогу, печаль и депрессию. Преодоление одиночества было трудной задачей, постоянной борьбой, но косвенно это давало надежду и искреннее желание встретиться с Рави, даже на кладбище. Вот почему она поехала ночным поездом в другой город; она добралась туда ранним утром и села на автобус до маленького городка, где находилось кладбище. Она прождала у главного входа в муниципальный офис три часа, прежде чем он открылся. Офицер был неотесан и резок, но она стояла перед ним как смиренная служанка с послушанием и покорностью.

С тревогой, смешанной с невероятной радостью, Амму поднялась на кладбище, чтобы встретиться с Рави, который вечно любил ее с абсолютным доверием и уважением. Его любовь была самой чистой, какую она только могла испытать. Несмотря на то, что он спал, встреча с Рави на кладбище была блаженным переживанием. Амму пыталась уснуть в уютной и комфортабельной комнате в доме двух незнакомцев. Эти люди были чуткими, добрыми и понимающими, и они никогда ничего не спрашивали о ее прошлом. Люди думают о жизни как о подарке, который они сами себе дарят; в этом процессе они создают счастье и надежду. Джанаки и Арун делали то же самое, празднуя жизнь.

Для Амму жизнь состояла из выборов; о некоторых она сожалела, некоторыми гордилась, а некоторые преследовали ее день за днем, месяц за месяцем и год за годом. Но нужно преодолевать все неприятные происшествия в жизни. Была полночь, и настенные часы что-то бормотали ей. Размышляя о событиях своей жизни и вспоминая свои воспоминания о Рави, она погрузилась в глубокий сон спустя двадцать пять лет. А Амму спала как дитя. Раздался стук в дверь ее спальни, и Амму немедленно встала. Настенные часы показывали половину восьмого. Она медленно открыла дверь, и это был Джанаки с кофе в постель и очаровательной улыбкой. - Доброе утро, профессор Майер, - поприветствовал Амму Джанаки. - Доброе утро, Джанаки, - ответила Амму. "Ты хорошо выспался?" - спросил Джанаки. "Мне это очень понравилось", - ответила Амму.

Джанаки поставил блюдце и чашку на приставной столик. - Завтрак в восемь, - сказала она, закрывая дверь спальни. - Спасибо тебе, Джанаки, - сказала Амму. Кофе был превосходен на вкус, и его аромат распространялся вокруг нее, как маленькие шаги Аппу вокруг барабана на маслобойне ее отца. К восьми завтрак был готов. В обеденном зале было два больших окна и много света. Картины, развешанные по стенам, были сюрреалистичны по тематике и проникали в душу. Обеденный стол и четыре стула к нему выглядели элегантно и привлекательно. Завтрак состоял из идли, вады, самбара, овсяных хлопьев с теплым молоком, вареных яиц, бананов и папайи. - Доброе утро, профессор Майер, - поприветствовал Амму Арун. - Доброе утро, Арун, - ответила Амму в ответ. - Ты хорошо спала? - спросил я. - спросил Арун. - Да, с полуночи до половины восьмого. - Обычно мы ложимся спать в десять и встаем в четыре. Таков наш распорядок дня", - сказал Джанаки. "О, это здорово. Вставать рано по утрам полезно для тела и ума", - ответила Амму. "В течение одного часа мы занимаемся йогой, медитацией и разминкой. У нас есть беговая дорожка в соседней комнате", - сказал Джанаки во время еды.

После завтрака они вымыли посуду и убрали со стола. Амму присоединилась к ним. Тарелки, стаканы, чашечки и столовые приборы были помещены в посудомоечную машину. На кухне были установлены современные приборы и удобства. Плита находилась в центре кухни, с ультрасовременным дымоходом. Затем Джанаки и Арун отвели Амму в свой зал для занятий йогой. Половина его была застелена коврами для занятий йогой и медитацией; это была большая комната с беговой дорожкой, велотренажером и эллиптическим тренажером на другой половине. "Эллиптический тренажер представляет собой комбинацию подъема по лестнице и беговой дорожки. У него есть две дорожки, на которых мы стоим, и когда мы используем наши ноги, генерируется эллиптическое движение", - объяснил Арун. Амму улыбнулась и сказала: "Это действительно потрясающе". "В современном мире есть все условия для комфортной и счастливой жизни, но нам нужно выбрать то, что хорошо для нас", - сказал Джанаки. "Конечно, это мы сами создаем свою жизнь", - отреагировала Амму.

Следующая комната была их кабинетом. Это была огромная комната, в четыре-пять раз больше стандартной спальни, и в ней было почти все современное оборудование, необходимое для их работы. "Мы работаем пять дней в неделю, с девяти утра до восьми вечера, с часовым перерывом на обед и пятнадцатью минутами на чай. Мы не работаем по субботам и обычно выходим куда-нибудь повеселиться. Мы выбираем лучшие рестораны, кинотеатры, художественные галереи и культурные программы, встречаемся с друзьями и празднуем этот день. По воскресеньям мы остаемся дома, чтобы убирать, стирать и выполнять всю другую работу, связанную с нашей семьей". "Мы делаем всю нашу работу сами в офисе и дома, поскольку у нас нет помощника", - пояснила Джанаки, и Амму молча слушала ее. "Кроме того, мы много путешествуем по делам, связанным с бизнесом, в основном в Сингапур, Индонезию, Малайзию, Корею и Китай. И раз в год мы отправляемся в турне по экзотическим местам, главным образом для того, чтобы развлечься. В этом году мы ездили в Исландию. Там мы взяли напрокат машину и объехали всю страну. Это потрясающе красивый остров с замечательными людьми, замечательной кухней и современными удобствами. Миллионы людей посещают этот остров, особенно после мощного извержения вулкана пару лет назад", - сказал Арун.

Вернувшись в гостиную, Амму попрощалась с ними и встала, чтобы уйти.

- Профессор Майер, пожалуйста, не уходите. Останься с нами еще на несколько дней", - умолял Джанаки.

"Ты один из нас. Оставайтесь здесь на любое количество дней. Нам обоим нравится твое общество. Оставайся с нами, - сказал Арун.

"Пожалуйста..." - сказал Джанаки, обнимая Амму.

"Откуда столько любви? Ты не знаешь ни меня, ни моего прошлого, - ответила Амму.

"Ваша история нас не волнует", - голос Аруна был полон любви.

"Только при одном условии: будьте добры, позвольте мне уехать через три дня", - мягко произнесла Амму.

"Мы думали, что вы останетесь с нами на много дней, будете есть, работать и путешествовать по чужим берегам. Было бы здорово, если бы вы были среди нас", - ответил Джанаки.

- Профессор Майер, как пожелаете, - взяв ее правую руку обеими руками, Арун поцеловал ее ладонь.

Была пятница, и Джанаки с Аруном были заняты своей работой в офисе. Тем временем Амму начала читать журналы и еженедельники, доступные в их небольшой, но элегантной библиотеке, которая включала книги по инженерному делу, компьютерным технологиям, экономике, аналитике, финансовому менеджменту, обмену денег, светской медитации, йоге и другим темам. Амму было любопытно увидеть на полке две книги: "*Женщины в Ситаяне*", автором которой является Мариам Ахмед Касиввалла, и "*Просвещение сейчас*", написанная Стивеном Пинкером. Названия посвящены сложным вопросам повседневной жизни и нашего участия в жизни общества, таким как отношение индийской культуры к женщинам и их положению в семье, образовании, занятости, принятии решений и управлении. Амму также задавалась вопросом, почему политики оставляют своих жен без развода или даже не хотят признавать существование женщин, которых они оставили; почему женщины часто становятся жертвами похищений, изнасилований, насилия, убийств в защиту чести и финансовых махинаций по всей Индии; и почему им снова и снова отказывают в правосудии, и часто спрашивали такие вопросы возникали, когда Амму была в Швеции.

Однажды Рави сказал, что смысл справедливости заключается в природе хорошей жизни. Он ехал в суд, чтобы выступить в защиту детей, с которыми обращались как с рабами, заставляя годами работать на фабрике по производству петард. Рави подал иск против владельца фабрики и попросил суд немедленно освободить детей с выплатой компенсации. В тот день Амму присутствовала в суде в качестве посетительницы, поскольку для университета это был праздничный день. "Справедливое общество уважает свободу каждого человека, и у этих детей есть свобода не заниматься детским трудом и не подвергаться эксплуатации", - утверждал Рави. "Определенные обязанности и права должны вызывать у нас уважение по причинам, не зависящим от социальных последствий", - объяснил Рави. Он думал о человеческой свободе, справедливости и достоинстве, выходящих за рамки поверхностного понимания. "Правосудие и права человека имеют основополагающее значение для человеческой жизни. Они объединяют людей в любых ситуациях. Детский труд - это своего рода садизм, терроризм, поскольку он уносит жизни многих детей", - он был решителен, и судья прислушался к нему.

вторая глава: КУТТАНАД К ОЗЕРУ ЭРКЕН

Рави обладал острым интеллектом, аналитическими способностями и готовностью помочь; его эмпатия была результатом его рассуждений и глубокого понимания человеческих ситуаций. Амму встретила его в аэропорту Копенгагена. Завершив свои исследования раков в озерах Эркен и Ваттерн, она вернулась в Кералу.

Первоначально Амму начала изучение креветок и креветкообразных моллюсков в Куттанаде. Креветки выглядели одинаково, но отличались по размеру, вкусу и содержанию питательных веществ. Креветки были крупнее креветок и, как и у креветок, имели когтистые лапы. У креветок было три пары ног, похожих на клешни, в то время как у креветок - две. У первого были разветвленные жабры, а у второго - пластинчатые. На вкус креветки были маслянистыми, а на вкус напоминали сочную курицу.

Позже Амму расширила свои исследования, включив в них омаров. У омаров десять ног, и они могут вырасти до пятидесяти сантиметров в длину, в то время как креветки могут достигать максимум тридцати трех сантиметров. Однако производство даже небольших количеств омаров требовало напряженных усилий, и фермеры Куттанада могли собрать только до двухсот пятидесяти килограммов омаров с одного акра пруда. Напротив, фермеры, выращивающие омаров в Юго-Восточной Азии, могли бы производить от восьмисот до тысячи килограммов из озера такого же размера. После нескольких месяцев исследований Амму обнаружила, что омарам в Куттанаде не хватало качества, чтобы размножаться быстрее, поскольку их потребление пищи сокращалось, в результате чего они весили намного меньше, чем омары, произведенные в других местах.

Амму прочитала научную статью в международном журнале о раках, в изобилии водящихся в озерах Ваттерн и Эркен в Швеции. Раки, также известные как crafish, напоминают миниатюрных омаров. Раки, завезенные в озеро Эркен, были из США, и эксперимент оказался весьма успешным. Однако там, где расположены озера Ваттерн и Эркен, в Швеции гораздо холоднее, поэтому те же самые раки не могли быть завезены непосредственно в Куттанад. Тем не менее, Амму хотела помочь рыбоводам Куттанада и провела с ними множество бесед, принимая к сведению их предложения. Однажды, прогуливаясь по рисовым полям Куттанада, Амму пришла в голову новая идея, и она обдумывала ее в течение нескольких дней и недель. Она никому не рассказывала, в чем заключался ее первоначальный план.

Затем Амму написала письмо в Университет Уппсалы, спрашивая, может ли она получить полную стипендию для получения докторской программы по технологии разведения рыбы, касающейся омаров и раков. В течение двух недель она получила письмо из университета с просьбой прислать подробное исследовательское предложение с акцентом на методологию и лабораторные эксперименты. Она работала над исследовательским предложением в течение трех месяцев, а затем отправила его по почте в Уппсалу. Наконец, ей позвонили из университета и сообщили, что они удовлетворены ее обоснованием, целями, гипотезами, дизайном выборки, процессом сбора данных, матрицами анализа и интерпретации предлагаемого исследования. Университет попросил ее проинформировать их о предполагаемых расходах на исследования в долларах США. Проконсультировавшись с несколькими экспертами, Амму подготовила подробное бюджетное предложение на три года своих исследований и представила его в университет. В течение трех недель она получила письмо о приеме с просьбой явиться в Университетский центр на озере Эркен. Амму танцевала от радости и добралась до лаборатории Эркена через десять дней.

Амму посвятила себя рыбоводам Куттанада. Целью ее исследований было выведение гибридного сорта высокопродуктивных омаров с быстрорастущими раками озера Эркен, которые могли бы процветать в штате Керала. Она знала, что должна работать день и ночь, чтобы достичь своей цели. Исследовательская среда в лаборатории Эркен была превосходной, с самым современным оборудованием, высокообразованным, опытным, целеустремленным и талантливым научным руководителем и командой полевых сотрудников, которые всегда были готовы сопровождать Амму во внутренние районы озера. Первоначально ей выделили одноместную комнату со всеми современными удобствами в небольшом доме, который занимали четыре других ученых-исследователя из Китая, Нигерии, Чили и Вьетнама. Они встречались за завтраком, обедом и ужином и участвовали в дискуссиях по различным исследовательским проблемам.

Научным руководителем Ammu был профессор с докторской степенью Йельского университета, с многолетним опытом преподавания и исследований, а также автор десятков научных статей в рецензируемых журналах. Амму чувствовала себя в Уппсале как дома и поняла, что приняла мудрое и благоразумное решение поступить на получение докторской степени в такой древний и знаменитый университет. Уппсала переосмыслила и переориентировала свои цели и видение, помогая проверить целостность ее знаний, оттачивая навыки лабораторной работы и постоянно поощряя ее сохранять позитивный настрой даже перед лицом неудачи.

Лаборатория Эркена, расположенная к юго-востоку от озера Эркен, находилась в 80 километрах к северо-востоку от Стокгольма. В первую очередь это был центр изучения лимнологии, но университет специально организовал для Амму изучение раков в озерах Ваттерн и Эркен. Исследования в лаборатории Эркен были сосредоточены на долгосрочном мониторинге качества воды, влиянии климата на водные системы, циркуляции питательных веществ, а также динамике численности населения и сообществ в озерах. Исследование Амму было первым исследованием раков, проведенным там. Через неделю после прибытия в Швецию Амму влюбилась в озеро Эркен. Несмотря на то, что это было небольшое озеро по сравнению с сотнями других водоемов в неземной чарующей стране Швеции, озеро Эркен обладало неповторимым очарованием. Его вода всегда была чистой и светло-голубой, а берега утопали в густой зелени. Бесконечное количество птиц и животных в прилегающих лесах добавляло ему уникальности. Амму любила свои исследования, и ее руководство, супервайзеры и коллеги работали с ней как одна команда, всегда готовые прийти на помощь, и они дорожили ее успехами. Она присоединялась к ним на всех вечеринках и раковых фестивалях, где танцы и выпивка продолжались до полуночи по выходным.

Путешествие на озеро Ваттерн стало незабываемым событием. После завтрака исследовательская группа отправилась на микроавтобусе и за четыре часа преодолела расстояние в двести восемьдесят шесть километров, двигаясь на юго-запад. Сельская местность и сельскохозяйственные угодья выглядели сказочно и потрясающе красиво. В озере Ваттерн в изобилии водились раки. В озере Ваттерн были обнаружены два вида раков: благородный рак, местная разновидность, и сигнальный рак, обитающий в Северной Америке. В 1930-х годах озеро Ваттерн пострадало от раковой чумы, которая уничтожила две трети благородных раков озера. Позже, в конце 1960-х годов, в озеро были завезены североамериканские сигнальные раки. Сигнальный рак процветал в озере и был более живучим, чем благородный рак.

Амму обнаружила, что благородные раки обитают на мелководье. Напротив, сигнальные раки обитали в более глубоких частях озера и могли вырасти до пятнадцати сантиметров, иногда даже до тридцати сантиметров в длину, в течение четырех-пяти лет. Оценив все параметры, Амму изучила сигнальных раков в озерах Ваттерн и Эркен и вывела их помесь с омарами в Куттанаде.

Исследовательская группа приняла участие в *Крафтивалере*, ежегодном фестивале раков различной тематики вокруг озера Ваттерн. Семьи, дети, группы и сообщества наслаждались ловлей раков, покупками и едой. Тысячи посетителей со всего мира посетили фестиваль раков, организованный муниципалитетами. По выходным люди пили алкоголь и наслаждались раками, а шведским фирменным блюдом был *Браннвин*, ликер, приготовленный из перебродившего зерна или картофеля. *Бранвин*, приправленный травами, был известен как Аквавит. В Швеции было относительно редкостью употреблять алкоголь или выпивать бокал вина или банку пива перед работой. Работа считалась поклонением, и у шведов была позитивная культура труда. Большинство шведских муниципалитетов запретили употребление алкоголя в общественных местах. Многие шведы воздерживались от алкоголя с понедельника по четверг, но наслаждались им по выходным.

Амму и исследовательская группа проводили свои эксперименты на озере Ваттерн в течение двух недель, прежде чем отправиться в Стокгольм, где они приняли участие в трехдневной конференции по ДНК и генетике раков. В обсуждении приняли участие эксперты из разных стран. Амму представила свой доклад об омарах в Куттанаде и потенциале выведения гибридной разновидности омаров из Куттанада и сигнальных раков, обитающих в озерах Ваттерн и Эркен. Ее статья была высоко оценена в ходе обсуждения. Амму смогла дать убедительные ответы на вопросы, поднятые экспертами. В конце сессии доктор Розалин Коллинз, профессор университета Лиги Плюща в США, которая также председательствовала на встрече, пригласила Амму посетить ее университет для исследования сигнальных раков. Амму был рад получить приглашение и поблагодарил профессора. Коллинз за ее щедрость и доброту.

Когда Джанаки и Арун сделали перерыв на кофе, они застали Амму за чтением книги Мариам Касимвала *"Женщины в Ситаяне"*.

"Книга, заставляющая задуматься, с замечательным анализом равенства, насилия, порабощения и справедливости", - сказала Амму.

"Это значит, что вам понравилось читать книгу", - прокомментировал Арун.

"Конечно", - ответила Амму.

"Мариам Ахмед Касимвалла - судья Верховного суда в отставке, она много писала о проблемах женщин. Многие из ее суждений, которые чрезвычайно ценятся юридическим сообществом, содержали обширный анализ свободы, равенства и справедливости для женщин", - отметила Джанаки.

"Обсуждаемые вопросы и характер анализа и интерпретации, полученные автором, показали, что она обладает глубокими знаниями о древнем и современном индийском обществе", - добавила Амму.

"Она не кто иная, как мать Джанаки", - сказал Арун в откровенном заявлении.

Амму была приятно удивлена, услышав слова Аруна, и посмотрела на Джанаки.

"Моя мать была очарована женщинами в Индии. По ее словам, история Ситы была, по сути, историей Индии. Моя мать сопереживала Сите и чувствовала, что у нее нет права голоса, что ее эксплуатируют и подчиняют ее супруг, шурин и другие доминирующие персонажи мужского пола. Моя мать любила Ситу и назвала меня Джанаки, когда я родился. Джанаки - это другое имя Ситы", - объяснил Джанаки.

- Я согласен с твоей матерью. Удивительно, но она выбрала для тебя это красивое имя", - сказала Амму.

"Она один из лучших людей, которых я встречал", - сказал Арун.

"Она похожа на тебя: очень трудолюбивая, аналитичная, умная и человек, который наслаждается своей свободой", - прокомментировал Джанаки, глядя на Амму.

Амму улыбнулась. - Ты меня не знаешь. У меня есть скрытое прошлое", - сказала Амму.

"В наши дни прошлое не имеет никакого значения. Тем не менее, мы можем разделить время как BG и AG, до и после Google. Для Google все является "настоящим", и нет никакого прошлого", - сказал Арун. "Я согласен с Аруном", - сказал Джанаки. - Я тоже, - сказала Амму. Потом все они рассмеялись.

Арун приготовил дымящийся фильтрованный кофе, и его аромат распространился повсюду, подобно журчанию небольшого ручья в кокосовой роще. "Приятного чтения, профессор Майер", - сказал Джанаки, возвращаясь в их кабинет. Арун подошел к Амму, взял ее ладонь, поцеловал и сказал: "Я чувствую таинственную привязанность к вам, мэм. Я чувствую себя очень близкой к тебе". "Я чувствую то же самое, дорогой Арун", - сказала Амму, обнимая его. Внезапно Амму подумала о Рави, своем лучшем друге и любимом муже.

"Я Рави Стефан Майер", - сказал он, когда они впервые встретились в аэропорту Копенгагена.

"Я Амму Томас Пуллокаран. Я еду из Арланда, Швеция, и направляюсь в Кочи", - ответила Амму.

"Я тоже собираюсь в Кочи", - сказал Рави и улыбнулся. "Я юрист, практикующий в Высоком суде Кочи", - продолжил он. Затем Амму рассказала ему о своих исследованиях в Университете Уппсалы. Рави внимательно слушал ее.

Амму рассказала ему об озере Эркен, озере Ваттерн, сигнальном раке, своем руководстве по докторской программе, научных руководителях и коллегах. Она также поделилась с ним своими визитами в США. Самой захватывающей частью ее беседы с Рави были ее планы и гибридный омар, который она разработала для фермеров Куттанада. Рави очень нравились ее рассказы. "Как ты называешь свой гибрид рака и лобстера?" - спросил Рави. - Я назвал его *Каттерн*. В нем пятьдесят восемь процентов омаров Куттанад, тридцать процентов сигнальных раков озера Ваттерн, а остальное - сигнальные раки озера Эркен. Я разработал дюжину перестановок и комбинаций этих трех разновидностей. В конечном счете, я нашел один конкретный гибрид, который был наиболее продуктивным, жизнестойким, вкусным и наилучшим образом подходил для экологии Куттанада, условий ведения сельского хозяйства и социальной среды. Фермеры из Куттанада уже начали выращивать *Куттерн* для коммерческого производства на небольших участках. Результат превосходный, а урожайность возросла в пять раз по сравнению с более ранним сортом омаров. Я в восторге", - отреагировала Амму. "Это великолепная история, наполненная ясным мышлением, научным планированием и скрупулезным исполнением. Я поздравляю тебя, Амму. Это невероятно", - сказал он, протягивая руку, и Амму понравилось его пожатие.

Однажды Рави позвонил Амму, когда она была с рыбоводами в Куттанаде. "Я нахожусь в Алаппуже, и я был бы рад встретиться с вами", - сказал он. "Я на стороне фермеров. Пожалуйста, приходите, - ответила Амму. Она была в своем офисе, рядом с фермой, когда зазвонил стационарный телефон. Рави прибыл на своем мотоцикле через пятнадцать минут, выглядя привлекательно в своих джинсах и заправленной в них рубашке буш. - Привет, Амму, - поздоровался он. "Привет, Рави". Это был первый раз, когда Амму назвала его по имени. Это было в Куттанаде много лет назад. Позже его имя стало неотъемлемой частью ее жизни; это была самая соблазнительная песня, наэлектризованное слово и более страстная, чем песня Дидрика.

"Рави", - снова позвала она его, и ей нравилось так его называть. "Где ты был?" - спросила она. "Я был в высоком суде по делу о детском труде. Когда вердикт был вынесен в пользу детей, я подумал о том, чтобы навестить вас, поскольку из Кочи до Алаппужи рукой подать. Окрестности ферм выглядят очень красиво. Куттанад, возможно, самое очаровательное место на земле", - сказал он, смеясь, и ей было приятно смотреть, как он смеется. "Мило, что вы пришли". Амму показала ему крошечный *домик*. Они выглядели очень проворными. Большинство из них будут достигать двенадцати-пятнадцати сантиметров в длину и весить двести граммов в течение двух лет. В течение четырех лет каждый из них будет весить около трехсот граммов. Фермеры могут получать минимум четыреста рупий за килограмм, а экспортное качество может достигать шестисот пятидесяти рупий за килограмм, что в шесть раз увеличивает доход среднестатистического фермера", - восторженно заявила Амму. "Я так счастлив", - сказал Рави.

В тот день они посетили еще *восемь* ферм Каттернов вместе с фермерами. Исследования Ammu показали признаки динамичных изменений и светлого будущего. "Неправительственная организация в Швеции спонсировала меня, чтобы я продолжал заниматься экспериментальным сельским хозяйством еще два года, и они поддерживают всю мою деятельность", - сказал Амму.

"Шведы очень заботятся о развитии, в высшей степени ориентированы на социальное обеспечение и гуманны", - прокомментировал Рави.

- Вы правы! Шведы - исключительные люди. Они никогда не вмешиваются в чужие дела, но всегда готовы поддержать людей в любой точке мира", - добавила Амму.

- Пойдем, поужинаем в ресторане. Возможно, вы устали от посещения различных ферм с восьми утра", - сказал Рави, приглашая Амму присоединиться к нему.

Поездка с Рави была первой в ее жизни на мотоцикле. Он был осторожен и нежен. Через пятнадцать минут они добрались до Алаппужи. Несмотря на то, что ресторан был заполнен иностранными туристами, Рави и Амму заняли угловой столик на двоих. Они заказали утку на пару в черном перце, посыпанную *карипаттой*, кардамоном, корицей, зеленым перцем чили, *жаркое* по-каримински и коричневый рис Куттанадан.

Рави посмотрел на Амму, и для него она была необычайно красива. Они долго разговаривали, делясь своим восхищением друг другом. Она могла доверять ему; он был тем человеком, которого она искала долгие годы.

Им понравилась еда, и они заказали *Прадхаман* на десерт.

"Позволь мне сказать тебе, Амму, ты мне нравишься", - сказал Рави, когда трапеза закончилась. "Это взаимно. Давайте оставаться на связи друг с другом". Глаза Амму заблестели, и Рави заметил это.

"Давайте сделаем шаг. Я оставлю тебя в твоем общежитии, - сказал Рави, вставая.

- Спасибо тебе, Рави, за чудесное угощение. Я навсегда запомню этот день. Это был незабываемый ужин", - недвусмысленно сказала Амму.

- Спасибо тебе, Амму, что присоединилась ко мне и провела этот прекрасный вечер. Однажды мы проведем время на одном из этих плавучих домов", - сказал Рави, указывая на плавучие дома на Вембанад-Каяле.

"Это будет чудесно", - ответила Амму.

Обратная поездка была приятной. Прохладный ветерок с рисовых полей действовал успокаивающе. Они говорили о заводах, плавучих домах и Куттанаде и полностью наслаждались обществом друг друга.

Добравшись до общежития, они пожали друг другу руки. Затем, понизив голос, Амму сказала: "Люблю тебя, Рави Стефан". Как будто Рави ждал слов Амму, он сказал: "Я тоже люблю тебя, дорогая Амму".

Амму снились *Куттерны*, их было много, лодка, полная *куттернов*. Рави был лодочником. Следующим вечером Амму позвонил Рави и сказал: "Мне нужно собрать больше доказательств этиологии детского труда в

Муннаре. Не хочешь пойти со мной? Мы можем вернуться к вечеру, и я полагаю, ты можешь быть свободна завтра в выходные, верно?" Амму сказала: "Да". - Мы начнем в пять утра и позавтракаем по дороге. Все в порядке?" - спросил Рави. "Конечно", - ответила Амму. Она была в восторге. К половине пятого утра она была готова, а ровно в пять приехал Рави. Он выглядел элегантно в своей рубашке "буш", а Амму была одета в футболку и джинсы. - Ты выглядишь потрясающе красивой, Амму, - сказал Рави. - Ты выглядишь стильно, Рави, - ответила Амму на комплимент.

Рави был осторожным водителем, но в его вождении было очарование. Мотоцикл был плавным и лихим. Ранним утром сельская местность выглядела великолепно привлекательной, а дороги были чистыми и ухоженными. "Это сбывшаяся мечта, Рави", - сказала Амму. - Так ли это? Я немного опасался, примете ли вы мое приглашение или нет. Но я так счастлив, потому что это первый раз, когда мы путешествуем вместе", - сказал Рави. "Пусть это будет началом долгого путешествия", - добавила Амму. Кокосовые рощи, банановые плантации и каучуковые плантации привлекали внимание. "Я бы с удовольствием приехала и поселилась здесь", - поделилась своим желанием Амму. - Это место находится всего в пятнадцати километрах от города. Мы купим небольшой дом и поселимся здесь, если ты согласишься", - предложил Рави. "Я готова жить с тобой, Рави Стефан, в любой точке мира", - рассмеялась она. Рави тоже рассмеялся.

А затем последовало долгое молчание. "О чем ты думаешь?" - спросила Амму. "Я думаю о нас", - сказал Рави. Короткие фразы, которые он произносил, были энергичными и наполненными ожиданиями.

- Я согласен, Рави. В эти дни я думаю о нас, только о нас. Я совсем забыл о *Каттерне*. У меня есть только ты, - сказала Амму. Ее слова были точны, но в них чувствовался оттенок скрытой боли и мучения.

- А как насчет твоих родителей? - поинтересовался Рави. "Их больше нет с нами". "Мне очень жаль", - сказал Рави, выражая свои соболезнования. "Мои родители прожили в Валапаттанаме, Каннур, двадцать четыре года", - сказал Рави. - Где они сейчас? - спросил я. - спросила Амму. "Оба живут в Штутгарте уже четыре года", - ответил Рави. "Я бы с удовольствием познакомилась с ними", - выразила свое желание Амму. "На днях мы навестим их", - сказал Рави. "Почему они вернулись в Германию? Разве они не хотели остаться в Индии?" - спросила Амму. "Они немцы. У них нет индийского гражданства. С тех пор как они приехали в Индию, они много раз подавали заявления на получение гражданства, но так и не получили его. Долгое время их беспокоили ультранационалисты, и правительство неохотно продлевало им визу", - объяснил Рави. - Это так печально, - заметила Амму. "Моим родителям нравится все, что связано с Индией. Мой отец написал много книг на малаялам, а моя мать - знаток языка *тейям*. Она приехала в Индию, чтобы исследовать *Тейям*, поэтому они поселились в Валапаттанаме. Она посетила сотни *Кааву*, маленьких лесочков, примыкающих к домам и местным храмам. Гранитные изображения древних доарийских божеств, установленные на высоком пьедестале не для поклонения, а в знак уважения к их памяти, являются центральной тайной *Кааву*. В дополнение к *Кааву исполняются* танцы Тейям. *Эти* истории носят светский характер, даже несмотря на то, что в них рассказывается о древних богах и богинях. В Малабаре этими богами были люди. Позже арийцы присвоили себе этих богов и превратили их в своих божеств. Моя мать много писала о *Тейяме* и опубликовала много статей на немецком языке об этом великом виде искусства Малабара, который имеет универсальную привлекательность", - продолжил Рави. "Рави, я горжусь твоей матерью", - сказала Амму.

После долгой паузы Рави сказал: "Мой отец был убежденным коммунистом и обучил тысячи людей в Валапаттанаме. Рабочие, крестьяне, молодежь и все, кто был связан с коммунизмом в Каннуре, любили и обожали моего отца". "Ваша семья достойна восхищения", - сказала Амму. - Мой отец изучал крестьянское движение в Европе в Берлинском университете в восемнадцатом и девятнадцатом веках. В университете он много слышал о коммунистических движениях в Керале. Он отправился в Малабар со своей женой, чтобы ознакомиться с идеологией равенства, равных возможностей, социальной справедливости и участия трудящихся во всем. Он был вызовом ультранационалистам, и они жаждали его крови", - сказал Рави, уточняя детали. - Как зовут ваших мать и отца? - спросил я. "Мою мать зовут Эмилия, а моего отца - Стефан Майер". - Ты счастливчик, Рави, - сказала Амму. "Действительно, повезло". Затем он рассказал историю своих родителей о том, как они нашли его под мостом на платформе железнодорожного вокзала Каннур и их встрече с бродячими собаками, полицейским, небольшой группой людей и начальником станции. "Боже мой, это замечательная история", - воскликнула Амму. "Мои родители узнали, что я мальчик, только на следующий день, когда соседи поинтересовались моим полом", - сказал Рави. "Мой пол вообще не имел для них значения. Мои родители любили меня как своего собственного ребенка". Рави с гордостью рассказывал о своих родителях.

Затем Рави рассказал о Кальяни и Мадхаване, Саре и Мойдине, Ренуке и Аппуккуттане, Гите и Равиндране, Сумитре и Кунджирамане, а также о своем друге и брате Адитье. "У меня две матери. Одна - Эмилия, которая нашла меня под мостом и заботилась обо мне, как о своем собственном, а вторая - Ренука, которая кормила меня грудью в течение года и любила меня, как своего сына Адитью. Я получил безусловную любовь и заботу от Эмилии и Ренуки. Я был счастливым ребенком, а теперь я счастливый мужчина", - сказал Рави и улыбнулся. "Конечно, ты самый счастливый человек", - прокомментировала Амму. - Не позавтракать ли нам? добравшись до маленького городка, Рави спросил Амму. - Конечно. Я чувствую голод, - ответила Амму. Рави припарковал свой мотоцикл возле ресторана. Им нравилась чистая местность, и они ели мягкие *досы*, *путту* и бананы, приготовленные на пару. Кофе был великолепен на вкус, и Амму удовлетворенно улыбнулась.

"Я рад, что вам понравилась традиционная кухня Кералы. Миллионы туристов каждый год посещают Страну Бога, чтобы попробовать ее на вкус", - сказал Рави.

- Я согласна с тобой, Рави, - сказала Амму.

Они снова завели мотоцикл и поднялись на холмы. "Природа постоянно приглашает нас быть с ней, не конфликтовать, а жить в гармонии. Нам нужно возвращать любовь, которую мы получаем от природы", - высказал мнение Рави. "Нам нужно любить, уважать и защищать природу, и мы должны возвращать полученные от нее дары, поддерживая сбалансированный образ жизни, который никогда не наносит ей вреда", - ответила Амму.

Потребовалось почти три часа, чтобы преодолеть сто тридцать километров и добраться из Кочи до Муннара. "Во-первых, мы едем в лагерь для детей. Их там около сорока", - сказал Рави. "Шесть месяцев назад я впервые пришел сюда, и это уже пятый визит, так что большинство детей меня знают. Их работа начинается в девять и продолжается до восьми вечера", - сказал Рави, входя в лагерь.

"Дядя Рави, дядя Рави!" - несколько детей окликнули его по имени, подбежали к нему и обняли. "Привет, как дела?" Рави пожал руки многим из них, и им это понравилось. Дети выглядели изголодавшимися. Рави и Амму сидели с детьми, их было около тридцати. "Где остальные?" - спросил Рави. "Их работа началась в шесть утра", - хором сказали дети. - Когда они вернутся? - спросил я. Рави расспрашивал дальше. - К восьми вечера. Они недостаточно поработали за последние два дня, поэтому управляющий чайным садом попросил их компенсировать это", - сказали дети. - А как насчет их завтрака? - спросил Рави. - В десять они получат *вада* и чашку чая, на обед - рис с *самбаром*, а в девять - ужин. Снова рис и *самбар*", - сказали дети.

"Дети нуждаются в освобождении от этого рабства", - предложила Амму Рави. "Я работаю в этом направлении. Теперь я тоже воспользуюсь твоей помощью, - сказал Рави, глядя на Амму. "Действительно", - ответила Амму. "Давайте посетим несколько семей, где дети заняты на работе", - добавил Рави. - Дядя, приходи еще. Ты нам нужен", - умоляли дети. У детей не было свободы, и они не могли вести здоровый образ жизни. Они существовали для кого-то другого и жили как порабощенные люди. Условия, в которых эти дети проводили свои дни и ночи, приводили в ужас разумных людей. Необходимо было заняться вопросами образования, здравоохранения, безопасности, жилья и санитарии.

"Эти дети бросают школу, не дойдя до пятого класса. Они лишены детства, лишены возможности играть со своими друзьями и лишены возможности веселиться с детьми своего возраста. Они ведут жалкую жизнь, работая по десять-двенадцать часов в день", - сказал Рави Амму, когда они шли по жилым районам.

"Они нуждаются в образовании, отдыхе и питательной пище", - прокомментировала Амму.

Там были крытые жестью сараи, в каждом из которых проживало от пятнадцати до двадцати семей, и у каждой семьи была однокомнатная кухня. Рави и Амму общались со многими женщинами, и почти все они говорили по-тамильски. В каждой семье было по паре детей, которые приехали из Тамилнада или родились в Муннаре у родителей-тамилов. Амму и Рави посетили более сорока домов до часу дня. В некоторых домах присутствовали только пожилые люди, в то время как другие, включая детей старше десяти лет, ушли на работу. Медицинское обслуживание было крайне неадекватным, а жилье и условия жизни - бесчеловечными. Амму заметила, что люди были привязаны к своим жилищам, что было ужасно. "Эти люди - рабы. Они практически в заложниках у своих работодателей", - сказала Амму вслух. "Нам нужно подумать об освобождении детей. Чудовищно низкая заработная плата вынуждает их день и ночь бороться за выживание. Убедить суд крайне важно, и мы постараемся добиться этого", - сказал Рави. - Мы так и сделаем, - заверила Амму.

Пообедав скромно в городке Муннар, Амму и Рави отправились в Кочи. Они почти не разговаривали, и оба подумывали об освобождении этих детей из рабства. Привлекательная и идиллическая природа скрывала ужасную правду о детском труде.

"Добро и зло не могут существовать независимо от человеческой деятельности", - сказал Рави, когда они добрались до города.

"Понятие добра и зла необходимо для справедливости, но эта концепция должна основываться на науке", - ответила Амму, слезая с велосипеда.

- Я согласен с тобой, Амму. Мы все несем ответственность за улучшение мира, потому что добро и зло всегда присутствуют в человеческих поступках", - добавил Рави.

"Наука может обеспечить лучший анализ добра и зла. Это попытка понять, что происходит во Вселенной. Наука охватывает всю деятельность и ее результаты. Его цель - определить, что мы можем сделать для блага человечества. Поиск справедливости - неотъемлемая часть науки", - проанализировала Амму.

Рави посмотрел на нее. Амму была умна; ее анализ идей был объективным. - Амму, спасибо тебе за то, что пошла со мной. Мне очень понравилось ваше общество, - сказал Рави. "Спасибо, Рави". "Пока", - сказал Рави, направляясь к своему велосипеду. - Рави, - внезапно позвала она. Тогда Амму подошла к нему совсем близко и поцеловала его в щеку.

"Я люблю тебя", - сказала она.

Рави не удивился, но посмотрел на нее. Его сердце бешено колотилось. "Я люблю тебя такой, какая ты есть", - добавила Амму. Рави взял обе ее руки в свои ладони.

"Я тоже люблю тебя, дорогая Амму", - сказал он. Затем она смотрела ему вслед, пока он не скрылся из виду.

Амму читала "*Женщины в Ситаяне*", когда Джанаки и Арун вышли из своего кабинета, чтобы приготовить обед. "Профессор Майер, вы поглощены чтением", - прокомментировал Арун. "Это потрясающая работа, полная сопереживания и человечности. Автор скрупулезно анализирует жестокое патриархальное общество, где *Сита* является жертвой женоненавистничества, ненависти, сомнений и паранойи. Ее супруг никогда не уважал личность *Ситы* как независимой женщины, поскольку думал только о себе, и *Сита* не была проблемой в его среде, ориентированной на мужчин. *Сита* была пешкой. Иначе как бы он мог оставить *Ситу*, свою беременную жену, одну в густом лесу в полночь? *Сита* была его законной женой, и ее супруг бросил ее без всякого сочувствия или внимания. Его действия были неприемлемы". Слова Амму были резкими и прямолинейными, но они были объективными.

- Я согласен с вами, профессор Майер. Его брат изнасиловал Шурпанагу, сестру Раваны-подростка, и отрезал ей грудь, нос и уши, чего ни один нормальный человек даже представить себе не мог. Таким образом, он вдохновил дискредитированный *Кхап Панчаят* в Хар Яне, толпы линчевателей в Раджастане, насильников девочек-далиток в UP и растлителей по всей Индии. Равана Ланки был более благородным человеком. В отместку Равана, царь Ланки, похитил *Ситу*. Он никогда не прикасался к ней и не причинял ей вреда, но проявлял к ней уважение и поселил ее в прекрасном дворце с садом", - прокомментировал Арун.

Последовало недолгое молчание. "Муж Ситы был королем, когда он бросил свою беременную жену среди хищников в лесу без каких-либо угрызений совести из-за фальшивых новостей и сплетен. У нас есть такие политики, которые претендуют на то, чтобы быть великими лидерами и образцами социальных ценностей. Жена есть жена, и ее стремление к мужу и его близости - это ее право. В индийском обществе большинство замужних женщин не могут свободно общаться с другими людьми. Нам нужно разоблачать таких личностей", - сказал Джанаки, попросив *mmu* присоединиться к ним за обедом. *В течение пятнадцати минут Амму, Джанаки и Арун приготовили рис, роти, рыбное карри, бамию, шпинат и йогурт.* Затем Джанаки и A Ран поговорили с *mmu* о текущих социальных проблемах и религиозных мифах, разделяющих Индию, таких как дезертирство замужних женщин, бдительность коров, самосуд толпы, убийства в защиту чести и уничтожение девочек. Они обсуждали изнасилования и мошенничество, совершенные избранными представителями по всей Индии. Их диалог включал вопросы индивидуальной свободы, социального выбора, угнетения, порабощения, сопереживания, благотворительности и социальной работы. Рассказы Пола Захарии, "Арачаар" Миры, "Лупита Нього" и *"Двенадцать лет рабства"* Чивителя Эджиофора очаровали *mmu*. Она слушала Джанаки и A run и участвовала в анализе событий и идей. Джанаки и бег снова вошли в свой офис к трем часам дня.

Амму сравнила жизнь Ситы в патриархальной семье с равным положением женщин в Швеции. Вера в гендерное равенство в Швеции была крепка, как алмаз. Независимо от пола, каждый человек имеет право работать, обеспечивать себя, пользоваться плодами карьеры и семьи и жить, не опасаясь жестокого обращения или насилия. Для шведского общества гендерное равенство означало равное распределение возможностей, должностей и богатства в обществе между женщинами и мужчинами во всех сферах жизни. Она была качественной, обеспечивающей знания и опыт женщин и мужчин для содействия прогрессу общества. К женщинам и мужчинам относились одинаково в учебных заведениях и на рабочих местах. Если была замечена какая-либо дискриминация, образовательные учреждения, власти и работодатели были обязаны провести расследование и принять превентивные меры. Шведская конституция была выше всех религий, религиозных верований, мифов, суеверий и богов. Существовало агентство по гендерному равенству, которое организовывало основные гендерные программы, и целью было гендерное равенство во всех сферах жизни людей.

"Мисс Амму Томас, вы можете помочь человечеству с помощью своих исследований, искореняя голод и нищету и обеспечивая справедливость, свободу и гендерное равенство. Наука служит человеческому благополучию, в то время как мифы и суеверия угнетают человечество, отказывая в рациональных решениях", - говорит ее научный руководитель, профессор. Йоханссон, сказал однажды.

"Каждый человек должен сотрудничать с мировым сообществом в разработке новых знаний и быть интеллектуально честным в отношении вульгарности мифов и суеверий, которые заставляют общества и нации оставаться в состоянии отсталости и мракобесных убеждений. Только поддающиеся проверке факты ведут людей к счастливой жизни. Такие знания о Вселенной и социально-экономической среде обеспечивают справедливость и свободу, равенство и равные возможности, мораль и человеческое достоинство", - говорит профессор. Йоханнссон говорил с надеждой. Он был великим ученым, выдающимся эрудитом, выдающимся профессором, фантастическим коммуникатором и просвещенным человеком с замечательной эмпатией.

Люди, которые доверяют суевериям, мифам, мужскому превосходству, кастам, религии, языку и нациям, не имеют чувства свободы. Им не хватает сильного морального чувства, и они часто действуют жестоко. Итак, чтобы вести хорошую жизнь, люди должны быть объективными и обладать сильным любопытством к знаниям и принимать рациональные решения. Чтобы создавать знания, человек должен беспристрастно наблюдать, проверять факты и фиксировать полученные результаты. Человек, который верит в науку, скромен, искатель и исследователь, в то время как человек, который следует мифам и суевериям, эгоистичен, упрям и невежествен. Позже в своей жизни Амму поняла, что он был прав, абсолютно прав.

В течение шести месяцев после поступления в лабораторию Erken Амму закончила свои базовые курсы и приступила к лабораторной работе. За это время она много раз посещала озеро Ваттерн для сбора образцов и представила свои предварительные наблюдения наблюдательному комитету. Они сочли ее успехи удовлетворительными и попросили протестировать образцы, собранные в Куттанаде и шведских озерах. К концу своего первого года обучения Амму отправила две статьи в рецензируемые журналы для публикации.

В начале второго года она разработала двенадцать образцов для тестирования в Куттанаде и вернулась туда, чтобы проверить свой выбор. С помощью местного рыбоводческого кооператива Ammu создала двенадцать экспериментальных прудов для тестирования образцов, и эти пруды были названы *Kuttern* One, Kuttern Two, вплоть до *Kuttern* Twelve, которые содержали ДНК омаров из Куттанада и раков из озер Ваттерн и Эркен в различных комбинациях. Амму внимательно наблюдала за ростом своих *питомцев* и фиксировала все научные аспекты их развития. Каждый пруд был доверен небольшой группе из двух-трех фермеров, причем один фермер выступал в качестве ассистента-исследователя для поддержания научной среды и изучения процесса выращивания *Куттерна*. Эти фермеры стали соавторами и партнерами в исследованиях Ammu. Период тестирования длился один год. Вместе с шестью фермерами, ее партнерами по исследованиям, тремя женщинами и тремя мужчинами, Амму на месяц посетила Швецию, чтобы познакомить их с выращиванием раков в разных озерах.

Неправительственная организация спонсировала весь их тур по Швеции. Фермеры путешествовали вместе с Амму, посетив более десяти озер и наблюдая за выращиванием, производством и сбытом раков. Они также участвовали в *Крафтивалере*, фестивале раков. Фермеры узнали, насколько ценны голоса людей в шведской культуре и экономике, посетив различные семинары и конференции, организованные местными муниципалитетами в честь приезжих гостей из Кералы. Амму сопровождала фермеров в Университет Уппсалы, где познакомила их с отделом рыболовства.

Визит в Швецию стал для фермеров откровением. Они многое узнали о культуре труда и важности честности, этики, равенства, гендерной справедливости и свободы. Фермеры значительно обогатились, посетив сельскохозяйственные и животноводческие фермы в разных частях Швеции. Они были поражены, увидев самые современные помещения, где содержались коровы, не возводя их в ранг божества. По возвращении в Куттанад эти шесть фермеров работали со всем фермерским сообществом.

Амму снова отправилась в Швецию с другой группой своих партнеров по исследованиям, в которую входили три женщины и трое мужчин. Они много путешествовали по Швеции и проходили обучение в лабораториях и на фермах. Посещение собраний фермеров и выставок сельскохозяйственной продукции оказалось познавательным. Сельское хозяйство в Швеции было высоко механизировано и научно ориентировано, что привело к одним из самых высоких показателей производительности в мире и превосходному качеству сельскохозяйственной продукции. Фермеры из Куттанада проявили интерес к научному подходу, которого придерживались шведские фермеры. Университет пригласил их на встречу с командой, занимающейся исследованием раков. Амму свободно говорила по-шведски и представила собравшимся своих партнеров, после чего последовала дискуссия о разведении рыбы и роли фермеров в экономическом развитии Кералы. В честь гостей в университете был устроен ужин.

Визит в Швецию стал запоминающимся событием для фермеров. Группа вернулась в Куттанад с новыми идеями, новой культурой и надеждой. Они проявили большее участие и сопричастность к инициативам Ammu по тестированию образцов. Куттерн рос быстрее во всех двенадцати прудах, и с отобранными образцами Амму вернулась в Уппсалу и лабораторию Эркена. Наконец, она выбрала девять экземпляров из двенадцати для дальнейшего тестирования.

К концу второго курса Амму получил письмо от профессора Дж. Розалин Коллинз пригласила ее посетить ее университет в США, чтобы представить исследовательскую работу о сигнальных раках на международной конференции, которая должна была быть организована в течение трех месяцев. Амму подготовила статью, основанную на ее лабораторной работе и участии фермерского сообщества в Куттанаде в обслуживании и тестировании *Куттерна*.

Посадка в международном аэропорту имени Даллеса недалеко от Вашингтона, округ Колумбия, стала для Амму замечательным опытом, поскольку это был ее первый прилет в США. Организаторы организовали транспорт до отеля, где проходила конференция. Там собралось около четырехсот делегатов из университетов, научно-исследовательских институтов, организаций, НПО, рыбацких кооперативов и фермерских общин. Статья Амму была оценена по достоинству, и она смогла ясно и точно ответить на вопросы высококвалифицированных исследователей. Профессор Коллинз был впечатлен научным характером ее работы, как в лаборатории, так и в полевых условиях. Тестирование образцов на двенадцати участках в Куттанаде с участием фермеров было уникальным, а оценка фермерами роста, здоровья и подвижности от *Куттерна* первого до *Куттерна* двенадцатого была беспрецедентной. Профессор Коллинз представила Амму своим коллегам, и научное сообщество высоко оценило ее упорство в исследованиях и убежденность в необходимости искоренить голод и бедность и обеспечить достаток с помощью своих исследований.

Трехдневная конференция была социально и интеллектуально новаторской, динамичной и ориентированной на исследования. Амму встретилась с учеными, профессорами, исследователями, рыбаками, фермерами, кооперативными фермерскими обществами, индивидуальными фермерами и студентами. Она получила приглашения от многих принять участие в семинарах и конференциях, в основном из Норвегии, Великобритании, Чили, Японии, Филиппин, Индонезии и Вьетнама. Амму дорожила каждым мгновением, проведенным во время конференции.

Проведя три месяца в Швеции, систематизируя результаты своих исследований, Амму вернулась в Куттанад. Она была в восторге от того, что ее *Куттерн* быстро растет, и наслаждалась обществом фермеров, прошедших обучение в Швеции. Ее ассистенты-исследователи и рыбоводы приветствовали ее гирляндой и сообщили, что рост *куттерна* на пяти пробных участках был феноменальным. Амму протестировала их и осталась довольна их внешним видом, ловкостью, здоровьем и жизненной силой. Вместе с фермерами она приготовила их в глиняных горшочках и обнаружила, что *куттерны* на трех пробных участках получились вкусными, с сочной мякотью и легким привкусом сладости. Амму вернулась в Швецию с пятью образцами и провела детальное тестирование и верификацию со своим исследовательским комитетом. Она обнаружила, что трое из них, *Куттерн*-два, Восемь и Одиннадцать, очень подходили для Куттанада, и их фермерство было обнадеживающим. Амму поделилась результатами своих открытий со своими научными сотрудниками и сельскохозяйственными общинами в Куттанаде, и там были торжества. Наконец, ее научные руководители и гид одобрили ее выводы.

Амму немедленно приступила к написанию первого черновика своего исследования. Это была кропотливая задача; она должна была проанализировать данные с помощью различных статистических тестов и рационально интерпретировать полученные результаты. Она должна была разумно использовать свои математические способности и умение рассуждать. Исследовательский комитет рассмотрел первый проект, внес свои предложения и попросил Ammu включить их и представить повторно. Затем Амму интенсивно работала над вторым проектом своей диссертации, заполнила пробелы и повторно представила его в исследовательский комитет. Второй проект был направлен проф. Йоханссон с подробными комментариями. В течение двух недель исследовательский гид вызвал Амму к себе в офис и обсудил недостатки, анализ и интерпретации. После этого Амму приступила к своему третьему проекту, завершила его в течение десяти дней и отправила в исследовательский комитет. После тщательной оценки выводов и предложений диссертация была вновь направлена в исследовательское руководство.

В понедельник утром проф. Йоханссон вызвал Амму к себе в кабинет. Он сказал ей, что более или менее удовлетворен ее исследованием, но она не упомянула, какие образцы из второго, восьмого и одиннадцатого Куттернов больше всего подходят для окрестностей Куттанада.

"Профессор Йоханссон, все три варианта одинаково хороши для окрестностей Куттанада. Поэтому трудно определить, какой из них самый лучший. Статистика подтверждает этот вывод, и я предоставила соответствующий анализ и интерпретацию", - ответила Амму.

- Но кого из них вы считаете лучшим, по вашему мнению?

Амму помолчала несколько минут, затем сказала с большой убежденностью: "Сэр, я считаю, что *Каттерн* Восьмой самый лучший".

«почему? Назовите причину", - сказал проф. Йоханссон настаивала.

"*У* восьмого Куттерна есть оттенок сладости; двум другим этого не хватает".

Профессор Йоханссон улыбнулась и сказала: "Я одобряю отправку вашей диссертации на окончательную оценку".

- Благодарю вас, сэр. Я благодарна вам", - сказала Амму.

"Вы провели замечательное исследование. Теперь оценщики должны принять решение. Четверо оценщиков будут из-за рубежа и один из Швеции", - сообщил ей гид Амму. Профессор Йоханссон попросила Амму предоставить десять копий исследования в университет, пять копий экспертам по оценке и по одной в руководство, исследовательский комитет, лабораторию, университетскую библиотеку и шведские архивы. Трое из пяти оценщиков должны были принять диссертацию для присуждения докторской степени."

В пятницу Амму представила свою диссертацию на оценку, и в тот же день кафедра организовала вечеринку для всех, кто связан с исследованиями Амму в Швеции. На вечеринке, которая началась около пяти часов вечера, присутствовало более семидесяти человек. Еда была превосходной, и раки были в изобилии. Подали пиво, вино и Бранвин. После еды люди начали танцевать, и зазвучала громкая музыка. Профессор Йоханссон пригласил Амму потанцевать с ним, и он очаровал ее. Его движения были грациозными, искусными и безупречными. Казалось, он обладал физической и эмоциональной подготовкой, умственной выносливостью, творческими способностями и уверенностью в себе. Он взял свою партнершу за руку, и его тело переместилось в пределах личного пространства, не касаясь партнерши. Прежде всего, он с большим уважением относился к человеку, танцующему с ним. Амму нравилось танцевать с профессором. Йоханссон. Несколько других коллег пригласили Амму потанцевать с ними, и Амму поблагодарила каждого из них. Вечер был изящным и радостным, и танцы продолжались до полуночи.

После прохождения экзамена viva voce перед экспертами и успешной защиты своей диссертации Амму решила вернуться в Индию в течение трех дней. Она поблагодарила своего гида, научных руководителей, исследовательский комитет, коллег и друзей за их любовь, дружбу и неоценимое сотрудничество и помощь.

Профессор Йоханссон пригласил Амму к себе домой на чашечку кофе. Его жена *и* их дочери-близнецы были дома, когда приехала Амму. Профессор Жена Йоханссона была художницей, которая писала абстрактные картины *и* провела много успешных европейских выставок. Их дочери, Эльза *и* Эбба, учились в старших классах и свободно разговаривали с Амму по-английски. Амму знала, что в Швеции большинство людей в возрасте от десяти до шестидесяти пяти лет говорят по-английски. За чашечкой кофе они расспросили Амму о

Керале, Катхакали *и Калариппаятту*, а также о секретах высокого уровня грамотности в Керале, уникальной системе здравоохранения и невероятной природной красоте.

Эльза и Эбба спели песню в честь Амму на шведском языке, которая была сладкозвучной, и Амму она очень понравилась. Помимо невероятных эмоций любви, замаскированных под тревогу и боль, песня была трогательной, и Амму поздравила Эльзу и Эббу. Они сказали ей, что песня была о любви между мальчиком по имени Дидрик и девочкой по имени Оливия. Они встретились в торговом центре Стокгольма и влюбились друг в друга. На следующий день Дидрик сел на поезд до Гетеборга, где жила Оливия; добравшись туда, Дидрик узнал от матери Оливии, что она уже села на поезд до Стокгольма, чтобы встретиться со своей подругой. Вскоре он вернулся в Стокгольм, который находился в четырехстах шестидесяти восьми километрах от него, и его мать сказала ему, что Оливия была там и только что вернулась в Гетеборг, чтобы встретиться с ним там. Затем мальчик спел душераздирающую песню, надеясь вскоре встретиться с Оливией. Амму посмотрела на Эльзу и Эббу и сказала: "Любовь - это высшая связующая сила между двумя людьми". Эльза и Эбба согласились с Амму.

Элис, профессор. Жена Йоханссона подарила Амму картину под названием "Любовь на озере Эркен". На картине была изображена небольшая лодка с молодой парой. Элис объяснила, что молодая пара олицетворяла все человечество, в то время как озеро Эркен символизировало вселенную. Амму нашла картину красивой, волшебной и таинственной, и она поблагодарила Алису за продуманный подарок. Алиса обняла Амму и похвалила ее за очаровательную внешность. Амму выразила свою благодарность Алисе за ее гостеприимство и добрые слова, а также Эльзе Эббе за трогательную песню, которую они спели в ее честь. Профессор Йоханссон улыбнулся, и Амму поблагодарила его за руководство в завершении ее докторской диссертации.

Около десяти друзей и коллег прибыли в стокгольмский аэропорт Арланда, чтобы попрощаться с Амму. Все они обняли ее и попрощались. Амму поблагодарила их и поцеловала в щеки. Она прилетела в Копенгаген, где ее жизнь изменилась сверх ее воображения и ожиданий. Там она встретила человека, который полностью изменил ее жизнь, вошел в нее навсегда и стал неотделим от ее существования, человека, который стал единым целым с Амму по сути и существованию. Это было так, как если бы она знала его целую вечность, встречалась с ним с самого начала Большого взрыва и при формировании первой клетки эволюции. С самого начала ей понравилось, как он ходил и разговаривал, а также его внешность: яркие глаза, нос, уши, жесты, темная борода и большая элегантность. Это была любовь во всей ее полноте, как любовь Оливии к своему возлюбленному Дидрику. Позже, когда они поженились, Амму пела песни о любви на малаяламе, английском и шведском языках, включая песню Дидрика. Рави любил постоянно слушать душераздирающую музыку Эльзы и Эббы. Рави был Дидриком Амму, а она была его Оливией.

Амму была дочерью Томаса Пуллокарана, богатого владельца маслобойни в Триссуре. Он очень гордился своей фамилией, которая включала в себя многих священников, монахинь, епископа, пару полицейских, судью и офицера индийской гражданской службы в обширной семье его деда. Томас Пуллокаран владел примерно десятью фабриками по производству пищевого масла, расположенными по всему округу Эрнакулам, Триссур и Палаккад, и он всегда ездил на белом автомобиле "Амбассадор". Он построил дом в Триссуре, который был достопримечательностью для туристов, и пожертвовал миллионы своей церкви, Сиро-Малабарской католической церкви. Он любил посещать Святую мессу на арамейском языке и помогал церковным властям строить часовни, семинарии и больницы. Он был щедр ко всем.

Томас Пуллокаран начал работать сборщиком кокосовых орехов, когда ему было десять лет, чтобы спастись от террора своего отца-алкоголика. Сначала Томас пешком посещал близлежащие фермы, покупал по паре кокосовых орехов за раз, носил их на голове в корзине из кокосовых листьев и продавал владельцам традиционных мельниц. К шестнадцати годам он мечтал о собственной мельнице, а к восемнадцати приобрел небольшую обычную мельницу и белого бычка. Белый был его счастливым цветом, и он всегда носил белую одежду и красил свой дом и стены на участке в белый цвет, но никогда не настаивал на том, чтобы его жена и дочь носили белое. Томас записал дату покупки маслобойни на последней странице своей Библии. Когда он был маленьким, его мать, Мария, велела ему записывать все значимые события в своей жизни в Библии, и он неукоснительно следовал ее пожеланиям. Он положил Библию, написанную на арамейском языке, на подставку под изображением Святого Сердца Иисуса.

Томас обычно сам срезал кокосовую шелуху, разрезал семечко надвое, вручную нагревал ядро до тех пор, пока оно не становилось сухим, а затем помещал его в *чакки*, традиционный стационарный барабан, оснащенный поворотным устройством, прикрепленным к его быку. Поначалу Томас Пуллокаран добывал от двадцати пяти до тридцати литров нефти в день. Каждый вечер он принимал теплую ванну для своего быка и кормил его зеленой травой, золотистым сеном и несколькими кусочками жмыха *копры*, остатками кокосового ореха после извлечения масла. Перед сном он обычно целовал своего быка в голову, и Аппу, его быку, всегда это нравилось, и он нежно лизал лицо Томаса Пуллокарана. Постепенно женщины с близлежащих ферм стали приносить кокосовые орехи на продажу или в обмен на кокосовое масло. Все чаще фермеры привозили кокосы в запряженных волами повозках и мини-грузовиках. Томас Пуллокаран был абсолютно честен в своих деловых отношениях и денежных операциях и заслужил репутацию прямолинейного человека. В течение года он построил небольшой домик рядом со своей маслобойней с двумя спальнями с примыкающими ванными комнатами, гостиной, холлом и кухней с закрытой столовой. Однажды, после арамейско-сирийской святой мессы в воскресенье, Томас Пуллокаран увидел Анну в своей приходской церкви с ее матерью. На следующий день он отправился к Фрэнсису Поттану и попросил руки Анны. У Фрэнсиса было четыре дочери и два сына, и он был безмерно рад вверить свою дочь Анну в руки Томаса Пуллокарана, поскольку знал, что молодой человек, сидящий перед ним, был трудолюбивым, умным, честным и любящим. Фрэнсис знал, что с Томасом его старшая дочь будет в безопасности, счастлива и богата.

Свадьба была простой церемонией. Томас Пуллокаран настоял на том, чтобы отвезти свою жену прямо из церкви к себе домой, вместо того чтобы отправиться в дом невесты, как того требовала традиция. Но Фрэнсис не возражал, так как знал, что его дочь после замужества принадлежала своему мужу. Анна не чувствовала себя виноватой; она была счастлива, что Томас стал ее мужем. Томас написал дату свадьбы и имя своей жены на последней странице своей Библии. Анне было двадцать, а ее мужу - двадцать четыре, когда они поженились. Томас Пуллокаран любил Анну всем сердцем, и Анна знала это. Вскоре у них родился сын, и роды проходили в лучшем родильном доме Триссура. Они назвали своего сына Хосе, чье имя при крещении было Джозеф Анна Томас Пуллокаран, поскольку Томас настоял, чтобы приходской священник включил имя Анны после имени его сына. Поскольку Томасу не нравилось имя его отца Рафаэль, он дал сыну имя своего деда Джозефа. Он никогда не использовал фамилию своего отца вместе со своим именем. Томас написал дату рождения, имя и дату крещения сына на последней странице своей Библии.

С детства Томас ненавидел одного человека: своего покойного отца. Ему не нравился сам его внешний вид. В алкогольном угаре Рафаэль избил свою жену, мать Томаса, которая молча страдала. Томас только однажды слышал, как его мать громко плакала, когда отец ударил ее ногой в живот. Томас много лет слышал эхо этого душераздирающего крика своей матери даже во сне, и это глубоко преследовало его. Когда ему было четырнадцать, Томас захотел убить своего отца и купил маленькую кувалду в скобяной лавке в Триссуре. Он прятал его в углу дома под кокосовой шелухой, чтобы размозжить отцу голову, пока тот спал. С кувалдой в руке Томас подошел к кровати отца, чтобы одним ударом размозжить ему голову. Однажды он поднял кувалду над головой и вдруг услышал, как мать зовет его из кухни. В другой раз его мать пошла в церковь; его отец спал пьяный, и Томас подошел к нему с кувалдой. Затем он услышал звон церковного колокола и подумал, что было бы неприлично разбивать голову его отцу, когда приходской священник совершал Святую Евхаристию в их церкви.

Люди доверяли Томасу Пуллокарану; в частности, женщины давали ему деньги на хранение, не требуя процентов. Такие выплаты предназначались в основном для удовлетворения насущных потребностей, и Томас Пуллокаран никогда не забывал выплачивать общие проценты с внесенной суммы. "Пусть мои деньги будут честными деньгами, плодом тяжелого труда", - обычно говорил Томас каждому, кто посещал его маслобойню. В течение десяти лет его имя и слава распространились по всему Триссуру, и он построил новую механизированную маслобойню на одном акре земли, прилегающем к его дому. Томас Пуллокаран знал, что его жена Анна и его бык Аппу были причинами его громкого имени, богатства и прогресса. Он держал Аппу недалеко от своего дома в чистой и опрятной конюшне. По крайней мере раз в неделю Томас Пуллокаран лично управлял своей старой ручной маслобойней с помощью Аппу, чтобы Аппу мог хорошенько размяться. Кроме того, он назначил помощника присматривать за Аппу, заботиться о нем и совершать длительные прогулки.

После подробного обсуждения с Анной Томас Пуллокаран открыл новые механизированные маслобойни в Мукундапураме, Талаппилли, Чаваккаде и Кодунгаллуре. Он назначил более пятидесяти работников для закупки кокосовых орехов, производства и сбыта кокосового масла. Он спрашивал мнение и советы Анны даже по мелочам и понял, что у

Анны есть шестое чувство, связанное с их благополучием и счастьем. Вскоре Томас Пуллокаран захотел создать торговую марку для своих нефтепродуктов. Однажды, лежа в постели, он попросил Анну предложить название для их марки масла. Анна некоторое время думала об этом, а потом заснула. Во время завтрака Анна сказала своему мужу: "Прошлой ночью мне приснилась твоя мать. Мы поговорили, и я попросил ее предложить название для наших нефтепродуктов. Потом она сказала: "Назови это, *вытащи Белого бычка*". Мне понравилось это название. *Пулл* - это сокращенная форма Пуллокарана, а *Белый Бык* - наше приложение." Томас Пуллокаран повторил имя, предложенное Анной, полдюжины раз. "Все идет хорошо", - мысленно произнес он и почувствовал себя чрезвычайно счастливым, услышав имя, предложенное его любимой женой Анной. Он проконсультировался со своим дипломированным бухгалтером и в течение нескольких дней зарегистрировал торговую марку своих нефтепродуктов. Это был "*Вытащи белого быка*".

"*Вытащи белого быка*" имел грандиозный успех, так как он вызвал бурный рост продаж по всей Индии. Томас Пуллокаран открыл новые механизированные маслобойни в районах Палаккад и Эрнакулам и приобрел современные грузовики. У него было более трехсот сотрудников, включая техников, инженеров и технологов пищевой промышленности.

Вскоре после этого Томас Пуллокаран отправился с Анной в турне по Южной Индии, доверив маслобойни своим доверенным старшим менеджерам. Хосе было десять лет, и он учился в пятом классе, поэтому он остался дома со своим помощником. Анна и Томас Пуллокаран посетили Тривандрум, Ковалам, Каньякумари, Мадурай, Ченнаи, Хайдарабад, Гоа, Хампи, Бангалор, Майсур, Ути и Кодайканал. Это был незабываемый тур для них обоих.

Проконсультировавшись с Анной, Томас Пуллокаран расширил свой бизнес, включив в него переработку джекфрута и маркетинг. У него не было проблем с приобретением достаточного количества джекфрута, поскольку он был легко доступен по всей Керале. Он импортировал из Италии новейшее оборудование для пищевой промышленности, и его обработанный джекфрут был изумителен на вкус. Он назвал его "*Джекфрут Уайт Булл*" под вывеской *Pull the White Bull* и первоначально продавал в южных штатах Индии и на севере Индии. По совету Анны Томас Пуллокаран связался с деловыми партнерами на Ближнем Востоке, в Германии, Великобритании, Испании, Италии, Австрии и США. Вскоре *джекфрут "Уайт Булл"* превратился в процветающий бизнес. Томас Пуллокаран и Анна посетили множество церквей по всей Керале, пожертвовав огромные суммы денег приходам и епархиям на благотворительность и образование. Вскоре они стали идеальными сиро-малабарскими католическими парами во всех церквях. Во время воскресных проповедей приходские священники просили свои общины подражать щедрости, духовности и благочестию Анны и Томаса Пуллокаран.

Молодой, недавно назначенный епископ Джордж регулярно посещал Томаса Пуллокарана, главным образом по финансовым нуждам. Епископ нуждался в деньгах для обучения семинаристов и монахинь из основанной им конгрегации "*Дочери Пресвятой Богородицы*". Ему также нужны были средства, чтобы покрыть расходы на поездку с молодой матерью Екатериной, настоятельницей *Дочерей Пресвятой Богородицы*, в Ватикан, Рим; Фатиму, Германию, Святую Землю и США для сбора средств и развлечения. Томас Пуллокаран всегда был щедр, с улыбкой даря епископу большие пачки банкнот. "Пусть церковь святого апостола Фомы, особенно Сиро-Малабарская церковь, растет и процветает повсюду", - часто говорил он епископу Георгию, целуя его священное кольцо. Вскоре фильм Томаса Пуллокарана "*Вытащи белого быка*" был объявлен бизнесом стоимостью в миллиард рупий.

Через два месяца после возвращения из своего турне по Южной Индии Анна поняла, что беременна вторым ребенком. Узнав радостную весть, Томас Пуллокаран был чрезвычайно счастлив и заботился о своей жене, как о королеве. Они назвали своего ребенка Амму, родившегося в известном родильном доме в Кочи. Томас попросил епископа Джорджа окрестить Амму, и ее крестильное имя было Мэри, в честь матери Томаса Пуллокарана. В день крещения был устроен грандиозный праздник, и на вечеринке присутствовали все сотрудники его маслобойных заводов, его друзья, родственники и коллеги по бизнесу. Томас Пуллокаран объявил дополнительную дневную зарплату для всей своей команды и подарил новый автомобиль посла епископу Джорджу, который был исключительно доволен его жестом.

Томас Пуллокаран построил новый особняк в пригороде и назвал его "*Белый бык*". Там же было стойло для его быка Аппу. Каждый день, возвращаясь с работы, Томас кричал: "Аппу! Аппу!", и бык качал головой в знак приветствия. Накормив его кусочками торта из *копры*, Томас заходил внутрь, чтобы встретиться со своей женой. Для Томаса было чем-то вроде религиозного долга выводить Аппу на длительные прогулки в одиночестве по крайней мере два раза в неделю, и Аппу наслаждался тропой, поскольку между ними существовала необъяснимая связь. Когда Амму было пять лет, родители отдали ее в школу для монахинь. К тому времени Хосе получил аттестат зрелости и поступил в высшую среднюю школу, специализирующуюся на естественных науках и математике, потому что через два года планировал поступить в инженерный колледж. Хосе и Амму были блестящими учениками, хорошо себя вели, и их любили друзья и учителя. Их родители гордились ими и любили их, как слоны любят своих детенышей.

Томас Пуллокаран попросил Анну сопровождать его в дом епископа, чтобы поблагодарить епископа Джорджа за его молитвы и благословения. Однако Анна впервые не согласилась с ним, заявив, что встречаться с епископом в доме епископа не было необходимости, поскольку она считала такую близость с епископом вредной для здоровья. Но из-за настойчивости Пуллокарана Анна в конце концов согласилась пойти с ним. Епископ Георгий обычно принимал посетителей вечером, поскольку начиная с 11 утра у него были встречи с генеральным викарием епархии, приходскими священниками и главами различных конгрегаций. У него были свои особые религиозные занятия и медитация до 10 утра. В 7 часов вечера мать Екатерина участвовала в его евхаристическом богослужении в его личной часовне, примыкающей к его спальне, которое продолжалось полчаса. Затем она приготовила ему завтрак на маленькой кухне по другую сторону его кабинета, поскольку епископ предпочитал только обедать и ужинать с другими священнослужителями в главной трапезной. Монахиня присоединилась к нему за завтраком, убрала кухню и спальню, приготовила ему постель, постирала его одежду и отдала в химчистку облачения для различных таинств.

Мать Кэтрин была одной из первых монахинь, присоединившихся к конгрегации *Дочерей Пресвятой Девы* в шестнадцать лет. Группа была основана молодым священником по имени Джордж, и Кэтрин присоединилась к ней в качестве послушницы, привлеченная его динамизмом, желательным поведением и благочестием. Кэтрин обожала Джорджа, находя его мужественное тело и завораживающие глаза завораживающими. Позже Папа римский помазал его на сан епископа. В возрасте двадцати двух лет Кэтрин стала исповедующей монахиней, а в возрасте двадцати семи лет была назначена настоятельницей монастыря. У конгрегации было всего три женских монастыря в разных уголках епархии, в каждом из которых была гостевая комната, специально обставленная для епископа, и никому, кроме Матери, не разрешалось входить в них или оставаться в них. Он оставался в комнате для гостей всякий раз, когда епископ посещал монастырь. Первоначально епископ собрал все деньги для *Дочерей Пресвятой Богородицы*.

Позже монахини открыли школы и больницы и стали самодостаточными, но невероятно богатыми, покупая землю и здания по всей Керале. Сестры поблагодарили епископа Георгия за создание конгрегации и благословение на удовлетворение их мирских и духовных потребностей. Он считался святым священником, а затем и святым епископом; он оставался покровителем, советником и председателем конгрегации. Он принимал все решения, касающиеся подготовки монахинь, образования, работы, перевода и наказания. В свои тридцать с небольшим мать Кэтрин, умная и деятельная, стремилась ежедневно помогать епископу, и у нее вошло в привычку проводить по три часа в доме епископа каждое утро с семи до десяти. Все монахини в ее общине считали своим религиозным долгом помочь сорокалетнему епископу, их основателю, который, вдохновленный Святым Духом, основал их группу.

Многие родители приводили своих младенцев, чтобы получить благословение епископа Георгия. Начертав пеплом крестное знамение на их лбах, святитель освятил их. Постепенно верующие начали видеть Младенца Иисуса у него на руках, особенно в первую пятницу месяца. Месяц за месяцем очереди перед домом епископа становились все длиннее и длиннее, и родители со своими младенцами почти из всех приходов стояли в очереди. Они верили, что все младенцы, благословленные митрополитом, остаются здоровыми до тех пор, пока ребенок не достигнет половой зрелости или не потеряет обет безбрачия или девственности. Поскольку епископ был знатоком теологии Младенца Иисуса, существовало твердое убеждение, что Младенец часто беседовал с ним в одиночестве. Епископ был счастлив благословить младенцев, поскольку каждую первую пятницу получал значительные деньги.

Каждую субботу епископ Георгий проповедовал и проводил молитвенный ретрит и медитацию для молодежи епархии в кафедральном соборе, примыкающем к дому епископа. Сотни молодых людей приняли участие в этих ретритах. Главными темами молитв были целомудрие и девственность, и он призвал молодежь сохранять целомудрие любой ценой. - Твое тело чисто. Никогда не становись рабом дьявола, врагом Бога. Наша мать, Дева Мария, всегда была непорочна, и она оставалась такой даже после рождения Иисуса. Она забеременела от Святого Духа, и ее сын был Сыном Всемогущего Бога.

Иисус родился не через ее гениталии. Бог даровал ей особое благословение избавить Иисуса, не потеряв при этом девственности. Это была глубокая тайна, и Бог мог даровать такие благословения всем христианам. Вы должны заниматься сексом только после вступления в брак, и это тоже только с вашим супругом. Занимайтесь сексом только для того, чтобы завести ребенка в миссионерской позе. Все остальные позиции - это творения дьявола, которые не нравятся Богу. Сохраняйте чистоту, не занимаясь сексом до тех пор, пока вам не понадобится еще один ребенок. Да благословит вас Пресвятая Дева через Господа нашего Иисуса Христа", - сказал епископ, благословляя юношу. Имя и слава епископа распространились повсюду как великого ретритного проповедника, духовного наставника и вдохновляющего прелата.

Мать Екатерина посещала специальные занятия для девочек в епархии по подготовке к браку. Она говорила о девственности, приводя в пример Деву Марию. Свидетельство матери Екатерины о катехизисе, в частности о таинстве непорочности, было необходимо всем девушкам, чтобы получить разрешение епископа на вступление в брак. "Всегда поддерживайте дома молитвенную атмосферу. Возьмите с собой четки, особенно когда ваш муж совершает половой акт, чтобы зачать ребенка, и читайте четки во время священного секса. Когда он завершит союз, попросите его присоединиться к вам в молитве, читая четки", - обычно призывала девочек мать Кэтрин. Все в епархии называли ее Матерью Святого Розария. И люди восхищались ее набожностью и приглашали ее в свои дома, чтобы прочитать розарий в качестве семейной молитвы. Она получала пожертвования от католиков в размере от пятисот до тысячи рупий за каждый визит. Таким образом, матушка всегда поддерживала молитвенную атмосферу в епархии. Мать помогла епископу Георгию благословить детей, и родители были благодарны ей за бескорыстное служение. Поскольку монастырь находился всего в пяти минутах езды от дома епископа, матери Екатерине было легко каждое утро рано добираться до его дома.

ГЛАВА ТРЕТЬЯ: БЕЛЫЙ БЫК И ШКОЛА ТАНЦЕВ

Томас Пуллокаран и Анна посетили епископа Джорджа около пяти часов вечера, и епископ был рад встретиться с ними. Они поблагодарили епископа за его молитвы и благословения. После короткой молитвы епископ сказал им, что может организовать для них аудиенцию у Папы Римского в Ватикане. Томас Пуллокаран был взволнован, услышав это. "Несмотря на то, что трудно добиться аудиенции у Святого Престола, я могу организовать ее для вас в течение трех месяцев", - сказал епископ. "Ваша светлость, нам слишком повезло", - сказал Томас Пуллокаран. "Вам нужно сделать пожертвование Ватикану через нашу епархию", - сказал епископ. "Конечно", - ответил Томас Пуллокаран, глядя на Анну. "Итак, я дам вам подробную информацию о билетах на самолет, и вы должны немедленно забронировать их для матери Екатерины и меня, сразу после того, как я получу подтверждение из Ватикана", - сказал епископ с улыбкой. - Да, ваша светлость, - сказал Томас Пуллокаран. "Я поведу вас", - сказал епископ.

Поцеловав кольцо епископа и вручив ему пачку банкнот в сто тысяч рупий на содержание приюта, Томас Пуллокаран и Анна ушли. Однако Анна оставалась спокойной, в глубоком молчании.

Анна снова забеременела своим третьим ребенком, и ей было тридцать шесть лет. Она беспокоилась, что ее муж начал доверять всем и слишком сильно доверять епископу. Кроме того, он бездумно верил в некоторых своих инженеров и технологов пищевой промышленности. В последнее время Томас стал простаком, и Анна встревожилась. С течением месяцев у нее развились гипертония и диабет. Гинеколог сказал Томасу Пуллокарану, что это типично, поскольку высокое кровяное давление и диабет исчезнут после родов. Томас назначил двух домашних сиделок, чтобы они ухаживали за Анной днем и ночью. Томас Пуллокаран проводил большую часть своего бодрствования с Анной, поскольку ее благополучие было его счастьем. Он поцеловал ее в щеки, когда они остались одни. На восьмом месяце Анна упала в обморок в гостиной, и ее немедленно перевезли в лучшую больницу Триссура. Анна пробыла в коме два дня, и Томас перевез ее в Кочи, где для ее лечения были назначены врачи-специалисты. Томас Пуллокаран всегда оставался с ней. На седьмой день Анна умерла в больнице, а Томас держал ее голову в своих руках и плакал, так как не мог совладать со своим горем и болью.

После семнадцати лет счастливой супружеской жизни Томас Пуллокаран овдовел. Жизнь потеряла для него все свое очарование, смысл и цель, поскольку Анна была неотделима от его сознания. Каждое утро и вечер он обнимал Хосе и Амму, рассказывал им прекрасные истории об их любящей матери и пересказывал ее слова, жесты и взгляды. Он стал очень бережно относиться к своим детям. Вечерами Томас Пуллокаран повсюду искал Анну, неоднократно выкрикивая ее имя и теряясь в воспоминаниях. Он никогда не мог смириться с тем, что ее больше нет и что он никогда больше не встретит ее. Некоторые из его друзей и доброжелателей просили его снова жениться, чтобы у детей была мать, а он оправился от своего горя. Но он отказался принять их предложения.

Когда Хосе поступил в инженерный колледж, Томас ожидал, что Хосе возьмет на себя обязанности руководителя маслобойни после получения степени бакалавра и магистра делового администрирования. Томас Пуллокаран постепенно терял интерес к бизнесу.

Несмотря на то, что смерть Анны причинила Томасу Пуллокарану невыносимую боль, а его действия свидетельствовали об отстраненности, *Pull the White Bull* преуспел, поскольку баланс показал значительную финансовую жизнеспособность и здоровье. Томас доверял своим инженерам, специалистам по пищевой промышленности и административному персоналу, поскольку они знали, что делать и как действовать во время кризиса. Когда Амму перешла в десятый класс, Хосе поступил на работу в инженерную фирму на один год. Когда он поступил на программу МВА, Амму учился в старших классах средней школы. Ранее Томас Пуллокаран посещал все свои маслобойни трижды в месяц, но сократил частоту своих посещений до двух раз в месяц. Кроме того, он назначил новых инженеров и технологов пищевой промышленности на более высокие должности, когда некоторые из его специалистов мигрировали в США и Австралию.

Новичкам не хватало опыта и твердой приверженности делу, что сказалось на закупках, производстве, маркетинге и рекламе "*Вытащи белого бычка*". Томас Пуллокаран считал, что это кратковременное явление и что, когда они приобретут больше опыта, все изменится к лучшему. Однако наблюдался постепенный спад, и некоторые из его старых помощников сообщили ему, что с *Pull the White Bull* что-то не так. Теперь Томас стал встревоженным человеком и проводил бессонные ночи. Он скучал по предложениям и советам Анны. Перед сном он проводил долгие часы перед фотографией Анны, размышляя о днях, проведенных с ней в их маленьком домике, а позже в их особняке "*Белый бык*".

Получив степень МВА, Хосе поступил на работу в фирму в Бангалоре, чтобы набраться опыта, и пообещал своему отцу, что через год присоединится к *Pull the White Bull*. Постепенно Томас Пуллокаран заметил перемены в Хосе, поскольку тот стал интровертом, и он редко связывался с ним по телефону. Даже когда они разговаривали, то всего две-три минуты. Через четыре месяца Хосе однажды внезапно появился дома, и его отец понял, что Хосе изменился до неузнаваемости. Он носил длинную бороду, и его отношение к религии, событиям и вере изменилось. Пробыв у нас один день, Хосе ушел, ничего не сказав отцу. Месяц спустя Пуллокарану позвонил Хосе и сообщил, что он уволился с работы и начал изучать арабский язык в Хайдарабаде. Это действительно стало шоком для Томаса Пуллокарана, и он отчаянно пытался связаться со своим сыном, но не смог его найти. Он не знал, где находится Хосе.

Через два месяца Хосе вернулся домой и нагрубил своему отцу. Он попросил его дать ему миллион рупий наличными. Собрать такое количество наличных было трудной задачей для Томаса, и он сказал Хосе, что такая большая сумма недоступна и что невозможно получить ее в валюте. Хосе взбесился и пригрозил своему отцу ужасными последствиями. Томас Пуллокаран понял, что потерял своего сына. С большим трудом Томас Пуллокаран собрал полмиллиона рупий наличными и передал их Хосе, но Хосе пришел в ярость и оскорбил своего отца. "Хосе, когда ты разговариваешь со своим отцом, ты должен проявлять уважение", - сказал Томас Пуллокаран. - Не называй меня Хосе. Меня зовут Али", - ответил он. Это было шоком для Пуллокарана. "Сейчас я ухожу, но вернусь через месяц, и мне понадобится пять миллионов рупий, и я не жду никаких оправданий", - крикнул Хосе, уходя. Страх охватил Томаса. Хосе не был его сыном; он думал, что это кто-то другой. Как с ним справиться, встретиться с ним лицом к лицу в следующий раз и собрать пять миллионов наличными. Все его операции осуществлялись с помощью чеков, и собрать такую крупную сумму наличными было невозможно.

Хосе вернулся через месяц и настоял на получении пяти миллионов наличными. Он вел себя как дикое животное. Увидев его, Амму заплакала, но Хосе пригрозил убить ее, если она предстанет перед ним без хиджаба. - Убирайся с глаз моих долой. Женщина никогда не должна выходить в открытую без разрешения мужчины. Уходи! - крикнул он Амму. Затем он разбил фотографии Святого Сердца Иисуса, Тайной вечери, Пьеты, святого Фомы в Керале и Святого Антония с младенцем Иисусом, крича: "Я ненавижу идолопоклонников. Они нуждаются в наказании, и их наказание - смерть". Изображение святого Фомы было дорого Томасу Пуллокарану, поскольку это был подарок от его деда, Джозефа Мэтью Пуллокарана. Джозеф однажды сказал Томасу, что святой Фома пришел на побережье Малабара, крестил семь семей и основал семь церквей в Керале. Святой происходил из семьи Иисуса и говорил по-арамейски, на языке Иисуса, на котором сирийские христиане совершали свою святую мессу. "Никогда не забывай святого Фому и всегда храни эту фотографию святого Фомы в своем доме. Апостол благословит тебя", - сказал его дед.

Его сердце разбилось, когда Томас Пуллокаран увидел разорванную фотографию своего любимого апостола, и он не знал, что сказать. Он дрожал от ярости и подумывал о том, чтобы позвонить в полицию, но воздержался от этого, учитывая плохую огласку, которую это могло бы вызвать. Однако Томас Пуллокаран внезапно стал человеком с привидениями, напуганным своим сыном Хосе, он же Али, джихадистом.

"Отдай мне деньги!" - крикнул Хосе, угрожающе подходя к отцу.

"Дайте мне немного времени, и я заплачу вам сполна", - взмолился Томас Пуллокаран.

"Сколько тебе нужно времени, ты, *кафир*?" - крикнул Хосе.

"По крайней мере, один месяц", - ответил его отец.

- Я вернусь через тридцать дней. Помните, наличные должны быть готовы", - крикнул Хосе от ворот, прежде чем уйти.

"Папа, что нам делать?" - спросила Амму.

"я не знаю. Это ужасно. Я думаю, Хосе присоединился к каким-то *джихадистским* группировкам", - ответил ее отец.

"Он Али, а не Хосе, и он стал дьяволом", - сказала Амму.

Пуллокаран молчал. - Может, нам сообщить в полицию? - спросила Амму. - Подожди, не сейчас. Если мы сообщим в полицию, это негативно скажется на нашем бизнесе", - сказал Томас Пуллокаран. "Вы боитесь, что бизнес рухнет?" Амму была встревожена. "Существует большая вероятность", - ответил он. "Но как вы заплатите пять миллионов рупий наличными?" - спросила Амму. "Я не вижу другого варианта, кроме как продать один из наших маслобойных заводов". "Который из них?" - Тот, что в Палаккаде. "Разве это не повлияет на наш бизнес?" - Конечно. Также могут ходить дикие слухи о том, почему я продал маслобойню, которая всегда приносила нам хорошую прибыль", - ответил ее отец. - Тогда почему бы вам не продать маслобойню в районе Триссур? - спросила Амму. "Палаккад находится далеко от Триссура, и мне трудно посещать там нашу маслобойню как можно чаще", - ответил он.

Амму задумалась и снова спросила: "На какую сумму ты рассчитываешь?" - Покупка маслобойни, подобной нашей, может обойтись по меньшей мере в пятьдесят миллионов рупий. Но вы получите не больше четверти от него, когда продадите его за быстрые деньги. Проблема, с которой мы сталкиваемся, заключается в том, что нам нужны наличные на пять миллионов, и если мы будем настаивать на наличных, то получим не больше семи миллионов". Томас Пуллокаран избегал смотреть на свою дочь, так как ему было стыдно видеть ее испуганное лицо.

"Я обеспокоенный человек, дорогая Амму", - сказал Томас. Затем он прикрыл глаза ладонью, и впервые Амму увидела его побежденным.

Томас Пуллокаран продал свою маслобойню в Палаккаде за шесть с половиной миллионов рупий и получил пять миллионов наличными. При регистрации цена продажи была указана в размере полутора миллионов рупий. На следующий день местные газеты опубликовали новость, в которой говорилось: "Пуллокаран продает маслобойни стоимостью пятьдесят миллионов за полтора миллиона". Эта новость породила слухи о надвигающемся крахе Пуллокаранской империи. Некоторые говорили: "Пуллокаран падает", в то время как другие комментировали: "Он уже упал". Эта новость существенно повлияла на бизнес *Pull the White Bull*. Многие корпоративные магнаты начали дистанцироваться от него, а некоторые из его доверенных сотрудников уволились в поисках более зеленых пастбищ.

Али пришел, забрал свои деньги и ушел, не сказав ни слова. Томас Пуллокаран стал одиноким, подавленным и с разбитым сердцем. Амму жила в своем общежитии после поступления в аспирантуру по рыболовству. Неделю спустя появилась еще одна новость: "Семьдесят человек госпитализированы с подозрением на пищевое отравление". Другой газетный заголовок гласил: "Пищевое отравление, вызванное загрязненным кокосовым маслом". В "*Вытащи белого быка*" царила абсолютная паника. В тот же день продовольственные инспекторы из департамента безопасности пищевых продуктов провели обыски на всех маслобойнях и конфисковали фирменные и запечатанные контейнеры для масла, имеющиеся в наличии у *Pull the White Bull*. Были случаи пищевого отравления во многих других местах, и, как следствие, все торговые точки маслобойных заводов были закрыты на замок.

Однажды вечером, когда Томас Пуллокаран сидел в своей столовой, раздался стук в парадную дверь. Когда он открыл дверь, в дом ворвались трое бородатых людей. Они напали на него и украли все золотые украшения и бриллианты, которые Анна хранила в стальном шкафу в спальне Томаса Пуллокарана. Передавая золото и бриллианты своему мужу, Анна сказала ему, что они предназначены для Амму, только для Амму. Когда все трое небритых людей готовились уйти с добычей, один из них пнул Библию ногой, и она с глухим стуком упала перед Томасом Пуллокараном. Затем другой облил Библию бензином, а третий зажег спичку. Томас Пуллокаран узнал того, кто пнул Библию и назвал его "Хосе...?" Тот, кто пнул Библию, ударил Томаса Пуллокарана по лицу и крикнул: "Я Али!" Указав пальцем на Томаса, он закричал: "Не читай ничего, кроме священного Корана".

Его привратник отвез Пуллокарана в больницу, и врачи попросили его остаться там на три дня. Амму приехала из своего общежития и провела неделю со своим отцом, пока распространялась эта новость.

Департамент безопасности пищевых продуктов отправил несколько образцов масла, собранных в *Pull the White Bull*, в три государственные испытательные лаборатории. Все лаборатории неопровержимо доказали, что масло, полученное на одной мельнице, содержало ядовитое вещество. Но Томас Пуллокаран, департамент безопасности пищевых продуктов, или кто-либо еще никогда не знали, что технолог пищевой промышленности, работавший на маслобойнях Куннамкулама в *Pull the White Bull*, отравил масло после получения крупной суммы в качестве взятки от конкурирующей нефтяной фирмы. Суд обязал Томаса Пуллокарана выплатить компенсацию всем жертвам отравления нефтью. Пуллокарану пришлось продать всю свою земельную собственность, включая особняк и маслобойни, которые принесли бы ему по меньшей мере два миллиарда рупий всего за семьдесят пять миллионов. После уплаты налогов, компенсации жертвам нефтяного отравления, задолженности по зарплате перед его сотрудниками, резервного фонда и чаевых у него и Амму осталось не так уж много. Томас Пуллокаран снял небольшой домик в аренду и перевез своего любимого Аппу в свой новый дом.

"Я хочу зарабатывать деньги только честными средствами", - обычно говорил Томас Пуллокаран своим коллегам по бизнесу и дилерам. Его враги поняли, что могут сбить его с ног или заставить упасть только с помощью нечестной игры, и у них это хорошо получилось.

Томас Пуллокаран умер в своем арендованном помещении. Врач государственной больницы, куда было доставлено его мертвое тело, указал причину смерти как сердечный приступ. Томасу было пятьдесят девять лет, когда он испустил свой последний вздох. Амму плакала не переставая. Церковь похоронила Томаса Пуллокарана на общем кладбище после того, как Амму выплатила церкви двадцать пять тысяч рупий. Гроб с мертвым телом был опущен в яму, соединенную с глубоким колодцем в общем месте захоронения. Амму не могла позволить себе ни одной могилы, которая стоила пятьсот тысяч рупий, и она не могла думать о постоянном захоронении, облицованном гранитом, за которое церковь брала миллион рупий. На похоронах присутствовало около двадцати человек, и поскольку приходского священника в тот день не было в городе, пономарь отслужил заупокойную молитву за плату в пятьсот рупий. Поскольку его ожидало крещение с крупным пожертвованием, епископ Джордж не присутствовал на похоронах Томаса Пуллокарана. Через три дня владелец дома, где был привязан Аппу, продал Аппу, который был значительно старше, за двести девяносто пять рупий мяснику Кариму.

В двадцать два года Амму осталась сиротой. Она осталась в общежитии, заканчивая учебу в аспирантуре. На следующий год она отправилась в Уппсалу, получив стипендию для получения докторской степени по омарам и ракам.

Подошло время ужина, и Джанаки с Аруном вышли из своего кабинета. "Как идут показания?" - спросил Арун. "Закончила книгу", - ответила Амму. "Как ты это находишь?" - спросил Джанаки.

- Вдохновляюще. Это поднимает вопросы об индийских женщинах, главным образом об их статусе в обществе, где доминируют мужчины, природе их равенства, если таковое имеется, свободы и безопасности дома и на улице", - объяснила Амму, находясь на кухне.

Арун был шеф-поваром и приготовил роти и жареный *дал*, в то время как Амму приготовила салат. Джанаки накрыл на стол.

"Я сочувствую Урмиле", - прокомментировал Арун за ужином.

"Урмила страдала безмерно, молча. Ее муж бросил ее и ушел со своим старшим братом и Ситой, ничего не сказав. Он мог бы спросить Урмилу, не хочет ли она пойти с ним в лес, но он этого не сделал, и Урмила осталась одна на четырнадцать лет. Муж Урмилы был не только невежлив, но и жесток. Он олицетворяет индийский фанатизм, поскольку был мужским шовинистом", - сказала Амму.

"Я согласен с вами, профессор Майер", - добавил Джанаки.

После ужина они некоторое время смотрели *наши новости по телевизору*. Был новостной репортаж из Раджастхана: "Жертва коровьего самосуда была избита и убита в полицейском участке в Алваре". Затем телеведущий инициировал дискуссию. "Корова - это святое. Этим любителям говядины следует преподать урок", - заявил депутат от правящей партии. "Когда правители становятся убийцами, их мишенью всегда становятся люди", - прокомментировал Арун. "Но злу нельзя противостоять другим злом", - сказал Джанаки. "Что Черчилль использовал в качестве оружия против Гитлера? Итак, нам нужно дать отпор", - сказал Арун. "Евреи в Освенциме были беспомощны, даже несмотря на то, что их было больше, чем нацистских солдат", - добавила Амму. "В Индии правители молчаливо поощряют коровью бдительность, изнасилования и насилие толпы, потому что это их тактика, направленная на то, чтобы разделить людей и остаться у власти", - проанализировал Арун.

"Насилие присуще человеческой природе. Такова природа эволюционного процесса. Но в демократическом обществе насилие должно быть направлено на продуктивную деятельность", - высказал мнение Джанаки.

- Совершенно верно. Однако правящие политики нуждаются в насилии и используют его как секретное оружие, публично осуждая его. Они поощряют это в темноте ночи", - сказала Амму.

"Я согласен с человеком, который сказал, что Индия превращается в страну только для определенной религии. Это приведет нас к катастрофе", - сказал Джанаки.

"К сожалению, фанатики не понимают нашей возвышенной философии. Пусть они прочтут Упанишады, древнейшие и одни из самых священных писаний в мире, написанные провидцами и святыми древней Индии, которые жили во времена Будды и за много лет до Иисуса. Глубокая мудрость, кодифицированная в этих трудах, дает нам непосредственное переживание нашего существования, сознания и стремления быть людьми. Они тонко и лаконично рассказывают вам о том, кто вы есть, и о цели жизни. Но эти "коровьи мстители" и их лидеры, которые поощряют их убивать и сжигать, возможно, не слышали об Упанишадах", - объяснила Амму.

Джанаки и Арун с восхищением посмотрели на Амму. "Мэм, ваши слова - пища для размышлений, идеи медитации, рефлексии и практики", - сказал Джанаки.

Перед отходом ко сну они послушали Моцарта, Илайараджу и А. Р. Рахмана. - Спокойной ночи, профессор Майер, - хором сказали Джанаки и Арун, целуя Амму в щеки. - Спокойной ночи, Джанаки. Спокойной ночи, Арун, - ответила Амму. Это была вторая ночь для Амму с Джанаки и Аруном. Это было так, как будто она знала их много лет, целую вечность. Амму спала, мечтая о *любви на озере Эркен*, о ценной картине, которую она получила от Элис Йоханссон.

Вставая рано утром, Амму вспомнила, как пела с Эльзой и Эббой душераздирающую песню Дидрика о любви Дидрика к Оливии.

Амму много раз пела эту песню в тюрьме, каждый день по крайней мере по одному разу. Интенсивность песни охватила ее тело и душу, эмоции и чувствования, а также любовь и привязанность. Пение этой песни было впечатляющим выражением ума, и хотя оно причиняло боль, оно также приносило облегчение. Удивительно, что страдание само по себе привело Амму к удовлетворенности. Без боли она бы не выжила, и временами Амму приглашала боль и заново переживала ее. Боль давала ей тень, защищая от более сильной боли. Он стал зонтиком, когда она испытала ужасную боль, защищая ее от дальнейшей боли. Это действительно был образ жизни, процесс самопознания, понимания самого сокровенного "я", ее целостности, ее сознания, и это была Амму. Тогда Амму стала едина с природой, и ее боль стала частью космоса. Она испытала облегчение, осознав, что разделяет существование всей реальности и что она была этим существом. Ее боль на некоторое время исчезла.

Боль и любовь были близнецами. - Дидрик, я понимаю твою любовь. Я испытываю твою агонию. Я - твоя Оливия, твой поиск, твой поезд в Гетеборг. Оливия, я твой Дидрик. Я - твой поезд до Стокгольма". Амму могла видеть силу любви в глазах Эльзы и Эббы, как будто они были с Дидриком и искали его Оливию. Они были его Оливией, и они искали Дидрика. Они постоянно путешествовали из Гетеборга в Стокгольм в поисках своего Дидрика, который преследовал Оливию, и они хотели стать его Оливией.

Алиса тоже была влюблена. Ее любовь была загадочной, волшебной и постмодернистской. Элис казалась одинокой, хотя с ней были ее муж и дочери. Ее глаза выражали ее одиночество. Художник всегда влюблен, влюблен в кого-то.

Когда кто-то любит тебя, ты чувствуешь себя одиноким.

Когда тебя никто не любит, ты чувствуешь себя одиноким.

Ты жаждал больше любви, не зная, что одиночество было следствием отсутствия любви. Существовало представление о полноте любви. Если бы не было любви, то не было бы и одиночества, а если бы не было одиночества, то не было бы и отсутствия любви. Она любила своего мужа, но хотела выйти за рамки поисков одиночества. Алиса вечно искала свою страсть на озере Эркен, озере жизни. Ее возлюбленным мог быть турист из далекой страны, ее сосед, одноклассник или художник, с которым она познакомилась где-нибудь в Европе во время выставок своих шедевров. Но она была влюблена, сильно влюблена.

Профессор Йоханссон был влюблен в свою жену, в концепцию или идею, и на его лице отражался его постоянный поиск. Но он был одинок и влюблен в себя. Он танцевал, потому что любил себя, и он танцевал со своим собственным одиночеством. Когда он танцевал с Амму, он танцевал сам с собой. Возможно, он видел себя в Амму. Возможно, он был влюблен в Амму.

Амму была влюблена. Ее любовь была глубокой, поскольку в ней были тайна и сказка. В нем было много слоев, тысяча покрытий и миллион глазурей. Каждый день она могла видеть новый облик своей любви к одному человеку, Рави Стефану, как будто Рави день за днем раскрывал неизвестные грани своей личности. Для Амму это всегда было многозначительно и загадочно, и Рави никогда не надоедал ей. Она никогда не чувствовала, что достигла вершины переживания, понимания и познания его. Кроме того, Амму никогда не считала себя нежеланной, так как Рави был вечно счастлив с ней и поощрял ее быть его дорогой Амму, которую он встретил в аэропорту Копенгагена. Она была той же самой Амму во все дни его жизни. Яркая и загадочная, она была человеком, с которым он мог быть свободным и раскрепощенным, и Амму мечтала о Рави даже в часы бодрствования.

Она была с высоким, темноволосым и красивым Рави из Копенгагенского аэропорта. Они пожали друг другу руки и улыбнулись; затем он пронес ее на руках через контроль безопасности.

"Привет, вы несете ее", - сказал офицер за стойкой.

- Да, она моя возлюбленная душа, и я люблю ее. Она - это я, и я переживаю себя через нее. Когда я увидел ее, я понял, что мы могли бы стать друзьями. Мы были друзьями с самого начала", - ответил Рави.

Офицер с минуту смотрел на него. "Вы говорите как Сорен Кьеркегор", - сказал он, поставил штамп в паспорте и вернул его. По дороге другие пассажиры хлопали в ладоши.

"Рави Стефан, я люблю тебя. Ты мой Халил Джебран", - сказала Амму.

- Я тоже люблю тебя, Амму. Ты моя Мира, и мы едем в наш Вриндаван", - сказал Рави.

Было радостно, когда Рави нес ее на руках в аэропорту; это было успокаивающее переживание, и Амму забыла обо всем остальном. Только то, что она и ее Рави были в этом мире; он все еще нес ее в лифте и поднимал на борт самолета. Быть с ним было прекрасно. Он был твердым и величественным, а потом Амму заснула в его объятиях. В самолете все встали и аплодировали им стоя.

"Чудесно быть с этой парой; они влюблены друг в друга", - прокомментировал пассажир.

- У любви нет другого объяснения. Это чисто и просто", - заметил кто-то еще.

Рави сел рядом с ней и спел песню из фильма "Чеммин" Раму Кариата: "*Маанаса Мейн Вару, Мадхурам Нулли Тару*". Это была песня, полная любви *и привязанности, но также тоски* и упущенных возможностей.

Потом Амму проспала до пяти утра. Джанаки и Арун занимались йогой, медитацией и упражнениями на беговой дорожке. Как только Амму встала, она начала выполнять свою ежедневную *пранаяму*, которой научилась в тюрьме в первый год и продолжала заниматься ежедневно в течение двадцати пяти лет.

У нее сохранились яркие воспоминания о первом дне в тюрьме. Старый полицейский фургон остановился перед главными воротами, и полицейские связали ей руки веревкой, сделанной из кокосовой шелухи. Одна из женщин-констеблей полиции, стоявшая слева от нее, пинком вышвырнула ее из фургона. Амму упала перед главными воротами, ударившись лбом о цементный пол. Поскольку ее руки были связаны, Амму было трудно встать, и та же самая леди-констебль пнула ее ботинком и приказала Амму встать. Гораздо более молодой, чем ее спутник, другой констебль помог Амму подняться и провел ее через главные ворота тюрьмы. Ее заплечная сумка с кое-какой одеждой была тщательно проверена, и данные были занесены в бортовой журнал. Женщина-полицейский обыскала ее тело, а затем отвела к начальнику тюрьмы, высшему должностному лицу в этом учреждении. "Обычно по прибытии мы избиваем осужденного не менее часа. Это лекарство, которое делает заключенного смиренным и послушным, но... - взревел суперинтендант. Амму стояла перед ним, опустив голову и храня молчание. В своей просторной комнате суперинтендант казался крошечным, а его зачесанные назад серебристые волосы казались далекими тусклыми огнями на другом берегу озера Эркен. Амму не почувствовала ничего необычного. Она утратила все свои чувства и восприимчивость к добру и злу. Избиение осужденного двумя-тремя тюремщиками одновременно было более эффективным. Это была традиция британцев. Они были суровы и брутальны и никогда не проявляли милосердия к преступникам. Они знали, как показать свою силу.

Снова воцарилось долгое молчание. Осужденный не должен был говорить. Диалог суперинтенданта был, по сути, монологом, и он всегда оставался монологом. Даже тюремщик, начальник отдела, не должен был открывать перед ним рот. "Да, сэр!" Это был единственный ответ, который полагалось произносить младшим офицерам. "Да, сэр!" - сказала Амму. Она никогда не знала тюремных правил; в четырех стенах тюрьмы по-прежнему скрупулезно соблюдались британские традиции. - Заткнись. Вам не положено выступать при мне, так как вы заключенный. Кроме того, ты находишься под моей опекой. Я решаю, говорить вам или нет, - крикнул суперинтендант. Амму не чувствовала ничего плохого; она испытывала и худшие унижения, крики и оскорбления.

- Ты пожизненный заключенный. Вы никогда не выйдете из этой тюрьмы", - категорически заявил суперинтендант и добавил: "Никакого условно-досрочного освобождения, никакой ремиссии, никаких посетителей, никаких писем, которые вы можете получать, и никаких писем, которые вы можете отправлять". Амму стояла неподвижно. Она ни о чем не думала. Думать было не о чем, кроме как о Рави и Теджасе. Но она всегда носила их в себе, и не было никакой необходимости задумываться о них.

"Ты умрешь здесь. Это твой конец". слова суперинтенданта наложили окончательный отпечаток на ее судьбу. Он выполнял приказы суда, но мог превратить жизнь осужденного в сущий ад.

У Амму не было выхода.

Суд постановил, что она останется в тюрьме до своей смерти. Тюремные власти похоронят ее тело под тиковыми деревьями на территории тюрьмы. У нее была бы безымянная могила без надгробия. Сорняки покроют ее могилу в течение месяца, а тиковые деревья засосут ее разложившееся тело, и она погибнет навсегда. Тиковые деревья росли бы быстро и крепко, и плотники соорудили бы из их стволов блестящую мебель.

- Если это будет концом. Пусть будет так", - утешала себя Амму.

"Отведите ее к надзирателю женского крыла", - приказал суперинтендант двум женщинам-охранницам, и Амму направилась к женскому крылу тюрьмы, у которого были массивные ворота и высокие стены.

Женское отделение представляло собой мини-тюрьму внутри тюрьмы. Мужчинам-офицерам или заключенным не разрешалось входить в женское крыло. "Суд приговорил вас к пожизненному заключению, и вы пробудете здесь всю свою жизнь. Пожизненное заключение получают только те, кто совершил тяжкие преступления, такие как убийство и преступления против страны. В каком-то смысле это похоже на смертную казнь. Да, это похоже на смертную казнь", - объяснила тюремщица женского отделения. Амму стояла перед ней, как статуя.

"Искупайте ее, как обычно", - приказал тюремщик, и охранники отвели Амму в угол женского крыла. Небольшая группа женщин-осужденных занималась различными видами работ. Кто-то мыл посуду, кто-то подметал спальню, где они спали, а другие занимались шитьем и пошивом одежды. Двое заключенных несли ведра с водой на кухню. Все были помолвлены."

Большой водопроводный кран стоял на зацементированной платформе в открытом внутреннем дворе. "Перелезайте через платформу", - приказал один из охранников. "Снимайте одежду!" - крикнул второй охранник. Амму колебалась. Снимать одежду на публике и демонстрировать свою наготу всем подряд было ужасно. "Снимите свою одежду!" - снова крикнул охранник. Амму неохотно сняла с себя одежду.

Амму была обнажена с головы до ног и стояла неподвижно.

- Я и есть та женщина, - прошептала она. - Настоящий я. Посмотри на эту женщину."

Амму была обнажена, как Иисус Христос перед своим распятием.

Охранник подсоединил шланг к крану и открыл его. Вода хлынула через него с такой силой, что Амму упала на платформу. "Вставай!" - закричала охранница, но ей не за что было ухватиться. Амму встала и попыталась стоять неподвижно.

"Вымойте волосы, вымойте грудь, вымойте подмышки и вымойте влагалище", - проревел охранник. Амму колебалась.

"Прочисти свою вагину!" - крикнул второй охранник, направляя *лати*, то есть дубинку, на Амму.

Амму несколько раз вымыла все свое тело. "А теперь сойди с платформы", - сказал охранник, и Амму спустилась вниз. - Сделай три круга вокруг женского крыла. Подойдите к воротам и вернитесь три раза, - проревел охранник.

Каждая заключенная женского пола должна была показывать свое обнаженное тело другим заключенным женского пола, таков был обычай. Это была традиция, переданная британцами. Это убило любопытство другого заключенного и разрушило запреты нового заключенного.

"Беги так быстро, как только сможешь!" Амму пустилась бежать.

Ворота женского крыла находились по меньшей мере в ста метрах от купальных площадок. Амму предстояло пробежать три круга, общая протяженность которых составляла шестьсот метров. Она бежала так быстро, как только могла. Вода стекала с ее волос в глаза, мешая видеть. "Беги быстрее!!!" - завизжал охранник, когда она сделала второй круг, и один из них побежал за ней со своей дубинкой. Амму побежала быстрее, никогда не зная, когда жезл упадет ей на плечи. К тому времени, когда она завершила свой третий раунд, она рухнула на землю, и ее тело было покрыто землей. "Перелезай через платформу!" - снова закричал охранник, и Амму было несколько неловко вставать. Она поползла по платформе. "Встаньте прямо", - скомандовал охранник, открывая кран. После купания охранник бросил в нее хлопчатобумажным полотенцем, и Амму попыталась вытереть волосы и тело. "Теперь спускайтесь с платформы и входите в общежитие, направляясь к казарме", - приказал охранник.

Амму вошла в спальню обнаженной. Это был огромный зал, где могло разместиться по меньшей мере сто человек. В дальних углах комнаты стояли два туалета с водой, и люди спали на земле поверх своих циновок. Амму получила два комплекта сари, две простыни, одну хлопчатобумажную простыню, чтобы прикрывать свое тело во время сна, два полотенца и коврик, все это было сшито в тюрьме. В общежитии Амму предстояло провести остаток своей жизни. "Наденьте свою одежду и явитесь к тюремщику", - приказал охранник. Амму подчинилась и встала перед тюремщиком, занимаясь своим бортовым журналом. - Сейчас вы тридцать девятый заключенный здесь. Мне нет необходимости говорить вам, какие здесь действуют правила. Но повинуйтесь им, и это хорошо для вас. Похоже, вы образованный человек", - сказала тюремщица, передавая ей зубную пасту, приготовленную из трав, кусок мыла, пластиковую расческу и кусачки для ногтей - все это товары, изготовленные в тюрьме. "Теперь вы можете идти", - приказал тюремщик.

Был полдень и время ленча. Амму схватила стальную тарелку, стальной стакан и стальную миску. Блюдо состояло из риса, приготовленного на пару, карри из чечевицы, кусочка скумбрии и запеченной маниоки. Небольшая группа осужденных подавала еду. Хотя еда была теплой и вкусной, Амму было трудно есть, так как ей приходилось приспосабливаться к людям и новой ситуации.

В коридоре стояла тишина, пока осужденные обедали в углу общежития, и никто не разговаривал во время еды. Амму попыталась есть медленно, но обнаружила, что не может этого делать. Несмотря на свой голод, она смогла съесть только горсть риса, прежде чем остановиться. - Старайся изо всех сил. Съешь еще немного. Не тратьте впустую свою еду", - пробормотал подошедший к ней заключенный, который подавал еду. На вид женщине было примерно столько же лет, сколько Амму, — примерно тридцать пять. Хотя она, возможно, провела бы много лет в этой тюрьме, в конце концов ее освободили бы. Амму, с другой стороны, оставалась там навсегда, пока не умерла и не была похоронена на территории тюрьмы рядом с тиковым деревом, которое росло быстро, высоко и могуче.

Распилив его, плотники создали сверкающую мебель, столы и стулья, диваны и шкафы, полки и альмирахи.

"Здесь никто нс выбрасывает еду, и нет мусорного ведра для выброшенной еды. Съешь это", - тихо сказал другой заключенный. "Что я должен делать?" - спросила Амму, поскольку на ее тарелке все еще оставалось так много еды. - Заверни его в это полотенце и сверни в жгут. Я выброшу это в унитаз, - сказала она, и Амму почувствовала облегчение. Она почувствовала сочувствие в своих словах.

Амму высыпала еду на полотенце, свернула в узел и протянула его заключенному. Затем она отнесла тарелку и стакан к умывальнику в углу спальни. Вокруг нее собралась небольшая толпа. - Как тебя зовут? - спросил я. "Амму". "Откуда ты родом?" "Кочи". "О, Кочи?" "да." "Что ты сделал?" "Убил кого-то". "Кто?" - Священник. "О, священник?" "Да". "Индуистский священник?" - Нет, христианский священник. Католик". "Ударил его ножом?" "Нет. Ударь его распятием". "Распятием?" "Да". "Как ты можешь убить кого-то распятием?" "Это было стальное распятие, около полутора футов в длину, и я ударил его одной из его рук, и оно вошло ему в голову". "Глубоко внутри?" "Да, его мозг был поврежден". "Умер сразу?" "Немедленно". - Наказание на двадцать лет? "Нет, на всю жизнь". "О, на всю жизнь?" Амму нечего было скрывать. Она сотни раз повторяла один и тот же ответ констеблю и судье. Для нее это потеряло всякий смысл. Амму никогда не делилась причинами своего поступка — почему она убила католического священника, ударив его по голове стальным распятием. Она не хотела ни с кем делить территорию. Эта причина оставалась внутри нее, как потерянный самолет где-то в глубинах океана. Оно умрет вместе с ней и навсегда останется спрятанным под тиковым лесом тюрьмы.

После обеда они убирали в общежитии и на кухне, где подавалась еда. Правительство распорядилось содержать тюремные помещения в безупречном состоянии, и тюремные служащие относились к этому очень придирчиво. После уборки те, кто хотел отдохнуть, могли устроить себе получасовую сиесту. Программы повышения квалификации включали в себя вышивание, шитье и кройку одежды на заказ. Заключенные мужского пола проходили различные программы обучения, включая столярное дело, ткачество, пошив одежды, ремонт автомобилей, животноводство, птицеводство и сельское хозяйство. Там содержалось около тысячи заключенных мужского пола и около семисот осужденных; остальные были несовершеннолетними и политическими заключенными. У осужденных были отдельные бараки, известные как флигели, и им никогда не разрешалось общаться с подследственными или политическими заключенными. Заключенным необходимо было овладеть каким-либо навыком, чтобы зарабатывать себе на жизнь, когда они покидали тюрьму после тюремного заключения. Вместо того чтобы быть учреждением для наказания, устрашения и мести, тюрьма стала учреждением для исправления и реабилитации. Однако время от времени к заключенным по-прежнему применялись телесные наказания.

Избиение заключенного по прибытии было частым явлением; большинство тюрем и тюремных надзирателей верили в такое обращение. Для них это было посвящением в тюремную систему, которое требовалось для создания дисциплины в сознании заключенного. Тюремное заключение в камере не было редкостью, и иногда оно длилось много месяцев. Насилие в тюрьмах продолжало иметь место, иногда приводя к жестоким нападениям и убийствам. Тюрьма была тотальным учреждением, и все потребности заключенных удовлетворялись в тюремных стенах. У осужденного не было никаких причин выходить на улицу, кроме как для получения квалифицированной медицинской помощи.

Заключенные производили в тюрьме почти все, включая зерно, овощи, молоко, яйца, мясо, одежду, простыни и ковры. Эта конкретная тюрьма зарабатывала значительные деньги на таких продуктах, и ей выплачивалось номинальное вознаграждение.

Тюремщик попросил Амму присоединиться к пошивочному отделению женского отделения. В этой секции находилось около пятнадцати осужденных.

Учебные программы заканчивались в пять часов вечера, и у заключенных был час отдыха, занятий спортом и игр. Одна группа играла в метательный мяч, в то время как другая играла в Тенникойт. Другие сидели небольшими группами и обсуждали свои семьи, друзей, замужество дочерей и планы. Амму присоединилась к игре в метательный мяч, и около двадцати шести человек разделились на две группы. Внутренний двор был разделен белым мелом пополам, и границы были обозначены. Игру в метательный мяч изобрели сами заключенные. Все члены команды заняли позиции на своих кортах, и в любого члена команды соперника был брошен резиновый мяч, более или менее похожий по форме и размеру на теннисный. Если мяч попадал в игрока и падал на землю, группа бросала мяч и зарабатывала одно очко. Когда мяч был брошен и пойман кем-либо из противоположной команды, он приносил одно очко. Они могли один раз забросить мяч обратно или передать его любому члену команды. Группа, набравшая первые тридцать очков, выиграла игру. Было много бега, и игроки получили хорошую физическую нагрузку.

Сразу после игр наступило время купания, и кухонная команда приготовила ужин. Одна кухонная команда обычно состояла из семи-восьми человек, которые готовили завтрак, обед и ужин и подавали их другим. Часто кухонная бригада оставалась на пятнадцать дней, и в течение следующих пятнадцати дней за дело бралась новая команда. Ужин, подаваемый в семь тридцать вечера, состоял из роти, даля, овощей и кусочка курицы или баранины. Поскольку Амму была голодна, она съела поданную еду и заметила, что всем было дано достаточно еды. После ужина заключенные смотрели телевизор, новости и развлекательные программы в течение сорока пяти минут, прежде чем отправиться спать. Они спали на земле на своих циновках, без подушек. Это была первая ночь Амму в тюрьме, и приспособиться к новой ситуации и людям было нелегко. Спать без подушки было неудобно, и Амму долгое время не спала, прислушиваясь к громкому храпу и другим звукам, таким как чистка медной и алюминиевой кухонной утвари золой и кокосовой шелухой.

Амму оставалась в тюрьме до самой своей смерти, спала на циновке без подушки и слушала громкий храп, пока не скончалась.

Приходили новые заключенные, изобретались новые игры, но она год за годом спала в одном и том же месте. После ее смерти неизвестные заключенные отнесли бы ее тело к тюремной стене. Тело должно было быть передано могильщикам для захоронения в тиковом лесу. Деревья вырастут высокими, сильными и могучее.

Амму спала как дитя, пока в пять часов не услышала звонок будильника. Так начался новый день в тюрьме, второй день ее пожизненного заключения. Каждый день это приближало ее к месту погребения среди тиковых деревьев.

После завтрака каждый занялся своей работой. Тишина пронзила сердце, когда Амму вспомнила своего прикованного к постели мужа Рави и их младенца Теджаса. Она не могла думать ни о чем другом. Они окутывали ее и доминировали в ее мыслях и действиях. "Что бы с ними случилось?" Страх сковал ее душу.

Ее работа по пошиву одежды стала механической, и когда вой сирены разорвал тишину, Амму в ужасе вскочила со своего места. После обеда у нее на некоторое время наступила сиеста. С другой стороны, работа по развитию навыков. Затем было озеро Эркен и картина, подаренная Элис, "*Влюбленная пара на озере Эркен*". Амму всегда была влюблена в Рави, своего возлюбленного. Никто в мире, возможно, не любил бы с такой глубокой страстью. Ромео и Джульетта поблекли бы перед Амму и Рави. Дидрик и его дорогая Оливия были на втором месте.

Была ли на свете любовь более сильная, чем любовь между Амму и Рави?

Нет, этого не было.

Самой большой любовью в мире была любовь Амму и Рави.

Затем она запела песню Дидрика, сладкозвучную, мучительную, вечную, пронзающую сердце песню в ее сознании.

Приближался вечер, и Амму вышла во двор поиграть в метательный мяч. Она увидела хорошо сложенную толстую женщину, идущую к ней. Она подмигнула Амму. "Вы выглядите молодой и красивой", - прокомментировала женщина. Амму удивилась и подумала: "Мне уже тридцать пять, а ей, возможно, двадцать пять". - У тебя хорошее телосложение. Игра полезна для организма", - продолжила женщина. Амму посмотрела на нее, и глаза ее горели. Она подумала: "Здесь есть что-то зловещее. Мне нужно быть осторожным." "Мне нравится быть твоим другом, всегда твоим другом", - начала разговор женщина. Амму ничего не сказала и продолжила идти. - Я Канакам. Я знаю твое имя. Ты - Амму. Ты уже мой дорогой друг". В горле у Амму появилась какая-то тяжесть. "Давайте встретимся снова", - сказала женщина, уходя. Снова началась игра в метание мяча с новыми членами команды. Поскольку ни одна команда не была постоянной, между сторонами не было соперничества, ревности или вражды, поскольку постоянные подразделения могли вызвать конфликт среди осужденных. Амму играла хорошо и бегала по всему корту, и она чувствовала, что игра была бодрящей и полезной для здоровья.

Амму не любила общественную баню, где пять-шесть человек принимали душ вместе. Это было унизительно, бесчеловечно и недостойно человека. Но в тюрьме не все может соответствовать вашим убеждениям, ценностям и потребностям. Соблюдайте правила, если они не причиняют вам глубокой боли, не мешают вам стать человеком или не разрушают ваше человеческое достоинство целиком и полностью. Принимая ванну, Канакам была рядом с Амму, и Амму пришла в ужас, увидев свое тело. Канакам был более или менее обнажен. Она была эксгибиционисткой, но при этом таращила глаза на Амму.

После ужина наступило время отдыха, и многие полчаса смотрели телевизор. Затем раздалась сирена, призывающая к отставке. Амму расстелила свой коврик на полу и обнаружила, что ей трудно спать без подушки. Она прикрыла свое тело и отдохнула. Около полуночи Амму почувствовала тяжесть на своем теле, как будто камень давил ей на грудь, и ей стало трудно дышать. Кто-то склонился над ней, надавливая на ее интимные места. Амму попыталась оттолкнуть их.

- Не производи никакого шума. Я не причиню тебе вреда, но если ты заплачешь, я разобью тебе голову", - сказала Канакам, когда она обнимала ее.

Гениталии Амму болели, когда Канакам прижал их одной рукой и попытался пососать ее грудь.

Амму со всей силы ударила Канакам коленями в живот, заставив ее закричать. Затем она с силой толкнула и швырнула валун. Через две минуты Амму почувствовала, что Канакам уходит в темноте. В спальне воцарилась полная тишина. Многие, возможно, слышали крик Канакам, но предпочли молчать. Им не хватило смелости отреагировать так, как если бы это было повседневным явлением для Канакам.

Остаток ночи Амму не могла уснуть. Ее тело болело, а разум пылал. Через неделю в общежитие вошли две женщины-охранницы и тюремщик. "Позовите всех", - приказал тюремщик. Охранники созвали всех осужденных и молча предстали перед тюремщиком. "Канакам!" - тюремщик громким голосом назвал имя заключенного. Канакам подошел и встал перед тюремщиком. Один из охранников связал ей руки веревкой сзади. У другого охранника в руке была дубинка. "Избейте ее", - приказал офицер. Охранник начал бить Канакама прутом по ягодицам. "Бей ее по спине", - крикнул тюремщик. Звук тяжелого удара разорвал тишину, но Канакам стоял неподвижно, как будто ничего не произошло. Другой охранник подсчитал удары. "Десять", - сосчитала она. - Еще четверо, - сказал тюремщик. "Всего пятнадцать, мадам", - сказал охранник. "Всегда давайте на одного меньше, чтобы не было споров", - сказал тюремщик. Спустя две ночи Амму почувствовала, что вокруг кто-то движется. Канакам был на охоте.

Амму уже провела в тюрьме шесть месяцев и один день, когда надзиратель женского отделения вызвал ее к себе. Она вошла в каюту тюремщика в сопровождении двух охранников, которые стояли по стойке смирно. "Похоже, вы образованный человек", - заметил тюремщик. Амму посмотрела на нее и ничего не сказала, зная, что у нее нет права говорить. "Есть три неграмотные женщины. Вы научите их чтению, письму и арифметике. Начиная с завтрашнего дня, - проинструктировал тюремщик. Амму хранила молчание. - Время занятий - с трех до пяти часов пополудни. В столярном отделении тюрьмы сооружается классная доска. Вы получите доску и мелки к завтрашнему утру. Я попросил учащихся забрать грифельные доски из моего кабинета", - объяснил офицер. Амму внимательно слушала. "Учите их хорошо, чтобы они стали грамотными в течение года. Это приказ правительства. Существует программа, направленная на то, чтобы сделать Кералу полностью грамотной в течение года, и когда цель будет достигнута, это будет большой успех. Наш штат станет первым штатом в Индии, который будет полностью грамотным", - продолжил тюремщик. Амму кивнула, показывая, что поняла все, что сказал офицер. - Твоя работа начинается завтра. Теперь вы можете идти, - сказал тюремщик.

Произошла перемена, узнавание. На следующий день во время обеденного перерыва Амму заметила недавно установленную классную доску в углу общежития. После сиесты она была готова, и трое ее учеников пришли со своими грифельными досками.

"Я Амму", - представилась она ученикам.

"Мы знаем твое имя", - сказали они в унисон.

- Я знаю вас всех. Ты - Сухра, ты - Набиса, и ты - Рекха", - сказала Амму. Они все улыбнулись. "Мы здесь для того, чтобы учиться чтению, письму и арифметике. У нас занятия шесть дней в неделю с трех до пяти часов дня. В течение первого часа мы учимся письму, арифметике и чтению в течение одного часа", - объяснила Амму. Сидя на земле, ученики снова улыбнулись. Амму встала у доски, взяла мел и начала писать первый алфавит на малаяламе. Позже она произнесла букву "Аа", и учащиеся повторили ее. Затем она села с учениками, написала грифельным карандашом одну и ту же букву на их грифельных досках и произнесла ее как "Аа", ее ученики повторили то же самое. Она держала Сухру за большой, указательный и средний пальцы, помогала ей держать грифельный карандаш между пальцами и научила ее писать "Аа". Она повторила упражнение пять раз и попросила Сухру написать письмо без помощи Амму. Затем, медленно, но неуклонно, Сухра написала алфавит, и она почувствовала восторг и улыбнулась. Затем Сухра прочитала это вслух: "Аа". Амму повторила то же упражнение с Набисой и Рекхой, и они тоже смогли написать письмо самостоятельно после посвящения, данного Амму. Затем все они прочитали вслух "Аа", несколько раз повторили одну и ту же букву и заполнили грифельную доску. Они с удивлением посмотрели на свою грифельную доску, обрадовались своему достижению и рассмеялись, а Амму просияла. Она улыбалась впервые за много лет.

"Учиться - это весело, но это также дает вам силу и надежду", - сказала Амму. "Если ты научишься, то сможешь твердо стоять на ногах и бороться за свои права". Ученики смотрели на нее так, словно были загипнотизированы волшебником. - Учись вместе со мной чтению, письму и арифметике, - повторила Амму.

Затем Амму написала белым мелом на доске другой алфавит и произнесла его "Ааа". Ее ученики повторяли это так, как будто им нравилась буква и ее произношение. Амму снова посидела с ними и помогла каждому много раз написать один и тот же алфавит и произнести "Ааа". Казалось, им нравилось это упражнение. Амму привела им пример буквы "Ааа", написав две буквы на малаяламе, такие как "Ааа" и "На", а затем она произнесла их вместе как "Аана", и ее ученики повторили то же самое и громко рассмеялись, потому что значение слова "Аана" было "слон".". Для учащихся было выдающимся достижением узнать, как пишется "Аана", что означает "слон". Это было так, как если бы они поймали слона, и он находился под их опекой, и они были владельцами слона. Они могли вместить такое массивное животное в две буквы, что обогатило их осведомленность. Теперь они поняли значение слов Амму: "Знание - это сила". Неожиданно они обрели некую магическую силу, и слон оказался в их распоряжении. "Аааана", - все они написали это несколько раз и прочитали вслух.

Ученики были в восторге от своих новых знаний, своей новой силы.

Затем Амму захотела проверить знания учащихся. - Назови мне слово, начинающееся на "Аа"? - спросила Амму. - Яблоко, - сказала Набиса. "Хорошо!" Амму поздравила ученика. - Еще одно слово? она спросила снова. "Ара", - немедленно ответила Рекха. «хорошо. Слово "Ара" означает место хранения", - Амму еще раз поздравила ученика и объяснила его значение. "Скажи мне слово с "Ааа"", - попросила Амму. Они немного подумали, а потом Сухра ответила: "Аама". "Хорошо, "Аама" означает черепаха", - сказала Амму. "Еще одно слово с "Аа" - "Ари", означающее рис", - добавила Амму. - Еще одно слово - "Ала", означающее волны, и "Ааала", означающее навес.

Все они рассмеялись. "Мир имеет смысл, и все, что мы видим в этом мире, имеет название. Вы можете зафиксировать их, записав в алфавитном порядке. У них есть звуки, цвета, вкусы и индивидуальность. Они существуют вместе с людьми, и мы придаем им значение по своему усмотрению. Прекрасно находиться в этом мире; наблюдать за всем и быть с этим - прекрасно. Люди придают индивидуальность и смысл всему", - сказала Амму. Для учащихся обучение стало увлекательным, легким и действенным. И они принимали равное участие в процессе преподавания и обучения, поскольку это была совместная работа.

После этого упражнения они начали изучать арифметику, и Амму написала цифры от 0 до 9 на доске и попросила их переписать их на свою грифельную доску. Копирование цифр было для них простой задачей по сравнению с алфавитом. "Готово", - ответили они. "Теперь посмотрите на цифру 0. Как независимая цифра, 0 не имеет значения, но она становится самой ценной и мощной цифрой, когда вы пишете ее перед другой цифрой или после нее. Смотрите цифру 1. Когда мы добавляем 0 после 1, это становится 10. Вы заметили, что значение 1 увеличивается в 10 раз. Это степень 0. Древнеиндийские математики открыли число 0. Позже арабы переняли его у Индии и научили европейцев, а европейцы восхищались изобретательностью, проницательностью, бесконечной мудростью и знаниями индийцев. Итак, это степень 0. В этом сила знания, и когда вы знаете, никто не сможет заковать вас в цепи, победить вас или пересилить вас, и никто не сможет отнять у вас права и свободу. Даже если вы закованы в кандалы, ваш разум остается бдительным и свободным, когда вы умеете читать и писать. Итак, вы создаете знания", - объяснила Амму.

Учащиеся были поражены легкостью, с которой Амму объясняла. Им нравилось, как она учила их и повышала осведомленность. Амму открыла им реальность, факты и то, как понимать истину с помощью символов. Амму помогала учащимся участвовать в создании знаний и получала удовольствие от той роли, которую они играли. Они осознали, что являются владельцами созданных ими знаний, поскольку экспертные знания - это не накопленный, спящий актив, а динамичное явление, используемое для человеческого развития и прогресса. В конце занятий Амму давала им домашнее задание, записывая на грифельной доске "Аа", "Ааа", "Ара", "Эппл", "Аана", "Аама", "Ала", "Аала" и переписывая от 0 до 9 десять раз. Ученики были счастливы получить домашнее задание. Они обнаружили, что процесс обучения был также процессом самопознания для всех них, а люди и вещи были неотъемлемыми частями среды, к которой они принадлежали.

На следующий день все они встретились с большим желанием учиться и делиться, поскольку считали, что учиться - значит делиться, а благодаря обмену люди становятся более уверенными в себе, сознательными и современными. Амму оценила их домашнее задание, так как они написали буквы и слова аккуратно и по порядку. Они изучили алфавит и его использование в жизни и повседневной деятельности. Для них знания, неразрывно связанные с развитием навыков, поднимали их в другую сферу жизни, на более высокий уровень деятельности и вели к прогрессу. В тот день Амму помогла им выучить еще пять алфавитов и разные слова, начиная с их повседневных приложений и занятий. Амму также объяснила, что алфавиты - это не просто символы, они динамичны и переплетаются со звуками и значениями, выражая реальность в точных формах. Люди придумали с помощью алфавита слова, обладающие огромной силой, направленностью и жизнестойкостью, которые могли бы изменить жизнь, мышление и ориентацию людей. Она рассказала об истории алфавита, письменности, силе письменного слова, книгопечатании, книгах, газетах, телевидении и цифровой вселенной.

Амму ориентировала их на изучение простого сложения и вычитания, и учащиеся поднимали себя к новому существованию, смыслу и надежде. Она разъяснила значение чисел в их жизни и бесконечность, заключенную в них. Учащиеся были поражены новыми аспектами знаний, которые они приобретали. Позже Амму разъяснила значение денег, как подсчитывать наличные деньги и их роль в обществе. Учебно-методическое совещание в тот день было захватывающим для учащихся, и Амму дала им несколько домашних заданий, которые они должны были выполнить, основываясь на полученных за день знаниях. Учащиеся горели желанием закончить его, чувствуя прилив сил благодаря своим новообретенным знаниям. В течение трех недель они выучили алфавит, согласные звуки и пять слов, начинающихся на каждую букву, а также их применимость в реальных жизненных ситуациях. Они поняли, как буквы и слова могут изменить их понимание мира и его прогресса. Учащиеся поняли, что обучение помогло им стать в полной мере людьми. Им нравилось играть с вычитанием и умножением, и они громко смеялись, когда Амму приводила им примеры из ежедневной покупки овощей и приготовления пищи на их кухне. Для них это действительно был жизненный опыт.

Через два месяца учащиеся начали читать сборники рассказов и писать письма своим близким домой. Им нравилось читать истории из *Панчатантры*, потому что они отражали жизнь людей и содержали глубокие уроки для изучения и практики. В этих историях говорилось о ценности работы, ценности человеческой жизни, значении свободы, справедливости, любви, честности, обязанностях и ответственностипримечания. Процесс обучения существенно изменил их точку зрения, видение жизни, отношений с другими, самооценку и смысл надежды. Тюремщик поинтересовался ходом работы по распространению грамотности. Амму выступил с кратким отчетом о достижениях учащихся за один год. Она упомянула, что учащиеся могли читать газеты и писать письма домой. Тюремщица с удовольствием ознакомилась с отчетом, который был кратким и основанным на фактах, и отправила его начальнику тюрьмы для ознакомления. Суперинтендант направил его генеральному директору тюрем, высшему государственному органу по охране правопорядка. В *День Миссии по ликвидации неграмотности* в тюрьме было организовано небольшое мероприятие, которое было красочным. Все осужденные собрались в общежитии, которое использовалось в качестве зала для таких целей. Тюремщик объяснил цели миссии по ликвидации неграмотности в Керале — сделать Кералу полностью грамотной. В рамках этой работы женское крыло тюрьмы участвовало в этом мероприятии и достигло этой цели в течение одного года. Она прочитала имена Сухры, Набисы и Рекхи, и они хорошо прочитали вслух отрывок из "*Панчатантры*" и их части.

Начальник тюрьмы был рад понаблюдать за их работой и выдал каждому сертификат с напечатанным их именем. Когда они увидели свои имена в полученных документах, они улыбнулись. В конце концов, тюремщица сказала, что миссия по распространению грамотности в тюрьме достигла своей цели благодаря упорному труду Амму, и она прочитала отчет, который Амму ей представила. Затем тюремщик прочитал описание, написанное Амму, которое было включено в Ежегодный отчет о тюрьмах Кералы, опубликованный правительством. Тюремщик захлопал в ладоши, и все присутствующие в зале зааплодировали. В течение месяца главный министр объявил Кералу полностью грамотным штатом. Сухра, Набиса и Рекха улыбнулись, прочитав это. "Это мы сделали Кералу на сто процентов грамотным штатом", - прокомментировали они. Потом они показали репортаж Амму и рассмеялись. Амму поздравила их и сказала: "Рекха, Набиса, Сухра, вы - те люди, которые сделали это возможным. Собственная страна Бога гордится вами", и Амму увидела искру в их глазах.

Через неделю Амму снова вызвали в каюту тюремщика. "Большинство заключенных здесь - бросившие школу. Двадцать два человека не смогли перейти дальше четвертого класса, а среди остальных одиннадцать выбыли до восьмого класса, а семеро не смогли закончить свой десятый класс. Только пятеро поступили в высшие учебные заведения. Вы можете помочь всем тем, кто не закончил десятый класс, написать экзамен", - сказал офицер. Это была титаническая задача и значительная ответственность, которая могла занять много лет, чтобы помочь им достичь своей цели. Выполнение этой работы в одиночку было непростой миссией.

"Мы понимаем проблему. Вы получите полную поддержку от всех тех, кто прошел десятый уровень. Планируйте соответствующим образом и приступайте к работе завтра", - сказал тюремщик.

Амму немедленно встретилась со всеми, кто закончил школу: Терезой, Суджатой, Сунитой, Ушей и Фатимой. С их помощью она разделила женщин-осужденных на три группы в зависимости от уровня их образования: те, кто учился до четвертого класса, с пятого по седьмой и с восьмого по девятый. Амму поручила Суджате и Уше присматривать за первой группой, Суните и Фатиме - за второй, а Терезе - за третьей. Тюремщик собрал тетради, учебники, карандаши, ручки и другие необходимые материалы, и к следующему полудню были готовы еще две классные доски.

Занятия начинались в три часа дня, как приказал тюремщик. В первой группе было двадцать две женщины, во второй - одиннадцать, а в третьей - пять. Эти цифры будут меняться в зависимости от прибытия новых осужденных и освобождения старых. В первый день Амму обошла все группы и поговорила со всеми учениками. Она представила группе их учителей. Почти все учащиеся были счастливы от того, что могут продолжать учиться. Сухра, Набиса и Фатима присутствовали в первой группе, и они улыбались, когда разговаривали с Амму. Учителя тоже были счастливы, когда Амму представила каждого из них классу.

Чтение, письмо и арифметика были основными предметами в первой группе; языки, математика, обществознание и естественные науки были важны во второй группе, а коммуникации, социальные науки, естествознание и математика были в третьей группе. Каждый день Амму проводила около сорока минут с определенной группой. Кроме того, она преподавала английский язык и математику во второй и третьей группах. В первой группе предпочтение отдавалось чтению вслух на уроке, в то время как во второй - упражнениям по письму. В третьей группе учителя помогали учащимся самостоятельно мыслить и решать задачи. В течение трех месяцев Ammu смогла увидеть изменения в процессах обучения учащихся всех групп. Преподавание естественных наук и математики во второй и третьей группах было самым сложным. Пожилые ученики многого не понимали; они оставались в группе, поскольку посещать занятия было обязательно, даже несмотря на то, что учителя очень стремились помочь каждому ученику. Самой серьезной проблемой, с которой столкнулась Амму, было введение новых учеников. К концу первого года семеро учащихся были окончательно освобождены из тюрьмы, и к ним присоединились девять новых учащихся.

Амму не смогла подготовить ни одного ученика к экзамену в десятом классе в первый год, но Тереза и Амму восприняли это как вызов. Однако к середине второго года Терезу выпустили из тюрьмы, не оставив ей замены. Две женщины горели желанием написать аттестат зрелости, и Амму пыталась их тренировать. Оба заполнили анкету и представили ее в экзаменационную комиссию через тюремные власти. Тюремщик предоставил им больше времени для учебы, освободив их от другой работы и программ повышения квалификации. Амму была с ними в течение долгих часов и помогла разрешить их сомнения и проблемы. В день экзамена она похлопала их по плечам и пожелала удачи. Экзамен длился много дней, и Амму и ее ученики с нетерпением ждали результата, который был объявлен через сорок дней. Затем в женском отделении состоялись торжества, поскольку ученицы, Майя и Анита, прошли школьный выпускной экзамен с более высокими оценками. Хотя заключенным было запрещено обниматься, Майя и Анита обняли Амму, чтобы выразить свою благодарность. Амму назначила Фатиму старшей в третьем классе, и Анита должна была ей помогать. Сунита и Майя были учителями в двух классах, а Уша - в одном.

Раздался стук в ее дверь. - Доброе утро, профессор Майер. Это был Джанаки. - Доброе утро, Джанаки, - тепло откликнулась Амму. - Ты хорошо спала? - спросил я. - спросил Джанаки. "Да, действительно", - ответила Амму. После кофе перед сном Амму присоединилась к Аруну и Джанаки, чтобы приготовить завтрак. Они приготовили бутерброды, омлеты и запеченную цветную капусту с сыром, овсяными хлопьями и бананами, приготовленными на пару. "Вы занимаетесь йогой каждый день?" - спросила Амму у Аруна. "Конечно, йога - неотъемлемая часть нашей повседневной жизни, и мы занимаемся ею в течение получаса. "Это придает гибкость телу, спокойствие уму и порождает добродетельные мысли, ведущие к здоровым действиям", - сказал Арун. "Йога помогает поддерживать равновесие в жизни. Вы испытываете невозмутимость по отношению к другим людям и остальной вселенной", - добавил Джанаки. "Я занимаюсь йогой каждый день сразу после пробуждения. Это вселяет в меня надежду", - сказала Амму. - Вы правы, профессор Майер. Йога укрепляет ум и создает энергию. Эта духовная энергия чисто светская, неподвластная никакой религии или богу", - добавил Арун. "Йога направляет наше мышление в сторону позитивного отношения к жизни. Человек, который практикует йогу, не может ненавидеть, угнетать или порабощать других, поскольку это уважает равенство всех людей", - сказал Джанаки.

- Я согласен с тобой, Джанаки. Человек не может изнасиловать другого человека, если йога является частью его образа жизни", - объяснила Амму.

"Некоторые люди, которые утверждают, что практикуют йогу, не испытывают никаких угрызений совести по поводу организации насилия. Йога направлена против самосуда коров, насилия толпы и ненависти", - очень убедительно сказал Арун.

Последовала короткая пауза. "Стоическое молчание о насилии не сочетается с йогой. Политик или министр, который утверждает, что он каждый день занимается йогой и предается изнасилованиям или насилию в обществе, является фальшивым йогом", - сказала Амму.

"Йога отражается в наших действиях, приводя к добрым поступкам, а йог не может быть лгуном", - сказал Арун. "Некоторые фальшивые йоги так и делают. Кроме того, они молчаливо поддерживают самосуд над коровами, за которым следует линчевание", - заметил Джанаки. "В каждом линчевании есть политическая поддержка. Каждое политическое убийство имеет скрытую поддержку самого высокопоставленного человека в его молчании. Даже если он утверждает, что является ярым приверженцем йоги, он лжет", - добавил Арун. "Это порочный круг, поскольку они нуждаются друг в друге. Политик и толпа линчевателей, а также линчевание и молчание политиков сосуществуют", - сказала Амму. "Сегодняшняя газета публикует истории о линчеваниях в Харьяне и Раджастане как о нормальном человеческом поведении", - сказал Джанаки. - Это правда. Подумайте о групповом изнасиловании восьмилетней девочки в помещении храма в Катуа в течение нескольких дней вместе, и о членах UNP, поддерживающих изнасилование, и мне интересно, насколько далеко люди могут деградировать", - сказал Арун. "Это был ужасающий инцидент, когда восьмилетняя девочка-пастушка была похищена, изнасилована и убита религиозными фанатиками, и избранные представители UNP поддержали этот инцидент. Некоторые газеты и телеканалы высоко оценили действия избранных представителей, и это показывает, что подхалимы могли пойти на все, чтобы восхвалять своих криминальных лидеров", - добавил Джанаки. "Это был ужасный инцидент", - сказал Арун.

Долгое время царила тишина.

"Кстати, мы сегодня куда-нибудь пойдем", - добавил Арун.

"Сначала мы посетим школу танцев, а после обеда вернемся", - сказал Джанаки.

- А потом вечером пойти на свадьбу. Профессор Майер, мы приглашаем вас присоединиться к нам на сегодняшних программах", - сказал Арун, глядя на Амму.

"С удовольствием", - ответила Амму.

Джанаки передал Амму приглашение на свадьбу, и Амму просмотрела его. Невесту звали Анита Джордж, а жениха - Анил Бхат. Родители Аниты, Грейс и Джейкоб Джо, были учителями средней школы на пенсии. Мать жениха, доктор Минакши Бхат, была известным кардиологом, а его отец, доктор Бхат, был владельцем промышленной недвижимости Бхата и президентом отделения Ультранационалистической партии (УНП) в Керале. Он основал *партию Бхарат* Преми, которая позже объединилась с УНП. Имя "Бхат" вызвало у Амму необъяснимую тревогу. - Мы начнем в восемь тридцать. Школа танцев находится примерно в часе езды отсюда", - объяснил Джанаки. Джанаки вошел в свою комнату и принес совершенно новые *шаровары* для Амму. "Это платье для вас, профессор Майер", - сказала она. Джанаки в своем *гагра-чоли* и Амму в *шароварах* выглядели великолепно. На Аруне были брюки, рубашка с длинными рукавами и галстук. Джанаки вел машину, пригласив Амму сесть рядом с водителем. Арун сидел сзади.

Возникло неповторимое чувство единения. "Профессор Майер, школой танцев руководит особый человек", - сказал Джанаки. - Могу я узнать, кто это? - спросила Амму. "Этот особенный человек - мать Аруна", - ответил Джанаки. "О, позволь мне познакомиться с ней", - сказала Амму. - Ее зовут Малати Намбиар. Она основала школу много лет назад", - добавила Джанаки. "Когда ей было сорок четыре года, я стал ее сыном", - сказал Арун. "В одно прекрасное утро она увидела у своих ворот ребенка, которому было не больше двух лет. Ребенок плакал. Она сообщила в полицию и повсюду искала его мать, но никто не мог ее разыскать. Она искала его отца, но его нигде не было видно". Джанаки начал рассказывать эту историю. "Она оставила ребенка при себе с разрешения полиции, а затем подала заявление об усыновлении его. Мировой судья тоже был готов отдать ей ребенка на усыновление. С этого дня Малати Намбияр стала матерью Аруна", - сказал Джанаки. - А как насчет мистера Намбиара? - спросила Амму. "Это уже другая история", - ответил Арун. - Моя мать вышла замуж за бригадира Санджива Наира, когда ей было всего шестнадцать. У них не было детей. Поскольку бригадиру Наиру приходилось часто ездить в северо-восточные штаты, моя мать вернулась в Кералу и открыла школу танцев, и бригадир обычно навещал ее в Керале пару раз в год. Когда моей матери было тридцать четыре, бригадир приехал в отпуск. Но с ним была женщина с двумя маленькими детьми из Бирмы, беженка. Моя мать развелась с бригадиром Наиром, переехала в новый дом и жила одна. Намбиар - это фамилия ее отца, - объяснил Арун.

"Затем, однажды, она нашла Аруна плачущим возле своих ворот", - сказал Джанаки.

"Итак, я здесь, Арун Намбиар", - рассмеялся Арун.

"Это отличная история!" Амму отреагировала.

Они уже добрались до школы танцев Чанчала. Малати Намбияр встретила их у ворот, выглядя грациозной и жизнерадостной, когда открыла их. "Эмма, я открою ворота", - взмолился Арун. Затем Малати Намбияр обнял Аруна. "Познакомься с профессором Амму Рави Майер", - представил Арун Амму своей матери. "Это моя мать, Малати Намбиар", - сказал Арун Амму. Амму и Малати поцеловали друг друга в щеки. "Джанаки, как ты?" - спросила мать Аруна, когда Джанаки вышел из машины после парковки. "У меня все хорошо. Как поживаете, мэм?" - спросил Джанаки. "Я в порядке", - ответила мать Аруна. Малати Намбиар привела их в огромный зал, где находилось около двадцати молодых женщин и три инструктора. "Эти молодые женщины очень талантливы и полны решимости овладеть древним искусством танца. Обычно на то, чтобы освоить это, уходит не менее пяти лет, но большинство девушек могли бы сделать это за три-три с половиной года обучения". "Чему они здесь учатся?" - спросила Амму. "В основном они изучают Бхаратанатьям, Кучипуди, Одисси, Манипури и Мохиниаттам. Бхаратанатьям - самый популярный вид классического индийского танца. Это искусство, которое сосредоточено на человеческом теле, и ему более двух тысяч лет", - сказал Малати Намбиар. Она остановилась на некоторое время и показала несколько *мудр* руками. Ее тело двигалось элегантно, что было великолепно, и вместе с движениями ее тела ее глаза излучали различные эмоции и чувства.

"Мэм, это прекрасно, очаровательно и грациозно", - прокомментировала Амму.

- Спасибо вам, профессор Майер. Этот танец был создан Господом Шивой, величайшим танцором и элегантным исполнителем. Натья Шастра обеспечивает теоретическую базу индийского классического танца", - объяснила Малати Намбиар.

Там стояла статуя Господа Шивы в позе *Тандавы*. "Посмотрите на Господа; приятно наблюдать, как он танцует. Он является постоянным источником вдохновения", - продолжил Малати Намбияр. "Эмма, ты все еще танцуешь?" - спросил Арун. "Конечно, танец - это моя душа, моя жизнь. Без танцев я не могу существовать. Сколько студентов завершили свое обучение под вашим руководством?" - спросила Амму. "Каждый год пять-шесть танцоров заканчивают *Чанчал*. Я поступил в эту школу тридцать семь лет назад. Я помню, как вернулся из Джайпура и начал это делать в своей гостиной с одним студентом. Около семисот студентов уже закончили учебу. Кроме того, многие учащиеся школ и колледжей посещают краткосрочные курсы продолжительностью два месяца, в основном во время каникул. Каждый год на такой курс регистрируется не менее ста студентов. Танцы - это искусство, и молодые женщины считают их символом статуса, поскольку это часть нашего богатого наследия и культуры", - объяснила Малати Намбияр. "Много ли девушек присоединяется к *Кучипуди*?" Джанаки задал этот вопрос. "Существует большой спрос на *Кучипуди*. Это похоже на танцевальную драму, где танцоры играют разные роли из Рамаяны, Махабхараты, мифов и легенд, а также индийских историй", - добавил Малати Намбияр.

Затем она пригласила трех девушек и попросила их исполнить несколько сцен из "Махабхараты". Арджуна встретился с Кришной, выразив ему свой страх и мучения по поводу борьбы со своими двоюродными братьями, учителями и родственниками. Актерская игра и танцы были такими естественными; это было превосходное представление. Амму выразила свою благодарность за их великодушный поступок. "В этом зале проводятся основные занятия и специализации в трех соседних залах. Те залы меньше, чем этот", - сказал Малати Намбияр. Затем подошли инструкторы и представились. Все они были штатными инструкторами, высокообразованными и опытными, и специализировались на двух-трех видах танцев.

Малати Намбияр повел Амму в библиотеку, а Джанаки и Арун последовали за ними. Библиотека была хорошо обставлена и насчитывала более пяти тысяч печатных книг, дневников и записных книжек на более чем десяти языках, включая древние палимпсесты по *Натья шастре* и тамильские и санскритские рукописи по *Бхаратанатьям*. Его цифровой раздел был самым современным. Малати Намбияр рассказал Амму, что Джанаки и Арун потратили более трех месяцев на разработку цифровой части библиотеки. "Многие студенты и ученые из всех штатов Индии и из-за рубежа посещают мою библиотеку для проведения исследований. Иногда нам нужно принимать этих приезжих ученых", - сказал Малати Намбияр. Она выглядела активной, подвижной и могла ходить и говорить как двадцатипятилетняя женщина. Она планировала превратить *Чанчал* в международный центр танцев, специализирующийся на различных формах индийского танца. Она высказала мнение, что с финансами проблем не было, поскольку она хотела использовать все свои сбережения для развития международного центра. Малати Намбияр пригласил их всех на обед.

Это было вегетарианское блюдо в традиционном стиле штата Керала, включавшее рис, торан, нейяппам, авиял, самбар, папад, ачар и *пайасам*. Всем понравилась еда. "Как вы управляете таким учреждением?" - спросила Амму. - У меня есть полдюжины лейтенантов, которые очень эффективны и преданы своему делу. Было время, когда я потерял всякую надежду в жизни. Потом в моей жизни появился Арун. Он дал мне смысл и силу, видение и надежду. В наши дни и Джанаки, и Арун часто посещают это место. Я остаюсь с ними по крайней мере раз в месяц. Отношения - это секрет счастливой жизни. Когда я вижу в них себя, я понимаю, что у меня есть цель в жизни, и когда я вижу их в себе, я осознаю, что мог бы с ними подружиться. Родитель - это друг. Я их друг. Они оба доставляют мне много радости", - сказала Малати Намбияр и обняла Джанаки. "Твой Арун - мой лучший друг", - сказала она Джанаки. "Арун, тебе повезло, что у тебя есть Джанаки; я восхищаюсь ее качествами", - прокомментировал Малати Намбияр. Все они рассмеялись. "Давайте сделаем шаг", - вставая, сказал Арун.

Джанаки и Арун обняли Малати Намбияра. "Мэм, вы - мое вдохновение", - сказал Джанаки. "Эмма, я люблю тебя", - сказал Арун.

"Профессор Майер, я так счастлива, что смогла встретиться с вами. Арун сказал мне, что вы специалист по ракам и омарам и получили докторскую степень в Уппсале. Вы также вывели гибрид, известный как *Куттерн*", - поцеловав Амму в обе щеки, сказал Малати Намбияр.

"Мадам, это была очаровательная встреча, и она запомнится мне на долгие годы", - ответила Амму.

Арун щелкнул несколько групповых фотографий Джанаки и Амму со своей матерью в качестве селфи. Малати Намбияр проводил их до ворот. Арун был за рулем машины и пригласил Амму сесть рядом с ним на переднее сиденье. "Моя мать дала мне жизнь", - сказал Арун. "Теперь Джанаки дарит мне дружеское общение. Она мой лучший друг", - сказал он Амму. "О, Арун", - воскликнул Джанаки. "Мы встретились на баскетбольной площадке Индийского технологического института. Будь то эгоцентричный, эгоистичный или щедрый, вы легко можете судить о характере игрока на баскетбольной площадке. Зрелый игрок всегда передает мяч товарищам по команде и держится на почтительном расстоянии от игроков команды соперника", - объяснил Арун.

Амму слушала его с нетерпением. "Итак, вы оба вместе играли в баскетбол?" Прокомментировала Амму. - Да, профессор Майер, мы часто играли вместе. Баскетбол - замечательная, блестящая и очень скоординированная игра. Каждый шаг ориентирован на достижение цели. Это обеспечивает достаточную физическую нагрузку", - объяснил Джанаки. "Движения Джанаки на корте всегда были грациозными. Я восхищался ее ловкостью и выносливостью", - высказал мнение Арун. "Когда вы играете в команде со смешанным полом, у вас появляется достаточно возможностей оценить характер игрока и его отношение к гендерному равенству и личному достоинству", - сказал Джанаки. "Нас объединило нечто большее, чем оценки и суждения, личное восхищение и особое влечение. Мы нравились друг другу, и мы могли часами делиться и рассказывать истории", - сказал Арун. "Итак, вы двое стали неразлучными друзьями", - прокомментировала Амму. - Да, в дружбе есть особое очарование. Это глубже, чем восхищение. Это первый шаг к глубоким, личным отношениям. Это приводит к обязательству, единению сердец и цели, определенной двумя людьми. Это насыщает, просто и неотделимо друг от друга", - заметил Джанаки.

Амму слушала их с глубоким вниманием. Ее сердце было полно уважения и любви к Джанаки и Аруну, и она восхищалась их страстью, дружбой, открытостью и интимностью. "Бабушка и дедушка Джанаки были родом из Кача в Гуджарате, они мигрировали в Уганду и построили индустрию, которая стала очень успешной. Во время диктатуры Иди Амина им пришлось бросить все и покинуть страну, где они проработали много десятилетий. Они мигрировали в Великобританию. Через несколько лет отец Джанаки вернулся в Индию, поселился в Мумбаи и развил экспортный бизнес. В этот период он познакомился с молодым юристом Мариам, и они оба поженились", - рассказал Арун. "Моя мать была не похожа на многих других мусульманок. Она была другой. Возможно, это была особая черта мусульман Бохры. Они получают образование, чтобы сделать карьеру. Некоторые из них становятся врачами, юристами, архитекторами и учителями. Моя мать боролась за равенство и равные возможности не только для мусульманок, но и для всех женщин", - сказала Джанаки, очень громко произнося это. "Ее отец поддерживал свою жену во всех отношениях и поощрял ее расти и процветать, расширять свой кругозор и развивать сильную личность. Он замечательный бизнесмен и любящий муж", - добавил Арун.

Арун и Джанаки были откровенны в своей беседе. "Моя мать стала судьей сессионного суда и вышла в отставку с поста председателя верховного суда. Она была очень очарована Ситой и написала много статей и книгу на различные темы, основанные на ней. Сита была жертвой индийского духа и культуры, которые были деспотичными и жестокими по отношению к женщинам", - сказала Джанаки, особо выделив свою мать. "В Индии мужчины являются хранителями культуры, образования, религии, политики и денег. Многие индийские мужчины лицемеры и ведут двойную жизнь, говоря что-то приятное публике, но наедине ведя себя прямо противоположным образом, как лидеры UNP", - сказал Джанаки немного грустно. "Я всегда сочувствую Сите", - сказала Амму. "Книга вашей матери "Женщины в Ситаяне" содержит великолепный анализ государственного устройства и социальных условий древней и современной Индии. У индийцев тиранический склад ума по отношению к женщинам. Мужчины не готовы относиться к женщинам как к равным, поскольку многие считают их просто сексуальными объектами. Давайте поучимся у Швеции, лучшей страны в мире, в том, что касается гендерного равенства", - решительно заявила Амму. "Профессор Майер, мне приятно вас слушать. Вы вдохновляете нас", - отреагировал Джанаки. - Я тоже восхищаюсь тобой, дорогой Джанаки, - сказала Амму.

Они уже добрались до своего дома в городе. "Давай отдохнем", - сказал Арун, паркуя машину. - Мы начнем в шесть вечера. До зала приемов можно доехать за полчаса. Мы будем присутствовать на свадьбе учителя Аруна, дочери Джейкоба Джо", - прокомментировал Джанаки.

В шелковых сари *Канчипурама* Амму и Джанаки выглядели грациозно. "Две самые грациозные женщины в своих самых замечательных нарядах", - прокомментировал Арун, глядя на них. "Ты выглядишь элегантно в своем черном костюме и красном галстуке", - сказала Амму

Аруну, и они рассмеялись. Зал для приемов был заполнен гостями, а жених и невеста сидели на подиуме, украшенном белым жасмином и красными розами. Родители невесты встретили Амму, Джанаки и Аруна со сложенными на груди руками и широкими улыбками. Они представили свою дочь Аниту и ее мужа Анила Бхата. Оба получили степень магистра в университете Лиги Плюща в США, где они познакомились и решили пожениться, хотя отец Анила был против того, чтобы он женился на дочери школьного учителя, которая была христианкой. Анил вместе со своим отцом был владельцем шести ресторанов, трех отелей, двух больниц и сети IT-компаний, разбросанных по всему побережью Малабара. Отец Аниты рассказывал об этом с гордостью.

Имя доктора Бхата снова вызвало тревогу в сознании Амму. "Не бери в голову", - попыталась утешить себя Амму. Родители Анил, доктор Минакши и доктор Бхат, были заняты приемом высокопоставленных политиков из различных политических партий, министров центрального правительства и офицеров индийской административной службы и полиции. Доктор Бхат поддерживал и спонсировал различные инициативы и роуд-шоу видных министров, принадлежавших к УНП, поэтому он был популярен среди привилегированных политиков. Бхат более двадцати лет был единственным членом парламента *от партии Бхарат* Преми в штате Керала, которая объединилась с ультранационалистической партией, и доктор Бхат стал президентом отделения УНП в штате Керала. Он спонсировал многочисленные дома для детей и пожилых людей и учредил стипендии для студентов, программы школьного питания в полдень и лагеря по пересадке почек и сердца. Доктор Бхат был любимцем общества; никто не мог представить себе гражданское общество без него. Многие тысячи людей обожали и почитали его. Это была блестящая церемония, и городская элита соперничала за то, чтобы привлечь внимание доктора Бхата. Политики ожидали, что УНП получит по меньшей мере пять мест на выборах в государственную ассамблею, которые состоятся на следующий день. У доктора Бхата было бы больше шансов стать заместителем главного министра штата Керала, если бы его УНП объединилась либо с партией Конгресса, либо с Коммунистической партией. Поскольку Партия Конгресса или Коммунистическая партия не получили бы большинства независимо друг от друга, только вместе с УНП кто-либо из них мог бы сформировать правительство. Таким образом, позиция доктора Бхата и его УНП стала напряженной.

Еда, которая включала в себя различные вегетарианские и невегетарианские блюда, подавалась вместе с различными марками алкоголя. Однако Амму была несколько удивлена и чувствовала себя неуютно из-за имени Бхат. После еды Джанаки, Амму и Арун встретились с родителями Аниты и пожелали их дочери "счастливой и благостной супружеской жизни". Амму случайно мельком увидела доктора Бхата, когда на полсекунды поднималась на пьедестал почета. Несмотря на то, что он стоял в другом конце зала, они посмотрели друг другу в глаза, и, казалось, оба были удивлены, увидев друг друга. Амму смогла узнать его даже спустя двадцать пять лет.

По дороге домой Амму молчала. "Профессор Майер, возможно, вы устали из-за напряженного дня", - сказал Джанаки. Амму улыбнулась. Они вернулись домой около половины одиннадцатого. "Арун, пожалуйста, передай своей маме, что мне понравилось в Чанчале. Это замечательное учреждение, и твоя мать - замечательная женщина", - прокомментировала Амму, глядя на Аруна. "Конечно, профессор Майер", - ответил Арун. - Кажется, моя мать была рада познакомиться с вами. Спокойной ночи, мэм, - добавил он. "Спокойной ночи, дорогие Арун и Джанаки. Это был прекрасный день, и у нас была чудесная прогулка. Спасибо тебе за твою любовь, - сказала Амму, целуя ее в щеки. - Профессор Майер, кажется, наши отношения бесконечны. Я чувствую неразрывную связь с тобой. Спокойной ночи, мэм." - сказал Джанаки, обнимая Амму.

ГЛАВА ЧЕТВЕРТАЯ: НАСЛЕДИЕ ПРИДОРОЖНОЙ ЧАЙНОЙ И ХОККЕЙНОЙ КОМАНДЫ

Почему Джанаки и Арун так сильно любят ее? Амму спорила сама с собой. Как могла Амму понять и объяснить их сильную привязанность? У этого не было определения; слова не могли связать это, поскольку это шло от сердца, из их самых сокровенных глубин. Они любили ее, потому что эта пара любила друг друга. Они открывали для себя любовь, обновляя ее каждый час, каждое мгновение, так что она оставалась новой. Они разгадывали тайну любви, которая была вечно динамичной, постоянно растущей, нескончаемой и никогда не была статичной или устаревшей. Но Бхат испортил день, и ему не следовало идти на свадьбу. Однако кто мог бы предсказать такое развитие событий? Амму попыталась выбросить его из головы, но, тем не менее, его лицо не выходило у нее из головы и вызывало отвращение.

Это был тот же самый человек, с тем же взглядом, таким жестоким и отталкивающим; изменилась только его одежда. Когда-то он был человеком, который носил *легкие* брюки и жилет, когда открыл свою чайную лавку "Чайаккада Нараянана". Все начиналось как придорожная чайная на общественной территории, где с десяти утра до полуночи горела керосиновая плита. У Бхата всегда было два чайника, наполненных кипяченой водой и чайными листьями, и он готовил два вида чая: один с молоком, а другой без него, широко известный как *Каттанчай*. Он заваривал чай и подавал его своим клиентам, но никогда с ними не разговаривал. Никто ничего не знал о нем, даже его имени. Его чайная располагалась на национальном шоссе, далеко от города, где было достаточно места для парковки грузовиков, легковых автомобилей и двухколесных транспортных средств. С самого начала у Бхата было много клиентов, особенно водителей грузовиков, которые чувствовали себя комфортно в его магазине под огромным баньяновым деревом. Чай, который он готовил, всегда был вкусным и слегка опьяняющим; клиентам он нравился, и многие часто заказывали два стакана вместо одного. В первый месяц Бхат продавал по меньшей мере пятьсот стаканов чая в день, и его бизнес процветал. Когда Бхат приехал из Удупи, он бродил по укромным уголкам Кочи в поисках еды и работы, но, к сожалению, ничего не нашел. Он спал на открытой *веранде* магазинов или общественных зданий.

Поскольку ночью был взломан магазин, полиция арестовала его по подозрению и доставила к мировому судье. У него не было адвоката, но в тот день Рави выходил из зала суда после рассмотрения дела о детском труде. Он увидел несчастного молодого человека, вероятно, его возраста, руки которого были связаны веревкой, идущего в сопровождении двух полицейских констеблей. Его одежда была изодрана в клочья, и он был покрыт пылью и потом. Рави подошел к нему и спросил о нем. Бхат рассказал свою историю и выразил желание хорошо поесть, так как он не ел уже два дня, и найти работу где-нибудь в городе. Рави расспросил его о подробностях, чтобы он мог защищать его перед судьей.

Бхат рассказал Рави, что он женился, когда ему было семнадцать, а его жене было всего четырнадцать. Бхат постоянно странствовал и не мог оставаться со своей женой Сулакшми так часто, как это было возможно, за исключением нескольких раз за предыдущие десять лет. Она жила со своими родителями с тех пор, как он начал свою бродячую жизнь. Он признался, что был невиновен и не знал о взломе магазина. Рави поверил его словам, предстал перед судьей и защитил Бхата, заявив, что он женат, не имеет криминального прошлого и хочет иметь достойные средства к существованию. Бхат проучился только до четвертого уровня и хотел работать и зарабатывать деньги, чтобы жить как законопослушный, конструктивный и самодостаточный гражданин. Рави убедительно изложил дело, и судья был убежден в характере Бхата и, доверяя словам его адвоката, безоговорочно оправдал его. Рави не стал брать плату с Бхата, а вместо этого достал свой бумажник, дал ему сто рупий и велел пойти поесть и купить какую-нибудь свежую одежду. Рави попросил Бхата встретиться с ним в его офисе на следующий день.

На следующий день около десяти утра Нараянан Бхат пришел в офис Рави. Он выглядел свежим в своей новой одежде. Рави знал, что Бхат проучился только до четвертого класса и не смог устроиться на работу. Он предложил Бхату открыть чайную на шоссе. Бхату понравилось это предложение, так как у него был опыт продажи чая во многих чайных в Удупи и он работал в разных ресторанах в Мангалоре и Касаргоде с десяти лет. У Бхата повсюду было много коллег его возраста, и он признавал, что ребенку нужно работать и что нет ничего плохого в том, чтобы привлекать детей к трудовой деятельности. Бхат выразил свою неспособность открыть свою чайную без какого-либо капитала. Ему нужно было по меньшей мере пятьсот рупий, чтобы приобрести необходимое оборудование. Рави попросил Бхата встретиться с ним через два дня.

Рави рассказал эту историю Амму и объяснил, в каком жалком состоянии был найден Бхат. Амму понял, что если они не смогут ему помочь, он может умереть на углу улицы, оставив свою молодую жену вдовой. Шёл всего второй месяц после свадьбы Амму и Рави, и поскольку была середина месяца, ей пришлось ждать ещё по меньшей мере пятнадцать дней, чтобы получить свою зарплату из университета. Собрать пятьсот рупий, что составляло половину её месячной зарплаты, в течение двух дней было непросто. Она сказала Рави, что он может продать её золотую цепочку, которая весила около пяти граммов, и отдать всю выручку Бхату.

Золотая цепочка стоила шестьсот сорок рупий.

Через два дня Бхат появился в офисе Рави. Прежде чем дать ему деньги, Рави хотел выяснить, где Бхат мог бы открыть свою чайную. Чайная лавка могла бы обеспечить Бхату жизнь на шоссе, на некотором расстоянии от города. После трёхчасовых поисков на велосипеде Рави они смогли найти подходящее место под баньяновым деревом. Рави был счастлив, и Бхат тоже. Затем Рави открыл свой бумажник, достал шестьсот сорок рупий и протянул их Бхату.

- Открывай свою чайную здесь. Ты будешь процветать", - сказал Рави.

Однако Рави не сказал Бхату, что продал единственную золотую цепочку своей жены, чтобы получить деньги. Это была цепочка, которую она купила на их свадьбу.

Бхат открыл свою чайную — "Чайаккада *Нараянана"* — на следующий день.

Рави и Амму добрались до места под баньяновым деревом, где Бхат должен был открыть свою чайную около восьми утра. Через десять минут Бхат прибыл с мини-грузовичком, гружённым материалами, необходимыми для чайной. Рави и Амму помогли Бхату установить бамбуковые шесты по четырём углам, накрыть прутья пластиковой простынёй и привязать концы простыни к разным шестам. Они собрали кирпичи, соорудили четыре коротких столба и накрыли их стальным листом в качестве кухонной платформы. Они расставили около десяти пластиковых стульев вокруг платформы, чтобы сидеть на них. Там было около двадцати стаканов для чая, два чайника для кипячения и два маленьких пластиковых контейнера для хранения сахара и чайных листьев. Рави поставил под баньяновым деревом две огромные пластиковые канистры, чтобы наполнить их пресной водой.

Амму подошла к общественному колодцу примерно в пятидесяти метрах отсюда, чтобы набрать воды и наполнить пластиковый контейнер. Рави принес воды в двух ведрах, чтобы наполнить пластиковую банку до краев. "В нем может поместиться около ста литров воды", - сказал Рави Амму. Пока Амму мыла чайники, Рави протирал стаканы. В течение трех часов они завершили всю работу.

Смешав определенное количество воды и молока в чайнике, Бхат зажег керосиновую плиту и нагрел чайник с водой и молоком. Он положил в нее одну столовую ложку чайных листьев и помешивал, пока она не закипела. Перелив чай из чайника в стальную емкость с ручкой, Бхат взял другую такую же миску. Он держал сосуды обеими руками и переливал чай из одного в другой, и жидкость перетекала из одного сосуда в другой непрерывной дугой. Он трижды повторил построение арки. Он разлил чай по трем стаканам и подал по два Амму и Рави. Аромат чая наполнил его чайную.

- Это восхитительно, - заметила Амму, отхлебывая чай.

- Так и есть, - сказал Рави.

Затем Рави достал свой бумажник и дал Бхатту банкноту в десять рупий. Несмотря на то, что стоимость двух стаканов чая составляла всего одну рупию, остаток не был возвращен. Но Бхат с самого начала не произнес ни слова, так как был молчалив, как камень.

"Через четыре часа Амму и Рави уехали домой. Было воскресенье, и им нужно было убраться в доме, постирать одежду и приготовить еду. На обратном пути Амму прокомментировала: "Бхат ничего не говорил. Я нахожу это странным."

- Я тоже это заметил. Бхат, возможно, интроверт, - ответил Рави.

- Но с ним что-то серьезно не так. Возможно, ему не хватает элементарных манер, и я искренне надеюсь, что он постепенно научится", - выразила Амму свои опасения и надежды.

- Конечно. Чайная лавка Бхата будет иметь оглушительный успех. У него есть проницательность, и его чай превосходен", - сказал Рави.

"Ты прав", - согласилась Амму со своим мужем.

Через неделю, когда Рави проходил мимо, он заметил новую табличку с названием над магазином, на которой было написано: *"Чайная Нараянана"*. Бхат заменил малаяламское слово "*Чайаккада*" английским термином "Чайная лавка". Всякий раз, когда Рави проходил мимо, он останавливался у чайной, заказывал стакан чая и платил пол-рупии. Как обычно, Бхат ничего не сказал, как будто они были незнакомцами. В чайной можно было заказать различные закуски, и количество посетителей увеличилось в десять раз. Возле чайной Бхата всегда было припарковано много грузовиков, легковушек и двухколесных транспортных средств, и его бизнес был очень прибыльным. Бхат нанял двух помощников из Удупи, чтобы они помогали готовить различные закуски. В течение месяца Bhat начала поставлять мясные и рыбные полуфабрикаты, такие как говядина, баранина, курица, утка, свинина, *каримин*, *икура* и помфрет. Спрос на невегетарианскую пищу был очень высок, и семьи и группы начали массово посещать закусочную в вечерние часы. Затем Бхатт нанял еще десять человек из Мангалора, которые были экспертами в приготовлении различных невегетарианских блюд.

Бхат сменил название своей чайной на ресторан Narayanan's и превратил ее в просторную закусочную со светлым интерьером, удобными стульями и столами. Он установил водопровод и два туалета в западном стиле, а также построил отдельную кабину, чтобы наблюдать за своими клиентами из своего офиса и припаркованных грузовиков, легковых автомобилей и двухколесных транспортных средств. В течение месяца он оборудовал ресторан современной кухней и нанял опытных поваров с дипломами школ общественного питания. Бхат уже захватил по меньшей мере два акра государственной земли для своего ресторана. Вскоре ресторан прославился своей ночной жизнью. В течение года после открытия чайной Бхат и его закусочная пережили феноменальный рост. По прошествии года Рави так и не смог встретиться с Бхатом лицом к лицу всякий раз, когда посещал ресторан Нараянана.

Однажды вечером Амму и Рави решили поужинать вне дома и за полчаса доехали до ресторана Нараяны. Они заказали свои любимые блюда и стали ждать официанта за стойкой. Внезапно Бхат оказался перед ними, и несколько секунд они не могли его узнать, так как он был одет в новейший фирменный костюм с красным шелковым галстуком.

"Пойдем, я хочу поговорить с тобой", - сказал он, направляясь в свою каюту. Рави и Амму последовали за ним. Добравшись до своего кабинета, он сел на свой рабочий стул Aeron и не попросил Рави и Амму присесть. Они стояли перед ним в удивлении.

- Что ты о себе думаешь? Почему ты приходишь и беспокоишь меня?" Бхат закричал на них.

Это было потрясением для Рави и Амму, как будто кто-то ударил их по затылку.

- Ты имеешь в виду собак. Возможно, вы думаете о своих шестистах сорока рупиях. Для меня это ничего не значит. Отнесись к этому с интересом и исчезни". - закричал Бхат, бросая в них банкноту в тысячу рупий. От его голоса задрожали прозрачные стекла в каюте. Банкнота упала к ногам Амму, но ни Амму, ни Рави ничего не сказали. Они вернулись и открыли стеклянную дверь, не взяв банкноту. Рави заметил двух мальчиков, которые убирали со стола в углу, на вид им было лет двенадцать-тринадцать. - Что они здесь делают? - спросил я. Рави задумался. Этот вопрос встревожил его больше, чем только что пережитое унижение.

"Вы, уличные собаки, никогда больше не приходите". Амму слышала, как кричит Бхат. Когда дверь за ними закрылась, наступила абсолютная тишина.

Они завели мотоцикл и поехали обратно. Амму и Рави не могли говорить, так как у них не было слов, чтобы передать свои эмоции, печаль, тревогу и гнев.

"Он социопат. Ты был прав", - сказал Рави перед сном.

- Он может сделать все, что угодно. Нам нужно быть осторожными", - сказала Амму.

"Он чувствует себя униженным из-за того, что мы помогли ему. Он не может этого принять. Его поведение - это реакция, отклик на воображаемую потерю его величия", - объяснил Рави.

"У него не хватает умственной зрелости, чтобы признать, что когда-то он был слабым, голодным, потрепанным, выглядел как нищий и бродяга. Он хочет освободиться от своего прошлого и убить нас, чтобы избавиться от развившегося в нем чувства унижения", - объяснила Амму.

"Мы единственные люди, которые знают его прошлое, например, историю его брака и слабости. Он хочет убрать это", - сказал Рави.

"Это возможно только путем нашего устранения. Ложный престиж Бхата - это его слава. Его величие - это образ, который он создал вокруг себя, а его великолепие - это лицо, которое он проецирует, современное, богатое, красочное и скромное", - добавила Амму.

"Ему нужно построить новый Бхат, стереть и уничтожить старый, навсегда преодолеть прошлое и показать миру, что он всегда был умным, блестящим и могущественным. Он хочет показать, что он сверхчеловек", - сказал Рави.

"Чтобы достичь своей цели, он пойдет на все, и мы стали его целью", - четко заявила Амму.

"Устранение людей, которые помогали ему, - это его потребность, и мы должны быть осторожны". В словах Амму содержался намек на самоподдержку.

- Почему там были те мальчики? А ты как думаешь?" - спросил Рави.

- Они были там, чтобы работать, зарабатывать на жизнь, или как-то иначе? Похоже, они были там, чтобы участвовать в какой-то антиобщественной деятельности для Бхата. Он может сделать все, чтобы заработать деньги, создать вокруг себя личную ауру, заслужить имя и славу и изменить свою историю. Ему нужно удалить многое, например, людей, которые хорошо его знают, людей, которые помогли ему преодолеть голод, одели его и сопереживали ему. Но он человек, лишенный каких-либо человеческих чувств. Он может быть человеком без каких-либо угрызений совести", - ответила Амму.

- Возможно, он дистанцировался от Сулакшми. Он навсегда оставит ее без связи, если Бхат не сможет убить ее. Бхат, возможно, думает, что у нее нет никаких прав, и он не несет никакой ответственности перед ней", - добавил Рави.

- Тогда он обратится к нам, что будет иметь катастрофические последствия. Мы знаем это, но мы беспомощны, чтобы понять ход мыслей психопата. Они могут придумать тысячу возможностей и часто в конце концов добиваются успеха. В конечном счете, они могут избежать любой вины благодаря своей власти, положению, имени и славе. Это разум психопата", - твердо заявила Амму.

"Он - раненая кобра, и важно не то, насколько он велик, а то, насколько опасен его яд. Этот яд может убить по меньшей мере полдюжины человек одним ударом, что жизненно важно. Мы ранили его гордость своим существованием и присутствием, поскольку несем его историю, которую он хочет удалить. То, что он когда-то хотел вычеркнуть из своей жизни, касается нас обоих. Знать его - это наше преступление, серьезное преступление, не подлежащее искуплению. Это может повлечь за собой самое суровое наказание, не средство устрашения или исправления, а смертную казнь, - пробормотала Амму, не уверенная, услышал ли ее Рави.

Но у Бхата было очарование, тем не менее поверхностное. Он обладал навыками и тщательно планировал и организовывал все, демонстрируя свои способности. Он не проявлял мании иррационального мышления, никогда не проявлял нервозности и не был невротиком. Однако опыт Амму и Рави показал, что Бхат был ненадежным, лживым и неискренним, не придавая никакого значения здоровым человеческим связям. Это Бхата было заоблачным, и он никогда не улыбался и не смеялся, лишенный привязанности и любви. Бросив свою жену в юном возрасте, заявив, что у них был детский брак, он воспользовался законом, когда это его устраивало. Он отказался упоминать свою жену, но признался, что женился, чтобы получить юридическую защиту. Его прошлое было тайной. Бхат никогда не выражал никаких положительных реакций и никогда не откликался на доброту и помощь. Он был человеком, у которого не было межличностных отношений.

"Амму, мне интересно, почему в его ресторане всегда много молодежи, студентов, поступающих в колледж, водителей грузовиков и семей? Почему они находят его еду такой привлекательной, вкусной и очаровательной? Почему они хотят пробовать его снова и снова?" Однажды Рави задал этот вопрос Амму. Она поразмыслила над этим и проанализировала множество гипотез в поисках возможного ответа.

На следующий день Рави попросил своих младших сотрудников, Абдула Хадера и Лизу Мэтью, связаться с ребятами из ресторана Bhat's, не раскрывая их личностей. Абдул и Лиза практиковали под руководством Рави в окружных и Высших судах по различным вопросам прав человека. Они пообещали Рави, что соберут как можно больше информации о мальчиках и представят ее Рави. Через несколько месяцев Рави нашел в местной газете заметку под заголовком "Министр туризма открывает ресторан под названием "Бхат Мелоди"." Это была статья в пятьсот слов, и, похоже, пресса придала этому событию большое значение. "Бхат, которого называют императором вкусовых рецепторов, открыл новый ресторан в самом центре города на улице Махатмы Ганди. Жителям города повезло, что такой известный шеф-повар открыл ресторан в нашем городе. Бхат - высококвалифицированный шеф-повар, прошедший обучение в Болонье, Бордо, Амстердаме и Сан-Себастьяне. Бхат также является человеком, которого любят и уважают тысячи людей по всей Керале. Будучи по преимуществу филантропом, он получил высшее образование в области общественного питания и гостиничного менеджмента в известном университете на севере страны. Он получает докторскую степень по *традиционной кухне и туризму в* штате Керала." Рави показал газету Амму, и, прочитав похвалу, Амму посмотрела на Рави, и они долгое время хранили молчание.

В течение месяца Бхат приобрел еще один ресторан в городе и назвал его Bhat's Rhythm. Тем временем Абдул Хадер и Лиза Мэтью пришли со своими находками и встретились с Рави в его кабинете. "Похоже, Бхат занимается незаконным оборотом наркотиков в огромных масштабах. Мальчики работают проводниками вместе с водителями грузовиков и некоторыми молодыми людьми, поступающими в колледж. Водители грузовиков привозят наркотики из Пенджаба и Манипура, поскольку в Пенджабе, Афганистане и Пакистане их в изобилии. Наркотики из Манипура поступают из Бирмы", - объяснил Абдул. - А как насчет мальчиков? Какова их роль?" - спросил Рави. "Мальчики наняты для распространения наркотиков в штате Керала. Есть полдюжины парней, каждый из которых привязан к своим ресторанам, Мелодии и ритму", - сказала Лиза Мэтью. "У тебя есть доказательства?" - спросил Рави.

"Факт - это основа истины. Я собираю факты, чтобы установить истину", - сказала Лиза.

"В суде факты - это не что иное, как улики. Нам нужны неоспоримые доказательства", - сказал Рави.

Лиза и Абдул показали Рави фотографии мальчиков, путешествующих по разным частям штата и посещающих кампусы колледжей и рестораны для распространения наркотиков. "Это серьезная проблема", - прокомментировал Рави. "Что нам следует делать?" - спросила Лиза. "Мы должны очень серьезно подумать", - сказал Абдул. "Мы никому не можем доверять, так как играем с огнем", - сказала Лиза. - Давайте встретимся через три дня. Поразмыслите над этим и подумайте обо всех последствиях, с которыми мы столкнемся. Бхат тверд, и за ним может стоять преступная группировка, включающая политиков, полицейских и бизнесменов, поскольку это не может быть шоу одного человека. Но это уничтожит нашу молодежь, даже детей, посещающих школу", - высказал мнение Рави.

В тот день Амму поздно вернулась из университета, так как ей нужно было навестить Куттанад со своими студентами, чтобы познакомить их с фермерами Куттерна. Придя домой около восьми вечера, Рави приготовил ужин, и через полчаса Амму вернулась. За обеденным столом они обсудили выводы Абдула и Лизы. "Мы ранили Бхата, потому что он злой. Его реакция будет злобной, и он наверняка узнает, что мы задумали", - отреагировала Амму. Рави слушал Амму молча, но сердце его бешено колотилось. Как победить это зло, уничтожить его; в противном случае оно поглотило бы все и уничтожило бы то, что является правильным и благородным в обществе.

- Амму, иногда мне становится стыдно за себя и свою неспособность противостоять таким монстрам. Но если мы отреагируем, он убьет нас, и это несомненно". Слова Рави были резкими и пронзительными, в них содержалось предсказание их будущего.

Они только начали свою семейную жизнь и взяли жилищный кредит, чтобы купить дом в месте, где Амму любила проводить свои дни и ночи. Это было место, где Амму упомянула о покупке дома, когда они ездили в Муннар, и ей нравилось быть с Рави в этом месте, в маленьком домике, после их свадьбы. Это была мечта, которая сбылась для Амму.

Рави всегда делился с Амму прекрасными воспоминаниями; их значение, интенсивность и глубокая жизненная сила окутывали ее. Они создали для них атмосферу, привнеся новые измерения, сдержанные цвета, мягкие звуки и вечные взаимоотношения в богатых слоях. Пара любила, чтобы их повседневная деятельность была окутана тайной, и постоянно делилась этой тайной. Таким образом, она всегда оставалась свежей, привлекательной и яркой. Амму сохранила в своем сердце визит Муннара к Рави и ежедневно делилась с ним его значением. И Рави любил слушать ее долгими часами, особенно по выходным и когда они были вместе. По воскресеньям они бродили рука об руку по склонам холмов и берегам реки, которая извивалась вокруг рисовых полей, плантаций перечных лоз, деревьев кешью и мангровых зарослей.

На следующий день они отправились в Муннар. Амму позвонила Рави и сказала: "Рави, есть хорошие новости. У меня есть приглашение из Уппсалы присутствовать на церемонии присвоения, и во время церемонии мне будет присвоена докторская степень". - Поздравляю, Амму. Я чувствую себя в приподнятом настроении. Это результат вашей многолетней борьбы, и вы провели выдающееся исследование. Вы можете гордиться своим *Куттерном*. Вы многого достигли в столь юном возрасте и помогли тысячам фермеров процветать и иметь достойный уровень жизни", - был в восторге Рави.

Амму хотела поделиться всем с Рави. "Спасибо тебе, Рави, за добрые слова; спасибо за высокую оценку", - ответила Амму. "Я горжусь тобой, дорогая Амму", - продолжил Рави. "Рави, есть еще одна хорошая новость для тебя. Неправительственная организация в Стокгольме пообещала профинансировать расходы на мою поездку в Швецию помимо моего пятнадцатидневного пребывания там. Они попросили меня представить два доклада, один на международной конференции по ракам в озере Ваттерн и озере Эркен. Другой - доклад на семинаре по рыбоводству и экономическому росту, основанный на моем исследовании в Куттанаде", - объяснила Амму.

"Я действительно счастлива. Ты заслуживаешь этого, Амму, - ответил Рави. "Рави, еще одна хорошая новость: "Спонсорство рассчитано на двух человек. Я приглашаю вас присоединиться ко мне. Я буду самым счастливым человеком, если вы примете мое приглашение", - сказала Амму. "Принятие вашего приглашения делает меня самым счастливым человеком в мире. Я готов", - ответил Рави. "Давайте встретимся, обсудим и спланируем нашу программу как можно раньше", - сказала Амму. - В эти выходные? предположил Рави. "Конечно", - ответила Амму. "Я приеду за вами в хостел, и мы поедем в Маттанчерри Палас, если вы хотите, пообедаем в хорошем ресторане, обсудим и спланируем нашу поездку", - сказал Рави. "Я готов отправиться с тобой в любую точку мира. Я наслаждаюсь каждым мгновением, проведенным с тобой." В ее словах была бесконечная любовь, и Рави мог это чувствовать. Рави добрался до общежития Амму около восьми утра, и Амму ждала его. Он выглядел бодрым и счастливым в своих джинсах и заправленной футболке. На Амму были джинсы и футболка, и она выглядела прелестно. "Амму!" Звонил Рави. "Рави!" В ее словах было так много любви.

Это была приятная поездка на велосипеде Рави. Поездка заняла около часа, чтобы преодолеть примерно шестьдесят километров от Алаппужи до Кочи по шоссе, зажатому между Аравийским морем и озером Вембанад. Одно из крупнейших пресноводных озер Азии, озеро Вембанад, раскинувшееся примерно на двести квадратных километров, выглядело привлекательно и волшебно. Добравшись до Кочи, они направились в форт Кочи, расположенный к юго-западу от города. Показывая Амму величественную *китайскую Валу*, китайские сети, Рави рассказал ей, что португальцы помогли радже Кочи в борьбе с самутири Кожикоде. В качестве жеста благодарности раджа в 1503 году даровал Афонсу де Альбукерке территорию в своем королевстве, позволив португальцам построить форт Эммануэль для защиты своего центра власти. Рави объяснил, что название форта Кочи происходит от форта Эммануэль, а рядом с фортом находилась церковь Святого Франциска, построенная в тысяча пятьсот шестнадцатом году. Голландцы разгромили португальцев, захватили форт Эммануэль и удерживали его в своем владении до тысяча семьсот пятого года. Затем англичане разгромили голландцев и взяли под контроль внушительный форт. Амму шла рука об руку с Рави и с огромным интересом слушала его рассказы.

Из форта Кочи Амму и Рави галопом направились ко дворцу Маттанчерри. "Это был португальский дворец, но широко известный как голландский дворец", - сказал Рави Амму, любуясь его изысканными фресками. "Построенный около тысячи пятнадцатого года, он олицетворяет великолепие архитектуры в стиле Кералы", - объяснил Рави. - Синагога Парадези, построенная примерно в тысяча пятьсот шестьдесят восьмом году, является старейшей в старой Британской империи. Это олицетворяет исторические связи между евреями и Кералой", - добавил он.

Амму и Рави заказали столик на двоих в ресторане Arabian Dreams с видом на Аравийское море. Амму улыбнулась, и ее безмятежное лицо показалось Рави потрясающе привлекательным. - Амму, ты помнишь нашу первую встречу? - спросил Рави. - Да, Рави, воспоминания - это жизненная сила любовных отношений. Если бы не было воспоминаний, не было бы и любви, а когда вы делитесь воспоминаниями, вы делитесь жизнью", - сказала Амму, снова улыбаясь. Рави любил ее присутствие и запах, поскольку они обладали редким завораживающим свойством, волшебной настойчивостью привлекать его внимание, концентрацию и любовь.

"Амму, мне приятно быть с тобой. Я люблю разговаривать с тобой, вдыхать твой запах, пробовать тебя на вкус. Я люблю кусать тебя, есть медленно, в течение всей своей жизни, и я не могу представить себе жизнь без тебя", - слова Рави были мягкими и нежными.

"Рави, я испытываю к тебе такие же глубокие чувства и влечение. Это выше всяких слов. Это должно быть пережито сердцем, поскольку это выходит за рамки чувств. Я пытаюсь усвоить и вместить тебя в свои чувства, мысли, осознанность и все мое существо. Ты становишься мной, или я становлюсь тобой. Глядя на тебя, я вижу в тебе себя. Не отражение, а все существование. Что я - это ты, а ты - это я. Это невозможно разделить, но мы - две личности одновременно. Это осознание очаровательно, волнующе, бодрит, приносит интеллектуальное и духовное удовлетворение".

Амму говорила так, словно читала стихотворение от чистого сердца, которое она написала о Рави и только о себе. Они были для нее единственными существами в этой вселенной. Стихотворение содержало в себе и то, и другое в целом, и его уникальность была необычайной и не имеющей аналогов, но она могла переживать, наблюдать и оценивать это.

Рави внимательно слушал Амму. "Амму, жизнь так увлекательна, и мы придаем ей смысл. Мы предоставляем его цели, задачки, поскольку там нет ничего заранее написанного о том, как прожить жизнь и чего от этого добиться. Когда два человека собираются вместе, чтобы построить отношения на всю жизнь, они формулируют свою цель, которая содержит все об их ориентации, о том, куда идти и как ее достичь. Их решение выходит за рамки правил и предписаний, но их доверие и любовь развивают веру и укрепляют прочную связь. В завершенности, любви и доверии мы стоим вместе как столпы жизни, цели, задачки, само существование и его суть", - сказал Рави.

"Рави, я дорожу этой близостью, этим единством, этой независимостью, этой уникальной индивидуальностью. Как личности, обладающие полной свободой, мы едины и переживаем свою двойственность в нашем единстве. Вы - отдельный человек. Вот почему я люблю тебя. Я - отдельное существо, и ты чувствуешь близость ко мне. Это чувство и есть тайна жизни. В наших сердцах есть страстное желание встретиться, быть ближе друг к другу и стать единым целым в существовании, хотя бы на некоторое время. И именно поэтому люди испытывают секс и близость. Даже во время секса существует отдельная идентичность. Я стремлюсь к этой близости и люблю лелеять эту отдельную индивидуальность, даже когда мы занимаемся сексом", - сказала Амму, глядя на Рави, и было очевидно, что он размышляет над ее словами.

"Амму, я понимаю глубокий смысл того, что ты сказала. Твои слова стали для меня единым целым. Когда я познаю тебя, ты становишься мной, поскольку бытие - это знание. Когда мы занимаемся сексом, мы полностью становимся самими собой и переживаем "я" в тебе и "ты" во мне. В интимных сексуальных отношениях нет эгоизма, поскольку радость другого и радость самого себя являются главными целями секса. Секс происходит как сознательный акт интимных отношений, как переживание твоей уникальности во мне и моей в тебе. Это естественно и в то же время возвышенно. Наши отношения выросли до такого уровня абсолютной близости, когда мы заботимся об индивидуальности тела, разума и опыта. Я люблю тебя, потому что у тебя есть неотъемлемое человеческое достоинство, и ты относишься ко мне с таким же достоинством в своих отношениях. Даже в нашем сексе я встречаюсь с тобой как с равным. Существует абсолютное равенство, позитивная свобода и тотальная несвобода. Да, Амму, несмотря на это ограничение, я люблю тебя. Я протягиваю вам свою руку в этом исключительном самоопределении, а вы протягиваете мне свою. Мы оба переживаем волнующий опыт, уникальность нашего существования". Слова Рави были доходчивыми и ясными.

"Давай поедим", - сказал Рави, спрашивая Амму о ее выборе. Поданная еда была восхитительной, и они получили от нее удовольствие. "А теперь давайте спланируем наше путешествие в Швецию и обратно", - сказала Амму. "Конечно, это главная цель нашей сегодняшней встречи", - отреагировал Рави. - В общей сложности у нас в Швеции пятнадцать дней. Церемония награждения состоится в последний день мая в университете. Итак, давайте доберемся до Стокгольма по крайней мере за два дня", - объяснила Амму. "Согласен", - ответил Рави. - Не заказать ли нам ранний утренний рейс из Кочи на двадцать восьмое мая? К вечеру мы будем в Арланде, Стокгольм. Затем следующий день мы проведем в этом прекрасном городе, а тридцатого утром отправимся к озеру Эркен и проведем там весь день и ночь. На следующее утро мы отправимся в Уппсалу на церемонию награждения", - сказала она, глядя на Рави в поисках одобрения. - Это чудесно. Я буду рад оказаться в Уппсале и стать свидетелем того, как вы получите степень доктора философии, одного из величайших событий", - сказал Рави, глядя на Амму. "Созыв или выпуск новых докторов наук называется церемонией присвоения в Университете Уппсалы. Он проводится два раза в год: весной, примерно в мае-июне, и зимой, в январе. Пушечные салюты раздаются утром и во время церемонии. В тысяча шестьсот году состоялась первая церемония присвоения звания. На торжественной церемонии награжденные получают свой символ почета - кольцо, сертификат и лавровый венок", - с гордостью сказала Амму. "Ты будешь выглядеть как принцесса, дорогая Амму", - сказал Рави и улыбнулся, взял ладонь Амму и поцеловал ее. - И тебе, мой очаровательный принц, - добавила Амму. "Когда состоится ваш международный семинар в Стокгольме?" - спросил Рави. - Это будет третьего июня. Итак, мы проведем два дня в Уппсале, а на третий сядем на утренний поезд до Стокгольма. На четвертый день давайте отправимся на озеро Ваттерн, а вечером присоединяйтесь к нам на *Крафтивалере*. Рави, тебе это понравится, - сказала Амму.

Рави смотрел на Амму и смаковал каждое слово. "Амму, мне нравится делиться с тобой всем пережитым, так что позволь мне стать тобой", - сказал Рави, снова улыбаясь. Амму понравилась его улыбка. - На пятое утро мы отправимся в Гетеборг, а семинар состоится седьмого. У нас впереди два дня осмотра достопримечательностей. Мы вновь переживем агонию и экстаз Дидрика и Оливии", - сказала Амму, улыбаясь.

"Кто это, Дидрик и Оливия?" - спросил Рави.

Амму рассказала ему историю Дидрика и Оливии, их сильной любви и их встречи в стокгольмском торговом центре. Амму подробно рассказала о поездке Дидрика на поезде на следующий день в Гетеборг, чтобы встретиться со своей возлюбленной Оливией, и о поездке Оливии на поезде в Стокгольм, чтобы встретиться со своим возлюбленным Дидриком. "Это, безусловно, стоит испытать", - сказал Рави.

"Восьмого числа мы сядем на поезд до Лунда, расстояние которого составляет двести шестьдесят четыре километра, и посетим город и знаменитый университет в Лунде, а десятого числа вернемся в Индию". - Это звучит завораживающе. Я восхищаюсь вашим планированием. Но, Амму, могу я внести предложение?" Рави посмотрел на Амму и стал ждать ее разрешения. - Конечно, Рави. Вам не требуется моего согласия, чтобы говорить. Признак любви - это свобода выражать все, что у вас на сердце. Пожалуйста, скажи мне, что ты хочешь сказать", - ответила Амму. "Я хочу сказать две вещи: не вернуться ли нам через Копенгаген и не посетить ли то место, где мы впервые встретились друг с другом? Встреча с тобой была величайшим событием в моей жизни после того, как мои родители забрали меня с железнодорожной платформы". Рави был очень откровенен. "Рави, встреча с тобой осуществила мою жизненную цель, и теперь я другой человек с новой жизненной ситуацией. Давайте отправимся в Копенгаген и заново переживем то время, когда мы разговаривали в первый раз. Воспоминания очень ценны в жизни. Жизнь без памяти - это жизнь без любви. Я храню этот момент в своем сердце и постоянно обдумываю его. Это слишком ценно. Мы будем там, встретимся друг с другом, как во время встречи Оливии и Дидрика после их поездки на поезде", - восторженно сказала Амму.

Затем Рави сказал, словно раскрывая секрет: "Из Копенгагена мы полетим в Штутгарт и познакомимся с моими родителями. В течение последних пяти лет они были там. Ультранационалисты выслали их из Индии, обвинив в работе против страны. Мой отец, Стефан Майер, был коммунистическим идеологом, а Эмилия, моя мать, была специалистом по *Тейяму*. Они помогали беднейшим из бедных в Индии и выступали в качестве голоса безгласных. У Майеров сотни знакомых и друзей в Каннуре, которые стояли за моих родителей как скала, но мои родители не смогли продлить им визу, так как правительство отказало им в этом", - был точен Рави. "Рави, ты уже рассказывал мне о своих родителях, но тебе не удалось рассказать об их работе в Индии. Я бы с удовольствием встретился с ними и очень рад нашей встрече с ними в Штутгарте. Я обниму их обоих, потому что они подарили мне такого замечательного человека в моей жизни. Конечно, у них есть место в моем сердце", - сказала Амму, будучи очень внимательной. - Спасибо тебе, Амму, за то, что приняла мое приглашение. Я также хотел бы сообщить вам, что у моей матери развилась болезнь Альцгеймера, и она никого не узнает. Мои отец и мать неразлучны. Он всегда ходит вокруг нее, даже если она его не узнает, и он все делает для нее. Его существование неотделимо от ее собственного", - сказал Рави, рассказывая историю своих родителей. "Рави, мне так жаль слышать о твоей матери. Я могу это понять. Я потерял свою мать, когда больше всего нуждался в ней, когда был молод. Мой отец безмерно любил ее, и ее потеря ужасно повлияла на него, и он был убит горем после ее внезапной смерти. Почему некоторые мужчины слишком сильно любят своих жен? Почему мужчины думают, что они неотделимы от своих жен? Почему они теряют всякую мотивацию жить после смерти своей жены?" - спросила Амму.

На этот вопрос было трудно ответить. Поразмыслив некоторое время, Рави сказал: "Это тоже следствие любви. У мужчины, испытывающего безусловную любовь, есть только одна забота: его возлюбленная. Он всегда увлеченно беседует с ней, даже в ее отсутствие. Это непрерывный диалог, нескончаемый дискурс, день за днем. Мужчина, который отождествляет себя со своей женщиной, думает, что он - неотъемлемая часть женщины, которую он любит. Не тень, не другая сущность, а сосуществующее существо. Для него во вселенной существует только один человек: его женщина. Он переживает единство с ней, находит ее внутри себя и чувствует вместе с ней. Для него не существует существования без нее. Он дышит благодаря ей и постоянно думает о ней, тоскуя по ее обществу. Это психологическое единство другого человека, тотальность в сплоченности. С философской точки зрения, вы - это другой, а другой - это вы. Вы строите вселенную, в которой есть только два человека: вы и ваш возлюбленный. Когда другой умирает, вы перестаете существовать. Это сознательное решение, а не вынужденный выбор, и естественный результат неразрывного единения. Кто-то может сказать, что любовь не всегда дает положительные результаты, поскольку иногда из-за нее люди не могут отличить двух отдельных личностей. Вы становитесь другим, и другой становится вами. Часто вы теряете свою уникальность. Это обычно наблюдается у мужчин, которые глубоко любят своих женщин. Но женщины могут постепенно и неуклонно преодолевать потерю своего партнера. Они могут пережить боль и часто возвращают себе силу и былое обаяние, чтобы начать новую жизнь. Их жизненная сила иная, а их осознанность неподражаема. Их уравновешенность и подтянутость являются результатом их сознания независимости. Это отличается от того, что бывает у мужчин. Женщины лучше различают обособленность, но мужчины, испытывающие глубокую любовь, не в состоянии постичь эту обособленность. Они терпят неудачу в этой борьбе, и потеря их возлюбленной трагически сказывается на них".

- Я согласен с тобой, Рави. Даже беременная женщина считает своего будущего ребенка отдельной личностью, а не частью своего тела. Если бы мужчины могли забеременеть, они, возможно, по-другому относились бы к своим возлюбленным. Женщины обладают большей умственной силой, внутренним равновесием и способностью к восстановлению. Они создают новую цель в жизни и могут достичь ее, даже если поиск занимает больше времени. Достигнутый результат становится твердым, как алмаз", - сказала Амму, потягивая фильтрованный кофе после обеда.

- Амму, может, нам стоит пошевелиться? - предположил Рави.

"Конечно, пора уходить", - ответила Амму.

Обратная дорога была приятной, а ветерок с озера Вембанад успокаивал. Амму нравилось смотреть на Рави сзади, когда он ехал на велосипеде. "Спасибо тебе, Рави", - сказала она, когда они добрались до ее общежития. "Мне всегда нравится быть с тобой. Это закаляющий опыт", - ответил Рави. "Когда я с тобой, я боюсь, что время летит слишком быстро, а когда я далеко, я жажду снова встретиться с тобой. Парадоксально жить с человеком, которого я люблю", - сказала Амму. "Амму, ты всегда со мной, и я постоянно разговариваю с тобой, поскольку ты стала неотъемлемой частью моей жизни. Ты всегда очаровываешь меня", - добавил Рави. "Спасибо тебе, Рави, за то, что ты со мной и разделяешь свою жизнь. Я переживаю эту живую реальность, которая помогает мне расти и достигать того, кто я есть. Этот опыт - бесконечная, драгоценная встреча, которую я постоянно переживаю заново. Я люблю тебя за то, кто ты есть, и за то, кем ты меня сделал. Ты дал мне надежду, и я стала сильнее", - сказала Амму.

Внезапно Амму страстно обняла Рави, а Рави крепко прижал ее к себе; Амму впервые обняла мужчину. Они могли слышать биение сердец друг друга и чувствовать их глубокое дыхание. Первое объятие было лучшим переживанием, которое у них когда—либо было, - успокаивающее, теплое и пульсирующее участие. Они долго стояли неподвижно, наслаждаясь новизной этого действа, единством и крепкими объятиями. Затем Рави опустил голову и поцеловал ее в губы.

"Спасибо тебе, дорогая Амму. Ты делаешь меня человеком, сияющим любовью", - сказал он, заводя свой велосипед и умчавшись прочь. Амму долго смотрела, как он ведет машину.

Даже после того, как он скрылся из виду, она искала его взглядом, как будто все еще могла видеть, как он скачет верхом. Амму подумала о Дидрике и спела первые две строчки песни, посвященной его любимой Оливии.

Подготовка к их путешествию в Швецию началась с энтузиазмом. Первая поездка Рави в Швецию вызвала невероятный интерес к этой прекрасной стране. Он начал читать о его истории, языке, литературе, культуре, социальном и экономическом окружении и географии. Рейс был запланирован на раннее утро 28 мая, и они должны были прибыть в Арланду к 4 часам дня того же дня. Амму выглядела очаровательно в своих джинсах и рубашке с короткими рукавами, а Рави был импозантен в своих джинсах и футболке. Они обнялись в аэропорту, как будто встретились после долгой разлуки. У них были соседи места, и это был их первый совместный полет. Несмотря на то, что они бесчисленное количество раз путешествовали за границу, этот полет имел особое значение. Они будут вечно гастролировать вместе, и рейс не приземлится; они останутся держать друг друга за руки, разговаривая, улыбаясь, делясь впечатлениями и планируя до конца своих дней. Это была радость в действии, чувство единства и ощущение близости без ее конечности.

"Амму", - часто называл ее Рави. "Быть с тобой - это конечная радость в жизни. За его пределами нет ничего. Мы испытываем это огромное удовлетворение от единства в интимной близости".

"Рави, это я переживаю полноту твоего существования во мне. Ты и я - одно целое, когда мы собираемся вместе", - сказала Амму.

Рави посмотрел на нее большими, прекрасными темными глазами. Выражение ее лица всегда было приятным. В присутствии Амму это было глубокое чувство сплоченности, радости и самореализации, как будто они находились в другом измерении его существования.

Рави всегда испытывал глубокие чувства в присутствии Амму, выражая свои чувства как радость в действии. В шестимесячном возрасте он был глубоко привязан к Эмилии и Ренуке. Часто Ренука приезжала к Эмилии около шести и забирала Рави домой. После аюрведического масляного массажа и теплой ванны Ренука покормила грудью Адитью и Рави. Она сильно любила их, и малыши понимали ее любовь и с нежностью отвечали на нее взаимностью. К десяти Ренука обычно возвращала младенцев Эмилии, или Стефан отправлялся к Ренуке и забирал детей. Адитья и Рави начали называть Эмилию и Ренуку "Амма". Они долгое время не знали, которая была их "настоящей матерью". Обе матери поняли, что Рави питает к ним особую любовь, выражая это своей легкой улыбкой и жестами.

Поскольку у Майеров был большой дом, Адитья и Рави проводили там большую часть своего бодрствования, бегая туда-сюда, а иногда и с другими детьми из своего района. Они вместе играли во дворе и в саду. Когда детям исполнилось три года, Стефан начал учить их немецкому языку, и они оба быстро выучили язык, общаясь с Эмилией и Стефаном по-немецки. Когда им исполнилось четыре года, Кальяни научила их алфавиту малаялам, который они усвоили без особых усилий, поскольку все говорили на малаяламе. Они не знали, что Кальяни была родом из Видарбхи и что ее родным языком был маратхи. Они также наблюдали за "учебными занятиями", организованными в домах их соседей по различным вопросам, связанным с коммунизмом и крестьянским и рабочим движением в Малабаре.

Сразу после того, как Адитья и Рави отпраздновали свой пятый день рождения, их отправили в детский сад в Каннуре, и Майеры спонсировали образование Адитьи. Стефан обычно забирал Адитью и Рави каждый день около половины восьмого утра на своей машине, так как их занятия начинались в восемь. Для Адитьи и Рави посещение занятий было новым опытом. Несмотря на то, что поначалу они чувствовали себя немного неуютно, позже им стало весело. Учительницей была англо-индийская женщина, которая безупречно говорила по-английски. На следующий год Адитья и Рави поступили в первый класс англо-индийской школы Святого Михаила, известного учебного заведения, управляемого иезуитами. Занятия проходили на удивление хорошо, и высокообразованные и подготовленные учителя вели их с девяти до четырех часов дня. Адитья и Рави активно участвовали во всех видах спорта и играх и проявляли особую склонность к хоккею; они часто представляли свою школу на *всех хоккейных турнирах штата Керала*. В старших классах Адитья и Рави трижды подряд выступали за хоккейную команду штата Керала на межшкольных хоккейных турнирах на всех уровнях Индии. Стефан обычно ходил вечером в школу и терпеливо ждал окончания хоккейных матчей, чтобы забрать обоих детей. В то время как Рави называл Стефана "папа", Адитья обращался к нему "дядя Стефан".

Много дней Адитья проводил время с Эмилией, Стефаном и Рави в их доме, как будто он был членом семьи. У Адитьи была комната на втором этаже дома, смежная с комнатой Рави, и оба любили бывать вместе. Они любили друг друга, и их дружба была нерушимой. Они часто наблюдали с веранды за рекой Валапаттанам, также называемой *Барапужа*. Река всегда была величественной и спокойной, с черепичными фабриками и лесопильными заводами по обе стороны. Массивные деревянные бревна, такие как тик, палисандр и анджали, были доступны в Западных гатах, известных как Сахьядри, особенно в Айянкунну, Араламе и Коттиуре. Эти бревна, перевозимые по реке Бавалипужа, *были* добыты в северной части Вайанада. Барапужа начиналась за Айянкунну в районе Кург или Кодагу в штате Карнатака. Бавалипужа соединилась с *Барапужей* в экзотически красивом городке Иритти, где в тысяча девятьсот тридцать третьем году британцы построили стальной мост. Адитья и Рави провели долгие часы, наблюдая за перемещением бревен по реке и изменением характера реки летом, в сезон дождей и зимой.

Вместе со Стефаном и Эмилией они научились плавать в реке, и переправляться через реку было весело. Постепенно у них развилась преданная привязанность и восхищение *Барапужей* и ее окрестностями.

По выходным Рави и Адитья гостили у Ренуки, и Аппуккуттан с Ренукой приготовили вкуснейшее бирияни из говядины, которое им понравилось.

В старших классах средней школы Адитья вместе со своими друзьями сформировал хоккейную команду в Валапаттанаме. Он проконсультировался с Рави по поводу названия, и Рави предложил хоккейную команду братьев Валапаттанам, которая понравилась

Адитье. Для краткости они назвали это "VBHT". Братья хотели иметь игровую площадку для игр и организации хоккейных матчей, поэтому они проконсультировались с Эмилией и Стефаном по поводу строительства мини-стадиона. Сотни акров бесплодной земли на берегу реки принадлежали владельцу черепичной фабрики. Стефан, Эмилия, Ренука, Аппуккуттан, Адитья и Рави посетили землевладельца. Стефан объяснил Мухаммеду Хаджи, владельцу недвижимости, желание Адитьи и Рави иметь хоккейную площадку. Он спросил, могут ли они получить два акра земли на берегу реки для строительства хоккейной площадки. Хаджи немедленно позвонил своему менеджеру и попросил его выделить два акра земли на берегу реки и обустроить на ней хоккейную площадку.

Игровая площадка была достроена в течение пятнадцати дней, с большим навесом, двумя раздевалками и двумя туалетами. В первый месяц в клуб вступило около сорока пяти мальчиков, и по вечерам начались регулярные игры. VBHT пригласила *хоккейную команду Талассери* (НТТ) провести товарищеский матч пятнадцатого августа, в День независимости Индии. Мохаммед Хаджи был приглашен в качестве главного гостя, а Стефан Майер - в качестве председателя. Мохаммед Хаджи пообещал пять тысяч рупий команде-победительнице, а Стефан Майер пообещал четыре тысячи девятьсот девяносто девять рупий занявшим второе место. Судьей был армейский капитан, который играл в хоккей за индийскую армию. Посмотреть матч между VBHT и НТТ собралось около тысячи человек. Обе команды сыграли исключительно хорошо, к перерыву не забив ни одного гола. Во втором тайме НТТ забил первый гол, но VBHT быстро ответили своим собственным голом. Незадолго до финального свистка VBHT забил победный гол, что привело к их победе. Игроки праздновали это событие танцами и пением, неся своего капитана Адитью по площадке. Мохаммед Хаджи поздравил обе команды с их спортивным мастерством и выдающейся игрой, выразив желание организовывать хоккейный матч каждый день независимости с одной и той же группой и предложив приз в размере десяти тысяч рупий. Стефан Майер поблагодарил Мохаммеда Хаджи за подаренную игровую площадку и денежный приз и увеличил приз за второе место до девяти тысяч девятисот девяноста девяти рупий.

Хоккейный матч стал большим событием в Валапаттанаме, и Адитья и Рави стали героями, забив каждый гол в игре. Капитаном НТТ был Элвин Джейкоб Бернард. Он поздравил Адитью и Рави с организацией матча, честной игрой и спортивным духом. Элвин пригласил VBHT сыграть товарищеский матч в Талассери на Рождество.

Хоккейный матч в Талассери был великолепно организован Элвином и его друзьями. Около двухсот человек из Валапаттанама пришли посмотреть игру, в том числе Мохаммед Хаджи, Майерс, Мадхаван, Кальяни, Ренука, Аппуккуттан и почти вся окрестная молодежь. Мохаммед Хаджи был достаточно любезен, чтобы предоставить два своих автобуса для перевозки команды, их семей и друзей. С августа по декабрь Адитья организовывал ежедневные тренировки по два часа в день, четыре дня в неделю, и его команда была в отличной форме. HTT приветствовал VBHT как членов королевской семьи, а Дженнифер Джейкоб Бернард, младшая сестра Элвина, капитана HTT, провела короткую культурную программу.

Все оценили игру, и HTT забили три гола, в то время как VBHT смогли забить только два, хотя Адитья и Рави старались изо всех сил. Для них это была возможность осознать, что за пределами Валапаттанама есть хорошие игроки, и ребята из Талассери были полны решимости выиграть матч. Лидерство Элвина было превосходным, и его родители и сестра Дженнифер подбадривали его и других игроков со зрительской трибуны. Адитья понимал, что психологическая подготовка и поддержка со стороны других играют важную роль в физической подготовке для победы в матче, помимо навыков и тактики в хоккейной игре. Адитье нравилось его желанное поведение. Он начал восхищаться HTT и Элвином.

Адитья не мог понять, было ли это восхищение вызвано Дженнифер или спонтанной реакцией на выступление команды. Таким образом, между VBHT и HTT на долгие годы возникло здоровое соперничество. Это был незабываемый день для Адитьи, так как он смог поговорить с Дженнифер во время церемонии вручения призов, и он никогда не думал, что однажды она станет его женой. Он всегда называл ее "Джей Джей", а она с любовью называла его "АА".

В феврале Ассоциация хоккеистов Маэ (МНРА) организовала хоккейный турнир и пригласила к участию три команды из-за пределов Маэ. Участниками были МНРА, VBHT, HTT и хоккейная команда Вадакара (VHT). Призовой фонд в размере пятидесяти тысяч рупий был выделен французским губернатором Пондишери. Маэ - крошечный городок на берегу Аравийского моря, примерно в девяти километрах от Талассери по дороге в Кожикоде. Ранее известный как Маяжи, французы построили там форт в тысяча семьсот двадцать четвертом году. Самым важным учреждением на Маэ является храм Святой Терезы Авильской, построенный около тысяча семьсот тридцать шестого года. Много лет спустя Адитья женился в этой церкви на Дженнифер Джейкоб, хотя ее отец был против этого брака, поскольку Адитья по рождению была индуисткой и коммунисткой, человеком, который не верил в Бога. В то время как Адитья был готов забыть о своем атеизме, чтобы жениться на Дженнифер, он нашел самого очаровательного и любящего человека, которого когда-либо встречал. Дженнифер была готова подвергнуться любым психическим пыткам ради Адитьи. Она мечтала о том дне, когда Адитья станет главным министром штата Керала, избранным под знаменем Коммунистической партии Индии, и он приспособится к коммунистическим принципам, чтобы осуществить мечты Дженнифер.

Турнир прошел с большим успехом. Главным гостем был губернатор Пондишери, и почти все жители Маэ наблюдали за игрой. Финалистами стали VBHT и HTT. Под руководством капитана Адитьи команда выступила превосходно, обыграв HTT со счетом три гола к одному; Адитья забил два, а Рави забил один. Хотя Элвин Джейкоб получил награду "Лучший игрок", губернатор поздравил Адитью и его команду с блестящей игрой. Во время турнира Адитья снова увидела Дженнифер вместе с ее родителями. Джейкоб Бернард, отец Дженнифер, был высокопоставленным офицером в правительстве Пондишери, а ее мать была директором средней школы в Маэ. Прадед Бернарда был одним из первых обращенных в христианство на острове Маэ, когда несколько французских моряков основали церковь Святой Терезы. Амели Мартин, мать Дженнифер, была родом из Марселя, и в качестве туристки она приехала на Маэ, когда ей было двадцать два. Амели познакомилась там с Джейкобом Бернаром во время прогулки на лодке по *Майяжипуже*. Амели нравилось экзотическое очарование Маэ и *Майяжипужи*, а также простота и открытость Джейкоба Бернарда. Она встретилась с администратором Маэ и выразила готовность устроиться там на любую работу, и правительство Пондишери назначило ее преподавать французский язык старшеклассникам. Через два месяца она вышла замуж за Джейкоба в церкви Святой Терезы, и у них родилось двое детей, Элвин и Дженнифер. Элвин Джейкоб Бернард присоединился к HTT в качестве студента Бренненского колледжа в Талассери и оставался его капитаном в течение пяти лет.

Через неделю после прибытия в Валапаттанам Адитья получил написанное от руки письмо на французском языке. Он мог понять только одно — автором послания была Дженнифер Джейкоб Бернард.

Адитья показала письмо Стефану, но Стефан не смог его расшифровать. Он притворился невежественным, чтобы Адитья мог лично встретиться с Дженнифер. Адитья отправился в Маэ, чтобы выяснить смысл единственного предложения Дженнифер, и показал его муниципальному служащему, который перевел его для Адитьи на английский.

"Мне нравится ваш хоккей. Ты тоже, Дженнифер."

Офицер долго смотрел на Адитью, потому что Джейкоб Бернард был его начальником. Добравшись до Валапаттанама, Адитья написал письмо на немецком языке следующего содержания: "Дорогой Джей Джей, спасибо тебе за записку. Я слишком сильно люблю тебя. Ты самый очаровательный человек, которого я когда-либо встречал. Адитья Аппуккуттан."

Через десять дней Адитья получила письмо на немецком языке: "Дорогая АА, я получила твое письмо. Я восхищаюсь тобой. Я вижу для тебя большое будущее. Однажды ты станешь главным министром Кералы, страны Самого Бога. Твой Джей Джей."

Дженнифер готовилась к поступлению в колледж, когда написала письмо своему анонимному алкоголику, и она никогда ничего не знала об Адитье, кроме того, что он был великим хоккеистом. Это сообщение глубоко повлияло на Адитью, вдохновив его поверить в слова Дженнифер. Он хранил ее письмо в течение нескольких дней, недель, месяцев и лет, и это стало его второй по важности целью - стать главным служителем в Собственной Божьей стране. Адитья верил, что однажды он достигнет этой цели, поскольку коммунисты обладают упорством добиваться величия и работать на низовом уровне. С другой стороны, Дженнифер никогда не слышала о коммунизме, поскольку жила в другом мире, наслаждаясь роскошью заработка своих родителей и уверенностью в большом наследстве от своих бабушки и дедушки в Марселе, которых она навещала каждый год во время отпуска.

Дженнифер не удивилась, узнав, что Адитья происходил из семьи с низким доходом и что его отец работал чернорабочим и был танцором Тейяма. Богатство не привлекало Дженнифер, поскольку ее достатка хватило бы на многие поколения. Ее тянуло к Адитье и его магии, и это было то, что имело для нее самое большое значение.

Адитья обожал Дженнифер; его любовь росла с каждым днем, и он проникся большим доверием к ней и ее словам. Он чувствовал, что Дженнифер была ослепительна, и она могла без особых усилий анализировать события и идеи, а то, что она говорила, имело глубокий смысл и воздействие. Для Адитьи Дженнифер не была обычной девушкой. Когда Адитья впервые встретила Амелию, это показало, что люди могут жить элегантно. Они могли бы совершенствоваться в мышлении, развивать особую философию в отношении жизненных ситуаций и событий и соответствующим образом формировать свое окружение. Взгляд Амели на жизнь был философским, и Адитья понимал, что такие динамичные мысли могут повлиять на его жизнь через Дженнифер. Обсудив со своей матерью основные понятия коммунизма и прочитав много французских и немецких книг, Дженнифер сказала Адитье, что станет сторонницей коммунизма, поддерживая АА. Дженнифер отвергала философские и экономические основы коммунизма, но все же признавала его возможности для осуществления мечтаний АА. Она была откровенна, говоря Адитье, что коммунизм - это обман. Это было вероломно и имело унизительную завершенность, поскольку оно с треском провалилось в том, чтобы относиться к людям с достоинством. Слова Дженнифер были дилеммой Эвтифро для Адитьи еще много лет.

Дженнифер поощряла Адитью наблюдать за людьми и генерировать идеи на основе жизненных событий. Не существовало заранее написанных идей или данных Богом знаний, поскольку все концепции и знания создавались людьми, а их применение и ценность менялись в соответствии с требованиями. Не существовало статичной истины, поскольку люди постоянно развивали ее. Этот факт постоянно менялся. Несмотря на то, что люди неотделимы от человеческого состояния, они могли бы преобразовать его путем последовательных усилий. Следовательно, не существует явления, на которое не повлияли бы люди, потому что люди создали все. Дженнифер сказала Адитье, что они находятся в мире текучести, постоянно меняющемся и вечно динамичном мире, и если бы он зависел от декадентских концепций, он бы погиб. Коммунизм должен расти и изменяться в соответствии с потребностями и ожиданиями сегодняшнего дня. Адитья нуждался в том, чтобы в нем бурлило новое мышление, и только такая среда могла преобразить людей. Адитья всегда слушал Джей Джей с любопытством, обожанием и уважением. Однако конкретные идеи Дженнифер вызвали у Адитьи агонию; если бы он хотел добиться власти, ему пришлось бы забыть о постоянных отношениях.

И Адитья, и Рави сдали экзамены в старших классах средней школы с высокими баллами. Рави выразил желание получить степень бакалавра права в престижном юридическом колледже в Бангалоре. В то же время Адитья хотел получить диплом по искусству в колледже Бреннен в

Талассери. Они впервые решили пойти разными путями, чтобы создать будущее. Эмилия и Стефан Майеры пообещали покрыть все расходы на учебу Адитьи. Ренука и Аппуккуттан были счастливы; Майеры спонсировали Адитью с детского сада. Для Эмилии Адитья был таким же сыном, как и Рави, и тратить деньги на его образование было ее долгом.

Тем не менее, Эмилия, Стефан, Ренука и Аппуккуттан так и не узнали, почему Адитья выбрала колледж Бреннен, Талассери, для окончания учебы. Рави знал это и дорожил этим, так как был счастлив, что его брат безумно влюблен, и Адитье было легко встречаться с Дженнифер каждый день, если бы он был в Талассери. Но Рави никогда не мог понять, почему люди влюбляются в другого человека, пока не встретил Амму в аэропорту Копенгагена.

Когда Адитья поступила в Бренненский колледж, Элвин Джейкоб уже окончил его и переехал во Францию. Дженнифер поступила в колледж к тому времени, когда Адитья учился на последнем курсе. Начиная со своего первого курса в колледже, Адитья регулярно встречался с Джей Джей на Маэ, где они часами катались на лодке по Майяжипуже и проводили много времени за блюдами французской кухни во французских ресторанах. Дженнифер, как и ее мать Амели, наслаждалась французским вином, особенно "*Шато Райя*", после еды. Однако Адитья отказался употреблять алкогольные напитки, которыми изобилует этот крошечный райский уголок под названием Маэ. Дженнифер часто смеялась над Адитьей за его непьющее поведение. Тем не менее, Адитья твердо верил, что, будучи алкоголиком, он никогда не станет главным министром штата Керала, что было его второй мечтой. Его первой мечтой было прожить жизнь со своей возлюбленной Джей Джей. Он пообещал Джей Джей, что отпразднует это событие ее самым отборным вином "*Кот-дю-Рон*", как только принесет присягу в качестве главного министра штата Керала. Джей Джей рассмеялся.

Адитья был способным учеником и талантливым спортсменом. Он проявил замечательные организаторские и политические способности и сформировал Молодежное крыло Коммунистической партии (YWCP). В течение нескольких месяцев почти половина студентов колледжа стали членами YWCP. Когда Дженнифер поступила в колледж, она вступила в YWCP, но никогда не рассказывала родителям о своем членстве, так как ее отец был бы против этого; он был практикующим католиком. Джейкоб Бернард регулярно посещал евхаристические службы в храме святой Терезы. Ежедневная прогулка из своего дома ранним утром в церковь была его привычкой. Его первый предок, принявший христианство, когда французы аннексировали Маэ, был неграмотным рыбаком, и он принял французское имя — Габриэль Бернар. Из личного опыта Джейкоб Бернар понял, что французы гораздо культурнее и мягче англичан. Многие бюрократы в британской администрации в Малабаре были полуграмотными головорезами из сельской местности Англии и Уэльса. В то же время некоторые из них были грубиянами и работорговцами с Карибских островов, Британской Гвианы и Суринама. У них не было понятия о равенстве и человеческом достоинстве, потому что у британцев никогда не было Руссо.

Французы относились к Габриэлю Бернару и его жене как к равным и помогали их детям получать высшее образование в университетах Франции. В конце концов, все они получили работу у французского правительства в Маэ и Пондишери, и многие позже мигрировали во Францию. Большинство их потомков наслаждались роскошным и комфортным образом жизни, полностью приобщившись к французской культуре, языку и философии. Спустя два столетия Джейкоб Бернард поверил, что Бог послал французов на Маэ, чтобы спасти бернардов. Он думал, что Библейский Бог специально избрал бернардов, чтобы они наслаждались плодами французской оккупации в этом крошечном уголке Малабара. Джейкоб Бернард твердо верил в спасительную благодать Иисуса, который умер на кресте, чтобы спасти таких людей, как он, и он хотел поблагодарить Иисуса за его вечную любовь, даровавшую ему такую достойную жизнь. Он также поблагодарил святую Терезу Авильскую за ее заступничество во встрече с Амелией и за то, что она подарила им двоих детей, Элвина и Дженнифер.

Но Амелия была другой; она была ненасытной читательницей и продуктом французского просвещения. Она широко анализировала гуманизм и находилась под глубоким влиянием французской и немецкой экзистенциальной литературы и философии. Амелия очень уважала абсолютную силу и преобразующую способность разума, неприкосновенность индивидуализма и величие скептицизма. Она считала себя либералом и гуманисткой, поддерживала идеи, выдвинутые Симоной де Бовуар, и верила, что католицизм - это раболепие перед Богом. Католическая церковь уничтожала свободу, особенно для женщин, и ее иерархия была нелиберальной, потому что ее догмы были бесчеловечными, даже несмотря на то, что многие священнослужители были сексуальными хищниками в частной жизни.

Его деспотичное отношение к женщинам не имело аналогов, кроме как в исламе.

Амелия верила, что она одна определяет смысл своей жизни, и считала семью иррациональной и по сути бессмысленной. Однако человек может найти смысл в браке, приняв рациональное решение о своем существовании. Амелия никогда не вмешивалась в религиозные пристрастия своего мужа. Кроме того, она предоставила своему сыну и дочери абсолютную свободу мыслить и принимать рациональные решения, которые влияли на их жизнь. Она любила своего мужа и детей от всего сердца и позволяла им самим существовать, иметь пространство и делать выбор. Амелия верила, что литература, искусство, философия и даже наука должны меняться в соответствии с разумом. Поскольку она унаследовала значительное состояние от своего отца, у Амели была комфортная жизнь, которая позволяла ей думать и философствовать. Она часто посещала Францию вместе со своим мужем, и Бернард научился общаться с высокообразованными людьми в Париже.

У Амели была библиотека с определенным разделом ее самых любимых книг. Это были "*Бытие и время*" Мартина Хайдеггера; "*Дом из листьев*" Марка Данилевского; "*Иррациональный человек*" Уильяма Барретта; "*Метаморфоза* и *суд*" Франца Кафки; "В *ожидании Годо*" Сэмюэля Беккета; "*Бытие* и ничто" и "*Тошнота*" Жан-Поля Сартра; и "*Незнакомец* и *чума*" Альбера Камю. Ее любимым автором был Альбер Камю, а "*Незнакомец*" был самым исключительным и заставляющим задуматься романом, когда-либо написанным. Дженнифер в детстве учила французский и немецкий языки у своей матери, и Амели также познакомила Дженнифер с произведениями Альбера Камю, Симоны де Бовуар и Жан-Поля Сартра.

Дженнифер представила Адитью своим родителям и сказала им, что с удовольствием вышла бы за него замуж, как только закончит аспирантуру по французскому движению сопротивления во время Второй мировой войны и его *влиянию* на *литературу* в Парижском университете. Будучи экзистенциалисткой, Амели не возражала против того, чтобы Дженнифер вышла замуж за атеиста, поскольку все ее любимые писатели были атеистами, включая Альбера Камю. Однако Джейкоб Бернард решительно воспротивился решению своей дочери. Он верил, что католицизм был божественным, поскольку Иисус пролил свою драгоценную кровь за грешников, включая атеистов. Но, взяв the *Rebel* и the *Age of Reason* в свои правую и левую руки, Дженнифер торжественно поклялась, что если она когда-нибудь выйдет замуж, то только за своего любимого члена АА. Адитья сказал Дженнифер, что он был бы готов ждать до конца своей жизни, чтобы быть со своим дорогим Джей Джей.

После окончания школы Адитья стал активно участвовать в деятельности Коммунистической партии, и Дженнифер путешествовала с ним по всему Малабару. Они оценили убежденность, целеустремленность и преданность молодых коммунистов своей освободительной идеологии. Дженнифер часто встречалась с Эмилией, Стефаном, Ренукой, Аппуккуттаном, Мадхаваном и Кальяни во время своего пребывания в Валапаттанаме со своим анонимным алкоголиком. Ей нравилось оставаться в Валапаттанаме, чтобы узнать больше о Тейяме, помимо участия в "учебных занятиях", организованных Стефаном и Мадхаваном, и ведения сельского хозяйства на "двадцатиакровой земле вокруг дома Майеров". Ренуке нравилась простота Дженнифер, в то время как Эмилия ценила ее интеллектуальные и идеологические поиски. Дженнифер обращалась к Ренуке и Эмилии "мама" и гордилась тем, что у нее три матери.

Адитья брал ее с собой на длительные прогулки на лодке по *Барапуже*, проводил много времени за рыбалкой и был в восторге от того, что поймал различную рыбу. Эмилия и Стефан устраивали вечеринки в честь Дженнифер и Адитьи, подавая тапиоку, говядину и *тодди* в качестве уникальных блюд. Дженнифер любила пить *тодди* с Эмилией, Кальяни, Ренукой, Сухрой, Стефаном, Мадхаваном, Равиндраном, Кунджираманом, Мойдином и Аппуккуттаном. Дженнифер и Адитья придавали особое значение таким собраниям и дорожили их внутренним смыслом и динамизмом, которые отражали раскрепощение женщин, как это представляла себе Симона де Бовуар. Дженнифер понимала, что многие из этих мужчин, которые даже не закончили школу, были намного продвинутее в современном мышлении, чем ее отец, Джейкоб Бернард. Для Адитьи гендерная справедливость, свобода и равенство женщин были неотъемлемой частью коммунизма как идеологии. Это могло бы привнести человеческое достоинство и гуманизм в повседневные ситуации, даже в деревнях. Но Дженнифер часто спрашивала Адитью о том, почему в Керале, Бенгалии, на Кубе или в Китае нет женщин-коммунистических лидеров, и у него не было рационального ответа на ее вопрос. У коммунизма была столь же репрессивная идеология в отношении женщин, подобная фашизму и нацизму. Кроме того, коммунизм был религией, подчиняющей женщин, такой же, как католицизм и ислам, проанализировала Дженнифер.

Дженнифер была приземленным человеком. Она посетила много домов в Валапаттанаме одна или с Эмилией, Кальяни, Гитой или Ренукой и расспрашивала о здоровье женщин, их образовании, привычках в еде и занятости. Она выступала перед женщинами, занимающимися сельским хозяйством, получением дохода и участием в политической жизни. Дженнифер помогла многим женщинам заняться производительной деятельностью, такой как разведение коз, свиней, коров и кур, а также обустройство огородов. Женщины с нетерпением ждали ее визитов, и в течение трех-шести месяцев произошли существенные изменения в социальных и экономических взглядах и деятельности женщин. Таким образом, Дженнифер стала неотъемлемой частью сообщества Валапаттанам.

Идеей Дженнифер было женское крыло Коммунистической партии (WWCP) в Валапаттанаме. Она думала об этом в течение недели, прежде чем обсудить его осуществимость с Адитьей, которая побудила ее реализовать эту концепцию. Затем она проконсультировалась с Эмилией, Стефаном, Ренукой, Аппуккуттаном и Мадхаваном, и все они поняли, что это было сильное предчувствие и оно принесет пользу женщинам. Дженнифер пригласила около 25 женщин из своего района собраться однажды вечером в доме Эмилии. Там она объяснила цели WWCP, и большинство женщин приняли участие в оживленной дискуссии. Дженнифер была убедительна в своей презентации, а ее выступление было убедительным и ориентированным на реальность. Ее малаялам был великолепен, и она использовала подходящие слова, которые могли пробудить воображение и потенциал собравшихся там женщин. Они все согласились встретиться снова, когда Дженнифер представила проект устава WWCP. После встречи Эмилия пригласила всех на ужин на террасу своего дома. Прохладный ветерок с *Барапужи* дул успокаивающе, и они могли видеть огни города Каннур. Еда, приготовленная Эмилией и Стефаном, была восхитительной, а основными блюдами были тапиока, бирьяни из баранины, говядина и *тодди*.

Как и планировалось, Дженнифер прибыла из Маэ через неделю, чтобы представить устав WWCP. Она была хорошо написана, лаконична и пропитана повесткой дня в области развития. Около сорока пяти женщин из Валапаттанама приняли участие во встрече и единогласно одобрили закон, заявив, что он освободит всех женщин от Коммунистической партии в штате Керала. Ассамблея избрала комитет из пяти членов для эффективного управления организацией: Ренука единогласно избран президентом, Гита - секретарем, а Кальяни, Сухра и Сумитра - членами. Дженнифер заявила, что не сможет присутствовать на встрече, поскольку планирует поехать в Париж для получения высшего образования. Адитья была взволнована, услышав о создании WWCP, и кооптировала Ренуку и Кальяни в окружной комитет Коммунистической партии, чтобы они представляли женщин. Адитья верила, что женщины играют жизненно важную роль в росте, экспансии и поддержании власти коммунистов в Керале. WWCP поздравила Дженнифер с ее ролью в его становлении, что сделало ее имя нарицательным в сообществе Валапаттанам.

Адитья восхищался интеллектуальной остротой Джей Джей и, одновременно, ее приземленным подходом. Он думал, что Дженнифер могла бы стать его идеологом, советником и проводником в вопросах, связанных с коммунизмом, когда он станет главным министром. Адитья посоветовал Дженнифер провести углубленное исследование роли коммунизма во французском движении сопротивления. Это включало в себя близость коммунизма к экзистенциализму и феноменологии. И прежде всего, влияние, которое коммунизм оказал на французскую литературу. Ее исследование должно быть современным и применяться к социальной, экономической и политической ситуации людей в штате Керала.

ГЛАВА ПЯТАЯ: АЙЯНКУННУ В ДХАРМАДОМ И СВАДЬБА В МАЭ

Дженнифер понимала практическую направленность своего исследования, предложенного АА, и ту любовь, доверие и уверенность которой он ее одарил. Таким образом, французское сопротивление стало ее подоплекой, а экзистенциализм и французская литература стали инструментами для возвышения Адитьи до самого высокого положения. Дженнифер консультировалась с АА по всем вопросам принятия решений, и он убедил ее, что их обоих ждет славное будущее в Керале, поскольку они проницательно и добросовестно работали над достижением своей цели: захватил ли Адитья власть с помощью коммунистического движения в Керале? Они отдавали себе отчет в том, что коммунизм существенно изменится в течение двадцати - двадцати пяти лет. К тому времени Адитья уже стоял бы у руля коммунистической партии Кералы благодаря своей многолетней кропотливой работе на низовом уровне, идеологическим сдвигам и рациональному вкладу, внесенному его любимым Джей Джей.

В конце концов, Адитья верил, что коммунизм - это всего лишь инструмент, а люди - конечная цель. Он попросил Джей Джей выделить нишу для разработки сдвига парадигмы в сторону такого образа мышления, который затем можно было бы воплотить в действие. Адитья верил, что как только будут достигнуты справедливость и свобода, коммунизм исчезнет. Итак, Дженнифер попыталась связать экзистенциализм, коммунизм и французскую литературу, чтобы черпать вдохновение из динамичных примеров французского народа во время движений сопротивления, что обеспечило бы прочную логическую основу для рационального мышления в контексте Кералы.

Дженнифер и Адитья были созданы друг для друга, даже когда разрабатывали идеологию, практикуемую в реальных жизненных ситуациях, и они были неразлучны.

Дженнифер отправилась в Париж, чтобы получить высшее образование во французском движении сопротивления во время

Второй мировой войны и его *влиянии* на *литературу*. Она ежедневно писала письма своему любимому АА на немецком языке из Парижа, а Адитья отвечал своей возлюбленной Джей Джей на малаяламе, английском и немецком языках. В Парижском университете Дженнифер тщательно изучала движения сопротивления нацистам, роль коммунистов и сторонников экзистенциальной философии и литературы в движениях сопротивления. Она узнала, что Сопротивление было движением за социальные, культурные, философские, интеллектуальные, научные, художественные, литературные и вооруженные перемены, которое боролось против нацистской оккупации во Франции. Это также было движение против режима Виши, который сотрудничал с нацистами.

У сопротивления Лос-Анджелеса было много средств, и Дженнифер обнаружила, что они включают отказ от сотрудничества на низовом уровне. Она была сосредоточена на пропаганде против нацистской оккупации, борьбе с применением оружия, бомб и даже рук, а также на отвоевании деревень, поселков и весей. Было вдохновляюще узнать о роли Жана Мулена и его товарищей в объединении многочисленных групп в одну стабильную организацию для борьбы на разных фронтах против гестапо. Нацисты пытали Жана Мулена перед его казнью. Новые знания Джей Джей помогли ей определить Магуис как женское крыло коммунистической партии, которую она сформировала в Валапаттанаме. Несмотря на то, что гестапо захватило многих, Магуи проявили силу и добились успеха в борьбе с нацистами. Дженнифер была рада узнать, что движения сопротивления также состояли из заключенных с оружием, и они разгромили организаторов нацистских лагерей и освободили тысячи заключенных.

На последнем курсе обучения в университете Дженнифер сосредоточилась на экзистенциализме и французской литературе. Она обнаружила, что многие экзистенциалисты боролись против нацистской оккупации Франции, писали стихи, рассказы, романы, пьесы, передовицы и статьи в поддержку борцов за свободу. Они информировали людей о том, что нацистская оккупация противоречила индивидуализму, личной свободе и индивидуальному и общественному выбору. Немецкая оккупация разрушила их заветные ценности гуманизма, и только благодаря существованию человек мог ощутить всю полноту гуманизма, который предшествовал всем другим благам. Дженнифер считала, что АА необходимо развиваться как гуманистическая организация, а не как коммунистическая.

Дженнифер рассказала, что французские писатели сформировали динамичную боевую группу против нацистов, которая помогала им генерировать идеи и видения, побуждавшие всех к действию. Самая красноречивая и вдохновляющая литература на французском языке середины двадцатого века была написана писателями сопротивления, которые обладали неиссякаемой энергией, недюжинной решимостью и выдающимися организаторскими способностями. Тысячи людей объединились и создали литературу на одну тему: победить нацистов, освободить Францию и создать одни из лучших произведений. Такая литература в основном была посвящена свободе, справедливости и единству.

Тем временем Адитья написала Дженнифер о растущем насилии между ультранационалистической партией (УНП) и коммунистами в округе Каннур. УНП безжалостно вырезала десятки коммунистов в их традиционных оплотах, и бесчинства стали повседневным делом. УНП верили в Индию, которая простиралась от Афганистана до Камбоджи и Тибета до Шри-Ланки на их карте, и они создали воображаемый Бхарат и изобразили Индию как богиню. Целью UNP было вернуть свою "утраченную славу из-за сотен лет иранского, монгольского, британского, французского, голландского и португальского завоевания" Индии. "Верните утраченную славу родине" было их лозунгом, и они настаивали на том, чтобы все коренные индейцы, принадлежавшие к определенной религии, объединились. Им просто нужно было массово вернуться к этой религии и УНП. УНП сочла мусульман серьезной угрозой своему единству и целостности, попросив их исчезнуть в Пакистане или Бангладеш, а христиан, которые составляли менее трех процентов от общей численности населения, - в Риме, поскольку "они занимались серьезным обращением в свою веру в течение последних двух тысяч лет".

Те, кто отказывался принимать идеологию и религиозность УНП, подвергались нападениям и избиениям даже средь бела дня. Они сожгли много домов; женщины и даже молодые девушки были изнасилованы. "Насилуйте женщин и девочек, принадлежащих к другим религиям", - таково было изречение Саваркара, который осудил короля маратхов Шиваджи за то, что тот отослал обратно невестку мусульманского губернатора Кальяна, которого победил Шиваджи. Саваркар оправдывал изнасилование как законный политический инструмент. Изнасилование было "добродетелью", как утверждается в его книге "*Шесть славных эпох истории Индии*", написанной на маратхи. Головорезы из УНП не знали исторических фактов, научных знаний и рационального мышления и никогда не заботились об объективности. Они выражали это своими словами и действиями, в которых отсутствовали идеалы человеческого достоинства, социальной справедливости и свободы. Им не было стыдно распространять нелепые истории, мифы и суеверия, объяснила Адитья Дженнифер. Для УНП насилие было средством достижения их цели: создать Индию только с одной религией и "кастовыми" людьми в качестве хозяев. Жестокое обращение происходило в четырех стенах семей, где УНП посягал на частную жизнь без уважения или чувства вины. Школы, колледжи, университеты и даже больницы стали для них детскими садами идеологической обработки. По словам Адитьи, УНП стала растущей угрозой и вызовом для коммунистов в Малабаре.

Дженнифер провела углубленный анализ ситуации, созданной УНП, и ее идеологических последствий для коммунизма. Она сосредоточилась на том, как УНП повлияет на руководство АА и его цель - стать главным министром штата Керала. Она написала Адитье, чтобы убедить людей в том, что коммунизм - это вершина гуманизма, основой которого является свобода, мозгом - справедливость, а равенство у него в крови. Коммунизм стремился возвысить несправедливо обойденных рабочих, крестьян, далитов и угнетенных, прикованных к своему существованию без надежды или выхода. В этом контексте коммунизм был императивом, и его действия были философским бунтом и полным освобождением людей. Коммунистическое восстание было похоже на Французскую революцию и борьбу с нацистами. Дженнифер знала, что коммунизм был так же отвратителен, как и УНП в уничтожении собратьев-людей. Ему не хватало сочувствия; его представления о человеческом достоинстве были пустыми, а прав человека не существовало. Она писала подробные письма Адитье о бесчеловечной роли коммунизма в обществах будущего, если они не освободятся от насилия.

Таким образом, Дженнифер истолковала это так, что две злые силы угнетали народ Собственной Страны Бога, даже несмотря на то, что жители Кералы были свободны в океане детерминизма. Но понятие свободы и детерминизма было относительным, поскольку у демократии были пределы, и то же самое относилось к справедливости и равенству. Такое понимание привело к умеренности в рациональных ожиданиях достижения развития и прогресса, поскольку абсолютной ценности не существовало, а все бесконечное было античеловеческим. Она написала, что насилие, совершенное УНП и коммунистами, было направлено против гуманизма и эволюционного процесса. В этом контексте то, что они совершили, было преступлением против человечности. Дженнифер было категорически ясно, что АА не должно воспринимать насилие как реакцию, а то, что делают другие, даже его коллеги-коммунисты, его не касается. Но он не мог предать себя разрушением, которое могло бы испортить его шансы и личную цель. Индивидуальные цели были столь же важны, как и цели группы, но как коммунист он не мог существовать без выбора. Насильственный путь для утопического общества может ни к чему не привести, поскольку УНП и коммунисты могут убивать все больше и больше людей, и в процессе этого гуманизм будет увядать. Дженнифер посоветовала Адитье благоразумно держаться подальше от убийств. Это не означало, что ему нужно было смириться с судьбой и слепо страдать от жестокого обращения. Сопротивляйтесь силе, не прибегая лично к убийству, даже несмотря на то, что персонал может отреагировать и ответить "око за око" и "зуб за зуб".

Тем не менее, АА необходимо было избегать линчевания, поскольку убийство сводит на нет гуманизм. Дженнифер предложила вариант преодоления насилия — он мог бы вести переговоры и диалоги с ОНП, чтобы вместе работать над достижением прогресса человечества и позволить им пользоваться властью, даже в какой-то степени одерживать верх. *"Бунтарь"* Альбера Камю оказал глубокое влияние на Дженнифер, и ее письма к Адитье часто отражали его идеи. И все же Адитья считала, что то, что она сказала, было кантианским.

В течение двух лет своего обучения в Париже Адитья шесть раз навещала Дженнифер и проводила с ней обстоятельные беседы. Тем временем он стал секретарем Коммунистической партии в Каннуре. Адитья сказала Дженнифер, что в ее диссертации необходимо спроецировать отношение и действия коммунистической идеологии и тщательно интерпретировать ее принципы, визуализируя рост новых идеологий и положение молодежи в будущем правительстве, когда старшие лидеры исчезнут со сцены, и что конфликт между свободой и справедливостью требует постоянных корректировок, политических изменений. мудрость и практическая прозорливость. Как ответила Дженнифер, принятие неизвестного может ограничить свободу, выбор и истину; только молодое поколение может понять такую возможность.

"Устранение угнетателей и возвращение автономии рабочим и крестьянам в реальной жизни было невозможно, поскольку освобожденные люди стали бы завтрашними угнетателями. Многие коммунистические лидеры были угнетателями и убийцами, такими как Ленин, Сталин, Хрущев, Мао, Чаушеску и Фидель Кастро. Они наслаждались своей властью над другими, поскольку могли убивать их. За исключением Намбудирипада, первого главного министра штата Керала, все остальные коммунистические лидеры верили в убийства разных оттенков, так же как они верили в насилие. Насилие и коммунизм неразделимы и не могут сосуществовать без убийства. Основная философия коммунизма заключается в том, что коммунист мог бы жить без насилия, что является утопическим идеалом, и не было бы никого, кто когда-либо полностью освободился бы от убийства. Везде, где у власти был коммунизм, люди страдали и становились бесправными нищими. Абсолютной справедливости не было бы", - высказала мнение Дженнифер, и Адитья слушал ее с благоговением. Дженнифер проанализировала насилие в Керале в этом контексте. "Наслаждайся существованием и позволяй другим наслаждаться своим существованием" - такова была личная философия Дженнифер, разработанная для Адитьи, и Адитья всем сердцем приняла ее. В течение двадцати пяти лет он мог бы ощутить на себе ее результат, поскольку стал бы главным служителем Собственной Божьей страны, а Дженнифер оставалась бы его женой, другом, наставником и проводником.

После обширного чтения, дискуссий и анализа Дженнифер попыталась связать разветвления экзистенциальной философии с движениями сопротивления. Философы-экзистенциалисты боролись с нацистами своими ручками, поскольку они были очень острыми и могли заставить людей, особенно молодежь, задуматься о ценности свободы. Они говорили подросткам, интеллектуалам и писателям, что правление гестапо было проклятием для их драгоценного существования, личной свободы и выбора. Дженнифер помнила Амелию, взгляды, ценности и образ жизни ее матери, которые недвусмысленно соответствовали тому, что отстаивал Альбер Камю. Поэтому Дженнифер проанализировала нацистскую оккупацию Франции в контексте жизни и ценностей своей матери, и ее уважение и любовь к Амели многократно возросли.

Амели и Джейкоб Бернар много раз навещали свою дочь в Париже. Когда она получила степень магистра, они посетили несколько виноградников, таких как долина Луары, Эльзас, Бордо и Юра, где Амели купила несколько своих любимых вин. Дженнифер стало грустно из-за того, что Адитья никогда не пил вина. Позже Амели и Джейкоб Бернар вместе с Дженнифер отправились в Марсель по железной дороге из Парижа. Несмотря на то, что это заняло около семи часов, путешествие было очень приятным и увлекательным, так как сельская местность представляла собой великолепное зрелище. В Марселе они встретились с престарелыми родителями Амели, Симоной и Луи Мартеном, обняли и расцеловали их в щеки. У них был просторный дом с видом на залив Лайон, и пейзаж захватывал дух. В молодости Луис Мартин был успешным торговцем и много путешествовал на корабле по различным странам Африки и Азии, а также по Северной и Южной Америке, сколачивая состояние.

Марсель, расположенный на Средиземном море, может похвастаться большим портом, основанным греческими мореплавателями много веков назад. Луи Мартен поделился со своей внучкой, что этот порт помог французам путешествовать по всему миру, в том числе и в Индию. Джейкоб Бернард был дружен с Симоной и Луи Мартеном; все они с удовольствием выпивали литры вина. Амелия и Дженнифер присоединились к празднованию, отведав креветок, кислой свинины, устриц и сига. Вечеринка с вином продолжалась более двух часов. Луи Мартин хвастался, что выпивает не менее двухсот литров вина в год, а Амели утверждала, что зять ее отца может победить его в употреблении вина, и все от души посмеялись.

Джейкоб Бернард был счастлив, что родина его жены была католической и в ней было много церквей. Вместе с Симоной, Луи Мартином, Амелией и Дженнифер он посетил собор Святой Марии-Мажор в Марселе и аббатство Сен-Виктор, и везде Джейкоб Мартин преклонял колени и благодарил Иисуса за то, что он дал ему Амелию. Значительное богатство, унаследованное ею от Мартинов и своих родителей, приковало внимание Джейкоба Бернарда. Они заказали буйабес в ресторане, и Луи Мартен все смеялся и смеялся, запивая свое любимое блюдо вином. Дома они поужинали. Луи Мартин взял бенедиктин, Джейкоб Бернар предпочел шартрез, Симона выпила один кальвадос, а Амели понравилось "Гран Марнье". Дженнифер удовлетворилась бокалом "Шато Мулон Ротшильд Пойяк". В ту ночь все крепко спали.

На следующий день, после завтрака, Бернарды захотели уехать. Мартины обняли их всех с теплотой и любовью, и оба заплакали. Амелия обняла и поцеловала своих родителей и пообещала, что скоро навестит их. Джейкоб Бернард поблагодарил их за любовь и вино. Бернарды взяли напрокат внедорожник для двухдневной комфортной поездки по Французской Ривьере. Когда Мартины настояли на том, что они оплатят расходы на такси, шофер Джейкоб Бернард немедленно согласился. Поездка на побережье Средиземного моря была фантастической и увлекательной. Позже Бернары посетили Лион, так как Амели заинтересовалась изысканными шелками, производимыми там. Купив красивые изделия из шелка, Джейкоб Бернард выбрал на обед блюда лионской кухни, такие как утиный паштет и запеченная свинина. Из Лиона Джейкоб Бернар вылетел со своей семьей в Лурд и Фатиму, чтобы поблагодарить Пресвятую Деву за все ее благословения, особенно за Амелию и огромное богатство Мартинов.

Вернувшись в Маэ, Дженнифер вступила в местное общество анонимных алкоголиков в качестве штатного сотрудника Коммунистической партии, несмотря на то, что она получала множество предложений о трудоустройстве, в том числе от посольства Франции и нескольких французских компаний, работающих в Индии, с солидным вознаграждением. Она отклонила их все, потому что у нее была только одна цель: работать с Адитьей и всегда быть рядом с ним. Дженнифер начала носить сари, сотканное на кооперативном ремесленном предприятии Каннура, которым управляли сторонники коммунизма. Джейкоб Бернард был недоволен ее образом жизни и карьерой, но Амели никак это не прокомментировала. Вместо этого она читала произведения Александра Кожева, Луи Альтюссера, Клода Леви-Стросса и Анри Лефевра, чтобы лучше понять свою дочь.

Дженнифер и Адитья составили подробный план посещения по меньшей мере тридцати шести *панчаятов*, которые представляли собой деревенские группы, расположенные в основном в районе Каннур. Дженнифер и Адитья хотели остаться в каждом панчаяте на десять дней, предпочтительно с семьями. Они решили не брать с собой ничего, кроме одежды, но у них не было ни денег, ни предметов роскоши. Дженнифер и Адитья назвали свой план *"Узнавать и перенимать опыт у наших деревень"* в течение трехсот шестидесяти пяти дней. Они решили вернуться в Маэ и Валапаттанам, чтобы навестить своих родителей, родственников и друзей, или отправиться в любой город только после того, как поживут с людьми в тридцати шести панчаятах. Они обсудили детали своей программы с Ренукой и Аппуккуттаном, Кальяни и Мадхаваном, а также Амели и Джейкобом Бернардами. Джейкоб Бернард упрекнул Дженнифер за ее "дикое решение", но Амелия хранила благоразумное молчание.

Поскольку Эмилия и Стефан уже уехали в Штутгарт, Дженнифер и Адитья не смогли обсудить свой план. Они встретились с Рави в Кочи, поскольку он только что поступил на работу в Верховный суд в качестве адвоката по правам человека.

"АА, ты идешь в деревни не как коммунист, а как искатель. Скромный человек, который хочет учиться у людей", - сказала Дженнифер.

"Я понимаю цель нашего проекта", - ответил Адитья.

"Я не коммунистка, но мне нравится жить с вами и работать с вами, так как я восхищаюсь вами и доверяю вам", - добавила Дженнифер.

- Без тебя я никто. Ты - мой приоритет, затем коммунизм. Я готова оставить все ради тебя", - объяснила Адитья.

"Коммунизм - это ваша жизненная сила; без него вы ничтожество", - прокомментировала Дженнифер, глядя на Адитью.

"Без тебя я буду блуждать без цели", - добавил Адитья.

Адитья и Дженнифер начали свой новый эксперимент в Айянкунну, расположенном на *Сахьядри* в районе Каннур штата Керала. Этот район простирается на территорию района Кодагу в штате Карнатака, примерно в двенадцати километрах от Иритти. Они обнаружили, что более половины географического положения Айянкунну с трех сторон окружено лесами *Барапужа* и *Вемпужа*. Почти все жители Айянкунну были переселенцами из Траванкора. Первые из них добрались туда в тысяча девятьсот сорок пятом году. Купив землю у землевладельца Мамеда Хаджи, они начали расчищать заросли кустарника и выращивать рисовые поля, тапиоку, бананы, товарные культуры, кокосовые орехи, каучуконосы и деревья кешью. Многие поселенцы умерли из-за малярии и отсутствия медицинской помощи, и особенно женщины умирали во время беременности и родов. Здесь не было ни дорог, ни транспортных средств, ни образовательных учреждений. Поселенцы выступили с инициативой открыть школу в каждой деревне своими усилиями. Двое поселенцев, Тажаганатту Мани, учитель по образованию, и Ваяламаннил Варгезе, фермер, отправились в Каликут, чтобы встретиться с малабарским коллекционером в тысяча девятьсот пятидесятом году. Они попросили коллекционера основать школу в Ангадикадаву. Правительство Мадраса было очень внимательным к ним, поскольку Малабар был частью Мадраса до тысяча девятьсот пятьдесят шестого года. Вскоре они основали младшую начальную школу в Ангадикадаву, первую школу в Айянкунну, с Мани в качестве директора и управляющего школой. В начале восьмидесятых годов, когда Адитья и Дженнифер посетили Айянкунну, это было гораздо более развитое место с двумя средними школами, одна в Ангадикадаву, а другая в Карикоттакари.

В первые годы алкоголизм был серьезной проблемой среди поселенцев, и в Ванияпаре,Ранданкадаву, Качери Кадаву и Палатинкадаву периодически происходили акты насилия. Другой иммигрант застрелил бандита. Несмотря на продолжающиеся конфликты, Дженнифер и Адитья многому научились у людей. Поселенцы тщательно планировали свое сельское хозяйство и проявляли большой интерес к образованию своих детей. Адитья и Дженнифер посетили все деревни под Айянкунну Панчаят, останавливались в семьях и набивали желудки тапиокой и говядиной, рисом, рыбным карри, *каачилом, ченой*, джекфрутами и манго. Люди были дружелюбны и поддерживали их, и они часто играли с молодежью в волейбол, который был популярным видом спорта в Айянкунну.

В то время как Адитья работала с мужчинами в поле и училась обрезать каучуковые деревья, Дженнифер работала с женщинами на кухне и иногда помогала им доить коров и коз и ухаживать за их курами, собаками и свиньями. Первые четыре дня они оставались в Ангадикадаву и терпеливо слушали истории из жизни людей, их страхи и мечты. Дженнифер поделилась с ними своим опытом, особенно с женщинами в Валапаттанаме. Иногда по вечерам они устраивали семейные посиделки, в основном ели, пили арак, делились впечатлениями и разговаривали. Дженнифер активно участвовала во всех мероприятиях, и все чувствовали близость Дженнифер и Адитьи. Оба посещали церковные службы на арамейско-сирийском и малаяламском языках и присоединялись к людям в пении гимнов и чтении молитв, поскольку большинство поселенцев были католиками. Следующие три дня Адитья и Дженнифер провели с семьей в Карикоттакари. По вечерам они помогали детям с домашним заданием и вскоре подружились.

Пару раз Адитья и Дженнифер посещали разные школы в деревне и восхищались самоотверженностью учителей в обучении учеников, находящихся под их опекой. Организация встреч с молодежью и студентами и обсуждение с ними значения развития и занятости в сельской местности было, по сути, показательным опытом. Они поняли, что женщины пользовались высоким статусом среди поселенцев и были равноправными партнерами в создании богатства, обучении детей и создании счастливой и довольной семейной жизни. Последние три дня Дженнифер и Адитья были с семьей в Ранданкадаву на речушке Ванияппара. Они были удивлены, услышав, что несколько лет назад старшеклассники каждый день проходили пешком более двадцати километров, чтобы поступить в среднюю школу в Эдуре в Аралам *Панчаяте*. Многие женщины обнимали и целовали Дженнифер, когда она уходила, и просили ее еще раз навестить их. Адитья и Дженнифер почувствовали, что десять дней, которые они провели в Айянкунну, были замечательным опытом — одним из самых запоминающихся.

Следующим *панчаятем*, который они посетили, был Коттиур, снова на *Сахьядри*, на северо-западном склоне Вайанада. Бавалипужа была источником жизненной силы этого района, где проживало несколько племен, помимо некоторых поселенцев и некоторых местных жителей. Коттиур был знаменитым паломническим центром, привлекавшим тысячи паломников из Кералы, Карнатаки и Тамилнада. В Коттиуре Дженнифер и Адитья остались с племенами. Некоторые местные жители сообщили им, что эти племена, вероятно, были потомками погибших солдат императора Александра, поскольку они были похожи на греков. Однако они обнищали из-за столетий изоляции и угнетения. Их связь с раджой Пажаши, который сражался против англичан, сделала их знаменитыми в предыдущем столетии.

Дженнифер и Адитья обнаружили, что условия жизни в племенах были ужасными, несмотря на то, что они были первыми поселенцами. Среди племен ни у кого не было ни земли, ни дома. Подавляющее большинство из них были неграмотными, особенно женщины. Дети редко посещали школу или бросали ее в течение двух-трех лет после поступления. Младенческая смертность была очень высокой, и многие женщины умирали во время беременности и родов. Система здравоохранения была крайне слабой. Дженнифер и Адитья спорили о том, почему правительство не заинтересовано в благополучии племен. В течение многих дней они вели длительные дискуссии с племенами о голоде и бедности. В хижинах, в которых жили племена, не было водопровода, соответствующих кухонь, электричества или туалетов. Все они использовали открытые участки или берега рек для дефекации, что вызывало различные заболевания у детей. Несмотря на то, что они с *удовольствием* ежедневно купались в Бавалипуже, их одежда была грязной, старой и изодранной в клочья, поскольку у них не было запасной одежды, чтобы переодеться. Женщины ходили к реке стирать свою одежду, сушили ее на солнце и снова надевали ту же одежду.

Племена готовили на открытом воздухе в глиняных горшках, используя дрова, и один раз в день съедали скудную пищу, состоящую в основном из редких кореньев, листьев и тапиоки, редко из риса или пшеничных продуктов. Дети всегда чувствовали голод и были в поисках еды.

Некоторые дети ходили в помещение храма просить милостыню или собирать остатки пищи, предложенной богам или выброшенной после священных ритуалов. Племена были рады поделиться своей скудной пищей с Дженнифер и Адитьей, и они ели пищу из раскидистых листьев, собранных в лесу на земле. Они ходили вместе с мужчинами и женщинами в лес и учили Дженнифер и Адитью собирать корни, листья, стебли, цветы, орехи и фрукты для приготовления пищи и лекарств. Дженнифер и Адитья также научились у местных племен добывать масло из листьев и орехов.

В определенные дни Дженнифер и Адитья отправлялись с племенами ловить рыбу, которая в изобилии водилась в определенных водоемах *Бавалипужи*, глубоко в лесу. Они также ходили в лес вместе с соплеменниками и женщинами за медом и дровами. Время от времени племена охотились большими группами и ловили кроликов, оленей, кабанов и домашнюю птицу. Они готовили еду и ели ее вместе с *араком*, в то время как мужчины и женщины пили вместе, как сообщество, и праздновали свое единство танцами, пением и игрой на барабанах. Дженнифер и Адитья брали у них базовые уроки игры на барабанах. Ночью племена танцевали перед своими хижинами и спали на берегу реки вокруг костра. Дженнифер и Адитье нравилось посещать эти мероприятия.

Дженнифер преподавала племенам основы гигиены, в том числе готовила пищу без потери ее питательных свойств и сохраняла ее до и после приготовления. Она объяснила им, особенно матерям, как защитить своих детей от болезней и несчастных случаев. Одним из самых важных уроков Адитьи и Дженнифер для племен было чтение и написание алфавита малаялам и их имен. Около пятидесяти взрослых и двадцати детей приняли участие в программе обучения грамоте. Племена собирали чистый и сверкающий песок со дна реки и рассыпали его перед своими домами, а Дженнифер и Адитья научили их писать указательным пальцем на песке. Это было забавно, и большинству не терпелось написать свое имя на песке.

Адитья и Дженнифер продемонстрировали племенам, как собирать чистую питьевую воду из дождевой. При активном участии мужчин и женщин они соорудили четыре столба, привязали свободные концы чистой ткани к каждому столбу и положили посередине небольшой камень. Вода капала с ткани в глиняный горшок, который хранился под тканью, когда шел дождь. Собранная вода была чистой, и многие племена пытались подражать ей, собирая дождевую воду самостоятельно. Десять дней пролетели быстро, и Дженнифер и

Адитья многому научились из своего уникального опыта жизни и работы с племенами. Когда они прощались с ними, племена подарили им много подарков, в основном ракушки, лекарственные травы и мед. Дети обнимали их с совершенной любовью, а женщины творили определенную магию, чтобы защитить Дженнифер от всех видов злых духов.

В течение шести месяцев Дженнифер и Адитья посетили восемнадцать *панчаятов*, и везде они останавливались с семьями и участвовали в их мероприятиях, празднованиях и борьбе. Следующая группа деревень, которые они выбрали, относилась к кварталу Кутупарамба, примерно в двадцати пяти километрах от Каннура. Это было известно как "поле смерти Кералы" из-за политического насилия и религиозного фанатизма. Организаторами линчевания и нападения толпы были базирующаяся на севере Индии ультранационалистическая партия и коммунисты. Со стороны УНП предпринимались серьезные усилия по привлечению людей определенной религии, которые были членами коммунистической партии.

УНП, основанная радикальная организация, выступала против Индийского национального конгресса, возглавляемого Махатмой Ганди и Джавахарлалом Неру. Партия Конгресса выступала против фундаментализма и антисекуляризма, проявляемых УНП во всех сферах жизни. Во время борьбы за свободу ультранационалисты поддерживали британцев, чтобы угодить правителям и быть у них на хорошем счету. Кроме того, это помогло британской политике "разделяй и властвуй" прочно закрепиться среди некоторых народов северной Индии. УНП пыталась разжечь религиозную ненависть к мусульманам, и их вклад в достижение свободы для Индии был почти равен нулю. После обретения независимости УНП утверждала, что Индия получила независимость благодаря их неустанным усилиям, но их репутация фальсификаторов была хорошо известна. Их лидеры яростно утверждали, что они были настоящими борцами за свободу и преданными делу страны представителями культуры. Они даже пытались присвоить многих мучеников и политических лидеров, которые боролись за свободу, таких как Субхаш Чандра Бозе и Сардар Валлабхай Патель, которые принадлежали к партии Конгресса. УНП утверждала, что Боуз и Патель трубили о том, что Конгресс не имеет к ним никакого отношения. Самым странным утверждением было то, что УНП обучила почти всех борцов за свободу сражаться против британцев под своей опекой.

Истины никогда не существовало в словаре УНП, и у нее не было лидеров, которые поддерживали бы борьбу Индии за свободу. Никто из УНП не боролся с Махатмой Ганди в борьбе против англичан. Они высмеяли Ганди, обвинили его в том, что он друг Пакистана, и застрелили его во время молитвенного собрания. Некоторые из членов УНП были предателями, поскольку они сотрудничали с британцами и выступали против борьбы за свободу. Свобода Индии не была их приоритетом, но борьба с мусульманами и христианами была. Но когда УНП захватила власть в некоторых штатах и стала правящей партией, они остро нуждались в мучениках и политических лидерах, чтобы показать людям, что борцы за свободу были членами УНП. УНП учила школьников, что Ганди покончил с собой из-за разочарования.

Психология УНП развилась из чувства вины и стыда. УНП начала оскорблять первого премьер-министра Неру, чтобы скрыть свой комплекс неполноценности. Но народ страны полностью осознавал, что благодаря Неру Индия осталась демократической страной. Он пытался искоренить бедность, голод, неграмотность и плохое состояние здоровья в молодой стране с населением почти в триста шестьдесят два миллиона человек, уровень грамотности которых составлял всего двенадцать процентов. ВВП Индии после обретения независимости в том же году составлял всего три процента от мирового ВВП. Коэффициент рождаемости составлял восемнадцать на тысячу живорождений при ожидаемой продолжительности жизни в тридцать два года. Благодаря Неру Индия добилась заметного прогресса по сравнению со многими новыми независимыми государствами, включая Пакистан. Неру построил множество плотин и основал Индийский технологический институт в крупных городах и другие учреждения, такие как Индийский институт менеджмента и Всеиндийский институт медицинских наук. Раздел Индии нанес глубокие раны, в результате чего погибло около двух миллионов человек и двадцать миллионов были вынуждены покинуть свои дома. Неру сумел преодолеть проблемы и повести страну к прогрессу. К 1962 году Китай неожиданно напал на Индию, убил много индийских солдат и оккупировал обширную территорию. Неру не мог в это поверить и вскоре умер печальным человеком. Но УНП начала распространять фальшивые новости против Неру, Конгресса, его вклада в независимость и продолжение демократической и светской культуры в Индии. После смерти Неру УНП использовала пустоту, образовавшуюся в результате его отсутствия, чтобы захватить власть.

В штате Керала Коммунистическая партия превратилась в мощную силу, которая помогла многим людям освободиться от жестокого угнетения и порабощения. Угнетенные ощутили луч надежды, и появилось новое видение равенства, равных возможностей, освобождения женщин и искреннее желание пользоваться правительством, дружественным народу.

УНП, которая постепенно стала политической силой во многих северных штатах, противостояла коммунистам Кералы как своим главным оппонентам. У коммунистов были преданные своему делу кадры, идеологическая сплоченность и приверженность развитию гуманизма во всех сферах жизни. По всей Керале появилась ожесточенная группа молодежи, готовая защищать партию. Они доверяли и уважали своих лидеров, таких как ЭМС Намбудирипад и А. К. Гопалан. Уничтожение сплоченных кадров коммунистической партии было необходимо для того, чтобы УНП закрепилась в Керале и в долгосрочной перспективе пришла к власти. Распространяя фейковые новости против других религий и политических партий, УНП сплетала истории о насилии и убийствах Аурангзеба на севере и Типу Султана на юге. Просвещенный народ Собственной Страны Бога понял мифы, созданные УНП.

Деятельность УНП вызвала бурную реакцию, главным образом со стороны коммунистов в Каннуре и прилегающих районах. Сопротивление возникло по мере того, как УНП предавалась убийствам, изнасилованиям, линчеваниям и насилию толпы, а также распространяла ложь против лидеров других политических партий и организаций. При таком раскладе Дженнифер и Адитья предприняли смелый шаг, оставшись в *панчаяте* в Кутупарамбе, чтобы учиться у людей и вести Кералу к прогрессу, развитию, единству и миру. Они не раскрывали своей личности и общались со всеми категориями людей, особенно с молодежью и женщинами из трех разных семей. Они узнали, что большинство убийств произошло в течение четырех месяцев с ноября по февраль, во время торжеств, фестивалей, политических и религиозных собраний. Кроме того, коммунисты и УНП в течение этих месяцев отмечали "День мучеников" из-за убийств их последователей и активистов, главным образом в те месяцы.

Дженнифер и Адитья знали, что коммунисты и УНП использовали для своих нападений мечи, железные дубинки и самодельные бомбы местного производства. Во многих домах хранилось огромное количество взрывчатки, используемой в гранитных карьерах, что привело к появлению оружия и изготовления бомб в качестве кустарного производства для молодежи, безработных и студентов колледжей. УНП отправила многих подростков в северный штат Уттар-Прадеш, расположенный на границе с Непалом, для углубленного обучения изготовлению бомб. По их возвращении сотрудники УНП относились к ним как к героям. Однако Дженнифер и Адитья обнаружили, что много смертей произошло, когда так называемые обученные герои UNP собирали бомбы. Но УНП попыталась обвинить в смертях нападения коммунистов и сообщила об этом в полицию. Во время правления Индийского национального конгресса в штате Керала правоохранительные органы провели многочисленные рейды и получили неопровержимые доказательства того, что смертельные случаи произошли при сборке бомб саперными отрядами УНП. Команды UNP по изготовлению бомб регулярно получали финансовую, техническую и физическую поддержку от своих влиятельных лидеров на севере Индии.

Первые четыре дня Дженнифер и Адитья жили в доме отставного военного, которому было около семидесяти лет. Другими членами семьи были его жена, вдова его сына и ее маленькая дочь. У пожилого мужчины было три замужние дочери и сын по имени Рамеш, которому было чуть за тридцать, и он раньше руководил газетным агентством в Кутупарамбе. Рамеш был активным коммунистом, и его рабочий день начинался в четыре утра, поскольку он должен был раздавать пачки газет в различных населенных пунктах, что он делал неукоснительно. Он организовывал людей для борьбы против несправедливости, эксплуатации и угнетения во второй половине дня до восьми. Он призвал молодежь и студентов колледжей, покинувших коммунистическую партию и вступивших в УНП, вернуться в их первоначальное лоно. УНП осознало, что Рамеш представляет угрозу для их роста в Кутупарамбе. Однажды ранним утром, когда он ехал на велосипеде к своему магазину, кто-то бросил в него бомбу, и части тела Рамеша разлетелись по всей дороге, а его разбитая голова оказалась под искореженным велосипедом. Через три дня полиция арестовала двух членов УНП: соседей Рамеша и его старых коллег-коммунистов, примерно в пятистах километрах отсюда, в Тамилнаде. Суджата, беременная вторым ребенком Рамеша, горько плакала, пока разворачивалась эта история. Дженнифер тепло обняла ее.

Вторая семья, в которой остановились Дженнифер и Адитья, была вдовой около шестидесяти лет. Ее муж был линчеван УНП около четырнадцати лет назад. Два года назад ее сын Биджу, которому было около 35 лет, подвергся нападению УНП с мечами на рыбном рынке, в результате чего получил восемнадцать глубоких ран по всему телу. Убийство произошло потому, что отец Биджу убил двух членов УНП около двадцати лет назад, и, убив Биджу, УНП могла показать миру, что они никогда не простят убийц и никогда не забудут своих мучеников.

Учитель на пенсии Абдулла Мадатхил пригласил Дженнифер и Адитью погостить в его доме три дня. Жена Абдуллы, Нурджахан, тоже была учительницей. Двое их сыновей вместе со своими семьями находились в ОАЭ. Один сын работал в банке в Дубае, а другой - в судостроительной компании в Абу-Даби. Дочери Абдуллы были врачами в частной больнице в Кожикоде. Абдулла сообщил Дженнифер и Адитье, что, хотя коммунисты и УНП в равной степени несут ответственность за насилие и убийства, сотрудники УНП стали экспертами по изготовлению взрывчатых веществ. Коммунисты часто становились жертвами своих бомб, которые они иногда изготавливали на своих кухнях. Данные полиции недвусмысленно свидетельствуют о том, что за предыдущие пять лет в округе Каннур произошло семьдесят три политических убийства, причем тридцать семь жертв были коммунистами, а тридцать шесть - членами УНП.

Дженнифер и Адитья встретились с несколькими молодыми людьми, которые рассказали им, что УНП и коммунисты были единым целым с двумя лицами и превратились в мощную силу, убивающую и калечащую своих противников. Они убивали друг друга, как сурикаты. Изготовление бомб процветало в Кутупарамбе, когда УНП захватила власть во многих штатах северной Индии. Некоторые сторонники УНП пояснили, что изготовление бомб было кустарным промыслом коммунистов в Керале. Их убийственное поведение не имело аналогов в истории Божьей Страны, и то, что сделал УНП, было чистой самообороной. Для УНП каждый человек, погибший при сборке самодельных бомб в своих домах, был *балидани* — мученичеством — за родину. Всякий раз, когда высокопоставленный лидер УНП посещал Кералу, происходило больше убийств коммунистов, и коммунисты немедленно мстили с такой же жестокостью. Даже дети, посещающие школу в семьях УНП и коммунистов, занимались изготовлением бомб.

В тот вечер Нурджахан приготовила бирьяни из говядины, и Абдулла, Дженнифер, Нурджахан и Адитья ели из одной тарелки.

"У всех людей одинаковое лицо, но разные имена", - сказал Нурджахан, глядя на Адитью во время ужина.

"Да, мадам, люди произошли от одного и того же племени", - прокомментировал Адитья.

"Адитья, ты прав. В течение тридцати шести лет я преподавал старшеклассникам. Я сказал им, что все мы родственники и являемся иммигрантами в Индию", - добавил Нурджахан.

- Я согласен с вами, мэм. Все мы произошли от австралопитека, одной и той же матери, примерно три с половиной-четыре миллиона лет назад в Восточной Африке, и сага о нашем путешествии началась там. Существовало много человеческих видов, и Homo sapiens был среди них. Мы смогли победить неандертальцев и Homo erectus только потому, что мы были большими группами, а они - маленькими", - проанализировала Дженнифер.

"Ты права, Дженнифер. Путешествие Homo sapiens в разные уголки мира было более быстрым, чем у других человеческих видов. Их социальная эволюция зависела от различных стилей жизни, уникальных культур и мировоззрений в соответствии с их окружающей средой и географией. Но не существует письменной истории Homo sapiens возрастом более шести тысяч лет. Итак, убивать людей во имя религии, утверждая, что та или иная религия древняя и высшая, - это жестоко. Отсутствие исторических фактов, невежество, фанатизм и суеверия привели УНП к уничтожению наших собратьев во имя религии", - проанализировал Абдулла. "Некоторые лидеры УНП заявляют о божественности своей культуры, хотя многие из них атеисты. Те, кто пытается распространить превосходство своей культуры, пытаются уничтожить разнообразие Индии. Культура - это созданный обществом артефакт, и придавать превосходство одной культуре над другой иррационально, но люди - это высшая ценность", - сказал Нурджахан.

После короткого молчания Абдулла сказал: "Совершенно верно, Нур. Гуманизм провозглашает это. Я хочу добавить, что даже религии полностью исчезнут в течение двухсот лет. Мы эволюционировали в людей и продолжаем эволюционировать. Мы не знаем, с каким будущим мы столкнемся, но я уверен, что искусственный интеллект настигнет нас. Через несколько лет появятся цифровые существа, и весь сценарий изменится. Ультранационализм и коммунизм не продержатся и пятидесяти лет, поскольку наши приоритеты изменятся, и нас сформирует новое будущее".

"Сотни наших студентов разбросаны по всему миру. Многие из них приезжают к нам, когда приезжают в Индию, и нам нравится их визит. Эти студенты обладают великим видением и думают о человечестве, где нет голода или бедности, болезней или неграмотности, и нет разделения по признаку религии или политики. Они говорят об Индии, где правит наука, а не мифы и магия, проповедуемые UNP", - объяснила Нурджахан, проецируя свое будущее.

"Мы тоже работаем над тем, чтобы Индия избавилась от бедности и голода, что является нашей главной целью. Затем мы представляем себе светскую Индию, где высшей ценностью является гуманизм, а не мракобесие и суеверия. Единственный способ достичь этой цели - это не что иное, как наука и разум, где героями являются просвещенные люди", - сказала Дженнифер.

"Давайте работать для такой Индии и добьемся прогресса и развития", - выразила свою надежду Нурджахан.

"Коровьему самосуду, насилию толпы и изнасилованиям молодых девушек и женщин во имя религии, культуры или даже угождения богам нет места в нашей Индии", - решительно заявил Абдулла.

Адитья посмотрел на Абдуллу, впечатленный его словами. - Сэр, вы просветили нас. В вас мы видим видение Индии. Ваше имя не имеет значения, но ваши идеи, миссия и гуманизм имеют значение", - сказал Адитья. "Мы многому научились у вас, мэм, и мы благодарны за вашу любовь, заботу, доверие и открытость. В тебе есть замечательный человек, который уважает всех", - сказала Дженнифер Нурджахан. "Мы создаем себя сами, и только мы можем создать себя сами", - сказал Абдулла. "Мы несем ответственность за свои действия. Они убили тысячи людей во имя политики, касты и религии, и лишь немногие были привлечены к ответственности за это. Сотни хижин, принадлежащих племенам и меньшинствам, были сожжены, и никто не был наказан. Нам нужно изменить Индию", - прокомментировал Нурджахан. "Что делает нас людьми, так это наша способность отличать правильное от неправильного", - сказала Дженнифер. "Ты права, Дженнифер. Самое трудное в этом мире - стоять на своих двоих и говорить правду", - добавил Нурджахан. "Истина - это уверенность. Это можно вывести только из фактов", - сказал Абдулла. "Человек, который придерживается фактов, никогда не аплодирует лжецу", - сказал Адитья. - Верно, свобода - это автономия. Это статус опыта, который уважает вас и ваш выбор, и никто не должен этого отрицать. Вы можете есть говядину, пить вино и танцевать со своими друзьями, женщинами и мужчинами. Это ваше право, выбор и свобода", - сказала Дженнифер.

И снова воцарилась тишина, как будто они размышляли. "Я согласен с тобой, Дженнифер", - сказали Абдулла и Нурджахан в унисон. -

Спасибо вам, мэм. Спасибо тебе за твою любовь", - сказала Дженнифер, обнимая Нурджахан. - Мы всегда рады видеть вас в нашей обители. Это твой дом. Приходите и проведите с нами время. Нам нравится ваша острота ума, открытость и здравомыслие. У вас обоих будет большое будущее", - сказал Абдулла. "Спасибо, сэр", - ответила Дженнифер. "Мы научились у вас, как быть хорошими людьми", - продолжила она. "Жизнь - это путешествие, и в этом путешествии мы сталкиваемся со светом и тьмой, видим бриллианты и самоцветы, и вы - одна из лучших драгоценностей, распространяющих свет, которые мы когда-либо встречали", - сказала Адитья Нурджахану и Абдулле. "Бедность, голод, неграмотность, плохое здоровье, месть, незащищенность и страх перед будущим нависли над Кутупарамбой, и ее поля смерти постоянно требовали крови, и еще больше крови. Пока лидеры ОНП предавались своей роскошной частной жизни в Нью-Дели, Нагпуре, Ахмадабаде и Варанаси, сотни неграмотных, полуграмотных и безработных молодых людей попали в их ловушку мести и устрашения. Они приняли мученический облик, линчевая других и даря вдовство своим спутникам жизни. Многие молодые люди, верящие в фейковые новости, мифы, ультранационализм и магию, предлагают себя своим лидерам и выражают готовность убивать своих воображаемых врагов. Единственное решение - позволить УНП остаться в северных штатах и позволить Керале лелеять свой дух и эйдосы секуляризма, демократии и гуманизма", - сказал Абдулла. "Приходите из пространства мира, и вы сможете справиться с чем угодно", - таково было последнее послание Нурджахана.

Десять дней пребывания Дженнифер и Адитьи в Кутупарамбе открыли им глаза. В автобусе, направлявшемся в соседний *Панчаят*, Дженнифер объяснила бессмысленность насилия, убийств и тщетность мести. Она вторила *Бунтарю*. Дженнифер была убеждена, что ни одна вечеринка не сможет долго продержаться на крови. Адитья убедилась в аргументах Дженнифер, когда представила себе коммунистическую партию без насилия, убийств и мести. Адитья пообещал ей, что, как только он станет главным министром штата Керала, он увидит, как насилие будет изгнано из Родной страны Бога. Дженнифер и Адитья уже провели десять месяцев с людьми в рамках программы "*Знание и обучение в нашей деревне*" и решили посетить свой тридцать второй *панчаят*. Они выбрали Пайяннур, расположенный примерно в тридцати шести километрах от Каннура, и захотели поселиться в общине ручных ткачей. Ткачи преуспели в производстве более грубых тканей для домашней мебели и текстиля. Некоторые кооперативы ткачей существуют с тысяча девятьсот сорок седьмого года.

Чираккал, Ажикоде и Пайяннур известны своим традиционным ткачеством на ручных ткацких станках с изысканными художественными работами. Женщины-ткачихи из Пайяннура рассказали Дженнифер и Адитье, что их клиенты в США, Европе, Австралии, Новой Зеландии и Японии ценят их продукцию. Они утверждали, что их тканые ткани обладают удивительной уникальностью по структуре и фактуре. Дженнифер и Адитья были вне себя от радости, увидев великолепные цветовые сочетания, которые были привлекательными и приятными. Мастерство изготовления было высочайшим, с акцентом на экологичность.

И Сумитра, и ее муж Ашокан были ткачами. Дженнифер и Адитья оставались с ними первые четыре дня. В то время как Ашокан был ткачом-"инсайдером", Сумитра была "аутсайдером". Тех, кто работал на предприятиях кооперативных обществ, называли инсайдерами. Те, кто доставлял материал в свои местные подразделения или собственные дома, были известны как сторонние ткачи. У Сумитры дома был ткацкий станок, и она ткала красочные ткани ручной работы, такие как простыни, покрывала, наволочки и полотенца экспортного качества. Она регулярно вставала около четырех утра, готовила еду, стирала одежду, убирала дом и свой ткацкий станок, кормила детей, отвозила их в школу, кормила мужа и в девять начинала работать на ткацком станке. Сумитра наслаждалась своей работой и зарабатывала достаточно денег для комфортной жизни. Ашокан ушел на работу около девяти утра, неся в сумке через плечо коробку с ланчем. Он работал до семи вечера, и другие ткачи считали Ашокана одним из лучших ткачей в Пайяннуре за то, что он ткал великолепные *сари*, которые продавались во всех городах по всей Индии. Несмотря на то, что Ашокан ежедневно выпивал одну-две порции виски, он был любящим мужем и заботливым отцом и держал в банке несколько вкладов на образование и вступление в брак их детей.

Дженнифер и Адитья с нетерпением наблюдали, как Сумитра работает на своем ткацком станке; у нее это хорошо получалось. "Сотни женщин и мужчин работают ткачами", - сказал Ашокан, вернувшись вечером. Они работали на разных уровнях: красили, наматывали, соединяли, распускали и ткали. И Сумитра, и Ашокан были ткачами, хотя и знали все стадии производства. Однако они не хотели, чтобы их дети становились ткачами. Вместо этого они надеялись, что их дети станут инженерами, юристами или врачами, которые, по их мнению, были более прибыльными и удобными профессиями.

Через три дня Дженнифер и Адитья остались с Гомати и Каннаном, которые были пожилыми людьми. У Гомати в доме много лет стоял ткацкий станок, и она работала на нем более двадцати лет. Каннан по-прежнему работал инсайдером, экспертом по мебельным тканям. Поскольку их дети выросли и заработали достаточно денег в Катаре, Гомати не нуждалась ни в каком дополнительном доходе, и дохода от работы Каннана им было достаточно.

"Если вы не алкоголик, вы можете заработать более чем достаточно денег на ручном ткацком станке", - сказал Каннан Дженнифер и Адитье.

Но каждый вечер, возвращаясь домой с ткацкой фабрики кооперативного общества, Каннан приносил бутылку виски, которым наслаждался с жареной говядиной или рыбой. Гомати тоже пришлась по вкусу колышка, как и ее мужу. Каннан пригласил Дженнифер и Адитью присоединиться к нему и прикончить бутылку виски, и у Дженнифер не было никаких запретов. Гомати и Каннан поздравили Дженнифер с ее прямолинейностью. Многие считают, что ткачество как занятие зародилось в семнадцатом веке в Чираккале, недалеко от Пайяннура, когда раджа Колатири привез пару семей ткачей из Черанаду, Тамижакам. Поселившись в Кадалайи, они начали ткать ткани для королевской семьи и храма. Во всем своем великолепии, красоте и размерах они обучали этому искусству местных жителей, и постепенно ткачество распространилось как основное и уважаемое занятие в Чираккале и Пайяннуре. Каннан объяснил происхождение ткачества в Каннуре.

Примерно в тысяча восемьсот сорок четвертом году Базельская миссия импортировала каркасные ткацкие станки из Германии. Ткачество стало распространенным и приносящим доход занятием для многих семей, обеспечивая достойную жизнь сотням людей. Во время борьбы за свободу и после обретения независимости движения за социальные реформы придали ткацкой промышленности организованную структуру. Возникло множество кооперативных обществ, которые помогли ткачам стать здоровыми и богатыми. "Вам нравится работать в кооперативном обществе?" - спросила Дженнифер. "Конечно, это дало нам поддержку, свободу, средства к существованию и статус", - сказал Каннан. - Посмотри на наш дом. Это результат нашей работы. Кооперативное общество помогло нам построить этот дом. Мы гордимся кооперативным обществом и тем, что являемся его членами", - сказал Гомати с огромной гордостью. "Каннурский креп уже много лет является самым популярным ручным ткацким станком в Америке", - сказал Каннан. "Община Салля в Пайяннуре производила чистые хлопчатобумажные ткани ручной работы высшего качества для экспорта. Женщины в большом количестве занимаются ткачеством на каркасном ткацком станке и вносят существенный вклад в семейный доход. Таким образом, женщины имеют высокий статус среди нас", - с гордостью объяснила Гомати.

В течение следующих трех дней Дженнифер и Адитья гостили у молодой пары Киран и Келан, которые не были ткачами, но занимались управлением своим кооперативом. Несмотря на то, что они были парой, испытывающей финансовые трудности, поскольку начали работать всего несколько лет назад, у них был огромный интерес и преданность делу улучшения своей жизни и финансового благополучия их кооперативного общества. Вместе Дженнифер и Адитья посетили различные кооперативы ткачей. Киран имел степень МВА и руководил обществами ручных ткацких станков, в то время как Келан занимался финансовым менеджментом. "Производство ручных ткацких станков в Каннуре в основном базировалось на трех административных структурах, таких как кооперативы, *Кхади* и неорганизованные подразделения", - сказал Киран. "Индустрия ручных ткацких станков столкнулась с многочисленными проблемами", - объяснил Келан. "Колебания в продажах и прибыли были самыми серьезными", - отметил Киран. "Часто неправильная политика правительства приводила к хаосу в индустрии ручных ткацких станков, поскольку бюрократы, которые не знали ручного ткацкого станка, становились лицами, принимающими решения в правительстве", - добавил Келан. "Изменения в международном сценарии оказали свое влияние и сильно повлияли на экспорт готовой продукции", - сказал Киран. "Высокие производственные затраты отражаются на получении прибыли и поддержании стабильности в получении доходов ткачами и другой рабочей силой", - высказал мнение Келан. "Экономическая политика правительства, без глубокого осмысления ее последствий для индустрии ручных ткацких станков, вызвала серьезную изжогу у кооперативных обществ и ткачей", - пожаловался Киран. Посещение Дженнифер и Адитьей фабрики ручных ткацких станков в Пайяннуре, проживание в трех семьях, встречи с десятками ткачей, обсуждения с ними и обучение у них было уникальным событием. Это заставило их расти интеллектуально, эмоционально, социально и культурно. Они могли многому научиться у людей, что и было их целью.

Дженнифер и Адитья выбрали последний панчаят, Дхармадам, недалеко от Талассери, и решили остаться с людьми на пятнадцать дней. Они уже провели триста пятьдесят дней в тридцати пяти *панчаятах* и жили более чем в ста семьях. Везде у них было полезное и трудное время, и это было так, как если бы они проводили углубленные исследования деревень в штате Керала практичным и высоконаучным способом. Это было совместное обучение, вовлекающее людей в создание знаний, и люди могли стать владельцами созданных ими знаний. Это также был динамичный процесс взаимодействия с людьми, познания, анализа и понимания их деревень, событий и ситуаций. Дженнифер и Адитья узнали друг друга лучше, чем могли себе представить, и каждый день помогал им любить друг друга все сильнее. Они были удивлены, увидев, что любовь и привязанность могут расти, если понимать друг друга. Для них любовь была не статичным чувством, а эмоциональным осознанием другого и восприятием его как реального человеческого существа. Также было больше восхищения друг другом, поскольку они могли раскрыть свои качества и изменить определенные модели поведения, которые требовали коррекции и совершенствования.

Люди занимали центральное место в их знаниях и обучении в рамках программы "Наши деревни". Для Дженнифер и Адитьи каждый человек внес свой вклад в прогресс, развитие и перемены сельской общины. Каждому было что сказать, и он хотел, чтобы его услышали другие. В результате Дженнифер и Адитья очень уважали людей, с которыми общались, поскольку они были центром их вселенной. Адитья был рад посетить Дхармадом *панчаят*, где они с Дженнифер учились в колледже Бреннен в Дхармадом. Он был со своей любимой Джей Джей в течение одного года в последний выпускной год. Дженнифер была намного счастливее и вспоминала о своем участии в молодежном крыле Коммунистической партии. Для своей программы они выбрали Паллиссери, рыбацкую деревню. Первые три дня они жили в доме Манияна, богатого рыбака. У него было четыре каноэ, одна механизированная лодка, двухэтажное здание, два мини-грузовика и легковой автомобиль. У него работало около двадцати человек.

Маниян проучился только до начальной школы и начал работать в юности, отправляясь с другими рыбаками в море. Он получал ежедневное жалованье от владельца каноэ, на котором ходил ловить рыбу. Постепенно, благодаря своему упорному труду и правильному планированию, Маниян стал одним из самых богатых рыбаков в Паллиссери. Его жена, Ревати, получила высшее образование и скрупулезно вела счета своего мужа, занималась финансами и платила рыбакам, которые работали с ее мужем. Маниян доверяла своим способностям, а Ревати проявляла много доброты и уважения к рыбакам. Она часто дарила их женам новую одежду, кухонную утварь и музыкальные кассеты с малаяламским фильмом "Чеммин" и приглашала их отмечать такие фестивали, как *Онам*, Вишу и *Бакрид*. Она знала, что поддержание здоровых отношений с их работниками имеет важное значение для роста их бизнеса. Ревати проявляла живой интерес к образованию своих троих детей. После окончания школы двое их детей начали работать в рыбоперерабатывающей компании в Талассери, а младшая из них, девочка, заканчивала Бренненский колледж. Девушка, Сушма, много беседовала с Адитьей и Дженнифер, особенно о роли женщин в политике, поскольку она была заинтересована в том, чтобы присоединиться к активной политике и работать в Коммунистической партии.

Ревати приготовила рис и различные рыбные блюда на обед и ужин, и они поели все вместе. После ужина Маниян с удовольствием выпила бокал рома с жареной рыбой, специально приготовленной Сушмой для ее отца. Во время фестивалей и торжеств он предлагал по бокалу Ревати и Сушме, говоря, что хороший коммунист делится радостями мира с другими. Дженнифер впервые в жизни попробовала ром, но он ей не понравился. Однако ей очень понравилась жареная рыба, приготовленная Сушмой. Ревати спросила Дженнифер, не хочет ли она выйти замуж за своего старшего сына, старшего офицера рыбоперерабатывающего завода в Талассери. Дженнифер улыбнулась и обняла Ревати.

Маниян и Ревати взяли Адитью и Дженнифер с собой, чтобы посетить дома всех рыбаков, работающих с ними. Они были удивлены, что у всех них были чистые жилища с проточной водой и туалетами. Женщины занимались различными видами деятельности, связанными с продажей или переработкой рыбы, и получали доход. Ни один ребенок не остался дома, не посещая школу. Маниян объяснил, что они находятся в стране коммунизма в действии, и Дхармадам был лучшим примером осуществления мечты Маркса. На пятый день Маниян и Ревати пригласили своих рыбаков и семьи соседей на вечернюю вечеринку. Присутствовало около восьмидесяти человек, и Маниян воздвиг *шамиану* перед своим домом. Женщины и мужчины присоединились к Ревати и Сушме в приготовлении бирьяни из говядины, рыбы и тапиоки. У Маньяна было с полдюжины бутылок рома. Бирьяни из говядины и ром были главной достопримечательностью для всех, включая женщин. Все они часами разговаривали с Дженнифер и Адитьей. Дженнифер спела несколько песен из фильмов на малаяламе, в том числе *Кадлинаккаре Поноре* из фильма Раму Кариата "Чеммин", и почти все женщины и мужчины присоединились к ней. Сушма спела несколько песен Мадонны, которые были встречены бурными аплодисментами.

Дженнифер и Адитья провели полезное и познавательное время с Манияном, Ревати, Сушмой и их рыбаками. Следующие пять дней они провели у вдовы Падмы, чей муж пропал в море во время рыбалки на катамаране со своим другом. Поисковая группа так и не смогла найти их тела, но катамаран был цел. Падме было около сорока пяти, и все трое ее сыновей работали; старший был женат, и его жена с ребенком остались с ней. Несмотря на то, что у нее было хорошее финансовое положение, она продавала рыбу от двери к двери примерно в двадцати-двадцати пяти километрах от Талассери по пять-шесть часов ежедневно. С ней было семь женщин, и все они брали рыбу прямо с каноэ или лодки, и там был небольшой фургон-пикап, чтобы забрать их и развезти по назначенным деревням. Падме нравились ее ежедневные прогулки с друзьями по продаже рыбы, и она ежедневно получала стопроцентную прибыль. На второй день Дженнифер и Адитья присоединились к своим друзьям и отправились в деревни продавать рыбу. Они обнаружили, что общины процветают и полны жизни, поговорили со многими мужчинами, женщинами и молодежью и поделились своим опытом. Многие подростки говорили им, что им понравилось работать с Дженнифер и Адитьей в их программе "*Знай и учись в наших деревнях*".

Падма представила Дженнифер и Адитью своим друзьям, и они пригласили их навестить свои дома в последний день, когда они вернулись из деревень. Вместе с Падмой они увидели семь семей; все они были соседями Падмы. Женщины создали благотворительный фонд, и каждая вносила по десять рупий каждый день, чтобы они могли собирать семьдесят рупий в день и четыреста двадцать рупий в течение шести дней. Сумма была передана человеку, на чье имя выпал чек на той неделе. Полученные деньги были хорошо использованы всеми. Дженнифер и Адитья узнали, что благотворительность в течение шести дней в неделю может существенно помочь ее членам в честной группе. Они выпили чаю и немного перекусили.

Следующей семьей, принявшей Дженнифер и Адитью, были Имбичи Абубакар и его жена Айша. Они решили остаться у них на пять дней. У Имбичи было свое каноэ, сети и другое необходимое снаряжение. У него было три партнера, и все они имели равную долю. Вместе они отправились в море, в то время как Айша осталась дома, работая по четыре часа в день на рыбоперерабатывающем заводе рядом со своим домом. Все девочки и их трое детей ходили в школу, которой руководили монахини. В последний день Дженнифер и Адитья отправились с Имбичи и его партнерами по рыбалке. Море было спокойным, и каноэ плыло быстро. Они широко раскинули свою сеть и ждали целый час. Имбичи сказал Дженнифер и Адитье, что сейчас сезон чаакары и высока вероятность поимки крупной рыбы. Затем они упаковали завтрак в маленькие алюминиевые контейнеры и разделили его с Адитьей и Дженнифер. После еды они покурили "*биди*".

Кришнан, партнер Имбичи, завел разговор с Дженнифер и Адитьей. "Рыбаки Дхармадома - трудолюбивые и мужественные люди, и каждый день для них - это борьба. Когда они отправляются в море, возникает так много неопределенности, поскольку они не знают, как поведет себя море в этот день, какую рыбу они поймают и вернутся ли они с пустыми руками. Они работают с раннего утра до поздней ночи и иногда остаются в море на несколько дней. Итак, перед поездкой на море необходимо все спланировать."

- Вы в состоянии прокормить свою семью рыбалкой? - спросила Дженнифер.

"Конечно, именно поэтому мы занялись этим занятием. Если вы трудолюбивы, регулярны и не употребляете алкоголь, у вас может быть довольно комфортная жизнь", - сказал Муса, другой партнер Imbichi.

"Но многие попадают в ловушку алкоголизма, а затем сталкиваются с долгами, семейными ссорами и насилием. Это бесконечный процесс", - сказал Имбичи.

"Вам нужно любить море, учиться у него, уважать его и стараться быть с ним единым целым", - сказал Кумаран, куря "*биди*".

"Требуется время, чтобы изучить поведение моря, а оно очень сложное, как хорошая жена", - засмеялся Муса.

Затем внезапно в сети произошло какое-то движение. Все они наблюдали за этим в течение некоторого времени. Позже все стихло. - Там ничего нет. Мы должны подождать. Прошло уже три часа", - сказал Кришнан. - Еще час, возможно, два или три. Мы ничего не можем сказать. Часто море играет в прятки. Она любит тех, кто терпелив и может понять ее малейшие движения, самые сокровенные желания и язык", - сказал Кумаран. "Кумаран - поэт среди нас. Он может чувствовать многие вещи, скрытые от других", - похлопав Кумарана по плечу, сказал Имбичи. "Нас связывает многолетняя дружба. Мы доверяем друг другу, как своему дыханию, и мы четверо больше, чем братья. Мы отдаем свои жизни в чужие руки. Конечно, мы готовы умереть друг за друга", - сказал Имбичи. "Мы друзья, потому что мы коммунисты", - сказал Кришнан. "Коммунизм подобен морю. Это обеспечивает все, включая наше пропитание, нашу надежду", - добавил Имбичи. "Это наказывает нас, что является внезапным и жестоким", - сказал Муса. "Коммунизм связывает нас. Его связь прочна и нерушима", - прокомментировал Кумаран. - Видите ли, этот Имбичи - пожизненный коммунист. Он наш герой. Однажды мы втроем были в море на этом каноэ", - сказал Муса, указывая на Имбичи и Кумарана. "Море стало очень бурным, очень быстрым. Была буря. Огромные волны проносились над нашими головами. Мы оба упали с каноэ. Смерть была неизбежна. И этот Имбичи прыгнул в море, разыскал нас и спас. Мы были без сознания, поэтому он привязал наши тела к каноэ. Ему потребовалась целая ночь, чтобы добраться до берега. Это наш Имбичи", - добавил Муса. "Имбичи - наш величайший герой", - сказал Кумаран. "Подождите, что-то движется", - сказал Имбичи. "Да, что-то в этом есть", - сказал Кришнан. "Это *агаоли*, Помфрет!" - крикнул Имбичи. "Кажется, сеть переполнена", - сказал Муса.

Они все начали тянуть его. Дженнифер и Адитья тоже протянули руку помощи. - Он слишком тяжелый. Я думаю, что в сети полно ааголи", - сказал Имбичи. "Имбичи знает даже малейшие движения рыбы. У него шестое чувство на рыбалку", - сказал Кумаран. "Вытяните его прямо, потяните за углы, сведите вместе", - сказал Имбичи. Все они тянули сеть медленно и неуклонно, с надеждой и решимостью, и потребовалось больше часа, чтобы приблизить крупный улов к каноэ. Как только сеть достигла каноэ, Кумаран и Муса прыгнули в море и подтолкнули сеть сзади. - Будь осторожен! Сеть не должна быть разорвана!" - крикнул Имбичи. Затем Кришнан бросил свободный конец другой сети в сторону Кумарана и Мусы, нырнул под улов и еще раз накрыл рыболовную сеть. Это была трудная задача, занявшая более получаса. Затем Кришнан бросил концы сетки в сторону Имбичи со всех сторон, и Имбичи связал их вместе веревкой из кокосовой шелухи. Дженнифер и Адитья помогли Имбичи подтащить большую связку рыбы к каноэ, а Муса и Кумаран подтолкнули ее к землянке с дальнего конца.

Кришнан нырнул под задвижку и попытался поднять ее, но не смог, так как она оказалась намного тяжелее, чем он ожидал. - Заходи внутрь, Кришнан, - позвал Имбичи. Кришнан запрыгнул в каноэ. Давайте провернем это от начала до конца", - предложил Имбичи. Затем Имбичи, Кришнан, Дженнифер и Адитья затащили сеть, в которой был большой улов Помфрета, в каноэ. Потребовался час, чтобы поднять пойманную рыбу вместе с сачком и разложить ее внутри лодки. "Это огромный улов!" - заметил Имбичи, когда Кумаран и Муса поднялись на каноэ из воды. "Ты сделал это, Имбичи!" - сказал Муса. "Мы все сделали это вместе", - ответил Имбичи. "Должно быть, не меньше четырех центнеров", - удивленно сказал Кумаран. "Это чуть больше пяти центнеров", - сказал Муса. "Я думаю, что это будет почти семь центнеров", - сказал Имбичи.

Все посмотрели на Имбичи. Они могли увидеть чисто-белую помфрету, округлую рыбу, пользующуюся большим спросом в Дубае, Абу-Даби, Катаре и Кувейте. - Посмотри на них. Все они одинакового размера. Не слишком большой, не слишком маленький, - продолжал Имбичи. "Это продукция экспортного качества. За килограмм можно выручить по меньшей мере девяносто рупий", - сказал Муса. - Гораздо больше, чем это. Мы не будем продавать его дешевле, чем по сто двадцать рупий за килограмм", - сказал Имбичи. - Ну же, давайте двигаться быстрее. Мы должны добраться до берега до пяти вечера и продать его на аукционах в шесть вечера. Дженнифер, Адитья, это первый раз, когда мы поймали столько *аголи* за один день. Вы наши счастливые талисманы", - сказал Имбичи, глядя на Дженнифер и Адитью.

"Мы так счастливы отправиться с вами на рыбалку. Спасибо тебе, дядя Имбичи, - сказала Дженнифер.

"Мы взволнованы. Спасибо вам за прекрасную возможность поработать с вами", - сказал Адитья.

"Но вы помогли нам; кроме того, вы принесли нам такой большой улов", - сказал Кришнан.

"Мы разбогатели в одночасье, и вы помогли нам стать богатыми", - сказал Кумаран.

Каноэ прибыло на пляж около пяти пятнадцати вечера. Внезапно повсюду разнесся слух, что Имбичи и его команда поймали *аголи* весом более шестисот килограммов. Повсюду были торжества, и вскоре после этого прибыла команда аукционера. Аукцион начался с восьмидесяти пяти рупий за килограмм, и вскоре цена перевалила за сто двадцать рупий. "Лучшее экспортное качество!" - крикнул кто-то в толпе. Конечная цена составляла сто сорок пять рупий за килограмм, а улов весил семьсот двадцать восемь килограммов. "Это обойдется в сумму 105 560 рупий", - подсчитал в уме Имбичи. "Все четверо из нас получат чуть больше двадцати пяти тысяч рупий каждый, что является хорошими деньгами", - добавил Имбичи.

В обычный день они зарабатывали от семисот до восьмисот рупий каждый, но этот день принес огромную удачу. Они праздновали в доме Имбичи; на нем присутствовали семьи Кумарана, Мусы и Кришнана, а Дженнифер и Адитья были особыми гостями. И снова говядина, тапиока и пунш были поданы в изобилии. "Говядина, тапиока и *тодди* - эти три продукта являются символами коммунизма в Керале", - сказал Имбичи. "Он олицетворяет свободу, справедливость и равенство", - сказала Айша, жена Имбичи. "Ты прав", - согласился Имбичи. "Везде, где в Керале есть говядина, тапиока и *тодди*, коммунизм выживет, и никто не сможет победить нас", - сказал Кумаран. "Вот почему UNP пытается запретить говядину из нашего меню. Они знают, что тапиока и тодди исчезнут, как только исчезнет говядина, и постепенно коммунизм превратится в бумажного тигра, в миф", - сказал Муса. "Говядина, тапиока и тодди также олицетворяют светскость, поскольку каждый может принять участие в вечеринке по поеданию говядины, а дружба, уважение, единение и надежда существуют. Как только это будет утрачено, секуляризм рухнет. Это так же важно, как празднование *Онама*".

Дженнифер и Адитья глубоко задумались над смыслом разговора между Имбичи, Айшей, Кришнаном, Кумараном и Мусой, и они поняли, что те говорили правду, исходя из своего опыта. На следующий день, ранним утром, Адитья и Дженнифер были готовы вернуться в Валапаттанам и Маэ после трехсот шестидесяти пяти дней их гигантского эксперимента. Они встречались с тысячами людей, разговаривали с ними, дискутировали и делились своими страхами, мечтами и устремлениями. Они посетили тридцать шесть *панчаятов* и побывали более чем в ста семьях; они узнали довольно много о людях, которые жили в разных уголках района Каннур. Это было значительное участие. Программа "*Знание и обучение в наших деревнях*" имела исключительный успех и стала новаторским начинанием.

Кришнан, Муса и Кумаран пришли попрощаться с Дженнифер и Адитьей. После завтрака Имбичи и Айша выразили свои наилучшие пожелания. "Вы пришли как незнакомцы, а теперь уходите как друзья", - сказала Айша. "Отношения - это продукт сердца, а не головы", - сказал Имбичи. "Теперь у вас есть постоянное место в наших сердцах", - добавил он. "Спасибо тебе, Айша *Чечи*. Спасибо тебе, Имбичи, дядя, - сказала Дженнифер. "Мы благодарны вам за то, что вы предоставили нам место в вашем доме, относились к нам как к своим, давали нам еду, брали нас с собой в море, показывали нам, как ловить рыбу, и, прежде всего, говорили нам, что мы все равны, и в этом секрет коммунизма,-

сказал Адитья. "Мы уважаем вас не из-за вашего происхождения, а из-за вашей человечности", - сказал Кришна Дженнифер и Адитье. "Приходи снова и оставайся с нами", - сказал Кумаран. "Всякий раз, когда возникает необходимость, мы всегда рядом с вами обоими", - сказал Муса.

Айша обняла Дженнифер и сказала: "Религия никогда не разлучит нас, потому что мы коммунисты. Это и есть связующая сила. В Дхармадаме каждый является коммунистом. Те, кто приезжает сюда, возвращаются коммунистами". "Ты права, Айша", - сказал Имбичи. Затем Имбичи взял две банкноты достоинством в тысячу рупий каждая и сказал Дженнифер и Адитье: "Пожалуйста, примите это. Это символ нашей дружбы, привязанности и взаимоотношений". Дженнифер взяла деньги и сказала: "Нам не нужны деньги, но мы не можем отказаться от них. Если мы отказываемся от этого, мы пытаемся отвергнуть вашу дружбу. Мы ценим ваши отношения, но пожертвуем эту сумму на благое дело, предпочтительно на образование детей". "Спасибо вам, Дженнифер и Адитья, за то, что приняли деньги. Мы так счастливы. Вы приняли нас. Вы относились к нам как к равным, - сказала Айша. Дженнифер и Адитья попрощались со всеми, и Дженнифер снова обняла Айшу. "Теперь ты моя сестра, моя родная", - сказала Дженнифер Айше.

В автобусе Дженнифер посмотрела на Адитью и улыбнулась. "АА, теперь я чувствую, что знаю, кто ты такой, намного лучше, чем когда писала тебе свое первое письмо", - сказала она. - Спасибо тебе, Джей Джей, за твое дружеское общение. Именно благодаря тебе я смог вынести все эти трудности. Ты придал мне смелости и надежды", - ответила Адитья. "Но, АА, общение - это жизненный путь отношений мужа и жены. Когда кто-то перестает общаться, отношения угасают, и однажды они умирают навсегда. Итак, давай продолжим общаться как друзья даже после того, как поженимся", - сказала Дженнифер. "Джей Джей, я не могу представить свою жизнь без тебя", - ответила Адитья. "АА, ты коммунист. Я не претендую на то, чтобы быть им, но если я им являюсь, то это из-за тебя. Вам нужно помнить, что хороший коммунист - это социалист-капиталист, - сказала Дженнифер, и Адитья посмотрела на нее. Воцарилась глубокая тишина. "Давайте извлекать уроки из нашего опыта во всех этих тридцати шести *панчаятах*. Подумайте об Айянкунну, Коттийуре, Перавуре Ирикуре, Дхармадаме и Пайяннуре. Повсюду человеческие отношения и деньги были самыми важными проблемами. Однако в Кутупарамбе это была сила", - объяснила Дженнифер.

- Да, Джей Джей, я согласен с тобой. Зарабатывание денег необходимо для выживания, и для обычных людей, даже тех, кто находится у власти, деньги превыше всего. Наряду с деньгами нам нужны позитивные отношения с людьми", - сказал Адитья.

"Итак, вам нужно быть капиталистом, который выглядит как коммунист", - добавила Дженнифер. Адитья никак не отреагировал.

"Коммунизм в голове, и никто не может быть коммунистом в сердце, так как это жестоко. Это безнадежный образ жизни, пронизанный идеологическим жаргоном. Точно так же капитализм деспотичен и отвратителен. Обоим не хватает сочувствия, поскольку люди становятся пешками в их щупальцах. Нам нужно объединить и то, и другое, отвергая жестокость и ненависть", - объяснила Дженнифер.

"Я понимаю тебя, Джей Джей", - сказал Адитья. "Проповедуй как коммунист, но действуй как капиталист. Коммунизм - это обмен скрытыми деньгами, потворство грубой власти и молчаливая эксплуатация бедных. Она любит роскошь и хорошую жизнь для своих лидеров. Почти у всех коммунистических правителей несуществующего СССР были превосходные виллы на берегу Черного моря и умопомрачительные депозиты в европейских банках. Мао жил как современный император Канси. Посмотрите на коммунистических лидеров Кералы; например, некоторые из них - миллиардеры со скрытыми банковскими счетами в Персидском заливе. Они ездят лечиться в США и европейские страны, наслаждаются отдыхом за государственные деньги и пьют самый дорогой виски и ром. Их дети учатся в университетах Лиги Плюща, в чем они отказывают рядовым членам партии. Нет никакой разницы между марксизмом и ультранационализмом. Оба суть одно. Будь как Дэн Сяопин. Он самый практичный человек в мире. Никто не мог добиться перемен так, как он. Он изменил судьбу более миллиарда человек. Его капитализм дал надежду на коммунизм в Китае. Блестящий и динамичный, он проповедует новый коммунизм, который является капитализмом. Он уничтожил убожество Мао, но приветствовал своего наставника, что было необходимо народу Китая. Как только ты станешь главным министром штата Керала, поступай так, как поступил Дэн". - категорично заявила Дженнифер.

"Только деньги могут генерировать больше денег. Нам нужен разумный анализ, более эффективная политика, научное планирование и нерушимая приверженность делу. Сочетание всего этого может искоренить бедность, голод, неграмотность и плохое здоровье. Кроме того, нам также нужны наука, технологии и видение будущего. Я постараюсь достичь всего этого", - сказал Адитья. "Но терпеливо ждите власти. Даже в последнюю минуту может случиться что-то, что отнимет у вас силы.

Тем не менее, человек не должен впадать в панику. Ваша возможность появится, если вы дадите шанс другим. Как только вы получите его, вы сможете принять решение в соответствии со своим завещанием. Итак, примите вторую позицию, если это необходимо. Ваша вторая позиция приведет вас к первой", - сказала Дженнифер, будучи красноречивой, влиятельной и логичной. "Конечно, Джей Джей", - заверил Адитья.

Через год они собирались в Валапаттанам, чтобы встретиться с родителями Адитьи. С ними не было никакой связи в течение двенадцати месяцев. - Вы оба сильно изменились. Как вам *понравилась* программа *"Наши деревни"*? - спросила Ренука, обнимая Дженнифер. "Это было потрясающе. Мы многому научились", - ответила Дженнифер. "Как ты, Эмма?" она спросила. "Я в порядке", - ответила Ренука. Адитья обнял свою мать. Дженнифер и Адитья рассказали о своем опыте Аппуккуттану, когда он вернулся с работы. Дженнифер познакомилась со всеми их соседями и наслаждалась их теплом и привязанностью. Через три дня Адитья и Дженнифер отправились в Маэ, чтобы встретиться с Амелией и Джейкобом Бернардом. Они были безмерно рады видеть свою дочь. Амелия обняла Дженнифер, пожала руку Адитье и спросила об их годичной программе интенсивного обучения в тридцати шести *панчаятах*. Адитья и Дженнифер рассказали о своих различных переживаниях и происшествиях от Айянкунну до Дхармадома.

Адитья выразил свое желание жениться на Дженнифер. Джейкоб Бернард сказал Адитье, что он всего лишь выпускник, не имеющий ни профессии, ни дохода. Бернард был категоричен, заявив, что не заинтересован в том, чтобы отдать руку своей дочери Адитье. Однако Дженнифер сказала своему отцу, что однажды Адитья станет главным министром штата Керала. Она добавила, что Адитья была замечательным, любящим, внимательным и скромным человеком, который уважал женщин и поддерживал зрелые отношения со всеми. Как превосходный организатор и увлекательно говорящий на малаяламе, английском и немецком языках, он был бы любимцем масс, академиков и промышленности.

Джейкоб Бернард был рад услышать, что Адитья без особых усилий владеет английским и немецким языками.

"Когда он собирается стать главным министром штата Керала?" Джейкоб Бернард был наивен, поднимая этот вопрос.

"Теперь он политик, и его время придет", - ответила Дженнифер на вопрос своего отца.

"Что вы собираетесь сделать для народа Кералы?" Джейкоб Бернард спросил Адитью. "Теперь я организую жителей Кералы, особенно в округе Каннур. Я знаю тысячи из них. Почти все знают меня в половине панчаятов Каннура, поскольку я гостил у них по десять дней в каждом из тридцати шести *панчаятов*. Как только я получу политическую власть, я изменю облик Кералы", - сказал Адитья.

"Адитья, что ты знаешь о Карле Марксе?" Спросила Амелия.

Он посмотрел на Амелию и сказал: "Мадам, среди просвещенных у каждого свой взгляд на Карла Маркса. Карл Маркс был непревзойденным философом, замечательным политическим аналитиком, выдающимся экономистом, удивительным мыслителем и реформатором по преимуществу. Он хотел улучшить презренную жизнь чернорабочих, бедных, неграмотных, мигрантов, маргиналов, безгласных и порабощенных. Влияние Маркса столь же глубоко, как влияние Иисуса Христа и Альберта Эйнштейна".

"Хорошо, вы человек, который умеет мыслить и анализировать события и идеи. У меня нет проблем с тем, что моя дочь выбрала вас в качестве спутника жизни. Я знаю, что ты любишь ее, и она любит тебя. Ваши отношения неразрывны. Для меня этого достаточно, и деньги не имеют значения. Мне нужен любящий муж для нее, который был бы также умен и способен вести рациональную дискуссию с Дженнифер", - сказала Амелия.

Амелия подошла к Адитье и поцеловала его в лоб. "Я так долго ждал подходящего человека для моей Дженнифер. Теперь я знаю, что нашла его", - добавила Амелия. "Спасибо, мама", - ответила Дженнифер. - Теперь я понимаю твой разум и сердце. Они лучшие в мире", - добавила она. Джейкоб Бернард с изумлением посмотрел на свою жену. "Пожалуйста, пригласите своих родителей. Давайте встретимся с ними", - сказал он Адитье. В течение недели Адитья прибыл вместе с Ренукой, Аппуккуттаном, Кальяни, Мадхаваном, Сухрой, Мойдином, Гитой, Равиндраном, Сумитрой и Кунджираманом. Адитья также проинформировала Эмилию и Стефана, которые были в Германии, об этом событии, и они выразили свою радость. Рави родом из Кочи, где он начал практиковать в качестве юриста после окончания пятилетнего курса бакалавриата в Бангалоре и годичного диплома по праву прав человека в Штутгарте.

Амели и Джейкоб Бернард приветствовали всех, кто приехал из Валапаттанама. После великолепного обеда они обсудили брак Дженнифер и Адитьи. Джейкоб Бернард настоял на том, чтобы венчание состоялось в церкви Святой Терезы в Маэ, а главным виновником торжества был епископ из Пондишери или Каликута. Аппуккуттан сообщил Джейкобу Бернарду, что все они, за исключением Мойдина и Сухры, родились индуистами, но были практикующими коммунистами и атеистами, и никто не верил в религию или Бога. Поэтому они не хотели проводить церемонию в церкви. Джейкоб Бернард посоветовался со своей женой и попросил Амелию выступить. "Религия - это всего лишь культурный аспект человеческой жизни. Хотя люди развили все культуры, определенные культуры омрачают наше существование, такие как семья, нация, деньги, коммерция, наука и религия, от которых мы не можем отказаться в одночасье. Следовательно, религия становится решающим фактором.

Тем не менее, это лишает нас свободы. Даже коммунизм - это тоже религия. Самое главное - это не их рубрики и ритуалы, а человеческое достоинство. Давайте примем то, что мы считаем наиболее достойным в нашей среде", - сказала Амелия.

Джейкоб Бернард посмотрел на Амелию и сказал: "Нам не нужно приглашать епископа в качестве главного празднующего. Мы можем попросить священника совершить бракосочетание." "Для нас церковный брак не является жизненно важным, но для вас это важный фактор. Однако свадебная церемония должна быть простой", - сказала Ренука. "Нам нужно услышать мнение Адитьи", - продолжила она. "Если отец Дженнифер чувствует себя счастливым из-за церковной церемонии, я приветствую это", - сказала Адитья. "А ты как думаешь?" - спросила Амелия свою дочь. "Мы предпочитаем простую церковную церемонию", - сказала Дженнифер, не желая разочаровывать своего отца. "Все мероприятие должно пройти без какой-либо помпы и великолепия", - настаивал Аппуккуттан. "Мы проведем свадебную церемонию в Маэ, так как мы все привязаны к Маэ", - сказала Амели, чтобы поддержать чувства Джейкоба Бернарда. Джейкоб Бернард улыбнулся. "Это брак Дженнифер и Адитьи", - сказал Джейкоб Бернард.

Они договорились о дне, дате и времени свадьбы: двенадцатого числа месяца в одиннадцать часов в церкви Св. Церковь Терезы, Маэ.

"Пожалуйста, все вы приходите накануне. Мы позаботимся о вашем комфортном пребывании в Маэ", - сказал Джейкоб Бернард, приглашая всех желающих. - Маэ находится не так уж далеко от Валапаттанама. Это всего лишь тридцать шесть километров, и поездка по дороге занимает меньше часа. Итак, мы будем здесь к десяти утра", - сказала Ренука. "Как пожелаете", - сказала Амелия, думая, что ей не следует вмешиваться в личную свободу других. Рави хранил глубокое молчание, поскольку был самым молодым в группе Валапаттанам. Когда обсуждения были закончены, Адитья представила Дженнифер Рави.

- Джей Джей, познакомься с Рави, моим братом. Он моложе меня на шесть месяцев", - сказала Адитья. "Мы с Адитьей были вместе около семнадцати лет. Мы были неразлучны, пока он не встретил тебя. Внезапно Адитье захотелось пойти в Талассери на выпускной. Поскольку он любил тебя, то хотел встретиться с тобой", - сказал Рави Дженнифер.

- Я знаю это. Первой целью моего анонимного алкоголика было жениться на мне. Теперь это будет выполнено в течение нескольких дней", - сказала Дженнифер.

"Он самый счастливый человек в мире", - сказал Рави.

"Я самая счастливая женщина во всей вселенной", - ответила Дженнифер.

Адитья и Рави рассмеялись.

В день свадьбы было солнечное утро. Из своей комнаты Дженнифер могла видеть голубую воду реки Майяжипужа с многочисленными каноэ на берегу и реку, впадающую в Аравийское море. Она подумала о своем Адитье, человеке, который на протяжении семи лет присутствовал в ее жизни. Дженнифер слышала шаги гостей из Марселя, присутствовавших на свадьбе. "На свадьбе будут присутствовать около пятидесяти гостей из нашей семьи из Марселя, Парижа, Пондишери и Маэ. Затем около сотни близких друзей из Маэ, Талассери, Вадакары и Каликута", - вспомнила Дженнифер слова своего отца. "Все жители Маэ - наши друзья", - ответила Амелия. "Мы бы пригласили их всех. Церковь была бы переполнена друзьями и родственниками, но люди Адитьи хотели провести простую церемонию", - выразил свое смятение Джейкоб Бернард. "Почти все младше тридцати в Маэ - мои ученики", - сказала Амелия. - Мы могли бы пригласить на свадьбу больше двух тысяч человек. Такое событие случается раз в жизни", - сказал Джейкоб Бернард с грустью в голосе.

По словам Адитьи, на церемонии будут присутствовать около двадцати пяти человек из Валапаттанама.

Церковь была оформлена на французском языке, и хор начал петь французский вступительный гимн. Это было приглашение Иисусу быть среди них, и была спета прекрасная песня в старофранцузском католическом стиле. Дженнифер увидела Адитью у входа в церковь и его родителей; Рави был его шафером. Адитья был одет в костюм с красным галстуком, а Рави был похож на своего брата-близнеца. Все началось с того, что жених и невеста вместе шли к алтарю. Амели, Джейкоб Бернард, Ренука и Аппуккуттан были частью процессии, как и все их родственники и друзья. Дженнифер надела красивое белое свадебное платье с вуалью для католичек, заказанное в Марселе, и Амели выбрала его. Песня процессии была написана на малаяламе, что означало, что пара любит друг друга и желает прочного, любящего брака. Основное внимание было уделено традиции, при этом присутствовали два свидетеля. Цветочницы выглядели ангельски, прогуливаясь вместе с Дженнифер, и церковь была наполнена духовной атмосферой. Главным участником празднования был приходской священник, который произнес вступительную речь на малаяламе и закончил ее цитатой из Библии: "Женщина и мужчина оставляют своих родителей и становятся одной плотью". Однако никто из группы Валапаттанам не понял смысла этого. Свадебная церемония прославила Бога, освятила жениха и невесту и установила мощный духовный союз с Иисусом Христом, позволяющий вести христианскую жизнь.

Перед чтением был исполнен гимн на французском языке из Ветхого Завета. Джейкоб Бернар читал Псалом по-французски, и во время чтения он часто смотрел на сообщество верующих в церкви. "Несмотря на то, что церковь переполнена, она не переполнена его друзьями и родственниками", - думал он во время чтения. Перед чтением Деяний Апостола звучал гимн на малаяламе. Амелия провела второе чтение на английском языке; в нем святой Павел напомнил своей пастве в Коринфе, что они были избранными детьми Божьими и должны были вести святую жизнь в глазах Иисуса Христа. Хор исполнил французский гимн перед чтением Евангелия. Приходской священник прочитал это на малаяламе из Евангелия от Матфея. После Евангелия он произнес короткую проповедь на малаяламе, а его последняя фраза была на французском, в которой он наставлял супругов иметь много детей, чтобы работать в винограднике Господнем.

Обменявшись клятвами на малаяламе, Дженнифер и Адитья пообещали друг другу прожить жизнь, достойную в глазах Бога, и что они будут любить друг друга до последнего вздоха. Адитья надела простое золотое кольцо на палец Дженнифер во время молитв прихожан. Согласно католической традиции, теперь они были мужем и женой, и священник объявил их законно состоящими в браке во имя Господа Иисуса Христа. Адитья страстно поцеловал свою жену, это был первый поцелуй в его жизни. Он гордился тем, что до этого дня вел безбрачный образ жизни. Дженнифер знала, что впервые будет с мужчиной, с которым станет одной плотью.

Адитья и Дженнифер подписали свидетельство о браке в присутствии приходского священника. Дженнифер было двадцать четыре, а Адитье - двадцать шесть в день их свадьбы. Потом были объятия, поцелуи, позирование для фотографий, еда и питье. В тот же вечер Дженнифер, Адитья, Ренука и Аппуккуттан решили отправиться в Валапаттанам. Джейкоб Бернард обнял свою дочь и громко заплакал, но Амелия хранила экзистенциальное молчание. Обнимая своего зятя, Джейкоб Бернард сказал ему, чтобы он защищал свою дочь от всех опасностей. Амелия обняла Адитью с теплотой и любовью и попросила его еще раз навестить их. Дженнифер безостановочно рыдала.

В Валапаттанаме жизнь была трезвой и безмятежной. Дженнифер и Адитья решили, что не поедут в свадебное путешествие; вместо этого они немедленно приступили к написанию книги о своем эксперименте "Знание и перенимание опыта из наших деревень". Адитье и Дженнифер потребовалось шесть месяцев, чтобы систематизировать все данные тридцати шести *панчаятов*, собранные за время их годичного пребывания в деревнях. Оба сделали подробные заметки о параметрах голода и бедности, а также социальных, экономических и образовательных аспектов участия в устойчивом развитии. Адитья написал первый черновик книги на малаяламе, и Дженнифер была поражена его убедительным анализом ситуаций людей в разных категориях. Адитья был проницателен в интерпретации скрытых фактов, и его объяснения событий были объективными. У него был увлекательный стиль повествования, а его малаялам был живым и ситуативным, отражая чаяния людей. Дженнифер дважды прочитала черновик и провела обстоятельные обсуждения с Адитьей, Ренукой и Аппуккуттаном. Перед ужином они посидели вместе за парой бутылок пунша с говядиной и доходчиво обсудили нюансы увлекательных презентаций социальных фактов. Аппуккуттан и Ренука были так счастливы видеть, что у их невестки острый аналитический ум, и когда она наслаждалась говядиной с соусом *танди*, она выглядела как богиня в танце Тейям.

ГЛАВА ШЕСТАЯ: НАРОД ТЕЙЯМ

Когда Адитья встретил Дженнифер, в каждом Кааву раздавался барабанный бой. Празднования, еда и питье продолжались до раннего утра, поскольку жизнь была праздником единения людей и богов. Адитья знал сложные символы всех шагов и всех звуков, поскольку Тейям был искусством, рассказывающим о беспрецедентном единстве людей с богами, поскольку все боги были людьми. В нем была заключена вся вселенная, ее краски, звуки, тайны и волшебство.

В Тейяме вселенная имеет специфические коннотации того, чем она является и чем не является. Люди и Вселенная существовали вместе, поскольку по отдельности они были неуместны. Адитья стал скрупулезен во всех своих действиях благодаря своему тонкому владению Тейямом, которому он научился у своей матери Ренуки, Эмилии и Мадхавана. Дженнифер была достаточно умна, чтобы оценить глубокие знания Адитьи и их применение в жизни.

Адитья хотела подчеркнуть роль женщин в развитии и стремилась соответствующим образом включить анализ данных. Дженнифер задавала множество вопросов: "Как вы видите структурную трансформацию индийского общества и развитие женщин?" "Преобразования в обществе Кералы намного опережают другие штаты Индии. Она огромна и включает в себя культуру, институты, политику и взаимоотношения. Это изменение наблюдается во всех *панчаятах*, в которых мы работали. Скромные изменения, на начальном этапе, в ценностях институтов необходимы для социальных преобразований, и они положат начало демократическому участию женщин. Посмотрите на женщин в Айянкунну, Пайяннуре и Дхармадом, поскольку они пользуются особым статусом. Динамичный процесс, который мы наблюдаем в обществе, обусловлен системой ценностей этих *панчаятов*. Женщины должны пользоваться все большей демократией, равенством, справедливостью и свободой. Это приведет к экономическим, социальным и культурным изменениям в других *панчаятах*, таких как Кутупарамба, потому что демократия, равенство и свобода необходимы. УНП хотела отрицать это с помощью насилия, что было очевидно в Кутупарамбе", - объяснил Адитья. "Какой вы видите роль НПО в преобразовании общества в контексте деструктивной политики УНП, особенно в отношении женщин?" Дженнифер задала еще один вопрос.

Адитья долго размышлял над этим. Он посмотрел на Дженнифер и медленно произнес: "Вовлечение социальных групп необходимо для участия людей, особенно женщин. В этом процессе люди становятся независимыми и более могущественными, но УНП этого не хочет. Если люди будут самодостаточны, УНП потеряет свою власть. Народ отвергнет мракобесие, мифы, фанатизм и фундаментализм. Это станет серьезной угрозой для ОНП, поскольку они развязывают насилие во имя защиты индийской культуры. Употребление говядины и бутылочка пунша заставляют людей собираться вместе и делиться своими идеями и планами, что приводит к сплочению общества. Такая ситуация пошатнет фундамент UNP для людей, которые могут думать о добре и зле. Мы должны уничтожить идеологию, основанную на касте, рождении, религии, регионе, языке и поле. Такой процесс уже произошел в Коттиуре, Айянкунну и Пайяннуре. Среди племен пол, религия, рождение, каста и класс не были проблемой. Их экономический и образовательный уровни будут постепенно повышаться благодаря продуманному методу планирования, развивающему людей. Во многих других индийских штатах УНП насильственно пыталась держать племена под контролем, утверждая, что она пытается защитить индийскую культуру". Это был глубокий анализ, подумала Дженнифер.

Но она хотела задать еще несколько вопросов. "Почему во всех этих панчаятах происходят неравномерные структурные изменения для женщин?" Дженнифер попыталась добиться от Адитьи более подробного анализа. "Социальные преобразования затронули других членов семьи, иногда негативно сказываясь на женщинах. Например, во многих деревнях мальчиков поощряли к получению высшего образования, в то время как девочек заставляли оставаться дома, чтобы присматривать за своими младшими братьями и сестрами. У родителей часто были средства только на образование своих детей мужского пола, что отговаривало их дочерей от получения высшего образования. В некоторых деревнях мы наблюдали, как девочки и женщины молча страдали в четырех стенах своих семей, поскольку у них не было свободы принимать жизненные решения. Девочки не были приоритетом для их родителей в том, что касалось образования, экономических возможностей, выбора спутника жизни или даже рациона питания. Конечно, некоторые женщины вышли за рамки своих традиционных ролей. Посмотрите на Айшу и Ревати в Дхармадом, Сумитру и Гомати в Пайяннуре и Нурджахан в Кутупарамбе. Они были активными и целеустремленными образцами для подражания для всех женщин во всем мире", - проанализировала Адитья. "Как вы оцениваете самобытность женщин в таких деревнях, как Ангадикадаву и Кариккоттакари?" - спросила Дженнифер. "В Айянкунну *Панчаяте* мы посетили все деревни. Несмотря на то, что поселенцы испытывали экономические трудности, женщины занимали равное положение в обществе. Отношение женщины к своим ролям влияло на ее удовлетворенность жизнью и чувство идентичности в сообществе, к которому она принадлежала. Это очевидно в Ангадикадаву. Здесь социальные и экономические возможности мужчин не были ограничены." Дженнифер слушала Адитью в напряженном молчании.

Ей нравилось больше слышать о равном положении женщин. "Наряду с мужчинами женщины принимали почти все решения, касающиеся семьи, не отрицая женской свободы, равенства и справедливости. Мы видели, что гендерные роли, взаимоотношения и доступ к активам были необходимы для защиты социального и экономического капитала. Женщины пользуются такими правами в Ангадикадаву и Кариккоттакари. Наш анализ показывает, что женщины не были уязвимы перед порабощением и маргинализацией в деревнях Айянкунну. Коммунизм предусматривает структурное равенство, которое присутствовало в Айянкунну, хотя большинство людей там не были коммунистами. Это был факт, что подавляющее большинство людей в Айянкунну принадлежали к партии Конгресса", - сказала Адитья, глядя на Дженнифер. Дженнифер рассмеялась. "Нам нужно подождать еще много лет, чтобы достичь такого равенства женщин, какое мы видели в Айянкунну и в других *панчаятах*. Как только вы станете главным министром штата Керала, мы попробуем это", - сказала Дженнифер, уверенная в своей реакции.

Дженнифер верила в то, что нужно задавать наводящие вопросы. "Вам не кажется, что в определенных местах женщины стали товаром первой необходимости? Каковы причины и как вы можете их устранить?" - спросила она. "Это так печально, что для того, чтобы женщину считали "ценной", она должна придерживаться набора стандартов, определяемых мужчинами. В некоторых деревнях мы наблюдали, что женщины существовали не только для себя; они стали товаром, и мужчины назначали им цену. Их социальная и экономическая борьба сняла ярлыки, которые они носили. Мы наблюдали, что деградация женщин была неспособностью внедрить демократию, и УНП требовала и настаивала на такой деградации. Итак, мы можем предположить, что женщинам нужна свобода, которая находится на шаг дальше равенства", - сказала Адитья, и воцарилось долгое молчание.

"Я ценю ваш анализ, интеллектуальную энергию, резкость в интерпретации и здравый смысл. Я горжусь тем, что являюсь твоей спутницей жизни", - сказала Дженнифер, снова смеясь.

"Вместе мы сможем построить свою жизнь. Вместе мы можем помочь обществу расти и развиваться", - добавила Адитья. Дженнифер обняла его, и Адитья почувствовал это в своем сердце."

Второй черновик книги был готов в течение четырех месяцев, а на окончательную редакцию ушло два месяца. Известный издатель из Каликута взял на себя ответственность за печать, производство и маркетинг. Адитья настаивал на том, чтобы отдать должное Дженнифер как первому автору, но она сопротивлялась. Несмотря на это, Адитья была непреклонна, и на обложке книги Дженнифер Джейкоб Бернард была главным автором, а Адитья Аппуккуттан - вторым. Книга появилась на прилавках в течение трех месяцев. Это была книга на триста пятьдесят страниц, в красивом переплете, с привлекательной обложкой, изображающей деревенскую сцену, когда женщины обсуждают что-то в небольшой группе. Английский перевод названия книги на малаялам читается как "Учимся у людей: эксперимент в партисипативном коммунизме". Книга мгновенно стала хитом по всей Керале, среди всех категорий людей, поскольку это был первый по-настоящему совместный анализ положения людей в тридцати шести *панчаятах*. Не только коммунисты и социалисты, но и значительная часть членов партии Конгресса отнеслись к этому критически. Большинство ценило и восхищалось его ориентированным на людей подходом, безжалостной открытостью по отношению к политическим ситуациям и их последствиям в жизни людей. В книге также говорилось о насилии и линчеваниях среди коммунистов и УНП, религиозном фанатизме и фундаментализме, которые способствовали политическим триумфам. УНП приобрела сотни экземпляров книги и публично сожгла их в разных частях Кералы, особенно в Касаргоде, Кутупарамбе, Палаккаде и Тривандруме.

Известные рецензии на книгу появились во многих малаяламских и английских газетах и журналах, а по национальному телевидению было показано множество сюжетов о книге и ее авторах. В результате Адитья и Дженнифер стали хорошо известны среди интеллектуалов, ученых и простых людей Кералы. Многие университеты Кералы включили эту книгу в качестве справочного материала в свои библиотеки для изучения социологии развития, экономики сельских районов, участия населения и исследований, основанных на широком участии.

Дженнифер перевела книгу на французский, а Амели прочитала и отредактировала черновик. Книга была издана в Париже. С помощью Рави Адитья перевела книгу на немецкий, и они отправили ее Стефану Майеру в Штуттгарт для редактирования. Стефан Майер остался доволен содержанием книги и поздравил Дженнифер и Адитью. Вскоре после того, как книга была опубликована в Штуттгарте, Германия, Адитья и Дженнифер отправились в Германию, чтобы встретиться с Эмилией и Стефаном Майерами. Эмилия была взволнована, увидев своего сына Адитью и невестку Дженнифер. Несмотря на то, что здоровье Эмилии было слабым, она проводила с ними много времени и готовила много разных блюд. Стефан и Эмилия водили их во множество ресторанов, музеев, художественных галерей и библиотек. Дженнифер и Адитья встретились со своим издателем перед поездкой в Париж. Она рассказала им, что книга стала популярной в Германии, особенно среди ученых и интеллектуалов.

Адитья и Дженнифер сделали остановку в Париже. Они встретились со своим издателем, который был в восторге от встречи с авторами и попросил их написать книгу, похожую на их предыдущую, интерпретирующую актуальность коммунизма в двадцать первом веке. После Парижа они навестили Мартинов. Симона и Луис Мартин казались хрупкими, но они тепло приветствовали Дженнифер и Адитью, выражая крайнюю радость и счастье. Они попросили своего шофера показать им их очаровательный город. Проведя три дня со своими бабушкой и дедушкой, Дженнифер и Адитья отправились в Валапаттанам.

В Валапаттанаме, еще до рождения Адитьи и Рави, Стефан, Мадхаван, Аппуккуттан, Кунджираман, Равиндран и другие организовывали крестьянские и рабочие движения, проводя митинги в небольших городах и деревнях. Они сформировали десятки молодых людей и студентов и проводили "учебные занятия" по марксизму, необходимости освобождения, плодам равенства и подводным течениям свободы. "Учебные занятия" проводились в основном в местных общинах, и в таких собраниях участвовало около двадцати-двадцати пяти мужчин и женщин. Все знали о далеко идущих последствиях эксплуатации и порабощения бедных и угнетенных, а также о необходимости возвысить голос, чтобы выступить против их унижения. Чтобы подкрепить свои аргументы, Стефан и Мадхаван процитировали "Капитал" и "Манифест Коммунистической партии". Они могли бы убедить свою аудиторию восстать против угнетателей, чтобы добиться равенства, равных возможностей и справедливости. Участие женщин поощрялось на всех уровнях, и им уделялось большое уважение и достоинство. В тысяча девятьсот пятьдесят седьмом году к власти в Керале пришло коммунистическое правительство. Это было первое демократически избранное коммунистическое правительство в любой точке земного шара. Стефан, Мадхаван и их товарищи поняли, что именно благодаря их самоотверженности, решимости и осведомленности коммунисты пришли к власти. Это придавало огромное самоуважение членам коммунистической партии.

Было крайне важно остаться у власти, освободив миллионы людей, которые страдали веками, обучив многих неграмотных и обеспечив им медицинское обслуживание, физическую и психологическую защиту. Помочь эксплуатируемым женщинам сохранить достоинство было важнейшей целью первого коммунистического правительства Кералы, которой партия Конгресса не смогла достичь. Стефан, Мадхаван и их спутники преследовали одну и ту же цель. Родители Мадхавана, Аша и Карунакаран, были коммунистами с сердцем конгрессмена. Они были активными членами Индийского национального конгресса, основанного Алланом Октавией Хьюм, сотрудником имперской гражданской службы в Индии. Родители Мадхавана присоединились к Махатме Ганди в его Вайком Сатьяграхе. Им нравились простота, открытость и приземленное отношение Махатмы. Они путешествовали с его группой и провели один год в Сабармати, недалеко от Ахмадабада, и шесть лет в Севаграме, недалеко от Вардхи, в Видарбхе. В Севаграме Аша в течение многих лет помогала Кастурбе Ганди убирать в доме и готовить для многих людей. Махатма Ганди, наблюдая за преданностью Аши делу свободы в Индии, начал называть ее *Ашадеви*.

Ганди возглавил Конгресс, как только вернулся из Южной Африки. В течение нескольких лет он возглавлял Вайком Сатьяграху, ненасильственный протест против неприкасаемости в индуистском обществе. В храме Шивы в Вайкоме Карунакаран и Аша, оба юристы, впервые встретились с Ганди. Они стали членами ашрама Севаграм, когда Ганди основал его, и оставались с Ганди в течение семи лет. Через год после движения "Выходи из Индии" Ашадеви и Карунакаран неофициально покинули Конгресс.

Первоначальное образование Мадхаван получил в Каннуре, а закончил его в Пуне. Когда его родители были в Севаграме, он присоединился к ним и начал посещать деревни в Яватмале, Чандрапуре, Бхандаре, Гондии, Нагпуре и Амравати. Они стремились узнать об условиях жизни крестьян, далитов и племен в соответствии с пожеланиями Махатмы. Они увидели в Видарбхе, в центральной Индии, одном из самых отсталых регионов Индии, наихудшие формы нищеты и голода. Люди, живущие в бедности, далиты и племена эксплуатировались землевладельцами, ростовщиками, *заминдарами* и феодалами, заставляя людей продавать свою землю, скот, детей и даже женщин. К удивлению Карунакарана, многие из эксплуататоров были членами партии Конгресса. Некоторые из них занимали высокие посты в организации, вступив в Конгресс, чтобы скрыть свои проступки, заручиться поддержкой народа и носить ореол честности и неподкупности. Условия жизни племен в Гадчироли, Рамтеке и Мелагате были ужасающими, поскольку им нечего было есть, кроме травы, листьев, корней и стеблей. Многие из их детей умерли в возрасте до двух лет, а материнская смертность была очень высокой. Для племени было непросто перешагнуть тридцатипятилетний возраст. Кроме того, эксплуатация людей британским режимом была в самом разгаре. В конце концов фермеры, крестьяночки, ремесленники, далиты, племена и поденщики потеряли надежду на достойную жизнь.

Карунакаран рассказывал истории об ужасающих условиях, в которых племена, далиты, крестьяне и рабочие жили в деревнях Видарбха во время местных партийных собраний Конгресса. Однако, казалось, никого не интересовали бедные, эксплуатируемые или безгласные. На короткое время Карунакаран присоединился к движению, возглавляемому Бхимрао Амбедкаром, далитом, блестящим экономистом и светилом права, получившим докторские степени по экономике в Колумбийском университете и Лондонской школе экономики. Будучи последователем Амбедкара, Карунакаран боролся за права далитов, но сердцем он был с крестьянами. Он понял, что ему нужно организовать крестьян, бороться за них и освободить их. Результатом стало его отстранение от партии Конгресса на шесть лет. Карунакаран несколько раз пытался связаться с Ганди, но Махатма был недоступен, поскольку он ездил в Бихар и Уттар-Прадеш. Разочарованные, Карунакаран, Ашадеви и Мадхаван переехали через Видарбху и организовали множество крестьянских собраний. Все они без особых усилий могли общаться на маратхи и местном языке варади. Тем временем Карунакаран познакомился с несколькими сторонниками коммунизма и вступил в Коммунистическую партию. Хотя Карунакаран и Ашадеви в глубине души были членами Конгресса, они стали коммунистами.

Карунакаран и Ашадеви работали с несколькими сторонниками коммунизма в Нагпуре и Амравати. Они много путешествовали с ними по всей Махараштре, создавая подразделения Коммунистической партии. Было трудно убедить людей стать коммунистами, потому что большинство из них были членами партии Конгресса или последователями Бхимрао Амбедкара. Одним из ближайших друзей Карунакарана был Ананд Нене, практикующий адвокат в верховном суде Нагпура, а его жена Кусум также была юристом и ярой коммунисткой. У Ненес была дочь Кальяни, которая училась на преподавателя в Нагпурском университете.

Мадхаван только что закончил аспирантуру, и Карунакаран и Ашадеви подумали, что Кальяни могла бы стать подходящей спутницей жизни для их сына. Они обсудили этот вопрос с Кусумом и Анандом Нене и организовали встречу Кальяни и Мадхавана в резиденции Нене. Брак Кальяни и Мадхавана был зарегистрирован в загсе муниципалитета Нагпура в течение двух недель. Кальяни безукоризненно научилась читать и писать на малаяламе даже в Нагпуре. Когда Мадхаван и Кальяни отправились в Кералу за год до обретения страной независимости, люди в Валапаттанаме думали, что она прирожденная малаяли. В Валапаттанаме Мадхаван стал штатным работником коммунистической партии, а Кальяни - учительницей средней школы.

Как только Мадхаван добрался до Валапаттанама, он присоединился к крестьянскому и рабочему движениям. Он знал, что социальные изменения в Малабаре и Траванкоре были необходимы для возникновения коммунизма в Керале. В декабре тысяча девятьсот тридцать девятого года сторонники коммунизма, включая левых социалистов из Партии Конгресса, встретились в Пинараи, недалеко от Талассери, и основали Коммунистическую партию за семь лет до прибытия Мадхавана с Кальяни в Валапаттанам. Однако именно организаторские способности, планирование и формирование небольших групп сторонников коммунизма в различных частях Малабара такими людьми, как Мадхаван и Стефан, привели к победе коммунистов на выборах в Керале и созданию первого коммунистического правительства.

Между домами Мадхавана и Майеров было пятьдесят акров земли, простиравшейся до берега *Барапужи*. Стефан подумывал о том, чтобы возделывать часть этого участка в свободное время. Стефан оценил, что почва была плодородной и могла в изобилии давать рис, тапиоку и овощи. Посоветовавшись с Эмилией, он встретился с домовладельцем и закрепил землю за собой на пятнадцать лет, согласившись выплачивать фиксированную сумму авансом в начале каждого года. Регистрация была оформлена на имя Мадхавана, поскольку Стефан, иностранец, не мог подписывать такие документы о регистрации земли. Выплаченная сумма была скромной, и поскольку земля оставалась бесплодной в течение многих лет, любой доход, который Стефан получал от нее, был прибылью. Он полагал, что арендодатель и другие вовлеченные стороны были удовлетворены соглашением.

Вскоре Стефан импортировал из Германии два трактора и различный сельскохозяйственный инвентарь. Когда в июне начался муссон, Стефан подумал о том, чтобы возделать пять акров рисового поля, один акр банановых деревьев, два акра тапиоки и пол-акра овощей, таких как бамия, горькая тыква, фасоль и баклажаны. Он пригласил всех своих друзей и соседей присоединиться к нему в качестве равноправных партнеров. Но никто не присоединился, и все находили отговорки. Даже Мадхаван сказал, что фермерство не в его крови; тем не менее, двадцать акров земли были сданы в аренду на пятнадцать лет для сельскохозяйственных целей. Пожертвовав около пятидесяти акров земли безземельным, прежде чем присоединиться к Махатме Ганди, Мадхаван получил в наследство от своего отца десять акров земли.

Вместе с Эмилией Стефан составил подробный план их предполагаемого ведения хозяйства, все подробно расписал и распределил средства на каждую неделю и месяц. Стефан взял свой трактор и начал пахать, а Эмилия присоединилась к нему на втором тракторе и работала до двух часов дня. Соседи были удивлены, увидев, как Эмилия и Стефан перевернули все поле, и собрались вокруг дорожки, чтобы понаблюдать за их совместной работой. За пять дней Стефан и Эмилия вспахали все двадцать акров земли. Затем, с помощью рабочих, они начали выравнивать поле под рисовое поле и завершили посевные работы на пяти акрах в течение пятнадцати дней в первые дни муссона. Стефан собрал подходящие *саженцы* бананов Нентран и Пуван в Маттануре и посадил их на одном акре. Стебли тапиоки в изобилии продавались в Ангадикадаву, и Стефан привез их полный небольшой грузовик и посадил на двух акрах земли. Наконец, они занялись выращиванием овощей на половине акра земли.

Эмилия и Стефан проработали на ферме два часа, а после работы Эмилия отправилась со своими друзьями в различные виды Кааву, чтобы собрать данные о *Тейяме*. *Кааву* - это небольшой лес, примыкающий либо к домам, либо к древним храмам, где на пьедесталах установлены гранитные статуи доарийских богов, животных и даже змей. Эти божества светские и имеют таинственную связь с людьми и их благополучием. Люди не поклоняются им, а уважают; существует таинственная симбиотическая связь. Такие божества необходимы для мирного, гармоничного и счастливого человеческого существования.

Как обнаружила Эмилия, Кааву олицетворяет человеческую жизнь и ее неотъемлемую связь с природой в целом, а также миниатюрные экосистемы вокруг людей, животных и растений, а также социальную среду, которую они сформировали. Люди и *кааву* были взаимосвязаны и развивались как неотъемлемые единицы в единстве природы. *Танцы* Тейям обычно исполняются в такой обстановке, внутри Кааву и вокруг *него*. Эмилия поняла, что *Тейям* - это не храмовое искусство, а скорее искусство обычных людей, основанное на народных песнях, созданных людьми о природе, их взаимоотношениях с ней и разнообразных явлениях, связанных с жизнью. Это было сложное искусство, развившееся в результате обмена мнениями между людьми. *Танцовщицы* Тейям раскрашивали свои лица в экзотические цвета и символические узоры, представляя мир божеств, которые были ушедшими людьми, неотъемлемой частью человеческого существования. Они танцевали в тусклом свете факелов, сделанных из сена или кокосовых листьев, выражая различные человеческие действия, желания и чувства с помощью мимики, жестов и шагов.

Для Эмилии *Тейям* был слиянием людей с окружающей средой. Таким образом, оба стали единым целым, и это единство было душой *Тейяма*. От Пажаянгади на север до Касаргода это был Колам-Калияттам. Напротив, от Пажаянгади до Валапаттанама на юге это были *Тейям* и Валапаттанам до Вадакара-Тира. Эмилия узнала, что существует более четырехсот пятидесяти различных танцев Тейям, среди которых около ста двенадцати были самыми важными. Эмилия знала из своих многочисленных поездок в Южную Каннаду, Касаргод, округ Каннур, Надапурам в Кожикоде, Кург или Кодагу в Карнатаке, что существует четыре типа *танцев* Тейям, основанных на их характере, натуре и тематике. Это были Бхагавати *Тейям*, Шайва-вайшнава *Тейям*, Манушика *Тейям* и Пурана *Тейям*.

В свободное время Эмилия играла на пианино Баха, Бетховена и Моцарта и без особых усилий научила Адитью и Рави играть на них. Она любила Баха, в том числе *Бранденбургские концерты* и *вариации Гольденберга*, и дети проводили долгие часы с Эмилией, наблюдая, как она играет на фортепиано. Эмилия также пыталась сыграть многие народные песни Тейяма на клавишных. Она часто брала с собой Адитью и Рави, когда посещала отдаленные места, чтобы понаблюдать за *Тейямом*. Эмилия считала, что детям необходимо узнать о культуре и образе жизни обычных людей, развить в себе любовь и уважение к людям и получить глубокое понимание окружающей среды, в которой они живут. Во время своих долгих сеансов вождения она говорила им, что у людей не может быть отдельной сущности, отличной от природы. Следовательно, им нужно было любить и уважать окружающую среду и защищать каждое проявление жизни и народного танца в ландшафте.

Постепенно Адитье и Рави полюбили путешествовать с Эмилией по выходным, когда у них не было занятий. Им понравилось посещать Кодагу, чтобы понаблюдать за уникальным тейямом, исполняемым в этом живописном ландшафте. Их визиты в Мадикери, Вираджпет, Гоникоппал и Поннампетту были полны красок, звуков, запахов и вкусов. Холмистые и обширные кофейные плантации, сады черного перца и рисовые поля в Кодагу представляли для них приятное зрелище. Они с удивлением наблюдали за энергичными шагами Тейяма, танцующего в этой стране боевых искусств. Эмилия любила носить сари в стиле Кодагу, и красавицы Кодагу всегда охотно одалживали ей свои по особым случаям и празднествам. Эмилия питала особую любовь к женщинам почти во всех местах, которые посещала, и быстро научилась разговаривать с ними на местных диалектах. Женщины обычно брали Эмилию с собой на кухню, чтобы показать ей, как они готовят различные блюда, и она часто ела вместе с ними, сидя на корточках на земле вместе с ними. В Кодагу, в паре домов, Эмилия показала им, как готовить свинину по-немецки, известную как *Братвурст*, и мужчинам и женщинам понравилась свинина, которую она приготовила.

В течение пяти лет после прибытия в Валапаттанам Эмилия собрала обширные данные о *Тейяме*. В течение десяти лет она опубликовала шесть статей в немецких рецензируемых журналах и две книги, ставшие справочным материалом в немецких университетах. Когда Адитье и Рави исполнилось десять лет, они с гордостью начали читать книги и статьи своей матери о танцах Тейям, и оба попросили Мадхавана научить их основам танца Тейям. К пятнадцати годам Адитья и Рави присоединились к труппам Theyyam и вместе со взрослыми танцорами выступали в *Каave* и на общественных мероприятиях. Эмилия сказала им, что у них естественный стиль танца Тейям и изысканные движения. Им нравилось, когда Равиндран рисовал их лица, который в совершенстве владел искусством рисования лиц Тейяма. Эмилия объективно оценивала их выступления, а Ренука оценила интенсивные тренировки Эмилии для своих сыновей. Много лет назад Эмилия получила свои основные уроки в *Тейяме* от Ренуки. В течение пяти лет понимание Эмилией тонкостей *Тейяма* как искусства было гораздо более глубоким и научным, чем у Ренуки, и она гордилась достижениями Эмилии. Оба их ребенка были рады глубокой дружбе между их матерями.

Ренука и Эмилия часто обнимали своих детей, чтобы показать их напряженные отношения. Дети думали, что их матери были близнецами, а Адитья и Рави были неразлучными братьями и сестрами, как и их матери. Адитья и Рави получили свои первые уроки любви и уважения от Ренуки и Эмилии, и оба прониклись глубоким уважением к женщинам. Вместе с Мадхаваном, Равиндраном, Кунджираманом и Аппуккуттаном они часто танцевали во дворе Майерса, и вся округа собиралась там, чтобы отведать жареной говядины, тапиоки и *пунша*. У них был свой собственный мир, и все они наслаждались своим уникальным существованием. Единство, дружба, сопричастность и умение делиться были уникальными, интенсивными и были связаны с их мышлением и чувствами.

Эмилия и Стефан продолжали работать на своей ферме. В течение месяца ферма выглядела обильно озелененной, и из дома Майера открывалось необычайно красивое зрелище - наблюдать, как растут их рисовые поля, бананы, тапиока и овощи. Земля была настолько плодородной, что не требовалось никакого навоза и не использовались пестициды. Майеры каждый день назначали пятерых работников для работы на своей ферме. Они платили на двадцать пять процентов больше заработной платы, чем среднее вознаграждение, выплачиваемое работникам в других странах. Все больше и больше рабочих приходило к ним в поисках работы, и Майеры пообещали, что постараются обеспечить их работой, когда они будут обрабатывать больше земли в ближайшие годы.

Рисовое поле было готово к уборке через пять месяцев, и это было прекрасное зрелище - видеть поля. Многие специалисты по сельскому хозяйству из сельскохозяйственного университета посетили ферму, чтобы ознакомиться с методами, используемыми Майерами. Пятеро работников могли завершить жатву в течение десяти дней, а стебли риса хранились во дворе Майерса для обмолота. Молотьба продолжалась до позднего вечера, и это было похоже на праздник, и в доме Майерсов был праздник. Он пригласил всех своих соседей на празднества, трапезу и питье. Сотни мешков с рисом удивили соседей, и они восхитились изобретательностью Майеров. Майеры хотели показать им, что они могут производить много риса с самоотверженностью и упорным трудом. Они могли бы вырастить почти сто двадцать центнеров рисового поля с пяти акров земли - довольно хороший урожай. Стефан сказал своим соседям, что хочет продать им рис за половину рыночной цены, и только после их покупки он продаст оставшийся рис на рынке в Каннуре. Майеры не хотели раздавать рис бесплатно, так как могли подумать, что все можно получить без труда. Около двадцати его ближайших соседей купили большую часть риса, которого, по их мнению, хватит на год. Майеры оставили оставшееся, чтобы накормить рабочих до тех пор, пока не будет готов следующий урожай.

Урожай тапиоки был превосходным; урожайность составила около пятидесяти центнеров с акра, и Майеры раздали по десять килограммов каждый всем своим соседям. Поскольку тапиока портилась в течение пятнадцати дней, Стефан продал ее на рынке в Каннуре, что принесло около сорока тысяч рупий с двух акров, что было значительной суммой, поскольку общие расходы составили всего семь тысяч рупий за два акра. Урожайность овощей была столь же хорошей. Урожай бананов был чрезвычайно хорош, так как с одного акра получалось почти четыреста пятьдесят центнеров продукта, и Майеры могли продавать его по четыреста рупий за центнер и получать около двухсот тысяч рупий. Общие расходы составили всего двадцать пять тысяч рупий. Мадхаван, Кунджираман, Унникришнан, Равиндран, Аппуккуттан и другие были поражены, увидев отличный урожай и большие суммы денег, заработанные Майерами на сельском хозяйстве. Они выразили желание присоединиться к Майерсу в следующем сезоне с проектом совместного ведения сельского хозяйства и решили назвать его Valapattanam Shared Farming Experiment (VSFE).

В тот год муссон пришел рано, и Майеры и их спутники с энтузиазмом взялись за работу на ферме. В тот сезон муссонов в их коллективном хозяйстве было двадцать четыре партнера. Все они решили заняться фермерством на двадцати акрах, с десятью акрами рисового поля, пятью акрами тапиоки, четырьмя акрами бананов и одним акром овощей. Как обычно, Эмилия и Стефан работали на своих тракторах и завершили вспашку в течение двенадцати дней. VSFE назначила десять рабочих для ежедневной работы с ними, и Мадхаван руководил ими. Равиндран, Аппуккуттан, Кунджираман и другие работали на рисовых полях, тапиоковых и банановых фермах. Стефан Майер работал на огороде с двумя рабочими. Все партнеры участвовали в планировании и внедрении, поскольку это требовало лучшего ухода и научного подхода. Было много дождей и обильно светило солнце, и урожай был намного лучше, чем в предыдущем году, а урожайность оказалась намного выше, чем ожидалось. Амбары были полны, и доля партнеров была разделена поровну. Эмилия и Майер подали только одну заявку. Риса им всем хватило на один год, а оставшиеся пятьдесят центнеров были проданы на открытом рынке. Они продавали тапиоку и бананы на рынке. Каждый партнер получил в качестве своей доли двадцать две тысячи рупий. Огород обеспечивал овощами все семьи в течение шести месяцев, а оставшиеся продукты продавались оптом на рынке, при этом каждый партнер получал около трех тысяч рупий. Весь сезон сбора урожая был для них временем празднеств.

VSFE решила импортировать из Германии на следующий год небольшую уборочную машину для жатвы, обмолота и веяния, стоимостью около трехсот тысяч рупий. Они также договорились о животноводстве в основном для производства молока, коровьем навозе в качестве удобрения и установке по производству газообразного коровьего навоза для обеспечения всех акционеров газом для приготовления пищи. В течение месяца VSFE построила большой коровник со всеми современными удобствами на двухакровой земле Мадхавана и приобрела пять коров Джерси и пять буйволов Харьянви. Там было достаточно сена в качестве корма для животных и зеленой травы. В течение одного года животноводческая ферма начала производить много молока для всех двадцати четырех домохозяйств, а оставшееся молоко продавалось в Каннуре. VSFE приобрела небольшой грузовик для перевозки молока на тамошнюю молочную ферму. Участники с помощью экспертов из Коимбаторе построили газовую установку на коровьем навозе, и установка производила достаточное количество газа для приготовления пищи во всех домах.

В течение шести месяцев у них прибавилось еще десять буйволов. Студенты и преподаватели сельскохозяйственного университета часто посещали VSFE с академическими и исследовательскими целями. VSFE назначила тридцать пять сотрудников на различные должности в качестве штатных сотрудников, всем которым выплачивалась заработная плата на десять процентов больше, чем на аналогичных должностях в других местах. Прибыль от животноводческой фермы превзошла их ожидания, что привело к существенному увеличению доходов всех партнеров. Когда Адитья и Рави учились в старших классах средней школы, VSFE зарегистрировалась как кооперативное общество, и Мадхаван был избран его президентом, Равиндран -

секретарем, а Ренука - казначеем. Акционеры единогласно потребовали, чтобы Майеры вошли в состав руководящего органа, и Штефан Майер неохотно согласился на эту должность.

Затем в Валапаттанаме появилось несколько листовок, обвиняющих Майеров в получении огромных сумм денег из-за рубежа для распространения коммунизма. Они утверждали, что средства, указанные в качестве доходов от сельского хозяйства и животноводческих ферм, были деньгами, полученными из внешних источников. Хотя Стефан и Эмилия не восприняли обвинения всерьез, акционеры VSFE были несколько удивлены, увидев листовки. В течение месяца в Валапаттанаме появились плакаты с требованием к Майерам немедленно покинуть Индию из-за их предполагаемой причастности к антииндийской деятельности. Постепенно Мадхаван и его друзья поняли, что против Майеров формируется мощное движение, и силы, выступающие против них, росли с каждым днем. В дождливый день грузовик, перевозивший бидоны с молоком из VSFE в Каннур, перевернулся, и на водителя напали головорезы. Внезапно от имени УНП появились листовки, обвиняющие ВСФЕ в связях с маоистами и экстремистскими организациями в Бенгалии, которые уже распространились во многих частях страны. Постепенно конфликт между коммунистами и УНП перерос в открытую войну.

Однажды утром сотрудники федерального правительства пришли в дом Майерса, чтобы расспросить об источнике финансирования VSFE, и допрашивали Майерса более шести часов. Офицеры также встретились с Мадхаваном, Равиндраном и Ренукой и расспросили об их предполагаемых связях с маоистами. В течение недели полиция вызвала Эмилию и Стефана в полицейский участок для допроса, и через десять часов полицейский разрешил им вернуться. Но Мадхавану, Равиндрану и Ренуке повезло меньше. После допроса в полицейском участке они были задержаны и заключены под стражу за нераскрытые преступления на одну ночь. На следующий день полиция доставила их к мировому судье и предупредила, прежде чем отпустить. Адитья вернулся из колледжа Бреннен, а Рави вернулся из Бангалора, чтобы встретиться с ними, и они были очень обеспокоены сложившейся ситуацией. Как только Ренука увидела Адитью и Рави, она горько заплакала, обнимая их, а Эмилия и Ренука сказали им, что за этими инцидентами стоит не кто иной, как УНП.

Протесты против VSFE стали заметны, когда появились молодые люди из отдаленных мест и начали нападать на ее сотрудников, усложняя жизнь Эмилии и Стефану Майерам. Деятельность в сельском хозяйстве и на животноводческих фермах сократилась, поскольку рабочие отказывались работать, опасаясь физических нападений. Однажды, во время работы на своей ферме, Стефан Майер и Аппуккуттан подверглись нападению с палками и камнями, и оба были срочно доставлены в больницу с травмами головы и ног. Полиции не удалось установить виновных, и пострадавшие были выписаны через неделю без возбуждения дела против безымянных преступников. В Валапаттанаме снова воцарились спокойствие и умиротворенность, как будто ничего не случилось. Сотрудники VSFE продолжали свою работу в полевых условиях и на животноводческих фермах, и в том году урожай на фермах был хорошим. На лицах Эмилии, Стефана, Мадхавана, Ренуки, Аппуккуттана и других появились улыбки, и они снова начали делиться теплом единения во время торжеств.

Однажды вечером Эмилия устроила представление Theyyam во дворе своего дома, и на нем присутствовало около ста шестидесяти пяти человек из окрестностей. Фильм был посвящен легенде о Катхивануре Веране, режиссерами которого были Мадхаван и Рави. Адитья, Аппуккуттан, Равиндран, Кунджираман и Мойдин танцевали под мелодии the *Maddlam* players, в то время как Стефан Майер наблюдал за приготовлением пищи.

"Я люблю это единение, эту сплоченность, эти торжества", - сказала Эмилия Стефану Майеру.

- Мне тоже это нравится. Я бы хотел, чтобы это продолжалось вечно", - заметил Стефан Майер.

"Нам повезло быть с такими замечательными людьми. Посмотри на Мадхавана. Несмотря на то, что он самый старший среди нас, он участвует во всех мероприятиях, так же как Рави и Адитья", - сказала Эмилия. - Я восхищаюсь им. Мадхаван - прекрасный пример коммунизма. У него есть решимость, целеустремленность и четкая цель", - объяснил Штефан Майер. "Посмотрите, насколько активны Кальяни, Гита, Сухра, Ренука и другие. Жизнь с ними наполнена смыслом и увлекательна", - сказала Эмилия. "Они все считают нас семьей, большой семьей. Среди нас нет различий, зависти, сословий или вероисповеданий. Это плод многих лет совместной работы", - объяснил Стефан. "В этом смысл нашего существования, цель нашей жизни", - добавила Эмилия. "Мы создали цель, спланировали ее и воплотили в жизнь. Вот почему у нас такая наполненная смыслом жизнь. Никто не беден и не страдает от угнетения, эксплуатации или порабощения. Мы изо всех сил старались попасть сюда. Вы ничего не добьетесь, если не будете бороться. Мы должны быть бдительны и заботиться о благополучии, комфорте и счастье других, и в этом смысл коммунизма", - объяснил Стефан.

То же самое происходит и в *Тейяме*, где каждый человек уникален и должен сыграть свою роль. Без их участия *они* будут неполными. *Theyyam* олицетворяет доверие к жизни, а те, кто танцует и играет на музыкальных инструментах, выражают глубокую чувствительность к ней. Единство, сплоченность и динамизм жизни проистекают из опыта, делая каждого исполнителя Богом. *Тейям* демонстрирует важность жизни, ее величие и ясное чувство равенства и справедливости. "Посмотрите сегодняшнюю "Тейям", легенду о Катхивануре Веране, поскольку ее суть касается всей человеческой жизни", - рассказала Эмилия.

"Эмилия, я счастлива. Было так прекрасно, что мы приехали в Малабар и начали работать и жить с этими людьми. Я бы прожил в Штуттгарте жизнь в комфорте и роскоши, которая была бы бесполезна. Здесь, в Валапаттанаме, я постигаю внутренний смысл жизни и самые близкие человеческие отношения", - доходчиво сказал Стефан. "Было здорово, что мы встретились в Берлине. Тогда мы были незнакомцами, а теперь, спустя четверть века, остаемся лучшими подругами", - откровенно сказала Эмилия. - Я часто думаю об этом, дорогая Эмилия. Жизнь идет своим чередом, когда она течет. Я так счастлива, что у меня есть ты. Ты мой лучший друг". - сказал Стефан, делясь своими теплыми чувствами. "Стефан, я бы никогда не смогла найти такого человека, как ты. Ты такой внимательный, такой любящий. Я вижу себя в тебе в каждое мгновение. Итак, ты никогда не был для меня чужим, - мягко сказала Эмилия, и ее слова были наполнены теплотой.

Громкое пение и танцы продолжались до полуночи, даже после ужина. Соседи и друзья пришли к Эмилии и сказали ей, что представление "Легенды о Катхивануре *Веране*" было захватывающим, и Эмилия поблагодарила их всех. После *ужина* они присоединились к Эмилии и Стефану Майерам, чтобы помыть посуду. Эмилия снова начала играть на своем пианино. Она предпочла сыграть Арету Франклин, ставшую большим хитом, когда Рави и Адитье было по десять лет. Эмилия исполнила "Поступай правильно, женщина, поступай правильно, мужчина", "Не включай эту песню", "Ты заставляешь меня чувствовать себя настоящей женщиной", "Я произношу небольшую молитву", "Любовь - это серьезное дело" и "Я никогда не любила мужчину так, как люблю тебя"." Стефан всегда сидел с ней рядом, чтобы полюбоваться тем, как Эмилия играет на пианино.

Эмилия и Стефан подали заявление на продление своих виз. Однажды они получили письмо от правительства с просьбой немедленно покинуть страну, поскольку их ходатайство о продлении визы было отклонено. Новость распространилась очень быстро, и все в Валапаттанаме были шокированы. После двадцати четырех лет непрерывного пребывания в Валапаттанаме им пришлось уехать. Рави и Адитья к тому времени закончили учебу и поспешили в Валапаттанам, чтобы повидать своих любимых маму и папу. Эмилия обняла их обоих и зарыдала, а Стефан хранил стоическое молчание и не выказывал никакого беспокойства, хотя внутри у него все разрывалось. Когда Эмилия и Стефан уезжали, в Валапаттанаме была большая толпа. Кальяни, Гита, Сухра, Ренука и другие громко плакали, а Мадхаван не мог вынести боли и горько плакал. Полный автобус людей сопровождал Эмилию и Стефана в аэропорт Каликута. Адитья обнял свою мать. Эмилия обняла Кальяни, Ренуку, Гиту, Сухру и всех остальных своих друзей, и они попросили ее не уходить, хотя знали, что она больше не может оставаться с ними.

В Валапаттанаме образовалась большая пустота, и никто не мог заполнить отсутствие Эмилии и Стефана Майеров. Никто не мог представить себе мир без этой пары, которая была неотъемлемой частью общества около двадцати четырех лет. Они пришли как незнакомцы и ушли как свои самые близкие родственники, друзья и наставники, создав неповторимое очарование в своих взаимодействиях. Они любили и уважали всех, считая других своими неразлучными спутниками. Они преподали много ценных уроков и извлекли пользу из своей близости к другим. Единственной целью их пребывания в Валапаттанаме было содействие благосостоянию угнетенных и эксплуатируемых.

Мадхаван изо всех сил старался продолжать заниматься совместным сельским хозяйством и животноводческой фермой и призывал своих товарищей поддерживать его во всех областях их работы. Все оставшиеся акционеры горели желанием продолжить работу, начатую Эмилией и Стефаном Майерами. Они всегда вспоминали, как Майеры справлялись с любой ситуацией, брали всех с собой и решали проблемы.

Как только Эмилия и Стефан Майер добрались до Штутгарта, они написали подробное письмо своим друзьям в Валапаттанам, и Мадхаван прочитал это послание в присутствии всех соседей. Воцарилась абсолютная тишина, и многие из них всхлипнули, когда он прочитал последний абзац письма.

Это было: "Здесь мы чувствуем себя одинокими, потому что ужасно скучаем по тебе. Мы знаем, что вы все здесь и заботитесь о себе. Счастливая жизнь - это жизнь, в которой есть друзья. Мы вспоминаем все лица и ту любовь, которую мы испытывали к каждому из них, которая была уникальной. Мы никогда не сможем забыть тебя, потому что ты всегда в наших сердцах. Эмилия и Стефан Майеры."

Некоторое время продолжалось молчание. Но Кальяни и Ренука не смогли сдержаться; они долго плакали.

Присутствие Рави принесло Эмилии и Стефану Майерам много счастья. Он был продолжением и кульминацией их жизни в Валапаттанаме, олицетворяя полноту их любви, единения и надежды. Всякий раз, когда они видели Ренуку и Аппуккуттана, Кальяни и Мадхавана, Адитью и молодое поколение, *Тейяма* и "учебные классы", ферму Валапаттанам и *Барапужу*, они вспоминали о годах, проведенных в этой стране дружбы и торжеств. Однако они знали, что те дни никогда не вернутся; они ушли навсегда. Пробыв со своими родителями около трех месяцев, Рави вернулся в Кочи, чтобы в течение одного года заниматься юридической практикой под руководством старшего юриста.

Эмилия начала проводить много времени за игрой на фортепиано; Моцарт был ее любимцем. Она неоднократно исполняла пятую, двадцать пятую, тридцать первую, сороковую и сорокапятилетнюю симфонии, перенося Эмилию и Стефана в новый мир звуков и чувств. Эмилии нравилось, что Стефан был рядом с ней, нравилось, как Эмилия играла на пианино. Играя, Эмилия думала о *Барапуже*, о вечерах, которые она проводила со Стефаном, Рави и Адитьей на террасе их дома, о посиделках и вечеринках с Кальяни, Гитой, Сухрой, Ренукой и другими друзьями. Эмилия вспоминала о танцорах Тейям, поющих и танцующих в *Кааву*, во дворе их дома, и о ликующей публике. Она вспомнила свое долгое путешествие с Рави и Адитьей в Кург и много дней, проведенных с женщинами Курга. Она подумала о Стефане и своей первой встрече с ним в Берлинском университете, их поездке, чтобы открыть для себя Германию, и предложении Стефана жениться на ней в Гейдельбергском форте.

Все превратилось для Эмилии в симфонию Моцарта — крепкую и энергичную, мелодичную и божественную, оглушительную и трезвую, искрящуюся и несравненную. Для нее жизнь была подобна звону церковных колоколов в соборе Святого Варфоломея во Франкфурте — нескончаемому и никогда не знающему покоя. Она помнила, как по понедельникам отец водил ее на вершину церкви, откуда открывался вид на весь Франкфурт. Ее дом, огромный особняк, находился примерно в двух километрах от церкви, где ее мать пела в хоре; она исполняла церковную музыку и научила Эмилию играть на фортепиано. Внезапно Эмилия вспомнила о доме своих родителей, где она родилась, и ей захотелось посетить это место. Она поделилась своим желанием посетить Франкфурт со Стефаном, который был готов отправиться туда на следующий день. После завтрака они отправились из Штуттгарта на машине, проехав около двухсот десяти километров до Франкфурта, за рулем был Стефан. Эмилия смотрела на сельскую местность так, словно видела ее впервые, и была взволнована, как ребенок. Она поделилась со Стефаном множеством историй о зеленых полях, реках, перекинутых мостах и особняках, разбросанных повсюду по обе стороны дороги. Франкфурт, финансовый центр Германии, выглядел по-королевски на берегу величественной реки Майн.

Как только они добрались до собора Святого Варфоломея, Эмилия взяла правую руку мужа за левую и быстрым шагом направилась к церкви. Она вспоминала о своем увлекательном детстве и юности, когда каждое воскресенье ходила в это место поклонения со своими матерью и отцом. Посещение церкви было светским мероприятием; она страстно желала этого, так как могла встретить поблизости многих своих друзей, некоторые из которых были участниками хора. Они разучивали гимны для мессы и фестивалей и пели их с помпой и великолепием. Отец рассказывал ей, что короли Германии короновались в соборе, известном как Дом. Ее мать далее рассказала о выборах императора, проходивших в *Валькпелле*, часовне с южной стороны хора. Коронация королей происходила на центральном алтаре. Существовало твердое убеждение, что часть головы святого Варфоломея была закреплена у входа на хоры.

Эмилия отвела Стефана на хоровую площадку, где собрались участники хора, чтобы спеть в сопровождении оркестра. Она с гордостью показала ему пианино, на котором ее мать играла церковную музыку почти тридцать лет, а Эмилия играла восемь лет. Когда ей было двенадцать лет, Эмилия была в камерном хоре, пела а *капелла*, а через год ее пригласили играть на фортепиано в хорале. Несмотря на то, что мать Эмилии никогда не ходила в концертный хор, что было ее личным выбором, Эмилия стала участницей концертного хора и прославилась во Франкфурте. "Хор в соборе Святого Варфоломея был музыкальным ансамблем, отобранным и обученным церковью", - сказала Эмилия Стефану.

Хоровая музыка стала захватывающим опытом, когда Эмилия присоединилась к хору, чтобы играть на фортепиано вместе со своей матерью. Когда она была маленькой, часто играла усиленная группа. Хористка сначала поощряла ее петь, а позже попросила играть на пианино всякий раз, когда ее мать отсутствовала. Обычно двадцать один певец на воскресной мессе, включая хористку, вспоминал Эмилию. В праздничные дни количество певцов хора обычно увеличивалось, а на праздник Святого Варфоломея выступал сто тридцать один певец.

Эмилия поцеловала рояль хора собора Святого Варфоломея. "Стефан, я люблю этот хоровод; он дал мне столько самореализации. Это были золотые деньки, как у нас в Валапаттанаме, - сказала Эмилия, глядя на Стефана. "Я чувствую твои чувства, дорогая Эмилия. Ты вернулся в свое детство и юность, когда обычно приезжал сюда", - ответил Стефан. "Приятно вернуться к нашим воспоминаниям. Я часто думаю о тебе и о том дне, когда я встретил тебя в Берлинском университете. Это был самый счастливый день в моей жизни", - сказала Эмилия, беря Стефана за руку и целуя ее. "Эмилия, я люблю тебя", - сказал Стефан, целуя ее ладонь.

"Стефан, позволь мне спросить тебя об одной вещи", - сказала Эмилия, поднимаясь на вершину церкви, поскольку был понедельник.

"Да, Эмилия", - ответил Стефан.

"Давайте откроем фортепианную школу дома, так как у нас есть большое пианино и достаточно места", - сказала Эмилия.

"Конечно, я буду самым счастливым человеком, который исполнит все твои желания", - ответил Стефан.

"Это должна быть школа для детей в возрасте от десяти до шестнадцати лет, а это лучшее время для обучения игре на фортепиано. Кроме того, я люблю играть некоторые песни Theyyam на своем пианино и учить им детей, что будет уникально", - объяснила Эмилия. - Это отличная идея. Мы привлечем большое количество детей. Штутгарт - это город, который поощряет детей изучать музыку, поскольку он имеет великую историю музыки и искусства", - сказал Стефан.

Они уже были на вершине церкви, и оттуда им была видна большая часть Франкфурта и река Майн, извивающаяся подобно молнии между темными и сияющими облаками перед раскатом грома. Выгляни наружу. Вы можете увидеть дом моих родителей. Сейчас там мой брат и его семья", - сказала Эмилия, указывая на стоящий вдалеке элегантный особняк. "Да, я вижу это", - сказал Стефан. "Мы посетим его и познакомимся с моим братом и его семьей. Мы посетили этот дом сразу после нашей свадьбы и полдюжины раз, когда приезжали в Германию из Малабара", - напомнила Эмилия Стефану. - Я все помню. Я никогда не забуду ничего из того, что произошло после нашей первой встречи. Эти инциденты были самыми обогащающими в моей жизни, и мы с тобой не можем представить себе жизнь отдельно друг от друга", - сказал Стефан.

Эмилия посмотрела на Стефана, на мгновение задумалась и сказала: "Для меня ты - величайшее сокровище, и я оставлю тебе все, что угодно". Стефан отреагировал так: "Эмилия, я чувствую в тебе полноту жизни. Это чувство я не могу выразить словами. Это интимный опыт", - отреагировал Стефан. - А теперь давай навестим моего брата и его семью, - сказала Эмилия, спускаясь вниз. Стефан помог ей спуститься, и он был осторожен на каждом шагу. Дом представлял собой белый особняк, в два раза больше дома Стефана и Эмилии в Штутгарте. Брат Эмилии, Алекс Шмидт, и его жена Миа были дома. Алекс тепло обнял Эмилию и Стефана, а Миа обняла и поцеловала Эмилию. Они долго разговаривали, особенно о своих покойных родителях. Миа и Алекс попросили Эмилию и Стефана пообедать с ними, и еда была подана на сверкающих серебряных тарелках. Они заказали тушеную говядину, свиную рульку, сосиски-гриль, картофельные оладьи, квашеную капусту, яичную лапшу и десерт. Вина или пива не подавали, но после обеда у них был горячий кофе.

Около пяти часов вечера Эмилия и Стефан захотели уйти. - Эмилия... позвал Алекс. "Да, Алекс?" Эмилия ответила. - У вас есть доля в нашей собственности. Наши родители составили завещание, по которому вам передается половина всех их активов. Я просто управляю этим за вас. Ты можешь потребовать это в любое время", - сказал Алекс. "Я дам тебе знать, когда придет время", - ответила Эмилия. Эмилия обняла Алекса и Мию и поцеловала их в щеки, а Стефан пожал руки Мии и Алексу. Обратная дорога была приятной. Эмилия поделилась со Стефаном множеством историй о своих покойных родителях, детстве, школах и колледже. Около восьми они добрались до своего дома в Штутгарте.

Стефан наблюдал постепенные изменения в состоянии здоровья Эмилии и начал беспокоиться за нее. Со временем Эмилия стала капризной и печальной, и ее жизнь была наполнена долгими периодами молчания. Она скучала по людям больше, чем *по* ним самим, и Стефану было жаль видеть свою жену в таком состоянии. Он проводил долгие часы с Эмилией, чтобы сделать ее счастливой и возродить ее поникший дух, энтузиазм и стремление к счастливой жизни. Он сидел с ней и читал "*Сиддхартху*", так как она любила Германа Гессе. Несмотря на то, что она читала эту книгу еще студенткой, то, что Стефан прочитал ее для нее, придавало ей неповторимый шарм, и иногда в ней появлялись новые смыслы и откровения.

Гаутама, главный герой "Сиддхартхи", был не Буддой, а подобной Будде мыслью Эмилии. Он нашел путь к просветлению, отрицая существование бесконечного существа, что побудило его поверить в то, что каждый человек может достичь осознанности и цели в жизни. Пока Стефан Майер читал, мысли Эмилии витали в далеких уголках Каннура, Мангалора и Кодагу. Эмилия задавалась вопросом, была ли она пробужденной, реальной или воображаемой. Она начала спорить, чтобы доказать, что ее жизнь в Малабаре была вымыслом, которого никогда не было. Эмилия обсуждала разницу между реальным и нереальным и то, может ли существовать реальное настолько точное. Постепенно она стала думать, что реальное и воображаемое - это одно и то же, поскольку различия слились в одно целое, и попытки найти еще какие-либо различия стали бессмысленными. Для Эмилии понятия потеряли смысл, а идеи могли нести в себе любую самоидентификацию, во многом как в *Theyyam*. Ей было трудно отделить реальное от легенды в *Тейяме*, поскольку и то, и другое было одним и тем же. По мере того как легенда становилась жизнью, жизнь превращалась в легенду. Следовательно, путешествие Эмилии в Малабар состояло в том, чтобы познакомиться с Тейямом и встретиться с самой собой и ушедшими людьми, которые стали местными богами и легендами. Для нее Кальяни, Ренука, Гита, Сухра, Мадхаван, Равиндран, Аппуккуттан, Кунджираман, Мойдин и другие также стали фольклором, и Эмилия называла их Легендами Валапаттанама.

Стефан продолжил чтение, а в перерывах Эмилия задавала конкретные вопросы, на которые Стефан терпеливо отвечал на каждый из ее вопросов. "Был ли Будда реальным человеком или легендой?" - спросила Эмилия. "Гаутама, также известный как Сиддхартха, был принцем Капилавасту в Непале. Он покинул свое королевство, странствовал по всему Бихару, сидел под баньяновым деревом и медитировал в течение многих лет, пока не достиг просветления. Он говорил о жизни, рождении, болезни, печали, старости и смерти. Некоторые говорят, что он был атеистом. Для меня Будда просветил человеческое сознание. Позже люди сделали из него легенду", - ответил Стефан.

"Был ли Гаутама в "Сиддхартхе" Германа Гессе Буддой?" - спросила Эмилия.

"Многие говорят, что Гаутама в романе Германа Гессе "Сиддхартха" был не Сиддхартхой, а скорее Буддой", - ответил Стефан Майер.

"Возможно ли для меня стать Буддой?" - спросила Эмилия.

"Чтобы стать Буддой, вам нужно просветление; для этого вы должны оставить своего мужа и отвергнуть мир", - ответил Стефан Майер.

"Я никогда не покину тебя, даже если отвергну весь мир", - сказала Эмилия, обнимая мужа.

- Я слишком сильно люблю тебя. Я не знаю, реален ли я, реален ли ты, или мы оба реальны. Мы становимся настоящими только тогда, когда мы вместе. В разлуке мы не можем существовать, - сказала Эмилия философским тоном. Стефан Майер долго обдумывал ее слова. Для нее единственной реальностью было их совместное существование.

Время от времени Стефан и Эмилия отправлялись вечером в центр Штутгарта. Стефан рассказывал истории о происхождении Штутгарта, памятниках, реках, пейзажах и учреждениях. Вечером он отвез ее на реку Неккар, так как Эмилия любила смотреть на текущую воду, очень похожую на *Барапужу* в Валапаттанаме. Она спросила его о чувствах Гутамы на реке Ганга и о том, почему его друг детства Говинда остался лодочником даже спустя много лет. Стефан объяснил, что Гаутама и Говинда представляли человеческую расу, составляя одну личность с двумя гранями. История была о самопознании, путешествии внутрь себя и постижении смысла своего существования. Река Ганга олицетворяла безвременье, а лодка - человеческую жизнь. "Итак, Гаутама и Говинда были друзьями, как мы с вами, и все же они были одинаковыми", - прокомментировала Эмилия. - Конечно, как и мы с вами, они были одним человеком. Их нельзя было разделить, даже несмотря на то, что у них было два имени. Гаутама путешествовал по всей Индии, как Сиддхартха, Будда, и получил новый опыт и новое осознание, но он был тем же Гаутамой. Говинда остался лодочником. Он преодолел время, пространство, движения и смерть и стал Буддой", - сказал Стефан. "Стефан, поскольку индивидуальность - это суть Сиддхартхи, давай станем Буддами". Эмилия положила руку на шею Стефана и заговорила. "Эмилия развивается как ребенок и становится взрослой. Несмотря на то, что она уникальная личность, она не может отделить себя от своего мужа, и это дилемма", - мысленно сказал Стефан Майер. - Давай попробуем. Жизнь повсюду - это самопознание, поиск, реализация, и, в конце концов, все мы становимся Буддами по-своему", - ответил Стефан.

Эмилия хотела побывать в Кальве, на родине Германа Гессе. В машине она рассказала Стефану, что Герман Гессе хотел отправиться в Индию и сел на корабль, но в итоге отправился в Индонезию и Малайю. Он никогда не смог бы добраться до Малабара, где его бабушка и дедушка, Джулия и Герман Гундерты, и его родители, Мари и Йоханнес Гессе, работали в течение многих лет. Внезапно Эмилия вспомнила, как они со Стефаном были в гостях у Илликкунну в Талассери, в резиденции Гандертов. Она напомнила Стефану, как он был удивлен, увидев, сколько работы Гундерты проделали на Малаяламе. Внезапно Стефан понял, что у Эмилии была острая долговременная память, и она лелеяла каждое событие в его мельчайших проявлениях, живя в мире воспоминаний.

В Кальве Эмилия и Стефан посетили музей Германа Гессе. Эмилия была так взволнована, увидев все книги своего любимого немецкого автора, что купила экземпляры *Росхальде*, *Гертруды*, *Демиана* и *Кнульпа*. Они отправились в дом, где родился Герман Гессе, и Эмилия долго молчала. Затем она выразила желание посетить Нагольд, где Гессе вдохновил его написать о реке Ганге и лодочнике Говинде. На его берегу Эмилия сказала Стефану: "Река Нагольд впадает в реку Энц, и в жизни тоже все события взаимосвязаны и текут навстречу вечности". Стефан слушал ее с любовью и глубоким вниманием, зная, что у Эмилии новое восприятие.

Прочитав "*Сиддхартху*", Эмилия попросила Стефана почитать "*Росхальда*", так как ей нравилось, когда он сидел рядом с ней и читал. Пока он читал, она смотрела на его лицо и была поражена выражением его лица. Ей нравился его голос, интонации и высота тона за то, что они были богатыми и естественными. Ей нравилось сидеть рядом с ним долгими часами, иногда до обеда. История *Росхальде* потрясла Эмилию, но она хотела, чтобы Стефан прочитал ее ей еще раз. Это была история женатого мужчины, разрывающегося между своими обязательствами перед женой и маленьким сыном и ностальгическим стремлением обрести духовный опыт за пределами семьи, вдали от своего поместья *Росхальде*.

Когда Стефан читал *Росхальда*, Эмилия сидела очень близко к нему, обхватив его правой рукой, чтобы он не убежал от нее, как Иоганн Верагут, главный герой рассказа, который оставил свою жену и роскошное поместье. Верагут был отчужден от своей успешной женыхудожницы, но любил своего маленького сына. Он хотел, чтобы его сын вырос и унаследовал его богатство, но произошла трагедия, и его единственное связующее звено с *Росшальде* покинуло его навсегда. В конце концов, Верагут бросил свою жену и свое поместье. Затем он отправился в Индию, чтобы познать истинный смысл своего существования, и эта история причинила боль Эмилии, потому что Иоганн Верагут бросил свою жену. "Стефан, ты никогда не сможешь стать Иоганном Верагутом, и я никогда не позволю тебе покинуть меня", - мысленно произнесла Эмилия.

Почувствовав ее огорчение, Стефан обнял ее и отвез в разные места по всей Германии. Эмилия увлеклась реками и лодками и вместе со Стефаном каталась на лодке. Они путешествовали по центральным районам Германии на небольших круизных лайнерах по Рейну и Дунаю в Австрии, из Берлина в Прагу через Эльбу. Она смотрела, как воды текут к морю, и думала о Гаутаме, Говинде и Иоганне Верагуте. Стефан всегда был готов исполнить любое желание Эмилии, и он знал, что она меняется, превращаясь из взрослой жизни в ребенка. Эмилия попросила Стефана продолжить читать ей другие книги, которые она приобрела в музее. Читая, Эмилия воссоздавала истории, представляя себе пейзажи с равнинами, долинами, новыми землями, реками, холмами и деревьями со свежей листвой. Постепенно Эмилия летала над ними в одиночестве, даже забыв о своем любимом Стефане. В новом мире, который она создала, Эмилия больше не чувствовала себя одинокой, но она переживала существование без ощущений, переживаний чувств или осознания холода и тьмы. *Барапужа*, их дом на берегу, *Тейям* и танцовщицы, Адитья и Рави, ее друзья и знакомые, а также пребывание в Кодагу и Мангалоре канули в лету и больше не появлялись. Эмилия менялась ментально и психологически.

Когда Рави вернулся из Кочи после года юридической практики под руководством старшего юриста, он наблюдал постепенные перемены в своей матери. Он взял на себя все обязанности по приготовлению пищи, уборке и стирке дома вместе со Стефаном. Эмилии очень понравились карри "доса", "вада", "уппма", "аппам" и "мин", которые Рави готовил на завтрак. Тем временем Рави поступил на годичный курс по праву прав человека в университете и предпочитал каждое утро выезжать из дома, чтобы побыть со своими родителями. По вечерам, возвращаясь из университета, Рави брал мать на руки и пел колыбельные на малаяламе, которые Эмилия любила слушать снова и снова. Он часто брал ее с собой на прогулки по длинным коридорам Майер-Херренхауса.

Во время пения Эмилия иногда засыпала на руках у Рави, и он медленно укладывал ее в кроватку и садился рядом, наблюдая, как она спит. Проснувшись, Эмилия просила Рави спеть разные колыбельные, такие как "*Каннум Путтиурнагука Кунье*", "*Патту Паади Ураккам Нджан*", "Канманий и Караятхурангумо", "Амбади Таннилорунни" и "Арааро Аарираро". Рави любил всегда быть со своей матерью и был заинтересован в том, чтобы она носила чистую и элегантную одежду. В его действиях была радость, и он неоднократно обнимал свою мать с бесконечной любовью. Стефан и Рави отвезли Эмилию к лучшим врачам Штутгарта и обнаружили, что у нее появились начальные симптомы слабоумия. Постепенно появились видимые признаки ухудшения состояния. Эмилия начала забывать информацию, игнорировать имена Рави и Стефана и терять представление о датах и значении событий в своей жизни. Эмилии было трудно составлять планы на день, и ей было трудно готовить по одному и тому же рецепту и концентрироваться на деталях. Она не умела считать деньги, когда ходила по магазинам с Рави и Стефаном. Эмилия перестала водить машину, потому что забыла правила и не могла отличить сцепление от тормоза. Она постепенно потеряла ориентацию и быстро заблудилась.

Стефан проконсультировался со специалистами по деменции в Штутгарте, и после повторного тестирования они констатировали, что у Эмилии были ранние признаки болезни Альцгеймера. Стефан и Рави сочли это невыносимым, и их вселенная внезапно оборвалась. "От этого нет лекарства", - заявил доктор. "Лечение иногда может усугубить течение заболевания". Они не сообщили Эмилии о выводах врачей, и она тоже не проявила никакого интереса к этому. Эмилия забыла, куда она пошла и был ли с ней Стефан или Рави. То, как она добралась до определенного места, снова стало для нее проблемой. Ей было чрезвычайно трудно оценить расстояние. Самым болезненным был ее распорядок дня, и Эмилии нужна была помощь с посещением туалета. Она больше не могла ни читать, ни писать, и Стефан с Рави читали ей, но она не могла сосредоточиться больше одной минуты и не могла понять того, что услышала. Постепенно Эмилия утратила способность различать цвета, и ничто не имело смысла. Она впала в состояние, близкое к вегетативному.

Рави проводил долгие часы со своей матерью — с раннего утра до поздней ночи. Когда он поступил в университет, Стефан взял на себя заботу о ней. Рави пришлось посетить различные места, особенно в Индии, чтобы завершить свое исследование о детском труде и связанных с ним нарушениях прав человека. Стефан Майер сказал ему, что Рави может вернуться в Индию для сбора данных на два месяца. Стефан сказал, что назначит двух домашних сиделок для присмотра за Эмилией.

ГЛАВА СЕДЬМАЯ: ИСТОРИЯ ЛЮБВИ И СОБРАНИЕ В УППСАЛЕ

Рави вернулся в Кочи и собрал данные из различных чайных магазинов, ресторанов, больниц, инженерных фирм, мастерских, офисных помещений, плантаций и фабрик по всей Керале. Ему не составило труда найти двести пятьдесят детей в возрасте от десяти до шестнадцати лет, занятых детским трудом. Несмотря на то, что Рави был взволнован сложившейся ситуацией, он не мог ее исправить. Когда он завершил свои исследования в университете, он решил, что вернется и будет бороться за справедливость для детей. Это было твердое решение, и Рави пожертвовал всем своим комфортом, чтобы достичь своей цели.

Собрав данные, Рави вернулся в Штутгарт. Он обнаружил, что состояние Эмилии ухудшилось, несмотря на то, что домашние медсестры выполняли похвальную работу по уходу за ней. Стефан проводил большую часть своего времени с Эмилией, кормя ее с руки, думая, что он стал Эмилией. На его лице не отражалось печали, но в основном он был молчалив. Рави провел статистический анализ и интерпретацию своих данных, которые показали, что бедность, неграмотность и неосведомленность родителей вынуждают детей заниматься детским трудом. Во многих случаях детей заставляли работать; многих похищали и увозили в отдаленные места, где они невольно работали в качестве рабов. Условия их жизни были жалкими; они часто не получали достаточного количества пищи и не имели медицинских учреждений. В результате дети теряют свое детство и друзей. У них никогда не было возможности поиграть с другими детьми, и они подвергались суровым физическим наказаниям, таким как пинки, наезды, порка и избиение тростью или дубинкой, а также лишались еды и сна. Другой важный вывод заключался в том, что торговля детьми является неотъемлемой частью детского труда, и дети часто используются в качестве каналов контрабанды наркотиков. Многие дети начали употреблять наркотики и умерли в юном возрасте. Рави поклялся бороться с детским трудом, получив годичный диплом по праву прав человека. Прежде чем вернуться в Индию, он связался со многими НПО и международными организациями, чтобы обсудить свои выводы о детском труде и о том, как его предотвратить и искоренить. Он получил значительное поощрение и поддержку от НПО в своих будущих начинаниях.

Получив диплом, Рави остался с родителями еще на месяц, чтобы поддержать свою мать. Он снова начал нести ее, но Эмилия ничего не почувствовала. Рави прошел по коридорам и вышел на террасу их огромного особняка, но Эмилия никак не отреагировала, и на ее лице не было никакого выражения. Она не ощущала присутствия Рави или его любви к ней, когда он с такой любовью нес ее на руках. Рави начала петь колыбельные из старых фильмов на малаяламе, ее любимые песни из Валапаттанама. Она слушала их в свободное время, сидя на террасе их дома и наблюдая за каноэ и лодками в *Барапуже*. Рави понял, что его мать ни о чем не подозревает, даже о ее существовании. Тем не менее, Рави часто крепко и тепло обнимал ее, так как его любовь к ней была неоценима.

Рави пришло время уезжать в Индию, и Стефан Майер сказал своему сыну, что он сам со всем справится. Кроме того, за Эмилией ухаживали две домашние сиделки. Стефан напомнил своему сыну, что для него было важно построить успешную карьеру. Выбранная им профессия давала множество возможностей помогать угнетенным, поскольку требовала его полной самоотдачи и постоянной поддержки. "Работающие дети в штате Керала часто подвергаются эксплуатации. И никто, даже политики и религиозные организации, не заботится о них, поскольку они не являются банком голосов или группой состоятельных верующих", - сказал Стефан своему сыну. Рави обнял свою мать и расцеловал ее в щеки. Он обнял своего отца и сказал ему "пока".

Вернувшись в Кочи, Рави начал практиковать в окружном и верховном судах. Он занялся делами работающих детей и начал связываться с ними в придорожных чайных лавках и ресторанах, которых было множество по всей Керале. Он много путешествовал по Кочи, Алаппуже, Коттаяму и Триссуру и их окрестностям, чтобы помочь детям. Затем Рави подготовил подробные отчеты с примерами из практики и подал петицию в Высокий суд в качестве судебного разбирательства в интересах общественности. Рави нравилось называть такие дела судебными разбирательствами по социальным искам, или SAL, поскольку они представляли участие общества в защите прав человека и предотвращении нарушений. Поскольку некому было поддержать Рави финансово, ему приходилось работать день и ночь. Почти по всем делам, поданным в Окружной суд и Верховный суд, были достигнуты положительные результаты в пользу работающих детей, и Рави чувствовал себя счастливым. Реабилитация детей сопряжена с серьезными трудностями. Встреча с ассоциациями по защите детей и правительственными ведомствами, занимающимися вопросами защиты, ухода и восстановления, была титанической.

Во многих случаях государственные служащие были коррумпированы. В некоторых случаях они поддерживали чайные, владельцев ресторанов или промышленников и создавали многочисленные препятствия для Рави в выполнении судебного решения по эффективной реабилитации детей. В процессе Рави наживал все больше и больше врагов, которые нарушали права человека детей. К своему удивлению, Рави обнаружил, что большинство политиков поддерживали и поощряли нарушителей. Рави начал принимать индивидуальные случаи, чтобы заработать деньги на выживание, финансировать свои PILS и руководить реабилитационными работами. Он был очень внимателен к тому, чтобы ни один ребенок не был втянут в трясину социальных, политических и экономических пороков после того, как суд освободит ребенка. Аргументы Рави были хорошо подготовлены, объективны, точны и основаны на законе, и он никогда не играл эмоциями и симпатиями. Он проявил огромный интерес к разъяснению положений Конституции Индии и Всеобщей декларации прав человека. Адвокатам нарушителей прав было непросто противостоять доводам Рави, которые всегда были убедительными и основывались на разуме. Каждому судье нравилось слушать Рави, который строил свое дело на основе закона, который был непобедим для его оппонентов. Судьи в большинстве случаев выносили положительное решение. Вскоре Рави стал очень востребованным адвокатом, и в зале суда всегда присутствовала огромная толпа, чтобы выслушать его аргументы. Даже старшие юристы находили время присутствовать, когда Рави приводил доводы по делу.

Постепенно Рави обнаружил серьезные нарушения прав человека в отношении детей на традиционных фабриках, кустарных производствах, в сельском хозяйстве, на предприятиях по переработке рыбы, в школах и домах. Многие семьи по всей Керале нанимали детей в возрасте от десяти до шестнадцати лет для выполнения домашней работы по десять-двенадцать часов в день за ничтожное вознаграждение. Кроме того, многие из этих детей не получали достаточного питания и отдыха. Другими категориями детей, вынужденных работать в качестве домашней прислуги, были девочки, сироты, дети, оставшиеся без родителей, дети из неорганизованных семей или дети с ограниченными возможностями. Эти дети высадились вместе с некоторыми семьями и оставались с ними весь день и ночь. Им приходилось просыпаться около четырех утра и работать до одиннадцати вечера. Тяжелая рабочая нагрузка, такая как уборка дома, мытье посуды, стирка одежды, уход за младенцами, уход за собаками, кошками, коровами и буйволами, а иногда и работа на ферме, полностью истощала здоровье детей и разрушала их покой. Часто ребенок подвергался избиению и суровому наказанию со стороны женщины, а также сексуальному насилию со стороны подростков и взрослых мужчин. Многие девочки убегали из таких домов, часто становясь жертвами торговцев людьми и занимаясь торговлей живым товаром. Для Рави это было серьезной проблемой. Таких инцидентов были тысячи, и Рави сталкивался с десятками таких случаев каждый день, и он был полностью занят вопросами прав ребенка и расследованиями нарушений прав человека.

В некоторых случаях школы, колледжи, университеты и неправительственные организации приглашали Рави рассказать о его опыте в области прав ребенка, судебных разбирательствах в общественных интересах, конституционных положениях о защите и поощрении прав человека и законах о торговле детьми. Там всегда собирались большие группы, чтобы послушать Рави. Конференции, семинары, коллоквиумы и дискуссии, в которых он принимал участие, предоставляли возможности для трезвого осмысления и анализа законодательства. Рави начал получать приглашения от НПО и университетов за рубежом выступить с докладами о детском труде, изучая и обсуждая его последствия для образования и физического и психического благополучия детей. Неправительственные организации выплачивали солидное вознаграждение, которое помогло Рави профинансировать его программы PIL и реабилитации детей. Рави начал посещать Женеву, Копенгаген, Хельсинки и Осло для участия в академических и исследовательских мероприятиях.

Однажды Рави встретил Амму в аэропорту Копенгагена, и эта встреча изменила весь ход его жизни. Даже после возвращения в Кочи Рави продолжал встречаться с Амму всякий раз, когда ему хотелось ее видеть, и эти желания усиливались с каждым днем. Ему нравилось слушать ее и делиться своими случаями, и Рави нашел в Амму дружелюбную собеседницу, у которой было чуткое сердце по отношению к детям. Как личность, Рави уважал Амму и любил ее близость и присутствие. Он был взволнован, узнав о ее исследованиях *Каттерна* и научной строгости, с которой проводилось исследование. Их встречи стали регулярными, и Амму тосковала по Рави. Ей нравилось разговаривать с ним и делиться с ним своими самыми сокровенными желаниями. Одним из таких случаев был их визит к работающим детям в Муннаре.

Амму и Рави планировали свои встречи в рамках своей работы либо на ее экспериментальных рыбоводных фермах в Куттанаде, либо во время сбора доказательств детского труда для рассмотрения дел Рави в Высоком суде. Они проявляли личный интерес к работе и жизни друг друга, добавляя радости своему внутреннему "я". Теперь у них был кто-то, о ком они могли заботиться и любить как своих собственных. Это было страстное желание, желание быть вместе навсегда. Амму и Рави были в восторге от совместной поездки в Швецию и Германию, чтобы принять участие в церемонии награждения Амму в Университете Уппсалы и встретиться с родителями Рави, Эмилией и Стефаном, в Штуттгарте. Около четырех часов вечера они приземлились в аэропорту Арланда недалеко от Стокгольма. Они забронировали номер в отеле с видом на Стокгольмский Концертхусет. Впервые они остались с человеком противоположного пола. Но в этом случае этот кто-то был тем человеком, который стал бы их спутником жизни.

Амму улыбнулась, обняла своего любимого Рави и сказала: "Добро пожаловать в Стокгольм, и спасибо тебе за то, что согласился прожить со мной остаток моей жизни".

"Амму, эта мечта сбылась, и ты - моя мечта. Я готов остаться с тобой в любой точке мира", - ответил Рави. Его прикосновение было мягким и нежным, чтобы Амму не было больно, когда он прижмет ее к своей груди.

"Рави, я так счастлива, что у меня есть ты".

Они вышли посмотреть город. Что касается Рави, то это был его первый визит в Стокгольм, и они отправились пешком в Стокгольмский Концертхузе, концертный зал. Амму рассказала Рави, что Ивар Тенгом спроектировал величественное здание в греческом стиле. Рави был удивлен, что в концертном зале ежегодно проходит более двухсот концертов. "В тысяча девятьсот втором году появилось Стокгольмское концертное общество, которое проводило регулярные концерты в Стокгольме", - добавила Амму. "Как возможно организовать столько мероприятий за один год?" - спросил Рави. "Шведы - отличные планировщики и скрупулезно выполняют свои планы", - прокомментировала Амму. "Я могу понять это по количеству организованных здесь мероприятий", - сказал Рави, обходя здание. - Это здание - архитектурный шедевр, открытый в тысяча девятьсот двадцать шестом году. В Консерватории проходит церемония вручения Нобелевской премии", - сказала Амму. "Приятно быть здесь, и это тоже с тобой, Амму", - ответил Рави. - Я чувствую то же самое, Рави, - сказала Амму.

Затем они направились к главным торговым районам — Дроттингтатан и Стургаттерниан. Улицы были заполнены людьми, так как было начало лета. Все любили гулять по городским улицам и по многочисленным пляжам, паркам и музеям. Рестораны были переполнены, как будто праздник проник повсюду. Амму и Рави подошли к озеру Меларен, увидев сотни пар, наслаждающихся бризом и прогуливающихся рука об руку. Там было множество молодых людей, которые обнимали и целовали друг друга. Амму и Рави отправились на улицы Норрмальм и Норр Меларстранд. Люди праздновали наступление лета, и многие собирались небольшими группами за едой.
- Шведы ужинают между половиной шестого и семью, - сказала Амму.
- Итак, давайте поужинаем, - сказал Рави.

Они отправились в открытый ресторан на берегу озера Маларен. Многие люди были почти со всех континентов, и это был фуршет. Амму и Рави заказали *шведский* стол, состоящий из фрикаделек, *принскорвара*, мини-сосисок и лосося. Они также попробовали фрестельзе *Янссон*, приготовленное с использованием сливок, картофеля и запеканки с анчоусами. Сидя за столиком на двоих, они говорили о ночной жизни и великолепии Стокгольма.

"Швеция - одна из самых безопасных стран в мире", - сказала Амму.

"Я слышал, что шведы миролюбивы и честны", - заметил Рави.

- Совершенно верно. Я испытала это на себе, - ответила Амму.

После ужина они вместе с толпой прошлись по Библиотек-сг-тан и Бондегатан и вернулись в отель к половине десятого. В комнате было тепло, и они расслабились, наблюдая за Би-би-си. - Амму, это была приятная прогулка. Стокгольм сказочен, а человеческий аспект вдохновляет. Несмотря на то, что это небольшой город, многие туристы и приезжие приезжают из-за пределов страны. Я счастлив быть здесь и взволнован тем, что нахожусь с вами", - сказал Рави. Амму подошла, села рядом с ним на диван, взяла его за руку и поцеловала ладонь. "Я люблю тебя, Рави", - сказала она. Рави завел руку Амму за спину, прижал ее к себе и медленно поцеловал. Его жест был теплым и нежным, и Амму почувствовала, что Рави становится с ней единым целым. Ее губы проникли в его рот и пососали его язык, и она почувствовала глубокую близость, как будто ощущала мужчину внутри себя. Амму не хотела отрывать свои губы. "Пусть это останется там надолго", - подумала она. "Пусть это насладится Рави и наполнится его силой, могуществом и любовью".

Они медленно поднялись, и Рави прижал ее к своему сердцу. Он слышал ее сердцебиение, которое было ритмичным и живым, и знал, что ее прекрасное сердце перекачивает больше крови в ее тело с ног до головы. Рави чувствовал ее дыхание и теплый воздух, выходящий из ее ноздрей. Затем он медленно поднял ее и сжал в своих сильных руках. Он чувствовал, что переживает всю полноту ее существования внутри себя и сливается с ней как с одним человеком. - Амму... - позвал он. "Рави Стефан..." - ответила она, назвав его по имени. "Я люблю тебя, моя дорогая", - сказал он. "Я тоже люблю тебя", - ответила она. Ее слова были похожи на чириканье воробья, и Рави понял, что от нее исходит странный, но приятный запах, такой чувственный. Он нежно прижал ее к своей груди и прошептал ей на ухо: "Я люблю тебя, Амму". Ее лицо было пунцовым, ноздри слегка раздувались, и выглядела она великолепно. Он мог видеть ее большие глаза, полные любви и страстного желания.

Амму расстегнула пуговицы на его рубашке и поцеловала его в грудь. Затем Рави помог Амму раздеться, и она выглядела чрезвычайно привлекательной. Рави стянул с себя джинсы и нижнее белье. Амму сняла с него рубашку, и они несколько раз обнялись и поцеловались. Они чувствовали себя единым телом, и их индивидуальности слились в единое целое. Он осторожно отнес ее на койку и лег рядом, прижимая к себе. Амму пыталась исследовать его, и Рави тоже пытался сделать то же самое. Это был самый очаровательный опыт, который у них когда-либо был. Рави медленно приподнялся, и она приняла его легким толчком таза. - Амму... - позвал он. "Рави..." - ответила она.

Рави постепенно полностью присоединился к Амму, и она отвечала ему равными, мягкими движениями вверх. Это было выражение крайнего счастья и неземной радости. Они чувствовали, как их ноги, руки и тела сливаются в единое целое. Все их тела и различные части тела были активны по-своему. Это был союз двух людей и их внутренних сущностей. Близость Рави к Амму была таким ощущением, как будто она испытывала это с самого начала своей жизни. Союз был кульминацией их осознания. Рави подумал об Амму, о ее прекрасном существовании с ним, об их единстве. Затем внезапно Амму вскрикнула, тихий стон был вершиной ее оргазма, и она слегка задрожала в объятиях Рави. Вскоре Рави глубоко погрузился в нее, в суть своей любви. "Рави, я люблю тебя". Ее голос был слабым, но полным беспокойства за своего партнера. "Я люблю тебя, моя Амму", - ответил он. Они долго лежали вместе, облизываясь и медленно обнимая друг друга. Затем они оба некоторое время спали. До раннего утра Амму и Рави занимались любовью и поняли, что секс - это объединяющая сила, настолько прекрасная и опьяняющая, что она объединяет двух людей в одну плоть.

Они встали около десяти утра. У Амму была сияющая улыбка, и Рави обнял и поцеловал ее. Они оба собрались и вышли позавтракать. Они провели целый день, осматривая город и его памятники, музеи и парки. Амму выглядела очаровательно в своих джинсах и футболке, а Рави был одет в джинсы и футболку. - Ты выглядишь таким красивым, Рави, - сказала Амму. "Амму, у меня нет слов, чтобы описать твою великолепную внешность", - ответил Рави. В ресторане под открытым небом на завтрак им подали кнекебред, вареные яйца, картофельное пюре, сливочный соус и бруснику с горячим кофе. Затем они отправились в Гамла-Стан, чтобы посмотреть собор Сторкиркан. "Его официальное название - церковь Святого Николая", - сказала Амму, входя в собор. "Архитектура потрясающая, а декор потрясающий", - прокомментировал Рави. "Церковь была построена в тринадцатом веке и принимала многочисленные коронации и королевские свадьбы", - добавила Амму. - Но я думаю, что те дни прошли. Теперь это похоже на бизнес-центр", - сказал Рави. "Очень немногие шведы посещают церковные службы в эти дни. Большое количество людей являются атеистами или неверующими. Многие безразличны к религии", - добавила Амму.

- Это нормально. Религия исчезает за занавесом, когда разум становится решающим фактором в жизни. В обществе, построенном вокруг науки, нет места Богу; даже концепция Бога бессмысленна, поскольку Бог не может быть объектом", - проанализировал Рави.

"Бог был необходим обществу, которое было невежественным, неграмотным и не могло разобраться в причинно-следственных связях. Бог также был необходим сообществу, не имевшему понятия о справедливости, свободе или человеческом достоинстве", - объяснила Амму.

"Я согласен с тобой", - сказал Рави.

"В эти дни кафедральный собор Сторкиркан организует концерты и представления с участием артистов и музыки для сбора средств. Здесь больше нет поклонения, а скорее сосредоточено внимание на человеческом благополучии. "Это должно быть целью человеческой жизни", - высказала мнение Амму."

"Амму, я верю, что человек представляет собой высшую ценность, и мы становимся лучшими людьми, чтобы достичь справедливости и прав человека", - сказал Рави.

"Бог должен быть подчинен людям и их нуждам", - сказала Амму.

"Мы достигаем стадии, когда Бог исчезает из всех сфер человеческой жизни и человеческих начинаний. Мы не нуждаемся ни в чьей защите или заботе от кого-либо еще", - решительно заявил Рави.

Амму и Рави подошли к Королевскому дворцу Кунглига Слоттет, резиденции короля Швеции. "Это выглядит величественно", - сказала Амму, когда они въехали в главные ворота. "Интерьеры выглядят великолепно", - добавил Рави. - Это Риксаален, Государственный зал. Вы можете увидеть там корону королевы Кристины", - сказала Амму, указывая на корону. "У него сложная работа", - прокомментировал Рави. "Орден Саларна - это зал рыцарских орденов", - продолжила Амму. Рави счел музей Густава III Тре Кронора уникальным. "Здесь выставлены остатки разрушенного пожаром замка Тре Кронор", - добавила Амму. "Экспонаты бесценны, они показывают, сколько усилий приложили шведы, чтобы сохранить исторически значимые материалы. Нет необходимости выдумывать мифы о своей истории, когда есть достаточно доказательств", - объяснил Рави. - Я согласна с тобой, Рави, - сказала Амму. Затем они сели на лодку, чтобы добраться до ресторана в саду посреди небольшого острова. Ресторан был переполнен, и они заказали фрикадельки, маринованного лосося с картофелем и зеленым луком и сметану.

Они плавали на лодке по разным островам по всему Стокгольму, и на одном из них был концерт, и посмотреть его пришло около двухсот человек. Несмотря на то, что это был зрительный зал под открытым небом, люди все равно покупали билеты, чтобы посмотреть его, а Амму и Рави взяли свои входные билеты. Это была скрипичная симфония, и оркестр состоял из пианиста и виолончелиста, которые аккомпанировали скрипачу. Соната ярко продемонстрировала мастерство и выразительность скрипача, и она длилась полтора часа; это был действительно сказочный вечер. Публика хранила молчание во время концерта, а скрипачке, женщине лет тридцати, в конце аплодировали стоя. У Амму и Рави был легкий ужин, состоящий из торта "принцесса" и кофе. Они наслаждались достопримечательностями, звуками и красками Стокгольма до десяти и вернулись в свой номер.

На следующий день, после завтрака, они отправились к озеру Эркен, и Амму была чрезвычайно счастлива, думая об одном из самых очаровательных мест, в которых она когда-либо проводила время. Озеро Эркен выглядело великолепно, окруженное зеленью и бурлящее жизнью. - Рави, посмотри на озеро Эркен. Это одно из самых потрясающе красивых озер в мире. Я так счастлива быть здесь с вами", - сказала Амму. - Я благодарен тебе, Амму, за то, что ты привела меня сюда. Это выглядит так увлекательно и приятно находиться здесь", - ответил Рави. Затем Амму представила Рави профессору. Йоханссон и ознакомил его. Профессор Йоханссон была рада познакомиться и с Амму, и с Рави. Он сказал им, что поедет в Уппсалу на следующий день после завтрака, и они могут присоединиться к нему, если будут свободны. Амму поблагодарила его за доброту.

Амму познакомилась со своими коллегами и научными руководителями в лаборатории и с гордостью представила им Рави. Рави был рад познакомиться с друзьями и знакомыми Амму. Амму и Рави покатались на лодке по озеру. Амму рассказала Рави о тысяче вещей об озере Эркен, включая раков, водоросли, которые можно увидеть в воде, поведение озера в разное время года и дни, которые она потратила на сбор данных для своей докторской диссертации. "Эркен в переводе со шведского означает "сияющий", - сказала Амму Рави, обедая в пляжном ресторане. Они планировали прокатиться вокруг озера Эркен на велосипеде. Сотни девушек, юношей и молодых людей катаются на велосипедах вокруг озера, чтобы отпраздновать свою любовь и привязанность в течение лета. Амму и Рави взяли напрокат велосипед, чтобы прокатиться вокруг озера, и такая поездка была известна как "Маршрут викингов", и они начали с Норрталье. Амму сидела рядом с Рави, и ей нравилось кататься на заднем сиденье. Они проехали через сельскохозяйственную зону вокруг деревни Лохарад и повернули на запад, в сторону Кристинехольма. После неспешной езды в течение часа и наслаждения природной красотой местности они остановились в Сванберге, где был ресторан под открытым небом. Десятки молодых людей были там парами. Амму и Рави перекусили и выпили горячего кофе. Неподалеку была деревня викингов, и они посетили ее. Летом деревня викингов была открыта для студентов и молодежи, которые проводили там недели, знакомясь с образом жизни древних викингов и в первую очередь занимаясь кузнечным делом, модельным судостроением и многими другими начинаниями викингов. Амму и

Рави обошли деревню викингов и были поражены изобретательностью викингов на верфи.

Через некоторое время они добрались до места, где находились руины церкви Карла. "Эта церковь в римском стиле была построена в тринадцатом веке", - сказала Амму. Несколько студентов из университетов Уппсалы и Лунда занимались там археологическими исследованиями. Добравшись до деревни Марджум, они поехали в Скалторпсваген. Позже они въехали в сельский центр под названием Содербикарл, где была раскопана лодка XI века, выставленная в музее под открытым небом. Они добрались до дома для туристов около семи вечера, где у них была сауна. Затем они отпраздновали середину лета с приготовленным на гриле антрекотом из баранины, маринованным в травах, с запеченными помидорами, орехами, приправленными бальзамиком, семечками, луком-шалотом на гриле с укропом, картофельным салатом кольраби, вяленым лососем и горячим кофе. Они пошли на пляж и посмотрели на далекие огни и их отражение в озере. "Амму, мы здесь, далеко от Кочи, но мы вместе. В этом вся прелесть отношений. Даже когда мы далеко, мы носим друг друга в наших сердцах, и в этом прелесть любви", - сказал Рави, немного поэтично. "Рави, мы подобны огням, которые видим вдалеке; иногда мы являемся их отражением. Трудно сказать, что реально, а что нереально. Но опять же, в реальности нереального не существует. Все реально. Озеро Эркен, воды, волны, раки в воде, огромные деревья на его берегах и мы, сидящие на этой скамейке, реальны. Мы остаемся настоящими, и наша любовь друг к другу становится настоящей", - объяснила Амму.

Рави посмотрел вглубь озера и сказал: "Совокупность вод озера Эркен составляет озеро Эркен. Волны на другом берегу озера Эркен и волны на этом берегу озера одинаковы. И мы, сидящие здесь, две личности, слившиеся в одно целое, все еще существуем как разные личности, в чем и заключается изысканность отношений". "Любовь возникает, когда две личности видят себя друг в друге, когда их странность сливается с осознанием другого в единстве. Это случилось с нами. Мы осознаем, что существуем независимо, но мы видим друг в друге, и это осознание является основой нашей любви, доверия и существования", - добавила Амму. Рави предложил: "Дует прохладный ветерок, так что давайте пройдем в комнату". В комнате было тепло, и Рави с любовью обнял Амму, а Амму поцеловала его. Потом они занялись сексом наедине и проспали до утра.

После плотного завтрака Амму и Рави приступили к беседе с профессором. Йоханссон за рулем машины. Обширный участок леса был прекрасен и отражал огромную любовь шведа к природе. Уппсала сияла в лучах утреннего солнца. Амму и Рави поблагодарили профессора. Йоханссон и отправились в свой гостиничный номер. Из окна они могли видеть величественное здание университета, в котором размещались ведущие ученые Скандинавии, интеллектуалы и не менее блестящие студенты. Они наблюдали за заброшенными, выкрашенными в белый и серый цвета средневековыми и современными университетскими зданиями. Амму была счастлива, что получит докторскую степень в таком замечательном учебном заведении. "Амму, я горжусь тобой", - сказал Рави. - Спасибо тебе, Рави, что пошел со мной. Для меня большая честь ваше присутствие, - ответила Амму. - Это взаимно, Амму, - сказал он, обнимая ее. "В тысяча шестьсот двадцать пятом году в восточной части собора было построено первое университетское здание", - сказала Амму, указывая на возвышающийся собор. "В те дни образование было неотъемлемой частью религии", - сказал Рави. "Ты прав. Теология была жизненно важным факультетом университета", - добавила Амму. - Я понимаю, - сказал Рави.

Указывая на главное здание университета, Амму сказала: "Оно было построено в тысяча восемьсот восьмидесятом году. Сегодня в этих зданиях расположены различные школы и департаменты по всему городу." "Кто был архитектором этого величественного сооружения?" - спросил Рави. "Герман Теодор Холмгрен был архитектором главного здания, и это здание до сих пор используется для проведения конференций, концертов и университетских церемоний", - ответила Амму. "Стиль здания, по-видимому, напоминает романский ренессанс", - сказал Рави. - Ты прав, Рави. Его фойе в точности напоминает римское, великолепное и просторное. Большой зрительный зал, расположенный там, может вместить более тысячи семисот пятидесяти человек", - добавила Амму. "Это большое число", - сказал Рави. "Над входом в главное здание, на Ауле, начертана цитата из Томаса Торида: "Мыслить свободно - это здорово, но мыслить правильно - еще больше", - сказала Амму. "Где проводится церемония награждения?" - спросил Рави. "Церемония присвоения степени доктора проводится в Большом актовом зале с возложением лаврового венка, что считается величайшей честью для студента, традиция, зародившаяся с момента основания университета", - пояснил Амму.

На церемонию награждения Амму надела шелковое сари из Канчипурама, а поверх сари на ней было вечернее платье, подаренное университетом. "Ты выглядишь элегантно", - сказал Рави, оценив Амму в сером костюме и красном галстуке. Прозвучали пушечные салюты, означающие начало церемонии в Университете Уппсалы, за которой последовали многочисленные древние традиции, символы и праздничные мероприятия во время церемонии награждения. Большой зрительный зал был переполнен, и он сверкал. Амму была одиннадцатым человеком, которого вызвали на сцену, чтобы вручить ей кольцо, диплом и лавровый венок, и для Амму и Рави это стало воплощением мечты. После церемонии награждения в Государственном зале замка Уппсала состоялся банкет. Амму была приглашена присутствовать, и они с Рави прибыли вовремя. Присутствовало около семисот человек, включая членов королевской семьи, высокопоставленных чиновников из города Уппсала, новых лауреатов докторской степени, их гостей, приглашенных почетных гостей, гидов для докторантов и университетских профессоров. Банкет был грандиозным событием, и Амму и Рави встретились со многими высокопоставленными лицами по всему миру.

Еще до полуночи Амму и Рави добрались до своего отеля. "Поздравляю, доктор Амму Томас Пуллокаран", - сказал Рави, обнимая Амму.

"Спасибо вам, дорогой Рави Стефан Майер, за то, что посетили церемонию и банкет", - ответила Амму.

"Это была честь, незабываемое событие и веха в нашей жизни", - добавил Рави. - Конечно, Рави. Я так счастлива, и я счастлива, что ты со мной". Слова Амму были нежными, и она страстно поцеловала Рави. Рави обнял ее, что было выражением его предельного бытия, полноты его существования с Амму. Он переживал свое бытие так, словно Амму овладела им, и он разделял не только мельчайшие клеточки ее тела, ее чувства и эмоции, но и ее жесты, мимику, желания и мечты.

"Люблю тебя, моя Амму. Я слишком сильно люблю тебя. Ты преуспеваешь во всем", - сказал Рави.

"Люблю тебя, мой Рави", - сказала она, легонько постучав его по груди.

На следующий день, после обеда, они отправились осматривать достопримечательности. "Давайте отправимся в Уппсальский *собор*, известный как Домкирка", - сказала Амму. "Я читал, что строительство было завершено в тысяча двести семидесятом году, и это самое большое церковное здание в Скандинавии", - сказал Рави. "Ты уже много знаешь о Швеции", - ответила Амму. "Конечно, я постоянно поддерживал с тобой связь в течение последних шести месяцев, дорогая Амму", - сказал Рави. - Я тоже многое знаю о тебе, дорогой Рави. Я знаю, что вы самый любезный и дружелюбно настроенный человек во всем мире", - сказала Амму. "Это из-за твоей близости, Амму", - ответил Рави. "Ты мой герой", - сказала Амму. "Ты - мой свет и звук, вкус и прикосновение, чувства и осознанность. Ты делаешь меня человеком", - ответил Рави. "Это прекрасные слова, самые ободряющие и обнадеживающие", - заметила Амму. "Мы счастливая пара. Как только мы вернемся в Кочи, мы должны пожениться", - сказал Рави. "Я так взволнована, думая о нашей семейной жизни. Мои родители так сильно любили друг друга. Они не существовали ни для кого, кроме друг друга. Мой отец не смог пережить смерть моей матери и вскоре последовал за ней. Я многому у них научилась", - объяснила Амму. - Амму, для меня большая честь быть знакомым с твоими родителями. Они были прекрасными любовниками. Их любовь была сильной. Мои родители любят друг друга, и у меня нет слов, чтобы объяснить их любовь друг к другу. Но наша любовь на одну ступень выше, чем любовь между твоими родителями и любовь между моими родителями. Я называю это глубокой любовью, и я испытываю ее. Я верю, что ни одна другая пара в мире не любила друг друга так сильно", - сказал Рави, обнимая Амму.

Они уже были на территории собора. "Наша любовь продлится гораздо дольше, чем возраст этой церкви", - прокомментировала Амму. - Наша любовь будет длиться вечно. Люди будут писать стихи о любви между Амму и Рави. Они будут петь песни о нашей любви из поколения в поколение до конца света", - прокомментировал Рави. - Я знаю, Рави. Наша любовь глубока, прочна, далеко идущая, шире, глубже, сильнее, властная, яркая и интенсивная, чем любовь между Дидриком и Оливией", - сказала Амму. "Наша любовь приносит нам эмоциональное и интеллектуальное удовлетворение, что является критерием отношений", - сказал Рави. Затем, стоя у главного входа в собор, Амму спел песню Дидрика, выражая свою сильную любовь к своей возлюбленной Оливии. "Моя Амму, я люблю тебя", - долго целуя ее в губы, Рави выразил свои сердечные чувства. Они шли рука об руку по огромной церкви. "Это во французском готическом стиле", - сказал Рави. - Ты прав, Рави. Он был спроектирован французским архитектором Этьеном де Боннеем", - сказала Амму. Затем Амму показала Рави мемориал, построенный в честь Дага Хаммаршельда в соборе.

Держась за руки, они направились к берегу озера. После этого они в течение часа катались на лодке. "В Уппсале множество водоемов, книжных магазинов, кафе и ресторанов", - заявил Рави. "Есть также парки, которые создают ощущение глубокого спокойствия и умиротворенности", - добавила Амму. Повсюду они могли видеть подростков, молодежь, мужчин и женщин, передвигающихся на велосипедах. Амму и Рави взяли два велосипеда и посетили замечательную Гамлу Уппсала, места захоронения более трехсот королей, королев, других членов королевской семьи и героев викингов. Оттуда они отправились на велосипеде в музей Гамлы в Уппсале. Мифы, легенды и культура викингов были отражены в каждом экспонате, выставленном здесь.

Пара лет тридцати пяти приехала на велосипеде и поприветствовала Амму и Рави, помахав им рукой. Они тоже помахали паре в ответ. Они подошли и спросили, не туристы ли Амму и Рави. Амму объяснила, что она была в Уппсале на церемонии награждения, а Рави был ее гостем, который присутствовал на программе накануне. Пара выразила свое удовольствие, пожав им руки. Рави спросил, не туристы ли они, и женщина ответила, что она министр культуры в шведском правительстве, а ее спутником был ее муж, учитель начальных классов. В воскресенье он сопровождал ее по объектам, предоставляемым туристам в Гамла-Уппсале. Министр сообщил им, что шведское правительство хочет, чтобы все объекты были опрятными, чистыми и удобными для туристов. Наконец, министр поблагодарил Амму и Рави за посещение Гамлы Уппсала. "Викинги были жителями Швеции, Норвегии и Дании и говорили по-норвежски. Они были могущественной силой до того, как христианство достигло Скандинавии", - сказала Амму. - Я слышал, что викинги были великими корабелами. Они были известны своей безупречной гигиеной, использовали уникальную жидкость для разжигания костров и повсюду носили с собой огонь. Они хоронили своих умерших в лодках. Женщины викингов пользовались равными основными правами со своими мужчинами", - объяснил Рави. "Права человека помогли тебе многое узнать, Рави", - заметила Амму. "Некоторые историки полагают, что христианство полностью уничтожило королевства викингов в Северных регионах. Сейчас христианство постигает та же участь, поскольку среди молодежи формируется новый образ жизни, поскольку они уважают права человека, справедливость, свободу и открытость", - отметил Рави.

Амму и Рави поужинали в гигантском плавучем ресторане. У них была *губброра*, суп из желтого гороха, раки, жареная говядина, шведские блинчики и десерт. К полуночи они добрались до отеля. "Рави, прошлой ночью мне приснился сон", - сказала Амму Рави, когда встала. - Что это было, Амму? - спросил Рави. - Мне снились мы с тобой. После нашей свадьбы и переправы через реку Перияр мы отправились на каноэ недалеко от Алувы. Вода бурлила, дул сильный ветер, и нам было трудно переправиться через реку. Но я не знаю, пересекли ли мы его. Затем я открыл глаза. Но это был ужасный сон", - рассказала Амму свою историю. "Последние несколько дней мы путешествовали на лодках и паромах, поэтому, естественно, вы мечтали о реке. Также естественно, что ты мечтал о себе и обо мне вместе. Конечно, переправляться через реку во время муссонов в Керале трудно, особенно на загородной лодке. После нашей свадьбы, конечно, мы переплывем реку на каноэ", - сказал Рави. "Но этот сон опечалил меня", - сказала Амму. - Не нужно грустить. Мы две сильные личности. У меня уже есть профессия, и я могу зарабатывать достаточно денег после своей деятельности по защите прав ребенка и PIL, чтобы заботиться о нашей семье. Кроме того, вы подали заявку на должность доцента в университете, и если вы получите там должность, у нас будет достаточная финансовая основа для продвижения вперед. Так что, Амму, пожалуйста, не волнуйся", - попытался утешить Амму Рави. - Но, Рави, деньги - это еще не все для обеспеченной жизни. Есть много других факторов, таких как наша безопасность от врагов, воображаемых и реальных. Как у адвоката по правам человека, у вас может быть много могущественных врагов, таких как политики, партийные работники, другие юристы и промышленники, которые заставляют детей работать", - Амму посмотрела на Рави и объяснила. - Я понимаю, Амму. Каждый может создавать врагов, известных и неизвестных, индивидуальных врагов и идеологических врагов, причем идеологические враги более опасны. Но мы переправимся через реку Перияр." Слова Рави были полны надежды.

Амму улыбнулась, что прозвучало как громкий смех, и Рави обнял ее, прижимая к своему сердцу. Они долго стояли так, прислушиваясь к музыке внутреннего "я" друг друга. Тогда они вообразили, что они - другой человек; Амму - это Рави, а Рави - это Амму. Они обменялись не только своими телами, но и чувствами и сознанием. Амму видела себя только что родившимся младенцем с новой пуповиной, завернутой в старую, изодранную ткань, под железнодорожным мостом. Она почувствовала, что кто-то поднял ее теплыми, мягкими руками. Она испытала заботу, защиту и любовь Эмилии и Стефана. Она могла видеть Ренуку, Аппуккуттана и Адитью. Ее звали Рави, и она переплыла *Барапужу* в Валапаттанаме вместе с Адитьей. Все было так великолепно, так загадочно. Она выросла вместе с Эмилией и Стефаном, танцевала *Тейям*, посещала "учебные классы", работала на сельскохозяйственной ферме и играла в хоккей. И она училась в англо-индийской школе

Святого Михаила в Каннуре, путешествуя с Эмилией и Стефаном в Штутгарт. Амму постепенно превращалась в Рави — трансформируясь и эволюционируя.

Рави пережил это так, как если бы он был Амму с Анной и Томасом Пуллокаранами. Он увидел белого быка, маслобойню и их особняк. Рави увидел себя посещающим церковь с Анной и Томасом Пуллокаранами, встречающимся с епископом, который посетил их дом за подарками, денежными средствами, пожертвованиями и наличными деньгами. Он чувствовал Амму в школе, играя с друзьями, став свидетелем смерти ее матери, падения ее отца и ее погребения в могиле, предназначенной для бедных. Рави испытал радость Амму, получив стипендию в Университете Уппсалы. Он гордился ее исследованиями на озере Эркен, озере Ваттерн, раками, ее экспериментальной рыбной фермой в Куттанаде, ее встречей с Рави в Копенгагене и их первой поездкой на велосипеде из Алаппужи в Муннар; все было прекрасно и очаровательно. Рави становился Амму, его возлюбленной Амму. - Амму, - тихо позвал ее Рави. "Мой Рави", - ответила Амму. "Я - это ты". "Ты - это я". "Зови меня Амму", - сказал Рави. "Зови меня Рави", - ответила Амму. "Я - это ты. Ты - это я". "Ты и я - одно целое. Ты и я - одно целое."

Амму и Рави долго целовались, не зная, кто они и где находятся, как будто они находились в другом измерении жизни и получали новые впечатления. Это была трансформация в новую идентичность и сферу жизни. Они вышли на улицу, и был уже полдень. После обеда Амму и Рави посетили музей Линнея и обширный сад, созданный ботаником Карлом фон Линне. Прогулка по великолепному парку стала для Амму и Рави необыкновенным впечатлением. В Книге посетителей Рави написал: "Я Амму", а Амму написала: "Я Рави. Сад великолепен." Амму и Рави были вне себя от радости, увидев Стадстрагарден, "Остров блаженства", с тысячами разнообразных и захватывающих цветов, а также расположенный неподалеку театр под открытым небом. Они вернулись в отель к десяти, посетив дом Брора Хьорта, музей Уппланда и поужинав в ресторане в саду.

На следующий день, рано утром, они отправились поездом в Стокгольм, чтобы принять участие в международной конференции. По просьбе организаторов конференции Амму подготовила научную статью, основанную на ее докторских исследованиях. Статья Амму была одной из тематических, и она должна была представить ее на церемонии открытия встречи с тремя другими исследователями из США, Южной Африки и Филиппин. Ей дали двадцать минут на презентацию и десять минут на сессию вопросов и ответов, и она говорила по-английски. Она могла объективно объяснить все вопросы с ясностью, смирением и достоинством. В конце выступления Амму аплодировали стоя. Во время перерыва многие исследователи, эрудиты и академики с энтузиазмом встретились с Амму и обменялись любезностями. Она получила приглашения посетить и представить исследовательские работы в Стэнфордском университете, Амстердамском университете и Национальном университете Сингапура. Амму также получил запросы на публикацию двух различных исследовательских работ в рецензируемых журналах и вхождение в состав редакционной коллегии международного журнала о раках и омарах. Амму с гордостью представила Рави всем присутствующим. В течение всего дня Амму и Рави посещали различные заседания конференции. Они встретились с организаторами, которые выразили свое крайнее удовлетворение презентацией Амму и сообщили ей, что она будет регулярно приглашаться на их будущие ежегодные конференции.

После ужина на конференции, вернувшись в отель, Рави обнял Амму и сказал: "Поздравляю, Амму, ты так хорошо справилась. Я горжусь тобой. Я думал, что представляю доклад, когда вы были на трибуне. В эти дни я не могу отличить тебя от самого себя." "Когда ты сидел среди зрителей, я почувствовал, что стал тобой. Твои чувства - мои, а мои чувства - твои. Возможно, это стадия роста нашей любви", - ответила Амму. "Амму, на высшей стадии любви нет разделения, поскольку два человека становятся одним целым, но при этом есть индивидуальность, самоуважение и достоинство. В этом тайна любви", - объяснил Рави. "Это переживание единства, и чтобы испытать его, вам нужно быть влюбленным, без эгоизма, без самоощущения, но в существовании есть индивидуальность. Это рост. Это просветление", - ответила Амму. - Ты права, Амму. Моя мать часто говорила о "Сиддхартхе" Германа Гессе. Гаутама достиг просветления и почувствовал единство со своим окружением, со своим другом Говиндой, рекой Ганга и всей вселенной. Моя мать говорила мне, что это была любовь, чистая и незамысловатая. Когда вы любите другого, вы становитесь другим, а другой становится вами. Когда вы видите себя в другом, вы знаете, что другой - ваш друг, и когда вы чувствуете другого в себе, вы уважаете другого так же, как уважаете себя. Нет ни разделения, ни пропасти. Амму, я всегда вижу тебя в себе и безмерно уважаю; это началось, когда я впервые встретил тебя в аэропорту Копенгагена. С каждым днем она растет, потому что нет ни потолка, ни предела ее росту, - пробормотал Рави, а затем снова обнял ее и понес по комнате.

"Рави, с тобой я чувствую огромную свободу и испытываю ее ежедневно. Это счастье, радость и открытость. Это единство, - сказала она, глядя на него и улыбаясь.

Словно по секрету, Рави сказал: "Амму, когда мне было шестнадцать, я носил свою мать на руках. К тому времени я был сильным и хорошо сложенным. Я пел для нее песни из фильмов на малаяламе, когда моя мама была у меня на руках, а иногда я даже пел колыбельные. Моя мама - большая поклонница песен из фильмов на малаяламе, поэтому я спел много песен, когда был с ней. Она любила меня от всего сердца, и я хотел вернуть эту любовь, но я не мог вернуть и десятой ее части. Когда я вижу тебя, я вижу отражение своей матери. Но я знаю, что ты другой. Однако я могу любить тебя так же сильно, как я любил свою мать, если не больше. Любовь всегда растет. Мы можем любить разных людей, но любви хватит на весь мир".

Амму все еще была у него на руках, и Рави спел ей колыбельную на малаяламе, и Амму заснула как ребенок. Затем он осторожно положил ее на кровать, и Рави заснул рядом с ней, прижимая к сердцу свою любимую Амму.

На следующий день они отправились в Хьо, муниципалитет в графстве Готланд, чтобы увидеть озеро Ваттерн. "Озеро Ваттерн - второе по величине озеро в Швеции, его длина составляет 135 километров, а ширина - 35 километров", - сказал Амму. "Я где-то читал, что многие муниципалитеты получают чистую питьевую воду непосредственно из озера Ваттерн", - сказал Рави. - Это правда. Vattern происходит от *Vatten*, шведского слова, обозначающего воду, как утверждают многие ученые", - сказала Амму. Они вместе плавали в месте, указанном для купания, и там были десятки людей, купающихся в теплой воде. Пока они шли, они могли видеть множество велосипедистов, объезжающих озеро, известное как *Ваттернрундан*, а расстояние составляло около 350 километров. Амму и Рави присоединились к вечеринке с раками "Крафтивалер", которая продолжалась более трех часов вечером. Ночь была приятной, и они прошли много миль по берегу озера; оба чувствовали, что прогулка освежает, и они испытывали счастье в единении.

На следующий день, после обеда, около трех, они сели на автобус до Гетеборга, города Оливии, возлюбленной Дидрика. В лимузине Рави попросил Амму спеть для него песню Дидрика, и Амму спела ее. Рави любил слушать ее неоднократно, и Амму снова спела ее для Рави; она могла бы спеть ее по меньшей мере дюжину раз. Путешествие было приятным, и автобус преодолел двести четыре километра за три с половиной часа от Хьо до Гетеборга через Йончепинг. Амму и Рави поужинали в ресторане, пристроенном к их отелю на Гота-Альв. Эта река берет начало из озера Ваттерн, которое протекает через Гетеборг и впадает в море Каттегат. Они заказали обжаренную баранью грудинку, сальсу халапеньо, жареный чеснок, тушеную морковь, листовые овощи и горячий кофе. Амму была занята подготовкой к своему семинару с утра до полудня, и Рави сидел с ней, помогая ей выстроить образ мыслей и презентацию. Амму понравился его пошаговый подход и объяснения по каждому вопросу, задаче и решению. "Почему ты так сильно меня любишь?" Потом, внезапно, Амму спросила его.

Рави некоторое время смотрел на нее и сказал: "Потому что ты - это ты". Он помолчал мгновение, а затем продолжил:

"Я люблю тебя, потому что я люблю тебя. Это может звучать как тавтология, но в этом есть более глубокий смысл. Я влюбился в тебя одного, в тебя всего целиком; поэтому нет никаких вопросов относительно того, почему я люблю тебя. Я люблю тебя в настоящем времени, не заботясь ни о прошлом, ни о будущем. Она яркая и сияющая, и ее цвета никогда не тускнеют и не испаряются".

"Рави, я так многому научился у тебя. Ваша индивидуальность и вы сами, как личность в целом, безмерно привлекаете меня. Нет никакого сравнения; нет никого, подобного тебе. Когда я думаю о тебе, когда я вижу тебя, только один человек приходит в мое сознание, и это ты", - ответила Амму.

- Амму, у меня то же самое. Ты для меня все: мой горизонт, границы, высоты, глубины и бесконечность. Ничто не может существовать вне вас. Вся моя вселенная состоит из вас, и я черпаю мужество в своей повседневной работе, планировании и будущем", - объяснил Рави. "Но часто я задаюсь вопросом, если бы я не встретил тебя!" Амму задала вопрос. "Подобной ситуации быть не может. Я встретил тебя, потому что ты был там. Мое существование состоит в том, чтобы встретить тебя, влюбиться и обрести вечную жизнь. Амму - это концепция полноты. Поскольку существует доверие, осознание этого доверия приводит нас к переживанию счастья и радости. Это переживание нашего бытия, знание того, что я влюблен, у меня есть другой человек, который сам по себе является целостностью, и эта целостность - то, что я есть. Итак, без тебя я неполноценен, и в этом суть любви", - прокомментировал Рави, обнимая свою любимую Амму.

Внезапно, с детской простотой, Амму сказала: "Когда ты обнимаешь меня, я чувствую исходящее от тебя тепло, я чувствую тебя, я переживаю тебя, и я ощущаю вашу близость, которая неразделима. Но почему я так себя чувствую?" Рави ответил: "Любовь ничего не ожидает и ничего не дает, потому что она ничего не предлагает, даже самого человека. Любовь - это принятие человека во всей его полноте, таким, какой вы есть, и возвращение этого человека таким, какой он есть, без каких-либо изменений. Но здесь два человека, а не один. Здесь полное приятие - это целостность личности. Это больше, чем вера. В любви нет противоречия или конфликта; это чистое блаженство, потому что нет обмена. Вы принимаете человека целиком. Вы принимаете этого человека, не думая ни о каких положительных или отрицательных аспектах его жизни. Это вы принимаете себя. Когда я говорю: "Я люблю тебя", любовь - это не действие, это жизнь. Любовь - это жизненный опыт человека. Любовь - это счастье всей жизни человека. Это радость всей жизни человека. Любовь - это осознание своего существования, когда мы говорим: "Я есть". Это означает, что я люблю тебя. Здесь ты - это я, а я - это ты. Нет никакого разделения, никакой границы. Любовь - это все, о чем человек думает, что чувствует, чего желает и что совершает." Сказав это, Рави еще раз обнял Амму.

Они вышли на улицу и прогулялись по улицам. С реки Гота-Альв дул прохладный ветерок. Они могли видеть сотни прогуливающихся молодых людей; для них имели значение только они одни, и никого другого в этот конкретный момент не существовало. - Рави, посмотри на эту реку. На самом деле это озеро Ваттерн, само существование, но другая сущность", - сказала Амму. - Ты права, Амму. Но в любви ты любишь человека, постепенно превращаясь в этого человека", - сказал Рави. Амму улыбнулась, и на ее прекрасном лице отразился свет уличных фонарей. Рави улыбнулся, и они направились к незнакомым берегам, но везде они чувствовали себя знакомыми, как будто бывали там раньше и знали это место. "Почему у меня такое чувство, что я уже бывал в этом месте раньше?" - спросил Рави. "Это потому, что мы знаем друг друга, и это глубокое знакомство меняет наше восприятие того, что мы знаем все вокруг нас. Когда мы вместе, нам нечего бояться. Ничто нас не отталкивает, - ответила Амму. Рави улыбнулся. "Амму, ты очаровываешь меня", - сказал он. Потом он обнял ее, стоя на берегу реки.

Они могли видеть множество молодых пар, обнимающихся, целующихся и переживающих единение. "Любовь вне времени и пространства", - сказала Амму. - Амму, любовь такова. Это вне времени и пространства. Оно не имеет формы или размера и является самым мощным выражением нашего существования и целостности нашей сущности. В своем высшем смысле любовь так же велика, как вселенная, а вселенная - это любовь". Рави был ясен в своих словах. Ночь была нежной и прекрасной. Амму и Рави прибыли в Городскую аудиторию на семинар около половины девятого утра. Торжественное мероприятие проходило с четверти до девяти, и на нем присутствовали представители почти всех университетов, неправительственных организаций и правительственных ведомств скандинавских стран. Амму подробно рассказала о своих *экспериментах* по выращиванию куттернов в Куттанаде, участии фермеров и необходимости совместного рыболовства. Такая попытка имела потенциал для увеличения производства, улучшения маркетинга и получения огромной прибыли. С большой уверенностью Амму ответила на заданные вопросы. Это была действительно высоко оцененная презентация. Председатель сессии похвалила Амму за четкий характер ее эксперимента и активное участие в разведении рыбы. Рави слушал Амму с радостью и гордостью. Он понял, что презентация Амму была хорошо принята, поскольку ее данные были наблюдаемыми и поддающимися проверке.

Амму и Рави встретились с исследователями, академиками и эрудитами во время обеда. Мэр Гетеборга устроил ужин, и Амму поболтала с мэром, которой было чуть за тридцать. Амму представила Рави мэру, который, узнав, что Рави является адвокатом по правам человека, поделился, что она профессиональный юрист, училась в Национальной юридической школе Бангалора и интересуется правами человека детей. После ужина Амму и Рави вернулись в отель к одиннадцати. Рави взял Амму на руки и спел в комнате песню Дидрика. Амму была удивлена, услышав, как он поет на шведском языке с идеальным акцентом, произношением и четкостью, поскольку он выучил его наизусть во время путешествия из Хьо в Гетеборг. "Рави, ты быстро учишься!" - воскликнула Амму. "Конечно, потому что вы любите эту песню, Дидрик и Оливия", - ответил Рави. "Ты мой Дидрик и многое другое", - сказала Амму. "Ты моя Амму, и это ни с чем не сравнимо", - сказал Рави, целуя ее в лоб. Рави снова спел песню Дидрика, и Амму заснула у него на руках.

На следующий день Рави спросил Амму за завтраком: "Почувствовала ли ты какие-либо изменения в себе, физические, умственные и эмоциональные, после встречи со мной?" Амму посмотрела на него и улыбнулась. "Я испытала существенные изменения во мне, как будто я превратилась в нового человека", - сказала Амму, глядя на Рави. "Позвольте мне объяснить физические изменения, которые произошли во мне. Когда я впервые встретил вас в Копенгагене, я испытал химические изменения в своем мозге. У меня появилось новое и яркое восприятие других людей и предметов. Я почувствовал, что стал лучше видеть, как будто мой зрачок расширился, и я мог видеть цвета во всей их полноте. Мой вкус улучшился, и я чувствовал себя сильнее всякий раз, когда к чему-то прикасался. Кроме того, я почувствовал, что мое тело стало гибким и в то же время сильным".

Рави спросил: "Почему эти изменения?" "Это было потому, что встреча с тобой была встречей любви, и это уменьшило мое беспокойство, боль, треволнения, печаль и безнадежность", - объяснила Амму. "Как ты это пережила, Амму?" - спросил Рави. "Моя любовь к тебе укрепила мою уверенность в том, что я смогу познакомиться с миром. Любовь укрепила мою надежду. Моя любовь к тебе развилась как терапия для лучшей жизни", - проанализировала Амму. "О, это здорово. Но как вы измеряете свою любовь, и возможно ли ее измерить?" Рави задал еще один вопрос. "Конечно, вы можете измерить это так же, как я измерял рост своего *Куттера*. Любовь обладает определенными объективными, поддающимися проверке характеристиками", - научно объяснила Амму. "Как?" - спросил Рави. "Моя любовь к тебе повысила мою работоспособность. Я мог бы лучше проанализировать и интерпретировать результаты своих исследований. Моя любовь к тебе дала мне направление и цель в моей жизни. Есть цель жить с тобой вечно", - ответила Амму.

- Что-нибудь еще? - спросил Рави. "Конечно, есть еще много наблюдаемых фактов, таких как то, что я стал более проворным, мои шаги стали мягкими, а мои движения приобрели ориентацию. Я мог бы планировать лучше и более тщательно. Я мог распознавать цвета во всей их полноте, мои вкусовые рецепторы активизировались, и я мог различать мельчайшие изменения в качестве пищи и наслаждаться последним кусочком. Даже если ты был далеко от меня, я чувствовал твой запах, и твой голос вселял в меня надежду, желание и силу. Физически я стал сильнее, умственно более бдительным, психологически уравновешенным и чувствительным. Кроме того, моя любовь к тебе улучшает мое настроение, и я испытываю больше удовольствия и радости, поскольку у меня появляется мотивация жить лучше. Я испытываю позитивную вовлеченность во все объекты, с которыми встречаюсь, события, с которыми сталкиваюсь, концепции, о которых думаю, и идеи, которые генерирую", - объяснила Амму.

Посмотрев на Амму, Рави сказал: "Звучит чудесно".

- Еще кое-что, Рави. Моя любовь к тебе усилила мою любовь к самому себе. Мое единение с тобой стало блаженством. Это был религиозный опыт, если можно так выразиться в религиозной терминологии, хотя я и не верю в концепцию Бога. Небеса - это не что иное, как блаженство в любви, а Бог - это не что иное, как единение в любви. Вечность - это не что иное, как гармония единства в любви", - сказала Амму с улыбкой.
- Чудесно слышать, как ты говоришь о любви. Я чувствую себя обогащенным вашими прекрасными словами, идущими от вашего сердца и разума. Я восхищаюсь твоей чувствительностью и осознанием своих физических, эмоциональных и психологических изменений, но я люблю тебя такой, какая ты есть", - ответил Рави.

Они сели на поезд до Лунда. Их отель находился на реке Ходже. На небольшом расстоянии они могли видеть озеро Хакеберга, из которого брал начало ручей. "Река Ходже - это, по сути, озеро Хакеберга в другом измерении", - сказала Амму. - Конечно. Море Эресунн - это озеро, в которое впадает река Ходже. В конечном счете, все остается по-прежнему. Все едино. Но в этом единстве есть разнообразие, инклюзивное разнообразие, равенство и свобода разнообразия", - прокомментировал Рави. Они могли видеть отражения огней Лунда в реке и озере, как будто это свечение не было эфемерным. "Даже отражения в конечном счете реальны", - сказала Амму. "Что реально, а что нереально, зависит от точки зрения наблюдателя. Когда два человека придерживаются одной и той же точки зрения, они становятся друзьями и любовниками. Как мы с тобой, - сказал Рави. "Итак, восприятие имеет значение", - сказала Амму.

После завтрака они посетили Лундский университет, Ботанический сад, Исторический музей, музей средневековья, парк Лундский сад и Музей жизни. "Амму, насколько я понимаю, Швеция - лучшее социальное общество в мире", - сказал Рави во время посещения Лундского университета. "Да, концепция справедливости присуща каждому действию шведского государства", - ответила Амму. "Видите ли, этот университет построен на принципах справедливости, равенства и свободы", - сказал Рави. - Я согласна с тобой, Рави, - сказала Амму. "Швеция полностью отвергает утилитаризм. Я верю, что каждый человек обладает неприкосновенностью, основанной на справедливости. В этом секрет шведской системы социального обеспечения. В этой стране правосудие является неотъемлемым", - решительно заявил Рави.

Амму молча слушала его, пока они шли по длинным коридорам величественного факультета социальных наук и философии. "Даже благополучие шведского государства не отменяет справедливости отдельного человека", - категорично заявил Рави. - Я понимаю, что ты имеешь в виду. Благосостояние в Швеции сосредоточено на индивидууме, а не на государстве", - сказала Амму. - Ты права, Амму. Права отдельных лиц в Швеции не являются предметом обсуждения социальных интересов. Парламентарии и законодатели не могут принимать общественные законы, игнорируя права людей и справедливость. Таким образом, индивидуальность не подлежит обсуждению", - добавил Рави.

"Видите ли, эти стены университета защищают каждого студента, который поступает сюда. Ее голос так же силен, как голос государства, а иногда даже превосходит его", - сказала Амму.

"Справедливость присуща человеческому существованию и сосуществует с человеческим достоинством. Для установления правосудия как отдельной системы не требуется никакого фактического контракта между людьми. Это присутствует с того момента, как мы родились. Основные принципы справедливости существуют еще до того, как мы их разработаем, и мы знаем, что для нас лучше, не зная, какую роль мы будем играть в обществе, какую карьеру мы можем сделать или какую профессию выберем. Следовательно, красота справедливости в том, что она никогда не рождается, не создается и не развивается, однако все мы знаем основные принципы, как только появляемся на свет. Этот процесс роста никогда не отрицает ни на йоту справедливости по отношению к другим, независимо от их касты, вероисповедания, религии, языка, места происхождения, цвета кожи, политической принадлежности, карьеры, рода занятий, профессии, этнической принадлежности или даже их имени". Рави объяснял, прогуливаясь по обширной библиотеке университета.

Амму и Рави могли видеть много женщин в библиотеке, ее коридорах и кафетерии.

"Рави, это лучший пример гендерной справедливости. В Швеции нет различия между мужчиной и женщиной. Женщинам здесь не нужно носить хиджаб, их не заставляют скрывать свое тело под плотной одеждой, не принуждают подвергаться калечащим операциям на половых органах, не соблазняют носить пояса верности, и они никогда не становятся жертвами убийств в защиту чести. Шведские мужчины не ведут себя как скоты в Харьяне, Раджастане и Мадхья-Прадеше и не насилуют женщин, как монстры в Юар и Гуджарате. Шведским женщинам не приходится испражняться на открытых площадках, как женщинам в Матхуре или Варанаси. Мужчины в Швеции уважают женщин, и современные туалеты созданы для всех. Изнасилование чуждо шведским женщинам. Это красота человеческого достоинства, которую ценит эта великая нация", - объяснила Амму.

"Амму, я восхищаюсь твоим чувством справедливости и системой ценностей. Даже в Керале, самом просвещенном и цивилизованном штате Индии, женщине в возрасте менструации, что является естественным и биологическим явлением, запрещено входить в определенный храм. Некоторые думают, что бог в храме, предположительно давший обет безбрачия, может поддаться сексуальному соблазну и нарушить свой обет безбрачия. Это верх иррациональности. Запрещать женщине входить в храм, чтобы защитить целомудрие бога, - нелепый аргумент. Храмы были созданы людьми, а не богами, и эволюционировали для того, чтобы собирать людей для обмена идеями. Храм был местом встреч людей, чтобы отпраздновать и насладиться лучшим урожаем, успехом на охоте и войнами с врагом. К сожалению, это собрание превратилось в арену подчинения, где женщинам отказывают в равенстве и равной представленности. В древние времена это было результатом дебатов или спора о том, что женщин во время менструации не нужно было заставлять посещать собрания людей, поскольку они находили утомительным проводить долгие часы в таких ситуациях. И таким образом, постепенно временное решение было преобразовано в божественное, сделав его священным во имя бога. Со временем это стало применяться для унижения и высмеивания некоторых слоев населения, считающихся "низшей кастой и изгоями". Этот культурный эволюционный процесс помогал правящим элитам сохранять свою власть, позиции и сексуальное доминирование. Это было все равно что изнасиловать женщину, чтобы сделать ее "чистой", покорной и доступной, как если бы некоторые мужчины из "высшей касты" имели право изнасиловать женщину из "низшей касты", чтобы сделать ее физически "чистой". Я верю, что ни один бог не может противостоять людям и правам человека. Создав всех богов, люди придали им форму и дали им жизнь. Бог не может стать решающим фактором в оценке человеческих поступков, успеха и неудачи, а также того, что правильно или неправильно. В соответствии с человеческими потребностями бог должен вести себя так, чтобы никто не мог отказать людям в справедливости", - был категоричен Рави.

"Вы хорошо это объяснили", - заметила она.

Они уже были в ботаническом саду. "Посещение храма, любого храма, является основным правом каждой женщины в Индии и всех женщин во всем мире. Мужчины не могут отрицать их, потому что если мужчины могут, то и женщины тоже могут. Форма их половых органов не должна определять, следует ли женщинам избегать посещения мест отправления культа. Присутствие менструирующей женщины, вероятно, поставило бы под сомнение эмоциональную невозмутимость бога, что было бы иррациональным аргументом. Это рассуждение противоречит конституционному принципу справедливости для всех", - сказал Амму. "Калечащие операции на половых органах, практикуемые от Нигерии до Марокко, от Каира до Тегерана, от Кабула до Карачи, от Дакки до Джакарты и от Куала-Лумпура до Стамбула, являются самыми отвратительными. Убийство в защиту чести поощряется, и казнь в Индии является жестокой. Отказ в образовании девочке и проведение амниоцентеза для определения пола нерожденного ребенка с целью уничтожения девочки - бесчеловечная практика, распространенная в Гуджарате и Раджастане", - добавил Рави. "Равенство имеет изначальную позицию: равенство мужчин и женщин, богатых и бедных, черных и белых, и никто не может этого отрицать", - сказала Амму. "Это верно, Амму. Принципы справедливости присущи человеческому существованию. Мы все согласились с этим, когда родились людьми. Эти принципы обязывают нас уважать других, даже если мы не заключали письменного контракта. Но письменный договор, скажем, конституция страны, не может быть самодостаточным моральным инструментом", - сказал Рави. "Почему писаная конституция не способна обосновать свои положения?" Амму задала вопрос, когда они добрались до Исторического музея.

Они прогуливались по музею. Затем, обращаясь к Амму, Рави сказал: "Фактический контракт или писаная конституция страны не могут быть самодостаточным моральным инструментом для обеспечения справедливости для всех. Письменная конституция или контракт страны могут не полностью гарантировать справедливость соглашения. Например, Конституция США допускала сохранение рабства. В Конституции Индии никогда ничего не говорилось против убийства во имя чести, детских браков, обращения с далитами хуже, чем с животными, отказа от жены, оставления вдовы во Вриндаване или тысячах других центров паломничества, подобно эпическому герою, бросающему свою беременную жену в лесу. Конституция США или Индии - это согласованная конституция, подписанный контракт, но она не устанавливала согласованные законы". - Тогда в чем же заключается моральная сила конституции? - спросила Амму. "Конституция США, Индии или любой другой страны обязывает народ этой страны в той мере, в какой это работает на взаимную выгоду. Это добровольный акт. Наше решение основано на нашей автономии. Когда человек заключает контракт, обязательство налагается им самим, так что существует моральное обязательство. Существует взаимность, потому что принятое решение направлено на взаимную выгоду", - проанализировал Рави. "Рави, каким ты видишь моральный предел конституции страны?" - спросила Амму. "В определенных ситуациях конституции страны может быть недостаточно для установления справедливости среди ее народа. Кому-то, возможно, дали бы больше, а кому-то меньше. Итак, мы должны выйти за рамки писаной конституции. Швеция вышла за рамки своей Конституции, чтобы помогать людям, и добилась большого прогресса в области прав человека, социальной справедливости и свободы. Это инклюзивное общество. Даже мигранты являются его частью. В этом разница между Индией и Швецией или между США и Швецией".

Слова Рави были убедительны. "Швеция выходит за рамки своей Конституции. Что касается правительства, то подразумеваемое согласие является не необходимым условием, а обязательством. Правительство получает большую поддержку от народа, не заключая никаких контрактов. Это обязывает правительство помогать людям даже без их активного согласия. Видите ли, в Индии правительство обладает более высокой и сильной переговорной силой. Это может быть использовано против народа фанатиком, религиозным фанатиком, лгуном или расистом, которые являются высшей властью. Следовательно, идея взаимности становится миражом для обычных и слабых людей. Кроме того, в распоряжении правительства больше знаний, а обычному гражданину их не хватает. Правительство обладает большой эквивалентностью и подчиняет себе людей во имя Конституции. Итак, мы должны выйти за рамки Конституции, чтобы обеспечить справедливость, свободу и равенство. Каждый гражданин в Индии должен быть равен правительству. Каждый гражданин должен пользоваться равенством между собой, что является настоящей справедливостью". "Швеция достигла этого", - сказал Рави во время ланча в парке Лунд Гарден. "Амму, нам нужно изменить нашу точку зрения на правосудие. Дети в Индии не равны взрослым людям, поэтому им нужна особая привилегия, чтобы пользоваться правосудием. Равенство возможно только среди равных. Крайне важна мягкая дискриминация в пользу детей. Это также важно для женщин в Индии", - объяснил Рави.

Амму почувствовала глубокую озабоченность правами человека в словах Рави.

"Когда я увидела тысячи брошенных вдов в храме во Вриндаване, я была шокирована отсутствием у правительства моральных обязательств и жестоким обращением с детьми и женщинами, которым часто отказывали в их достоинстве. Даже к коровам в Индии относятся лучше, поскольку некоторые члены UNP держат коров, чтобы они пили их мочу", - добавил Рави.

"Каков путь к спасению из этого ужасного состояния?"

"Нам необходимо создать условия равенства для женщин и детей, позволяющие им не становиться жертвами разницы во власти и знаниях, которой пользуются элита и правительство. Власть, деньги и знания становятся средством эксплуатации обездоленных, безгласных и слабых, что приводит к несправедливости. Как и Швеции, Индии необходимо равноправное общество", - сказал Рави, наслаждаясь горячим кофе после обеда.

ГЛАВА ВОСЬМАЯ: МУССОН В МАЛАБАРЕ

Амму и Рави шли рука об руку по коридорам Музея жизни. Десятки родителей и детей пришли туда, чтобы увидеть экспонаты и узнать о фактах из жизни. Родители объяснили детям детали репродуктивного процесса с помощью картинок. "Амму, что такое жизнь?" - спросил Рави. "Трудно постичь смысл жизни. Существует множество объяснений, таких как биологические, философские и даже метафизические. Но логичнее рассматривать жизнь как биологический факт, чем что-либо еще, потому что мы называем наше тело биологическим", - ответила Амму. - Почему вы называете это биологическим? - спросил Рави. "Давайте назовем это биологическим, потому что под этим названием мы пытаемся понять живой организм. Вселенная возникла из ничего как физическая сущность. Из-за миллиардов лет химических изменений возникли организмы", - объяснила Амму. - Почему жизнь есть жизнь, Амму? - спросил Рави. "Термин "жизнь" - это понятие, и люди изобрели его, чтобы передать особое значение того, что оно не является неорганическим. Она отличает себя как органическое вещество от неорганического. Но определение жизни может быть неточным, даже несмотря на то, что оно обеспечивает некоторую концептуальную ясность", - объяснила Амму. "Как вы отличаете физическое от биологического?" - спросил Рави.

Амму посмотрела на Рави и сказала: "Некоторые говорят, что вселенная органична. Это жизнь сама по себе. Это определение исходит из понимания того, что жизнь возникает из жизни, а вся вселенная в целом и есть жизнь. Но мы не можем воспринимать Вселенную такой, какая она есть, поэтому мы пытаемся увидеть меньшие аспекты Вселенной. Мы стараемся подтвердить более крупные из них, проверяя более мелкие аспекты. Но для некоторых вселенная - это чистое сознание, что создает проблему в понимании разницы между жизнью и сознанием. Однако вселенная является физической в том виде, в каком мы ее ощущаем, и мы не знаем, есть ли у нее какие-либо другие измерения или мы можем назвать это измерение сознанием. Это приводит нас к пониманию того, что различия теряют свою индивидуальность в целостности. Следовательно, жизнь может быть химической, биологической и физической одновременно. В другой сфере это может быть сознание во всей его полноте. Но часто мы пытаемся увидеть мельчайшие детали, чтобы понять концепцию, такую как жизнь животных, растений и т.д." - Амму, каким ты видишь происхождение человеческой жизни? - спросил Рави. "Человеческая яйцеклетка формируется в яичнике. Он может вырасти в человеческое существо при оплодотворении человеческой спермой. Зрелая яйцеклетка перемещается в фаллопиеву трубу и ожидает сперматозоида. Один миллиард сперматозоидов движется вперед, чтобы встретиться с яйцеклеткой, за одно семяизвержение. Затем, как правило, яйцеклетка и сперматозоид соединяются, образуя зиготу", - объяснила Амму.

Рави сказал: "Итак, ты и я были сформированы из одного сперматозоида, слившегося с одной яйцеклеткой, а остальные из миллиарда сперматозоидов были отбракованы". - Верно, Рави. Вместе с первым сперматозоидом соединение яйцеклетки формирует новую жизнь, растущую и развивающуюся как новое человеческое существо. Весь этот процесс является результатом миллионов лет эволюции", - сказала Амму. "Яйцеклетка и сперматозоид должны объединиться, чтобы сформировать новую жизнь, которая сможет расти и процветать. Яйцеклетка - это жизнь, но без сперматозоида она не может расти. Точно так же сперматозоид - это жизнь, но он не может достичь роста без яйцеклетки. Таким образом, две формы жизни вместе могут породить новую жизнь. Я прав?" - спросил Рави. - Ты прав, Рави. В течение пяти недель развивается сердце, начинает формироваться система кровообращения, в течение шести недель - кишечник, а в течение девяти недель - репродуктивные органы. Удивительно наблюдать за развитием новой человеческой жизни, и у ребенка появляется своя индивидуальность. Теперь это за пределами яйцеклетки и сперматозоида. Это даже больше, чем совокупность яйцеклетки и сперматозоида. Каждую секунду он растет и развивается", - объяснила Амму, глядя на Рави. "Амму, приятно слушать тебя и знать, как мы с тобой эволюционировали. Я могу чувствовать, видеть и осязать это, - сказал Рави, обнимая Амму правой рукой. Они шли вместе, обнявшись, и группа детей прошла мимо них вместе со своими учителями.

Слова Амму были мягкими. - Видишь ли, Рави, это и есть настоящее образование. Эти дети расспрашивают своих родителей и учителей о человеческой жизни, их репродуктивных системах, о том, как происходит оплодотворение яйцеклетки, как сперматозоид встречается с яйцеклеткой и как она развивается в новую жизнь. Здесь нет никаких запретов, и родители и учителя готовы объяснить своим детям и ученикам так называемый секрет секса. В Швеции половое воспитание начинается с первого класса. Родители и учителя обучают детей научным знаниям. Это одна из реальных причин гендерной справедливости и гендерного равенства в Швеции. Изнасилования - явление неслыханное, а сексуальное насилие носит спорадический характер. Но подумайте о том, что происходит в Индии. Мы не готовы проводить половое воспитание наших студентов, даже в колледжах. Студенты учатся этому на улице, и секс становится навязчивой идеей, тайной и страстью, чем-то, что нужно покорить. Таким образом, изнасилование становится нормой жизни, а девочки и женщины становятся сексуальными объектами. Индия не является открытым обществом. Индийское общество плохо обращается с женщинами во имя секса. Многие индийские эпосы, мифы и истории изображают женщин как сексуальные объекты, и для мужчин было нормально нападать на женщину сексуально. Вы читаете о разочарованном женатом принце, который отрезал уши, нос и грудь юной Шурпанаге, сестре Раваны, в лесу, как будто это было его правом нападать на женщину." "Амму, Индия не уважает права человека. Многие индийские мужчины, особенно религиозные лидеры и политики, не считают права личности неприкосновенными, как будто каждый мужчина имеет право на женское тело. Секс считается актом завоевания женского тела, нападением. Религии и культуры считают само собой разумеющимся достоинство человеческой жизни. Детский труд является примером этой жалкой ситуации, нарушающей права человека", - пояснил Рави.

С глубоким убеждением Амму добавила: "Родители и учителя должны с самого раннего возраста объяснять детям и учащимся достоинство человеческой жизни, красоту союза женщины и мужчины, эволюцию ребенка в утробе матери и рост ребенка внутри матери. Позвольте учащимся старших классов наблюдать за процессом родов в родильном зале и позвольте врачу объяснить факты родов как мальчикам, так и девочкам. Это будет отличное образовательное мероприятие для детей в возрасте от десяти до пятнадцати лет. Поскольку ребенок этого возраста способен к половому акту, важно передавать детям научные знания о сексе, чтобы помочь им принимать зрелые решения в своей сексуальной жизни", - объяснила Амму. - Я согласен с тобой, Амму. Половое воспитание с первого класса является обязательным. Родители и учителя должны быть образованы и натренированы, чтобы быть хорошими родителями и учителями. Это будет большая услуга для детей. Кроме того, половое воспитание является проблемой прав человека, поскольку ребенок имеет право на получение научного образования", - добавил Рави. - Да, Рави. Пусть дети узнают факты о сексе. Знания - это всегда ценный актив. Знания о сексе помогли бы детям уважать свое тело, достоинство, личность и индивидуальность. Когда студент понимает, что у эмбриона в возрасте десяти недель развито сердце, у него развивается уважение к человеческой жизни. В течение шестнадцати недель кости ребенка становятся крепкими, а мышцы формируются. И пусть ученик начальной школы понаблюдает за тем, как ребенок брыкается и перекатывается в утробе матери примерно на восемнадцатой неделе своего развития. Это здорово - передавать такие знания детям", - сказала Амму.

Амму видела, что Рави улыбается. "Нам нужно переписать школьную программу в Индии. Она должна быть научной и ориентированной на человека. Передача доступных наблюдению знаний, которые решают проблемы, с которыми мы сталкиваемся сегодня, является насущной потребностью, а не обучением мифологиям и басням, таким как непорочное зачатие или происхождение ста одного Каурава. Истории из эпосов и посланий Святого Павла, которые неуважительно относятся к женщинам, дегуманизируют молодое поколение и приводят их в общество, где доминируют мужчины, должны быть отброшены навсегда. Мы отвергаем общество, которое черпает ложные знания о сексе из мифов и фантазий, а не из научных знаний. Мы отвергаем общество, которое верит в насильственные проявления секса вместо того, чтобы уважать достоинство детей и женщин. Общество, восхваляющее сексуальные похождения богов и богинь, страдает психопатией. Чтобы спасти мир от греха, Бог, Отец, оплодотворяет двенадцатилетнюю девочку - это сексуальное насилие, а не искупительное поведение", - заметил Рави. - Я согласен с тобой, Рави. Детей необходимо обучать научным фактам. Они должны знать, что в течение тридцати недель мозг ребенка содержит миллионы нейронов, и к этому времени ребенок уже становится новым человеческим существом, а волосы и ногти продолжают расти. Разрешение старшеклассникам находиться в родильном зале является социально, эмоционально и психологически здоровым, потому что они будут расти как личности, уважающие девочек и женщин", - добавила Амму.

Ночь была приятной, и Амму с Рави прогулялись по улицам Лунда. Повсюду они могли видеть небольшую толпу, поскольку люди наслаждались наступлением лета. Там были родители со своими детьми, пары, взявшиеся за руки, влюбленные и молодежь, и все праздновали. Амму и Рави поужинали в ресторане на берегу озера, это был их последний ужин в Швеции, так как на следующее утро они должны были вылететь в Копенгаген, а оттуда в Штуттгарт. У них были утиные сосиски, бифштекс, раки, тюрбо и шведский хлеб. Горячий кофе был сытным. В отеле они собрали вещи перед сном. Амму и Рави встали рано, и их ждало такси до аэропорта.

"Спасибо тебе, моя любимая Швеция, за любовь и заботу. Спасибо вам за то, что научили меня вечным ценностям гендерной справедливости и человеческого достоинства. Спасибо Швеции за стипендию, которая помогла мне завершить мои исследования и провести полевые эксперименты в Куттанаде. Спасибо профессору Йоханссону, моему научному руководителю, одному из лучших людей, которых я когда-либо встречал. Спасибо тебе, Швеция, за Алису и ее картины, Эльзу и Эббу, Дидрика и Оливию, которые научили меня глубине любви. Спасибо вам, мои коллеги и друзья, за самое плодотворное время, проведенное в Швеции, и за прекрасные дни, месяцы и годы, которые я провел здесь. Спасибо вам, Уппсала, за докторскую степень, церемонию присвоения и прекрасный банкет. Спасибо вам, дорогое озеро Эркен, озеро Ваттерн, раки, солнце, звезды, луна, огни, звуки, вкусы и воздух очаровательной сельской местности, прекрасного леса, зелени и полей. Благодарю вас за вашу мягкость, вашу культуру и ваши цивилизованные отношения. Мне все понравилось на вашей яркой земле, дорогая Швеция. Прежде всего, спасибо Рави, которого я встретил по дороге домой. Спасибо тебе, любимая Швеция. Спасибо тебе за все. Позволь мне поцеловать твою священную землю", - произнесла Амму слова благодарности, падая ниц на землю.

Хассланда был частным аэропортом, и спонсоры семинара заказали для Амму и Рави два билета на восьмиместный частный самолет до аэропорта Копенгагена. Ухоженный большой аэропорт Копенгагена был удобен для путешественников, и они поднялись в зону вылета на лифте. Чистый и сияющий зал ожидания был так хорошо знаком Амму и Рави, и они медленно и элегантно направились к тому месту, где встретились в первый раз, поскольку правильно знали расположение. У этого места была история длиною в жизнь — яркая и оживленная, полная надежды и радости. "Амму", - называл Рави свою возлюбленную Амму. - Рави, - ответила Амму.

Внезапно Рави поднял ее на руки, что было неудивительно для Амму. Их никогда не заботило, что подумают другие пассажиры или наблюдают ли за ними другие, как будто они были одни в этой пульсирующей зоне вылета аэропорта. Он медленно поцеловал ее, и она ответила, обхватив его шею обеими руками, и вдруг тихо сказала: "Я люблю тебя, Рави".

Он медленно опустил ее на землю, и она встала перед ним с сияющей улыбкой. Затем он опустился перед ней на колени, достал из кармана платиновое кольцо, усыпанное бриллиантами, поднял лицо и спросил ее: "Амму, ты выйдешь за меня замуж?"

Амму тихим голосом ответила: "Да, Рави, я выйду за тебя замуж".

Рави медленно надел кольцо ей на палец, поцеловал ладонь и сказал: "Спасибо тебе, Амму".

"Спасибо тебе, мой Рави Стефан", - сказала Амму.

Рави обнял Амму, и им показалось, что это мгновение длилось целую вечность. Затем Рави отнес ее на пункт въезда, и офицер, проверявший паспорт, сказал им, что может организовать инвалидное кресло для Амму. Рави сказал, что офицер предпочел бы иметь Амму на руках и в самолете. Амму спала на руках у Рави, и Рави повел ее к вертолету. Другие пассажиры уступили им место, чтобы пройти, и те, кто сидел внутри самолета, медленно встали, чтобы выразить свое уважение, что было встречено овациями стоя. Рави усадил ее на место и назвал "Амму". Она медленно открыла глаза и сказала: "Рави Стефан". Полет в Штутгарт был приятным, и стюардессы проявили особую заботу об Амму. Она проводила Рави до аэропорта.

Стефан Майер ждал Рави и Амму на крыльце своего дома, и он обнял Рави, назвав его по имени. "Папа, познакомься с Амму". Рави познакомил Амму со своим отцом. Стефан Майер поцеловал Амму в лоб и сказал: "Амму, добро пожаловать. Мы много слышали о вас. Ты один из нас". "Папа, я рада с тобой познакомиться", - сказала Амму, обнимая Стефана Майера. "Где Эмма?" - спросила Амму. "Эмилия внутри, ждет вас обоих", - ответил Стефан. - Пойдем, зайдем внутрь, - сказал Рави. Эмилия была в инвалидном кресле. Ее лицо было пустым и ничего не выражало. "Амма", - позвал Рави, опускаясь на колени перед своей матерью. Он поцеловал ее в щеки. "Эмма", - позвал он снова. Эмилия просто сидела там.

"Эмма, посмотри, кто пришел тебя навестить. Это Амму, твоя невестка, - сказал Рави.

Амму опустилась на колени перед Эмилией и поцеловала ее в щеки.

"Эмма", - позвала она.

"Я Амму". В глазах Амму стояли слезы. "Я так рад познакомиться с тобой, Эмма. Я долго ждал этого случая. Сегодняшняя встреча с вами была самым счастливым событием в моей жизни. Эмма, я люблю тебя,

- снова сказала Амму. "Пойдем, пойдем в твою комнату", - сказал Стефан, ведя Амму и Рави в их комнату. Рави толкал инвалидное кресло, а Эмилия просто сидела на нем. Возле лестницы домашняя медсестра взяла инвалидное кресло, а Рави и Амму вместе со Стефаном поднялись наверх, в комнату Рави и Амму.

Ужин был готов около семи вечера. Стефан пригласил Амму и Рави на ужин. Эмилия сидела в своем инвалидном кресле, поставленном рядом со стулом Стефана, а Стефан кормил свою жену с ложечки. Амму заметила, что Эмилия была одета в чистую и опрятную одежду, выглядела свежей и опрятной, а ее волосы были причесаны. На следующий день Рави взял на себя заботу об Эмилии и помогал Стефану готовить еду. Амму присоединилась к ним, моя посуду после каждого приема пищи. Они помогали Стефану убирать весь дом утром и вечером. У Стефана было улыбающееся лицо, и он не выказывал никакого беспокойства или депрессии. Он поговорил с Амму и Рави, рассказав много историй о своих родителях и их сельскохозяйственных фермах в Баден-Вюртемберге. После обеда Амму присоединилась к Стефану и Рави, чтобы поиграть в карты. Эмилия всегда была со Стефаном, и он никогда не оставлял ее одну.

Время от времени Рави брал свою мать на руки и прогуливался по огромному саду перед их домом. Он рассказывал ей много историй о своем детстве, Валапаттанаме, Барапуже и Тейяме, а также об их поездках в Мангалор, Кург, различные деревни и *Кааву* в Малабаре. Амму гуляла вместе с Рави и иногда пела для Эмилии песни из фильмов, особенно из *"Чеммина"*. Рави и Амму часами просиживали вместе со своей матерью, покидая ее только тогда, когда она спала. Стефан засыпал около десяти и просыпался рано, около четырех. Он очень заботился о том, чтобы Эмилия спала в его постели и была защищена, пока она спала. Рави каждое утро обтирал свою мать губкой, вытирал ее тело мягким полотенцем и расчесывал ей волосы. Он брал ее на руки, поднимался на террасу дома и показывал ей небоскребы, шпили церквей, мосты, реки Неккар и Глен, поля, далекие леса и горы. Он рассказывал ей истории на немецком и малаяламе, в то время как Амму разговаривала с Эмилией на малаяламе.

Рави массировал ноги и руки Эмилии мягким *аюрведическим* маслом, которое он привез для нее из Кералы, чтобы его мать не страдала от судорог. Разговаривая с Эмилией, Амму и Рави опустились перед ней на колени, чтобы видеть ее лицо, и им понравилось это делать. Амму читала Эмилии свою самую любимую книгу "Сиддхартха", главу за главой. Амму думала, что Эмилия - это Гаутама, когда читала, а она была

Говиндой. Несмотря на то, что Амму видела экземпляр "Росшальде", она не стала читать его для Эмилии, так как Рави сказал ей, что Эмилии было грустно из-за этой истории. Стефан, Рави и Амму брали Эмилию с собой в дальние поездки. За рулем Эмилия сидела рядом с водителем, а Стефан рассказывал о различных зданиях, полях, реках, холмах и горах, которые они пересекали. Он постоянно разговаривал с ней с огромной заботой и нежностью, зная, что Эмилия не может понять, что он говорит. Но его любовь к Эмилии была так велика, что он не мог перестать разговаривать с ней. Они катались на лодках по рекам Рейн, Дунай, Эльба и Одер. Поскольку Эмилия любила реки, *Барапужа* всегда была у нее на уме.

Пятнадцать дней, которые Амму и Рави планировали провести с Эмилией и Стефаном, подходили к концу. Стефан сообщил им, что с Эмилией не было никаких трудностей, поскольку в его отсутствие за ней ухаживали две домашние медсестры. Стефан напомнил Рави, что его профессия юриста по правам человека важна для общества, и ему нужно уделять больше времени борьбе с детским трудом. Накануне вечером, перед их отъездом в Индию, Стефан позвонил своему сыну и Амму. Он сказал им, что Эмилия уже составила завещание на свою собственность во Франкфурте на имена Рави и Амму сразу после возвращения из своего последнего визита к брату, Алексу Шмидту. Стефан также сообщил Амму и Рави, что он оформил завещание на все свое имущество на их имена. Однако Рави и Амму категорически возражали против того, чтобы Стефан осуществил свой выбор, поскольку ему оставалось еще много лет до достижения шестидесяти. Стефан ответил, что он не может предсказать, что произойдет в будущем. И Амму, и Рави обняли своего отца и расцеловали его в щеки. Утром они обмыли Эмилию губкой, помассировали ее тело аюрведическим маслом, переодели, расчесали волосы, опустились на колени перед своей любимой мамой, обняли и поцеловали ее в щеки. Рави пал ниц перед Эмилией и поцеловал ее ноги, в то время как Амму опустилась на колени и поцеловала ее ступни. "Эмма, мы любим тебя", - сказали они, прежде чем попрощаться с Эмилией и Стефаном.

Шел дождь, когда Амму и Рави вернулись в Кочи, и Амму отправилась в свое общежитие в Алаппуже. Рави находился в своей резиденции-одновременно офисе - в Кочи, просматривая свою почту, письменные сообщения и материалы дела. Вечером Амму позвонила Рави, чтобы сообщить ему, что она получила сообщение из университета с просьбой явиться на собеседование на должность доцента кафедры рыболовства. В день собеседования Рави утром забрал Амму из ее общежития и отвез ее на своем велосипеде в университет, так как встреча была назначена примерно на десять утра. Рави подождал снаружи, пока Амму отправилась на собеседование. Сияющая Амму вышла около полудня и сказала Рави, что она хорошо выступила. Комиссия по проведению собеседований задавала ей много вопросов о ее исследованиях в университете Уппсалы, полевых работах на озерах Эркен и Ваттерн, экспериментальных рыбоводных фермах в Куттанаде и *Куттерне* — гибридных омарах, которых она вывела.

Через две недели Амму получила сообщение из университета о назначении ее ассистентом профессора, и они с Рави отпраздновали это событие ужином в ресторане в Алаппуже. На следующий день Амму поступила в университет; ее преподавание включало теорию, исследования и полевую работу. Амму и Рави решили пожениться и позвонили Стефану Майеру, который выразил свою безграничную радость и пригласил их посетить Штуттгарт, чтобы отпраздновать это событие вместе с Эмилией. Рави и Амму также посетили Валапаттанам, чтобы увидеть Мадхавана, Кальяни, Ренуку, Аппуккуттана и других. Однако сельскохозяйственная ферма и животноводство были заброшены, поскольку никто не мог за ними ухаживать. Мадхаван был прикован к постели из-за преклонного возраста, а Кальяни, которая уже ушла с преподавательской работы, не отличалась крепким здоровьем. Ренука и Аппуккуттан отправились в Китай с продолжительным визитом вместе с Адитьей и Дженнифер, в то время как Сухра и Мойдин были в Дубае со своими детьми, работающими там. Кунджираман присоединился к УНП и покинул это место вместе с Сумитрой и их детьми. Гита и Равиндран мигрировали в Шимогу после покупки там сельскохозяйственных угодий. К сожалению, на свадьбе Рави не было никого, кто мог бы присутствовать.

Рави и Амму отправились посмотреть пару домов недалеко от Кочи, чтобы Амму могла поступить в университет, а Рави - побыстрее попасть в Верховный суд. Наконец, они нашли место на дороге Кочи-Муннар, примерно в пятнадцати километрах от города, где Амму выразила желание иметь для них дом, когда они впервые вместе приехали в Муннар. Им понравился дом на десятицентовом участке с несколькими кокосовыми пальмами, манго, двумя джекфрутовыми деревьями и небольшим садом. Это было двухэтажное здание, и на первом этаже находилось довольно большое помещение, которое они решили использовать как офис Рави для юридических консультаций. На первом этаже находились спальня, кухня-столовая и гостиная. На втором этаже находились две спальни и кабинет. Амму и Рави остались довольны ценой, предложенной владельцем дома, и, взяв банковский кредит, приобрели его. Амму и Рави обставили квартиру необходимой мебелью. В доме были подведены электричество, газ и водопровод. Взяв банковский кредит, они купили небольшую машину для Амму.

Сотрудник муниципалитета Алаппужи торжественно отпраздновал свадьбу Амму и Рави в четверг около десяти утра. После подписания документов Амму руководила полевыми работами своих студентов, которые хотели увидеть экспериментальные рыбные фермы в Куттанаде. Рави обратился в Верховный суд. Вечером, около семи вечера, Амму и Рави вместе добрались до дома. Амму привезла все свои вещи в трех чемоданах из общежития на своей машине. У Рави с собой было только кое-что из одежды. Они обнялись, стоя на пороге своего нового дома. Первым блюдом, которое они приготовили, был их ужин, состоявший из риса и рыбного карри. Пока Амму готовила рис, Рави приготовил рыбу с небольшим количеством подливки. Амму и Рави любили свой дом. Его окрестности были чистыми и мирными. Несмотря на то, что он находился в черте города, это было похоже на деревню с отдельными виллами. Для них было радостью быть вместе. Они все работали вместе, убирали в доме, стирали одежду, готовили еду, ели и анализировали различные события и проблемы в стране и мире. Они обсудили преподавательские задания и исследовательские проекты Амму. Юридические проблемы, права человека, права ребенка, гендерное равенство и правосудие были неотъемлемой частью их ежедневного диалога. От них исходило глубокое чувство, что они дорожат своей близостью.

Амму и Рави любили быть вместе и тосковали по обществу друг друга. Каждую ночь они спали вместе, обнявшись. Рави ежедневно готовил кофе перед сном для своей любимой Амму, когда они вставали около четырех утра. Они энергично ходили пешком в течение трех четвертей часа с пяти, каждое утро вместе готовили завтрак и брали с собой на работу пакеты с обедом. Амму и Рави были очень требовательны к тому, чтобы вернуться к семи. Они ходили за покупками по субботам, а воскресенья были посвящены отдыху и празднованиям. Амму наслаждалась своими теоретическими занятиями и исследованиями. Участие в полевых работах со своими студентами было богатым и полезным опытом. Она начала руководить студентами-исследователями для получения докторских степеней в рамках своих обязанностей. Она установила новые отношения со своими студентами и коллегами, которые ценили ее знания, навыки, преданность профессии и честность. Амму опубликовал еще несколько статей в рецензируемых журналах, посетил национальные и международные семинары и конференции и представил документы, основанные на фактических данных.

Рави стал весьма успешным юристом. Он делил свое время между клиентами и искренне отстаивал их интересы, и финансовые результаты его практики были очень обнадеживающими. Он тратил около двух третей своего заработка на судебные разбирательства в общественных интересах (PIL) и борьбу с детским трудом и торговлей детьми. Через несколько месяцев после их женитьбы Рави встретил возле магистратского суда бродягу, который был арестован полицией за взлом магазина и ограбление. Рави вызвался защищать его на законных основаниях перед судьей, поскольку он выглядел несчастным, голодным, в изодранной одежде и у него не было адвоката, который мог бы защитить его дело. Арестованного звали Нараянан Бхат. Амму и Рави помогли ему открыть придорожную чайную на шоссе в течение нескольких дней.

В первый год преподавания Амму Анна-Мария была монахиней в своем классе. Амму узнала от Анны-Марии, что ее монастырь находится недалеко от дома Амму. Энн Мария была способной студенткой и очень активно участвовала в полевых работах в Куттанаде, где у Амму были свои экспериментальные рыбные фермы.

Однажды Амму увидела Анну Марию, ожидающую автобус, чтобы ехать в университет. Амму остановила машину и подвезла ее, сказав, что она может ездить в университет каждый день. После окончания аспирантуры Энн Мария начала работать с рыбоводами в Куттанаде над проектом совместно с Ammu.

После года совместной жизни Амму и Рави захотели навестить своих родителей в Штутгарте и забронировали билеты на самолет. Однако из-за того, что в Высоком суде было рассмотрено несколько громких дел о детском труде, Рави не смог взять отпуск и был вынужден отменить их поездку в Германию. Когда он вышел из суда после отстаивания своей позиции по делу, к нему подошли два молодых юриста и попросили его принять их в качестве своих подчиненных. Они очень интересовались правами человека и проблемами детского труда. Рави провел с ними короткое собеседование и обнаружил, что они на редкость сообразительны и преданы профессии юриста и правам человека. Молодыми юристами были Лиза Мэтью и Абдул Хадер, и вскоре у них установились прочные отношения с Рави. Ему понравились они сами и качество их работы.

Лиза Мэтью и Абдул Хадер выступали бок о бок с Рави во всех делах, возбужденных им. Они изучили нюансы юридической практики, поскольку Рави проводил собеседования со своими клиентами, составлял содержание, подавал документы и отстаивал дело в суде. Во все рабочие дни Лиза Мэтью и Абдул Хадер присутствовали в кабинете Рави рядом с Высоким судом с семи утра до девяти вечера. Они обновили все материалы дела и составили соответствующие списки и документацию. Оба они подали иски в суд после одобрения Рави, и Рави мог доверять им во всех аспектах юридических процедур, применяемых при проведении слушаний или судебного разбирательства. Рави доверил дело о незаконном обороте наркотиков, связанное с Бхатом, Лизе Мэтью и Абдулу Хадеру. Примерно через месяц они встретились с Рави, у которого были обширные данные о торговле наркотиками и использовании детей в качестве проводников. Абдул Хадер незаметно следовал за тремя несовершеннолетними, вероятно, в возрасте от четырнадцати до шестнадцати лет, более двадцати дней на поезде и автобусе в различные города, включая Алаппужу, Коттаям, Коллам и Тривандрум. Абдул Хадер рассказал Рави, что эти мальчики посещали средние школы, колледжи, общежития, рестораны и отели в этих районах, чтобы продавать наркотики, и показывали фотографии своих отношений со студентами, молодежью и даже учителями.

"Эти ребята создали обширную сеть, гораздо большую, чем мы себе представляли", - сказал Абдул Хадер.

"Вы видите, чтобы кто-нибудь еще следил за этими мальчиками как за перевозчиками наркотиков?" - спросил Рави.

"Время от времени я видел, как двое молодых людей незаметно следовали за этими тремя мальчиками с сумками через плечо, и я предполагаю, что в их сумках была контрабанда", - ответил Абдул Хадер.

Он добавил, что другие мальчики и юноши могут быть вовлечены в незаконную торговлю, назначенную Бхатом, и может быть задействована целая цепочка людей. Однако ему не удалось собрать данные о торговле наркотиками в северных районах Эрнакулама, таких как Триссур, Палаккад, Малаппурам, Кожикоде, Вайанад, Каннур и Касаргод. Абдул Хадер предположил, что Бхат, возможно, включал Тамилнад, Карнатаку и Гоа в свой бизнес по торговле наркотиками. Вероятно, он получал незаконные материалы из Афганистана и Пакистана через Гуджарат и Пенджаб. Абдул Хадер добавил, что существовала вероятность того, что Бхат получал наркотики даже из Бирмы через Манипур. "Но без веских доказательств причастности Бхата мы не сможем возбудить против него дело в Высоком суде", - сказал Рави. "Как мне его забрать?" - спросил Абдул Хадер.

"У меня есть кое-какие факты о Бхате", - сказала Лиза Мэтью.

"Что это такое?" - спросил Рави.

"Около двух лет назад у человека, известного как Н. Бхат, была придорожная чайная на шоссе". Через год он купил ресторан в городе, а после этого добавил еще два ресторана. Недавно он основал политическую партию "Бхарат Преми парти" (БПП) и планирует участвовать в следующих выборах в Ассамблею под ее знаменем. Политические лидеры других партий, сотрудники полиции и правительственные чиновники регулярно посещают его рестораны. Некоторые отправляются на роскошные курорты и туристические центры под его патронажем", - добавила Лиза Мэтью.

"Кто такой Бхат?" - спросил Рави, притворяясь невежественным.

"Нет никакой информации о его детстве и юности. Кажется, он закончил учебу, но у меня нет никаких подробностей по этому поводу. Он много путешествовал по всей Индии. Он научился убеждать людей в свою пользу и искусен в создании преступных сетей. У него есть множество фантастических идей, направленных не на создание богатства, а на то, чтобы собирать чужие деньги. Получил ли он какое-либо дальнейшее формальное образование после получения аттестата зрелости, неизвестно, некоторые люди полагают, что он открыл придорожную чайную на шоссе примерно в двадцати километрах от Кочи, но убедительных доказательств этому нет. Под названием Harmony Restaurant есть закусочная, которой управляет человек из Удупи, который утверждает, что не знает Бхата. Земля площадью около двух акров, на которой был построен ресторан, принадлежит правительству, но владелец говорит, что она принадлежит ему. Некоторые водители грузовиков говорят, что человек, известный как Нараянан Бхат, открыл там чайную, но я не могу доказать, являются ли Нараянан Бхат и Н. Бхат одними и теми же людьми. Я чувствую, что Нат, скорее всего, хотел стереть свое прошлое. Мне удалось собрать кое-какие данные, и около года назад в той придорожной чайной было несколько мальчиков, занимавшихся торговлей наркотиками", - объяснила Лиза собранные ею факты.

Рави внимательно слушал Лизу Мэтью.

"Лиза, нам нужно доказать, что Нараянан Бхат на самом деле является Н. Бхатом и что он вовлекал детей в торговлю наркотиками. Более того, он все еще вовлекает детей в торговлю наркотиками", - сказал Рави.

"Я буду стараться изо всех сил, - сказала Лиза Мэтью, - но вы должны быть очень осторожны. Бхат может причинить вам вред, и, похоже, он закоренелый преступник. Он хотел создать новое имя, новую идентичность. За короткий промежуток времени Бхат захотел все изменить. Он может быть социопатом и страдающим манией величия, готовым совершить любое преступление. Он может быть готов убить, чтобы достичь своей цели, но это его не касается", - предупредил Рави Лизу Мэтью и Абдула Хадера. Все трое договорились встретиться через две недели, чтобы обсудить тот же вопрос. В очередной раз Лиза Мэтью и Абдул Хадер собрали доказательства о Н. Предполагаемый сбыт наркотиков Бхатом и вовлечение детей в качестве посредников.

Тем временем Рави возбудил дело против детского труда на плиточной фабрике близ Триссура. Шестнадцать детей в возрасте от одиннадцати до шестнадцати лет работали по двенадцать часов в день. Вместе с Рави Лиза Мэтью и Абдул Хадер отправились навестить детей на фабрику по производству плитки и поговорили с ее владельцем, который угрожал им нападением. Рави пытался убедить его, что детский труд является незаконным и разрушает детство, образование и будущее детей. Рави потребовал, чтобы владелец фабрики по производству плитки немедленно отпустил детей с соответствующей компенсацией. Рави также сказал владельцу, что крайне важно обеспечить образование, здравоохранение и защищенное детство детей. Владелец фабрики по производству плитки отказался отпустить детей. Рави сказал ему, что единственным вариантом было подать иск в защиту общественных интересов в Высокий суд, чтобы восстановить свободу детей и добиться компенсации за их потерянное детство. Владелец фабрики предупредил правозащитную группу о тяжелых последствиях.

Лиза Мэтью и Абдул Хадер незаметно собрали все необходимые данные, и Рави помог им составить материалы дела для возбуждения уголовного дела против владельца фабрики за детский труд и жестокое обращение с детьми. Рави призвал Лизу Мэтью отстаивать это дело в Высоком суде, ее первом деле перед судьей. Она представила доказательства объективно, логично и окончательно. Она опиралась на соответствующие законы, Конституцию Индии, Всеобщую декларацию прав человека и все другие соответствующие декларации ООН, которые подписала Индия. Абдул Хадер и Рави поддержали ее. Лиза Мэтью смогла убедительно опровергнуть доводы адвоката владельца фабрики и смогла ответить на вопросы, поставленные судом, к его полному удовлетворению. Суд вынес свой вердикт, освободив всех шестнадцати детей с фабрики по производству плитки с выплатой соответствующей компенсации владельцем фабрики. Лиза Мэтью, Абдул Хадер и Рави были счастливы успеху дела. Посоветовавшись с Амму, Рави пригласил Лизу и Абдула на ужин к себе домой в выходные, чтобы отпраздновать благоприятное судебное решение и вторую годовщину работы Лизы и Абдула с Рави.

Амму и Рави приготовили ужин, и основными блюдами были *веллаяппам*, карри из баранины, бирьяни с курицей, творог, маринованный крыжовник, овощной салат и *пайасам*. Лиза Мэтью и Абдул Хадер прибыли около семи вечера. Амму впервые встретилась с ними, и они сразу же поладили. За столом они обсуждали литературу, фильмы, шахматистов и теннисисток женского пола. Любимыми фильмами Лизы Мэтью были "*Чужой*" и "*Мунрейкер*". Абдул Хадер сказал, что ему нравится "*Безумный Макс*", в то время как Амму предпочитает "*Апокалипсис*". Рави жадно слушал, но признался, что не был любителем кино, хотя ему нравились песни из фильмов.

Рави сказал им, что любит романы, и среди его лучших книг были "*Имя розы*" и "*Дети полуночи*". "Конечно, я люблю все книги Германа Гессе", - добавил Рави с улыбкой. Амму улыбнулась. "Почему ты улыбаешься?" - спросил Абдул Хадер. "Герман Гессе - любимый автор своей матери", - сказала Амму. "Я люблю Сиддхартху, Гертруду, *Нарцисса и* Гольдмунда", - добавила Амму. "Я не читала ни одной книги Германа Гессе", - сказала Лиза. - Но мой любимый автор - Эрнест Хемингуэй, и мне нравится его художественная литература "*Старик и море*", "*По ком звонит колокол*" и "*Прощание с оружием*". Хемингуэй - один из величайших писателей. Мне понравилось читать его шедевр "*Снега* Килиманджаро", изысканно написанную автобиографическую повесть. Это элегантная интерпретация отношений между женщиной и мужчиной и конфликтов, которые они могут породить", - объяснила Лиза Мэтью. Амму понравились слова Лизы. "Лиза, ты прекрасно говоришь", - отреагировала Амму. "Спасибо, мэм", - ответила Лиза. "Для меня лучший роман - "Рандидангажи, две меры риса" Такази, величайшего писателя на Малаяламе", - сказал Абдул Хадер. "Мне нравится работа Такази", - сказал Рави. "Когда я учился в школе, я прочитал по меньшей мере дважды его "*Чеммин*" и "*Тоттиюдэ Макан*", - добавил Рави. "На прошлой неделе я прочитал "*Ключ к* Ребекке". Это отличный роман, и он мне понравился", - сказал Абдул Хадер.

Амму *угостила* всех пайасамом, и всем это понравилось. "Ты играешь в теннис?" Амму спросила Лизу Мэтью и Абдула Хадера. - Нет, мэм. Но мне нравится это смотреть. Мне нравятся игры Мартины Навратиловой, Криса Эверта и Штеффи Граф", - сказал Абдул Хадер. "Они действительно великие игроки; мне нравится их игра. Я также люблю Билли Джин Кинг и Эвонн Гулагонг", - сказал Рави. "Рави был хорошим хоккеистом в старших классах средней школы и дважды играл в национальных играх", - сказала Амму Лизе и Абдулу Хадеру. "О, это здорово", - сказал Абдул Хадер. "Хоккей - отличная игра, изобретенная британцами и обученная индийцам, и мы долгое время хорошо в нее играли", - прокомментировала Лиза Мэтью. "Это правда", - сказал Рави. После ужина они сели в комнате, и Рави угостил их горячим кофе. - Кофе - любимое блюдо Рави. Он готовит нам кофе в постель каждый день около четырех утра, и я получаю от этого огромное удовольствие", - сказала Амму. "Тебе так повезло", - прокомментировал Абдул Хадер. "Мне так повезло. Амму - это я, - сказал Рави.

Лиза посмотрела на Амму и Рави и сказала: "Это онтологический аргумент Ансельма - видеть в вас другого".

"Онтология - это миф, но мне нравится видеть в себе других", - сказал Абдул Хадер. "Я считаю онтологию бессмысленной философской системой. Но я ценю все, что связано с правосудием. Потому что, когда я вижу себя в других, я уважаю их достоинство и права, и такой аргумент имеет человеческую ценность", - объяснила Лиза Мэтью.

"Нам не нужна никакая концепция Бога, чтобы объяснить человеческие проблемы, ценности и права человека", - сказал Абдул Хадер.

- Я согласен с вами. Мы не Сизиф, основатель и царь Коринфа, осужденный Богами на вечное катание валуна в гору, наблюдение за тем, как он скатывается обратно, и вечное повторение одной и той же задачи. Теперь мы выше богов и можем обречь их на вечные страдания в аду". Лиза Мэтью была напористой.

"Конечно, мы похожи на Прометея, Титана, который был сыном Япета и Фемиды и великим героем человечества, поскольку он украл огонь у Зевса, могущественного бога", - объяснил Абдул Хадер.

"Ни один бог не может победить людей, потому что все боги - мертвые люди", - утверждала Лиза Мэтью.

"Это важное заявление", - сказал Абдул Хадер.

"Верно, когда я вижу себя в других, я никогда не буду отказывать им в справедливости", - прокомментировала Амму.

"Когда я позволяю другим наслаждаться тем, что нравится мне, там зарождается справедливость", - сказал Рави.

Потом все рассмеялись. "Этот кофе восхитителен", - прокомментировал Абдул Хадер. "Конечно", - сказала Лиза Мэтью. Теперь Абдулу Хадеру и Лизе Мэтью пришло время уходить. "Спасибо вам, мэм, и спасибо вам, сэр, за приглашение", - сказал Абдул Хадер. "Нам очень понравился ужин", - сказала Лиза Мэтью. "Мы бы с удовольствием провели здесь с вами еще много таких вечеров", - сказал Рави. Было около десяти, и уличные фонари ярко горели. Лиза Мэтью завела свой скутер, в то время как Абдул Хадер завел свой велосипед. Амму и Рави вымыли тарелки и прочую посуду, прибрались на кухне и в столовой, а затем в одиннадцать отправились спать. Утром зазвонил телефон, и Рави поднял трубку. Это был Стефан Майер. - Рави, - позвал он спокойным голосом. "Да, папа", - ответил Рави. "Рави, твоей Аммы больше нет. Эмилия скончалась пять минут назад". "Папа, моя мама. Я люблю ее. Папа, мы идем, - сказал Рави, всхлипывая. Амму уже встала, и Рави сообщил ей печальную новость. Амму обняла Рави, чтобы утешить его.

Около половины четвертого утра Рави и Амму вылетели из Кочи во Франкфурт, затем еще одним рейсом - в Штутгарт. Перед домом Майерсов собралась небольшая толпа и пара полицейских. Рави и Амму были удивлены, увидев их.

"Я Рави Стефан Майер, сын Эмилии и Стефана Майеров, а это моя жена Амму", - сказал Рави, когда они представились офицеру полиции.

"Мистер Рави Майер, мне грустно сообщать вам, что ваши родители скончались. Сразу после смерти вашей матери ваш отец застрелился. Вот записка, которую мистер Стефан Майер написал для вас и вашей жены Амму. Мы провели вскрытие, и все бумаги, включая свидетельства о смерти, готовы. Кремацией займется государство", - сказал полицейский, передавая написанную от руки записку на немецком языке Амму и Рави Майерам.

Дорогие Амму и Рави,

Я с сожалением сообщаю вам, что ваша Мама скончалась. Моей целью в жизни было жить счастливо с Эмилией, и теперь я достиг ее. Нет смысла жить без моей Эмилии. Пожалуйста, простите меня за то, что я причинил боль вам обоим и неудобства публике. Государство проведет кремацию в соответствии с законом, и вы можете похоронить урны с прахом на общественном кладбище без надгробия. Завещание находится в сейфе банка, и вы можете поступать, как пожелаете. Я люблю вас, мои Амму и Рави.

Папа, Стефан Майер.

Амму и Рави вошли внутрь. Там были тела Эмилии и *Стефана* Майеров. *Стефан* и Амму поцеловали лбы своих родителей, а затем их ноги перед кремацией. Там было около десяти человек, включая Мию и Алекса Шмидта. На следующий день Рави и Амму собрали прах в два сосуда и похоронили его в одной могиле на общественном кладбище без надгробия. Тогда Рави и Амму заплакали, поцеловав могилу перед уходом. На кладбище присутствовали два муниципальных служащих. Через три дня Амму и Рави отправились в банк за завещанием. Существовало два завещания; *Стефан* Майер оформил первое на имена Амму и Рави на сорок один миллион немецких марок. Эмилия *Стефан* завершила вторую работу в "Именах Амму и Рави" за сорок девять миллионов немецких марок. Амму и Рави обсудили, что делать с деньгами в течение следующих двух дней, и решили ничего не принимать. Амму и Рави считали, что вся сумма должна пойти людям по всему миру, где бы ни существовали нуждающиеся люди. Они обсудили, как лучше всего использовать эти деньги на благо людей, и в конце концов решили создать два фонда, подарив их от имени своих родителей. Соответственно, первым был фонд, названный в честь их отца — *Фонд Стефана Майера для брошенных детей*. Другой фонд был назван в честь их матери — Фонд Эмилии *Стефан* Майер для брошенных женщин.

С помощью немецких юристов Амму и Рави составили два отдельных меморандума *для* предлагаемых фондов. Основной целью *Фонда Стефана Майера* был уход за брошенными детьми в соответствующих интернатных учреждениях. Не менее важно было обеспечить их любовью, едой, одеждой, образованием и медицинским обслуживанием. *Фонд Эмилии Стефан Майер для брошенных женщин* предоставил жилые помещения женщинам с социальным, психологическим и эмоциональным благополучием, чтобы они могли вести достойную жизнь. Оба меморандума были зарегистрированы в соответствии с соответствующими законами. Амму и Рави полностью уполномочили правительство Германии выделять необходимые средства из ежегодно начисляемых процентов НПО из развивающихся стран после проверки их полномочий, таких как добросовестность. НПО должны были представлять правительству ежегодно проверяемый финансовый отчет о счетах, подготовленный и подписанный дипломированным бухгалтером, вместе с описательным отчетом о проделанной работе. Ежегодная проверка НПО, получившей финансовую поддержку от спонсоров, также была обязательной. Амму и Рави не указали своих имен ни на одной должности в фонде.

Перед отъездом в Индию Амму и Рави посетили кладбище и возложили розы на могилы своих родителей. Затем они поцеловали землю и сказали "до свидания" Эмилии и Стефану. На шестнадцатый день своего отъезда из Кералы они вернулись в Кочи. Амму поступила в университет, а Рави - в верховный суд. Абдул Хадер ждал Рави в офисе, чтобы встретиться с ним, и он сказал Рави, что Лиза Мэтью попала в аварию за неделю до его приезда. Авария была несерьезной, и Лизу выписали из больницы через два дня. Рави поинтересовался, как произошел несчастный случай. Абдул Хадер рассказал ему, что фургон врезался сзади в ее скутер на окраине города, когда она выходила из офиса около девяти. После аварии фургон умчался, не останавливаясь в течение некоторого времени. Лиза упала в канаву, полную слякоти, но избежала серьезных травм, надев шлем.

Вместе с Абдулом Хадером Рави отправился навестить Лизу Мэтью в ее резиденции, примерно в двадцати километрах от города. Родители Лизы были дома, и с помощью ходунков Лиза смогла выйти и поприветствовать Рави и Абдула. "Привет, Лиза, приятно с тобой познакомиться. Но, слава богу, с тобой все в порядке", - сказал Рави, приветствуя ее. "Несчастный случай удивил меня. Фургон подъехал сзади и врезался в мой двухколесный автомобиль, но остановился не сразу. Но в сотне метров впереди он остановился на две минуты. Это поразило меня", - сказала Лиза. "В обычной ситуации транспортное средство должно было немедленно остановиться, но этого не произошло", - отреагировал Рави. - Возможно, это был несчастный случай; я стараюсь в это верить. Водитель транспортного средства, возможно, был пьян", - сказала Лиза Мэтью. "Это было безлюдное место, и было приятно, что автомобиль не остановился сразу, а водитель умчался прочь. В фургоне могли быть и другие люди", - сказал Абдул Хадер. Лиза и Рави посмотрели на Абдула, и воцарилось долгое молчание. "Я упал в канаву, в которой была грязь, и водитель не мог видеть меня из своего фургона, вероятно, помог мне. Если бы я упала на тротуар и если бы водитель немедленно остановил свою машину", - сказала Лиза, глядя на Рави и Абдула. "Это не может быть несчастным случаем", - сказал Абдул Хадер. "почему?" - спросил Рави. "Автомобиль остановился примерно в ста метрах впереди. Водитель подтвердил, что случилось с пострадавшим. Поскольку он не мог видеть жертву, он, возможно, подумал, что нет необходимости возвращаться на место происшествия и выяснять судьбу жертвы", - проанализировал Абдул Хадер. "Когда я слегка приподнял голову, то увидел стоящий чуть в стороне фургон. Итак, я не встал, остался лежать в болоте, как мертвый, и встал только после того, как фургон уехал. Скутер упал в кювет, так что те, кто был внутри фургона, не могли его видеть", - сказала Лиза.

Рави молчал; он размышлял. Встреча с Лизой и ее рассказ о несчастном случае потрясли его. Характер взрыва и последовавшие за ним события, даже если они и не были преднамеренным преступлением, повергли Рави в шок, и он обсудил это с Амму. - Это звучит как спланированный несчастный случай. Лизе нужно соблюдать осторожность за рулем или в путешествии. Я чувствую, что езда в одиночку по шоссе может быть опасной, даже на небольшое расстояние после семи вечера. Лизе нужно вернуться домой к семи вечера, и ей следует воспользоваться общественным транспортом, а не велосипедом", - предложила Амму. Рави попросил Лизу вернуться домой к семи вечера на общественном транспорте на некоторое время и попросил Абдула Хадера подвозить ее всякий раз, когда они вместе отправлялись за доказательствами по делу. Лиза Мэтью снова стала активной и жизнерадостной. Она ездила на велосипеде вместе с Абдулом Хадером, чтобы собрать данные о детском труде и торговле детьми, и Рави предоставил им гораздо больше возможностей для представления дел в суде. Они убедительно аргументировали юридические аспекты, убеждая судью в законности вопросов, которыми они занимались. Лиза Мэтью, Абдул Хадер и Рави раскопали еще много случаев использования детского труда в разных частях штата Керала, и они много путешествовали вместе, чтобы собрать необходимую информацию и доказательства. Их проекты имели большой успех и стали хорошо известны в юридической среде.

Лиза и Абдул рассматривали возможность создания ассоциации детей, освобожденных от детского труда, чтобы обеспечить надлежащий уход в интернатах, образование, медицинские учреждения и возможности для отдыха. Они обсудили этот вопрос с Рави, который счел это хорошей идеей и предположил, что на начальных этапах в ассоциацию должны входить только дети, освобожденные судом на основании заявления, которое они подали самостоятельно. В течение трех месяцев Лиза и Абдул Хадер смогли включить имена ста восьмидесяти семи детей в свою ассоциацию. В один из выходных дней они организовали вечеринку для всех детей в ратуше, и в ней приняли участие сто двадцать шесть детей. Были организованы различные культурные программы и обед, организованный Рави и Амму. Большинству детей мероприятие очень понравилось, и Рави, Амму, Лиза и Абдул поговорили со всеми детьми, прежде чем вернуть их в жилые помещения.

Амму и Рави отпраздновали свою пятую годовщину свадьбы, отправившись на недельную прогулку в Ковалам и Каньякумари на машине, за рулем которой была Амму. Это был их первый отпуск с тех пор, как они поженились. Они проехали через Коттаям, Чанганассери, Коллам и Тривандрум, столицу старого королевства Траванкор, которая была потрясающе красива. "Он был известен как Падманабхапурам и был столицей королевской семьи Траванкора, которая была основана в тысяча пятисотом году", - сказал Рави. "Члены королевской семьи Траванкор получили английское образование и были очень прогрессивны. Вот почему Керала стала одним из самых развитых штатов Индии, с почти стопроцентной грамотностью и системой здравоохранения, не уступающей Швейцарии, Австрии, Норвегии и Швеции", - прокомментировала Амму. Амму и Рави вместе плавали на пляже Ковалам и катались на лодке на пересечении Аравийского моря, Индийского океана и Бенгальского залива в Каньякумари. Они также посетили храм Падманабхи Свами в Тривандруме и были поражены изысканной резьбой на стенах храма.

Амму и Рави почувствовали себя помолодевшими, когда вернулись и возобновили свой распорядок дня. В течение месяца Амму заметила, что ее груди стали слегка нежными и набухшими, и испытывала легкую усталость. У нее также были судороги в ногах и руках, и она почувствовала тошноту, когда проснулась. Амму сказала Рави, что не может пить кофе в постель, так как от него ее тошнит. Перед завтраком у нее начались головная боль, запор и перепады настроения. Рави обнаружил, что кровяное давление Амму немного понизилось, и уровень сахара в ее крови также был низким, когда он измерил его. Амму почувствовала легкое головокружение; температура ее тела повысилась, и она заподозрила, что, возможно, беременна. Поняв, что пришло время обратиться к гинекологу, Рави немедленно записался на прием на девять утра. Амму и Рави прибыли в клинику за десять минут до назначенного времени. После первоначального обследования гинеколог с сияющей улыбкой сообщил Рави, что он станет отцом. Рави был вне себя от радости, он несколько раз обнял и поцеловал Амму, не веря своим ушам.

Беременность Амму была фантастическим переживанием для Рави, поскольку в теле его возлюбленной развивалась новая жизнь. "Беременность - это девятимесячное путешествие". Рави представил себе, как у Амму происходит овуляция, ее яичники выпускают яйцеклетку, яйцеклетка оплодотворяется его спермой и сразу же определяется пол ребенка. Амму сказала ему, что эмбриону требуется три-четыре дня, чтобы переместиться на слизистую оболочку матки и имплантироваться в стенку матки. "Там растет ребенок", - взволнованно сказал Рави, поглаживая живот Амму. В тот день Амму взяла неофициальный отпуск, первый за всю свою пятилетнюю университетскую карьеру. Точно так же Рави остался с Амму; он превратился в ее мать, сестру и врача. На следующий день Амму отправилась в университет, а Рави - в суд, но его мысли были заняты Амму. Поначалу Рави каждые пятнадцать дней водил Амму к гинекологу. Первые три месяца он не разрешал Амму заниматься домашним хозяйством, что было крайне важно. Рави каждое утро отвозил ее в университет и забирал, когда она возвращалась из суда. Рави находил увлекательным проводить больше времени с Амму, и он слушал ее так, словно она разговаривала с ним в первый раз. "Сейчас ваш ребенок примерно семи-десяти сантиметров в длину и весит около двадцати восьми граммов", - сказал гинеколог, когда Амму и Рави посетили ее на третьем месяце беременности.

Амму рассказала Рави, что к концу четырех месяцев их ребенок становился все более активным, и она чувствовала легкие движения. Каждый день Рави наклонялся к утробе матери и прижимал уши к животу, чтобы чувствовать ребенка, и включал тихую музыку, чтобы ребенок рос, слушая звуки музыки. Он посоветовал Амму поговорить с ребенком, чтобы тот узнал голос матери. Таким образом, ребенок рос в утробе Амму, и Рави рос как отец, обнимая Амму. Амму чувствовала себя чрезвычайно счастливой, энергичной и активной во время своей шестимесячной беременности. По выходным они с Рави ездили на машине в разные места и могли вернуться к вечеру. Она любила обедать вне дома и обожала рыбные блюда. К тому времени в *Кочи* было доступно коммерческое производство Куттерна, и она обычно покупала его и хранила в холодильнике в течение недели. Амму и Рави часто приглашали Лизу Мэтью и Абдула Хадера на обед по выходным и готовили Куттерн по-шведски; всем это нравилось. Лиза и Абдул пригласили их на обед или ужин к себе домой. Посещение их было приятным опытом для Амму и Рави, так как они всегда очень активно и увлекательно делились различными событиями и идеями.

На девятом месяце гинеколог попросила Амму взять отпуск с ее преподавательской должности в университете. Иногда Рави звонил Амму со двора, чтобы услышать ее голос. Однажды воскресным утром, когда Рави был дома, Амму начала испытывать боль в пояснице и легкие схватки, которые постепенно становились сильнее и учащеннее. Признаки родов появились за три дня до предполагаемого срока, назначенного гинекологом, что побудило Рави срочно отвезти Амму в родильный дом. Затем врач перевел Амму в родильную палату, где Рави разрешили остаться с ней после того, как он выразил желание присутствовать. Роды были стандартными, и Рави был свидетелем рождения ребенка. Врач взяла головку ребенка в руки, осторожно вытащила ее и ножницами перерезала пуповину.

Внезапно ребенок заплакал. "Наш ребенок..." - пробормотала Амму. "Наш ребенок!" - повторил Рави. Рави сел и поцеловал Амму в лоб. - Амму! - позвал он. "Наш ребенок!" - повторил он. Медсестра вымыла ребенка и передала его Амму. "Это мальчик", - сказала она. Амму посмотрела на Рави, и он нежно коснулся головки ребенка. "Вы можете кормить ребенка грудью", - сказал доктор Амму, и она покормила его. Рави спросил врача, может ли он подержать ребенка, и врач вложил ему в руку мягкую белую салфетку и положил на нее ребенка. "Наш ребенок!" - громко сказал Рави. Амму пробыла в родильном доме три дня. Лиза и Абдул Хадер навестили Амму и ребенка в последний день. Они помогли Рави перевезти мать и ребенка в их дом. Амму и Рави назвали своего сына Теджасом.

Лиза Мэтью и Абдул Хадер собрали больше информации о незаконном обороте наркотиков в Кочи, в частности о детях, подростках и молодежи, вовлеченных в торговлю наркотиками. Они получили подробную информацию о двадцати девяти детях и подростках, непосредственно вовлеченных в незаконный оборот наркотиков. Согласно собранным доказательствам, девять из этих детей были либо сиротами, либо из других штатов и бросили школу. Лиза и Абдул получили дискретные данные из придорожной чайной, позже известной как *ресторан Harmony*, где они обнаружили, что трое детей стали жертвами торговли людьми со стороны водителей грузовиков, которые часто посещали ресторан. Но Лиза и Абдул Хадер не смогли подтвердить право собственности на ресторан, хотя у них было подозрение, что Бхат косвенно владел им. Было установлено, что некоторые школьники и молодые люди, поступающие в колледжи, вовлеченные в торговлю наркотиками, были прикреплены к ресторанам Бхата в городе, но они не знали, кто является главарем наркоторговли. Поскольку у них не было достаточных доказательств для возбуждения уголовного дела, Лиза Мэтью, Абдул Хадер и Рави решили встретиться с инспектором Энтони Д'Сузой в полицейском участке, чтобы конфиденциально обсудить этот вопрос и собрать больше информации. Энтони Д'Суза, инспектор полиции, и Рави велели им поговорить с Д'Сузой. Энтони Д'Суза сказал, что, поскольку Бхат был активным и влиятельным человеком, он не стал бы заниматься этим делом. Итак, он предложил Лизе Мэтью и Абдулу Хадеру обратиться к заместителю суперинтенданта полиции (Dy SP). Энтони Д'Суза пообещал сохранить этот вопрос в тайне и никогда никому не разглашать их имена.

На следующий день, не связываясь с Рави, который отвез Теджаса и Амму к педиатру, Лиза и Абдул записались на прием в Dy SP. Он дал им десять минут, чтобы встретиться с ним около девяти утра в его офисе. Сотрудник полиции Ахмед Кундж, которому было около сорока пяти лет, выслушал их в течение двух минут и сказал им, что незаконный оборот наркотиков является серьезным преступлением. Они должны были обратиться к нему напрямую, не связываясь с инспектором полиции Энтони Д'Сузой. Dy SP пообещала немедленно предпринять соответствующие действия, как только будут собраны существенные доказательства, взяв Бхата под стражу. Ахмед Кундж строго наказал Лизе и Абдулу никому не рассказывать об этом, даже полицейскому инспектору Энтони Д'Сузе, поскольку их жизни могут оказаться в опасности.

Через два дня Абдул Хадер позвонил Рави ранним утром, чтобы сообщить ему, что Лиза Мэтью не вернулась домой накануне вечером и что ее родители беспокоятся. Рави попросил Абдула Хадера немедленно приехать к нему. Через короткое время они оба отправились к Лизе домой. Ее родители, школьные учителя на пенсии, были в агонии и выразили глубокую скорбь по поводу исчезновения своей дочери. У родителей Лизы было только две дочери; старшая уже была замужем и работала врачом в Бангалоре. Рави отвез родителей Лизы в полицейский участок и зарегистрировал жалобу на то, что их дочь пропала без вести со вчерашнего вечера, поскольку она не вернулась из суда. Рави написал в полицию, что Лиза находилась в его судебном кабинете до шести вечера вместе с ним и Абдулом Хадером, и обычно она ездила на автобусе с близлежащей автобусной станции. Полиция пообещала родителям Лизы оказать посильную помощь в поисках их пропавшей дочери.

Следующие два дня ничего не происходило. Родители Лизы были в отчаянии. Рави, Амму и Абдул искали повсюду и сообщили во все газеты о пропавшем человеке. На четвертое утро кто-то, гулявший со своей собакой, обнаружил тело женщины на берегу реки Перияр. Родители Лизы опознали в мертвом теле свою дочь. На завершение вскрытия ушло два дня, и тело было передано родителям на следующий день днем. Они нашли изуродованные интимные места Лизы и отрезанные соски. По всему ее телу были черные пятна, и полиция зарегистрировала дело о похищении, изнасиловании, нападении, нанесении увечий частям тела и убийстве неизвестного преступника. Представитель Dy, Ахмед Кундж, непосредственно вел дело, и он утешил родителей Лизы, сказав, что арестует преступника в течение дня или двух.

Прихожане похоронили Лизу на кладбище Православной церкви в тот же вечер, и ее родители горько плакали. Их старшая дочь отвезла их в больницу, потому что они потеряли сознание. Рави и Абдул сопровождали их в больницу. Большая толпа присутствовала на похоронах, а позже отправилась в полицейский участок, чтобы выразить протест против небрежности полиции в расследовании этого дела. Они потребовали, чтобы Dy SP Ахмед Кундж подал в отставку со своего поста за полную неспособность защитить жертв похищений, изнасилований и убийств. Около полуночи в тот же день полиция провела обыск в доме Абдула Хадера недалеко от форта Кочи и арестовала его за убийство Лизы Мэтью. На следующий день представитель Dy Ахмед Кунджу посетил кабинет Рави в суде, расспросил его подробнее об Абдуле Хадере и сообщил ему, что Абдул Хадер находится под арестом. Рави был удивлен, услышав это, и немедленно попросил суд освободить Абдула Хадара. Однако суд отклонил это заявление, поскольку полиция проинформировала суд о том, что против Абдула Хадера имеются неопровержимые доказательства того, что он похитил Лизу Мэтью, прежде чем изнасиловать и убить ее. Суд поместил Абдула Хадара под стражу в полиции на семь дней. Рави и Амму верили, что полиция подставила Абдула и что за убийством Лизы и арестом Абдула Хадера стоит кто-то могущественный.

Рави отправился в полицейский участок, но офицер отказался встретиться с Абдулом Хадером. Рави услышал мучительно громкий крик кого-то внутри карцера полицейского участка. Это был душераздирающий звук, крик молодого человека, который продолжался много часов. Несмотря на то, что крик пронзил сердце Рави, он ничего не мог поделать. Рави чувствовал, что события были ужасающими и вынудили его признать поражение перед грубой силой, автором которой был Ахмед Кундж, Dy SP, и, вероятно, разработанный Н. Бхатом. Стенания Абдула Хадера подорвали достоинство Рави и его веру в человечество, и, по крайней мере, на несколько минут он усомнился в справедливости суда. Когда Рави вернулся домой, Амму увидела слезы в его глазах, и ей было трудно утешить его. На восьмой день полиция доставила Абдула Хадера в суд. Рави понял, что Абдул Хадер не может ходить, не держась за плетенку. На его лице были синяки, глаза почернели, и он казался жестоко избитым психологически и эмоционально. Обвинение утверждало, что Абдул Хадер имел незаконные связи с кашмирскими террористами, поскольку он был исламским фундаменталистом. Имелись доказательства того, что группа людей была причастна к похищению, изнасилованию и убийству, и если бы его освободили, были все шансы уничтожить улики, поскольку он был практикующим адвокатом.

Перед судьей полиция предъявила фотографии Лизы Мэтью, катающейся на заднем сиденье велосипеда Абдула Хадера. Пять свидетелей видели жертву с Абдулом Хадером в ресторане на озере Вембанад предыдущим вечером. Суд отказался принять во внимание доводы Рави о том, что Абдул Хадер не причастен к похищению, изнасилованию и убийству Лизы Мэтью. Через государственного обвинителя Ахмеда Кунджа Dy SP проинформировала суд о том, что группа пакистанцев, поддерживающих кашмирских террористов, вторглась в Кералу и убила инспектора полиции Энтони Д'Сузу предыдущей ночью в ходе стычки. Итак, освобождать Абдула Хадера было опасно. Суд отправил Абдула Хадера в тюрьму на предварительное судебное разбирательство без права внесения залога в изолированную отдельную камеру вдали от других заключенных. Впервые Рави проиграл дело против представителя правительства. Убийство Лизы Мэтью стало непоправимым ударом для Амму и Рави, а содержание Абдула Хадера под стражей и жестокое обращение с ним в полицейском участке вызвали невообразимые страдания. Вскоре Рави подал иск в интересах общественности в связи с растущей угрозой незаконного оборота наркотиков в Кочи и причастностью к этому политиков. Он собрал значительные доказательства торговли наркотиками в городе и подал заявление в течение месяца. Рави умолял суд разрешить ему встретиться с Абдулом Хадером. Он собрал материалы о незаконном обороте наркотиков могущественной элитой города, которая использовала детей в качестве проводников, а их жертвами в основном становились студенты и молодежь.

Через три дня после передачи дела в суд в местной газете появилась новость: "Обвиняемый по имени Абдул Хадер, предполагаемый террорист и убийца, покончил с собой в своей камере, повесившись на покрывале".

Рави не знал, как реагировать, и повсюду опустилась темнота. Он немедленно вернулся из суда и позвонил Амму, которая была в университете, сообщил о смерти Абдула Хадара и попросил ее беречь себя. Внезапно мир кардинально изменился для Амму и Рави. Они перестали выходить на улицу в вечерние часы. Амму велела айе не открывать входную дверь при приближении незнакомцев и не выносить ребенка на улицу, когда они уходят на работу. Ночью они начали запирать свои главные ворота и автостоянку. Шестимесячного Теджаса уложили спать в их кроватке между Рави и Амму. Фундаментальное восприятие жизни было внезапно перевернуто.

Они поняли, что образование и знания стали бессмысленными перед лицом политически могущественного грубияна. "В правосудии было полностью отказано. Страх и незащищенность нарастают, и стало трудно доказать, что является правдой, а что ложью", - сказал Рави Амму. "Наша жизнь полностью изменилась; кто даст нам справедливость и уверенность?" - спросила Амму. "Как долго мы сможем продолжать так жить?" - добавил Рави. "Это не естественно, а искусственно, и мы не можем продолжать в том же духе", - сказал Рави. "Мы не можем избежать этого страха смерти, этого психологического поражения", - сказала Амму. "Как ты думаешь, нам следует переехать в какую-нибудь другую страну?" Рави спросил Амму. "Нет, но продолжать жить здесь трудно", - ответила Амму. "У нас нет проблем начать новую жизнь в другом месте, поскольку мы молоды и образованны. Наши знания, навыки и отношение к делу вознаградят нас в другом месте. Там мы сможем обрести спокойствие, радость и достоинство", - сказал Рави. "Но как насчет детей, работающих детей, жертв торговли детьми, безгласных и эксплуатируемых? Они нуждаются в нас, и мы должны быть рядом с ними и работать на них", - ответила Амму.

Рави оказался перед дилеммой. Он знал, что спрятаться было негде. Однако оставаться в Кочи было опасно. "Я понимаю вас и уважаю вашу точку зрения. Но Бхат не позволит нам здесь жить. Мы не можем бороться за этих детей, когда у Бхата есть политическая партия. Никто не может защитить работающих детей ради их освобождения, когда Бхат вовлечен в незаконный оборот наркотиков и использует детей в своей гнусной деятельности. Мы не в состоянии помочь детям реабилитироваться, когда полиция находится рядом с Бхатом. Мы не можем противостоять Бхат, когда члены оппозиционной партии присоединяются к Бхат. Если нашей жизни будет угрожать опасность, и если они уничтожат нас, наш Теджас останется один. Подумайте о такой ситуации", - объяснил Рави. - Рави, я полностью осознаю это, - взяв его за руку, сказала Амму. "Амму, если бы мы поехали в Германию или Швецию, нам там были бы рады. Там у нас будет жизнь в безопасности. Я могу заниматься юридической практикой в юридической фирме, а ты можешь работать в университете. Я уверен, что мы добьемся там успеха. Но мне не хочется уезжать из Индии, поскольку я всегда думаю об этих работающих детях и их благополучии", - сказал Рави.

"Рави, если бы я подал заявление в любой университет Швеции, мне бы наверняка предложили там академическую должность. Так что наша карьера - это не проблема. Но как мы могли покинуть Индию? Это наша страна", - сказала Амму.

"Амму, я люблю свою Индию и являюсь гражданином Индии, хотя мои родители были немцами. Но эта ненависть, эксплуатация, порабощение, ультранационализм и постоянный страх смерти выходят за рамки моих возможностей в нашей стране. Я больше не могу этого выносить. Я не политик, который дает ложные обещания, потворствует коррупции, убивает людей и показывает улыбающееся лицо. Это выше моего понимания", - сказал Рави.

Амму тоже понимала серьезность ситуации. "Мы находимся в таком плачевном состоянии. Мы стали беженцами в нашей собственной стране, что выше моего понимания. Мы стали изгоями. Бхат стоит там, чтобы приговорить нас к смертной казни с помощью железного прута или ножа! Выхода нет", - сказала Амму. "Мы находимся в ситуации, которая не поддается исправлению. От этого никуда не деться. Наш ключ к правосудию в Индии потерян навсегда. Бхат сжег наши лодки! Повсюду в Индии мы видим разложившиеся тела жертв детского труда и торговли детьми, коррупции и жестокости, похищений, изнасилований, нападений, убийств, самосуда коров и линчевания. Ни одна запертая дверь не выдержала бы этого. Они осудили нас, и мы стали осужденными". Рави дрожал от безысходности.

Амму обняла Рави. - Рави, мой Рави, я люблю тебя, - всхлипнула она. "Позвольте мне написать в юридическую фирму в Штутгарте и еще в одну во Франкфурте. Они хорошо знают меня и уважают. Я могу получить там руководящую должность. Кроме того, мой немецкий превосходен, как и мой английский. Вы, конечно, можете получить преподавательскую и исследовательскую должность в университете Штутгарта или Франкфурта. Давайте забудем обо всем здесь, в Индии. Пусть это будет старая история", - сказал Рави. - Конечно, Рави, я всегда с тобой. Я горжусь тобой. Вы можете добиться большого успеха в Германии, потому что у вас есть талант, юридическая хватка и позитивный настрой. Я могу устроиться там на работу в университет или в правительство. Наши теджас могут получить хорошее образование, благоприятную среду для взросления и полноценную жизнь в светской среде", - добавила Амму. На следующий день Рави отправил письмо в юридическую фирму в Штуттгарте и Франкфурте. Амму отправила сообщение вместе со своими биографическими данными в университет в Штуттгарте.

Много дней шел дождь, гремел гром и сверкали молнии, что ознаменовало наступление муссона в Малабаре.

ГЛАВА ДЕВЯТАЯ: КОРОНА ПРЕСВЯТОЙ ДЕВЫ

Рави получил письма от обеих юридических фирм в Германии в течение двух недель. Юридическая фирма Штутгарта предложила Рави должность юрисконсульта для консультирования доноров и спонсоров из Германии по вопросам взаимодействия с учреждениями социального обеспечения, благотворительными организациями и НПО в странах Южной Азии, занимающимися программами социального обеспечения женщин и детей и работами по развитию сельского населения и племен. В рамках своих обязанностей юрисконсульт должен был посетить максимум двадцать агентств-бенефициаров в Южной Азии в течение года. Вознаграждение включало сто тридцать тысяч немецких марок в год и тридцать тысяч немецких марок в виде других льгот.

Предложение Франкфуртской юридической фирмы было весьма заманчивым. Фирма предоставляла юридические консультации автомобильной промышленности, в первую очередь производителям автомобилей в Германии и Индии. Задание состояло в том, чтобы иметь дело с индийскими автодилерами во всех крупных городах Индии, посещая Индию три раза в год для деловых переговоров. Вознаграждение включало двести пятьдесят тысяч немецких марок в качестве заработной платы и пятьдесят тысяч немецких марок в качестве других льгот, включая бесплатное медицинское обслуживание, проживание и автомобиль. Амму получила письмо из университета в Штутгарте, в котором сообщалось, что они были рады приветствовать ее заявление и биографические данные. Амму обладала высокой квалификацией, и они могли предложить ей должность профессора после прохождения стандартных университетских процедур. Они попросили ее присутствовать при личной беседе в течение двух месяцев. Рави и Амму были чрезвычайно рады получить письма и решили отправиться в Германию в течение двух месяцев. Они воспользовались кредитом в банке на двадцать лет для покупки своего дома и решили продолжать выплачивать ежемесячные взносы из Германии, чтобы дом остался на их имя. Всякий раз, когда они приезжали в Индию, они могли оставаться дома. Амму хотела взять длительный отпуск в своем университете на два года, а не уходить в отставку. Рави хотел передать все свои дела другим юристам, интересующимся правами человека.

После обсуждения с Амму Рави написал в юридическую фирму Штуттарта, сообщив, что он принимает предложенные условия и присоединится к фирме в течение двух месяцев. Амму также написала в университет, сообщив, что она была рада получить сообщение и предстанет перед ними для обсуждения в течение двух месяцев. Тем временем Рави получил приглашение от неправительственной организации выступить с докладом в День их основателя в течение недели. Предложенной темой обсуждения были *позитивные действия в интересах правосудия в образовательных учреждениях*. Амму посоветовала Рави принять приглашение, поскольку это изменило бы его распорядок дня и позволило бы ему познакомиться с людьми с новыми идеями и ориентациями. Рави тщательно подготовился к этому событию. Поскольку беседа проходила в выходные, Амму сопровождала Рави. "Доход, богатство, возможности и все хорошее в жизни нуждается в распределении", - начал Рави свою лекцию. "В демократическом обществе люди могут извлекать выгоду из своей удачи, но выгода должна быть в интересах наименее обеспеченных членов общества. Те, кто получает больший доход и создает значительное богатство, должны облагаться налогом в пользу наименее обеспеченных. Люди, обладающие естественным преимуществом, не должны извлекать выгоду из всех своих заработков только потому, что они более одарены. Им нужно платить за обучение и воспитательную работу и использовать их пожертвования для помощи менее удачливым, и налоговые ставки должны быть соответствующим образом скорректированы. Налогообложение одаренных, богачей и обеспеченных не должно навредить обездоленным, поскольку богатые перестанут приносить больше дохода. И это должно быть критерием налогообложения", - добавил Рави.

Рави утверждал: "Справедливость - это не вопрос вознаграждения людей в соответствии с их добродетелями, и, следовательно, политика позитивных действий общества учитывает происхождение человека, например, исправляя последствия недостаточного образования. Демократическое общество с верой в позитивную политику выходит за рамки результатов тестов и оценок", - категорически заявил Рави. "Компенсация за прошлые обиды не менее важна для достижения справедливости", - добавил Рави, глядя на свою аудиторию. "Что касается Индии, то далиты и племена сильно страдали в течение примерно четырех тысяч лет с тех пор, как арийцы вторглись в долину

Инда и завоевали ее. Эти арийские нападавшие пришли из Малой Азии через Иран и Афганистан. Они путешествовали тысячи лет. Первые поселенцы Индии вели процветающий образ жизни и развивали экономику, основанную на богатом сельском хозяйстве и кустарной промышленности. Арийцы, будучи кочевниками, разрушительной силой и нецивилизованными по сравнению с жителями Мохенджо-Даро, разгромили первых поселенцев и уничтожили все, что коренные индейцы создали за столетия тяжелого труда. Одна часть населения бежала в центральные районы Индии, и позже они стали называться племенами. Другая часть народа стала рабами арийцев, и с ними обращались как с изгоями. Арийцы обесчеловечили их. Поскольку арийцы путешествовали в больших количествах, у них было больше оружия. Они могли лучше ориентироваться в движении звезд и других небесных тел и соответствующим образом планировать свои войны, чего первоначальные индейцы делать эффективно не могли. Но современные племена и далиты, которые были первоначальными поселенцами Индии, были более разумными, чем арийцы. Они были миролюбивыми и более цивилизованными. Из-за тысячелетнего угнетения и эксплуатации условия жизни первоначальных поселенцев ухудшились. Потомки арийцев должны компенсировать разрушение процветающей цивилизации предков племен и далитов", - пояснил Рави.

Слова Рави были объективными и перекликались с историческими свидетельствами. "Многие ученые считали, что хараппцы были дравидами. У них был развитый язык, искусство, наука и культура, и вы можете увидеть следы дравидийского языка и их прекрасного искусства в руинах Хараппы. Тамильский язык гораздо древнее и богаче санскрита и имеет процветающую литературу. Постепенно арийцы позаимствовали богов дравидов, далитов и других племен, таких как Шива, Вишну, Кали, Ганапати, Кришна и сотни других. Тейям - *это* народный танец, посвященный древним богам, и арийцы пытались присвоить себе этих богов. Это было похоже на то, как УНП пыталась присвоить себе Сардара Пателя, Субхаша Чандру Боуза и многих других героев и мучеников борьбы за свободу. УНП никогда не участвовала в движении за независимость. Но, придя к власти, они манипулировали образовательной политикой в своих интересах. Таким образом, компенсация за прошлые обиды является необходимым условием справедливости", - подчеркнул Рави. "В учебном заведении важно иметь разнообразный контингент учащихся для лучшего получения образования. Это также помогает создать более широкое сообщество внутри образовательного учреждения. Это ведет к достижению социальной цели, сплоченности и общему благу", - продолжил Рави. "Как только учебное заведение определит свою миссию в контексте правосудия и разработает критерии приема в соответствии с этой миссией, соответствующим образом формулируя политику, позитивные действия станут реальностью и останутся устойчивыми. Согласно принципу позитивных действий, никто ничего не заслуживает, но люди имеют право в соответствии с критериями, разработанными на основе заявления о миссии. Таким образом, принципы предоставления возможностей важны в позитивных действиях больше, чем доход и богатство. Создайте возможности для обездоленных, и они преодолеют все препятствия", - сказал Рави, завершая свое выступление. Он привел несколько примеров из индийских ситуаций и попытался доказать свою точку зрения в своей речи, которая длилась девяносто минут.

За выступлением последовала оживленная сессия вопросов и ответов. Когда Рави и Амму подошли к своей машине, несколько студентов колледжа и молодежи подошли и заговорили с Рави. Амму подождала некоторое время, прислушиваясь к ним. Поскольку было уже поздно, она решила двигаться дальше, и Рави последовал за ней. Амму медленно направилась к машине. Внезапно перед ней остановились два мотоцикла, и из них выскочили два мотоциклиста на задних сиденьях. Один схватил Амму, а другой стянул с нее сари и блузку. Амму была ошеломлена и обездвижена, не в силах среагировать. Когда сари было снято, они стянули с нее нижнее белье, и через минуту Амму была обнажена. Молодые люди вскочили на велосипеды и умчались прочь, прихватив сари и нижнее белье. Внезапно собралась небольшая толпа. Увидев, что Амму пытается прикрыть свою наготу, несколько молодых женщин подбежали к ней и обхватили ее руками. Услышав шум, Рави побежал к толпе со словами: "Амму! Амму!" К тому времени несколько молодых женщин из группы завернули Амму в свои дупатты — разновидность шали.

Рави взял Амму на руки и усадил ее в машину. Он ехал быстро, пока они не добрались до дома. Амму была поражена и дрожала от страха, стыда и вины. У нее внезапно поднялась температура, она не могла говорить и оставалась угрюмой и потерянной. Рави попросил айю остаться дома, чтобы присмотреть за Теджасом, даже ночью. На следующий день он вызвал врача к ним домой. После первоначального диагноза и обследования врач высказал мнение, что Амму должна отдохнуть в течение двух недель и что Рави всегда должен оставаться с ней. Врач не прописал Амму никаких лекарств, за исключением нескольких таблеток от жажды.

Рави понял, что Амму нуждается в любви и заботе, чтобы преодолеть свой страх. Он обнял и расцеловал ее в щеки, взял на руки и обошел весь дом. Рави начал петь ей множество колыбельных песен, которые он сочинил для своей матери Эмилии. Амму спала на руках у Рави, и он никогда не уставал носить ее на руках. Иногда Рави прижимал ее к своей груди, чтобы почувствовать ее дыхание и сердцебиение. Ему нравился ритм ее сердца — эта внутренняя музыка Амму. Затем Рави начал петь песню Дидрика. Постепенно Амму уставилась на него так, словно ей понравилось, как он поет эту песню. Время от времени Амму заглядывала ему в глаза, и Рави понимал, что она любит музыку и выражает свое счастье. Вечером он отнес ее на террасу и спел песню Дидрика. Когда он обтирал ее губкой, он спел это снова. Рави пел ее для нее за столом во время завтрака, обеда и ужина. Через неделю Амму начала улыбаться, а на пятнадцатый день она заговорила. - Рави... - позвала она. "Амму?" Рави ответил. "Я люблю тебя, Амму", - сказал он. "Я люблю тебя, Рави", - ответила Амму. Тогда Рави понял, что его любимая Амму оправилась от полученной травмы.

На следующий день Рави посадил ее в машину, и они покатались по городу. Они пошли к озеру Вембанад и сели бок о бок. Он рассказал ей историю их первой встречи в Копенгагене и о том, как она улыбнулась и пожала ему руку. Амму нравился его голос, его манера говорить, его внешность, то, как он причесывался, и его французская бородка; она любила его во всем. Он обладал редкой миловидностью, любящим присутствием и привлекательностью. - Рави, я слишком сильно люблю тебя. Я не могу жить без тебя. Если ты умрешь раньше меня, я похороню свое сердце вместе с тобой, - она обняла его. - Мы умрем вместе, и они похоронят нас вместе. Мы едины и всегда будем вместе", - ответил Рави. Они забыли обо всем остальном. Амму и Рави начали готовиться к отъезду в Германию, забронировали билеты на самолет и решили взять с собой только самое необходимое — немного одежды и несколько документов. Через неделю они покинут Индию, вероятно, навсегда.

Рави и Амму отправились на рынок, чтобы купить себе все необходимое на каждый день, включая овощи, фрукты и рыбу. Сделав покупки, они бок о бок направились к своей машине. Амму открыла дверцу со стороны водителя, а Рави - противоположную. Внезапно кто-то ударил Рави сзади железным прутом. Амму видела, как Рави упал, и его лоб ударился о машину. "Рави!!!" она закричала, выпрыгивая из машины. Рави лежал на земле, обездвиженный, и его голова была рядом с рулем. Из его затылка сочилась кровь. "Рави!!!" Амму громко вскрикнул и попытался поднять голову. "Рави!!!" ее голос сорвался на визг. Его глаза оставались открытыми, и кровь с его лба постепенно стекала в глаза. Люди с рынка бросились на место происшествия. "Кто-то ударил моего мужа!!! Пожалуйста, помогите!!!" Амму закричала. Она звала на помощь, но ее слова были неразборчивы из-за ее безумного состояния.

Кто-то в толпе поднял Рави, и Амму заметила, что у него из носа капает кровь. Амму отвезла машину в ближайшую больницу, и врачи быстро доставили его в отделение неотложной помощи. Амму вошла внутрь. "Похоже, что спинной мозг был поврежден на шее, и на затылке у него глубокая рана. Требуется немедленная операция", - сказал врач. Операция заняла более четырех часов, и там работала бригада из трех врачей. "Мы не можем ничего сказать сейчас и должны подождать по крайней мере десять часов, чтобы что-то сказать. Вам повезет, если пациент придет в сознание в течение этого периода", - сказал хирург Амму. Амму была одна. Она ждала у входа в отделение интенсивной терапии (ОИТ). Сквозь стекло она могла видеть Рави; его тело было подсоединено ко множеству трубок и кабелей, и она не знала, дышит ли он. В ее голове было пусто, и она забыла о Теджасе и обо всем мире. Около одиннадцати вечера медсестра сказала Амму, что ее муж начал дышать без аппарата. Но он все еще был в опасности, и Амму пришлось подождать до следующего полудня. Амму сидела там и не спала. Она больше ни о чем не думала. Она просто посмотрела на Рави в отделении интенсивной терапии.

Амму так и не узнала, что уже наступило утро; через четыре часа она увидела группу врачей, входивших в отделение интенсивной терапии, и они вышли оттуда через полчаса. Когда врачи уходили, один из них подошел к Амму и сказал: "Ваш муж пришел в сознание, но он не может говорить, и, похоже, он не может понять, что происходит вокруг него. Вы можете надеть белое платье и зайти внутрь, и с расстояния в один метр вы сможете посмотреть на него". Медсестра дала ей надеть белый халат, и после того, как Амму вымыла руки и ноги и сняла сандалии, она вошла в отделение интенсивной терапии. Ее Рави был там. Она видела, что он дышит; множество трубок было подсоединено к его рту, носу, груди и рукам. - Рави, - позвала она. "Мой Рави". Теперь ей пора было выходить на улицу. Она просидела на улице еще час, чувствуя себя одинокой и беспомощной. Внезапно она подумала об Анне Марии, своей ученице, которая была монахиней. Амму позвонила из телефонной будки на углу отделения интенсивной терапии. Анна-Мария была на другом конце провода, и Амму все рассказала. Через час прибыла Анна-Мария с другой монахиней.

Анна-Мария обняла Амму и спросила о Рави. Когда она поняла, что Амму ничего не ела больше суток, она бросилась в кофейню и купила немного закусок и кофе для Амму. Анна-Мария спросила ее о Теджасе и попросила, чтобы Амму отправилась домой, так как она и ее спутник подождут, пока Амму вернется домой. Амму примчалась, и было уже семь часов вечера. Айя ждала у двери. Она беспокоилась о том, почему Амму и Рави не вернулись даже через день. Теджас заплакал, увидев Амму, и она подняла его и поцеловала в щеки. Амму рассказала айе о Рави и сказала, что возвращается в больницу, а Айе нужно побыть с Теджасом еще много дней. В течение часа Амму была срочно доставлена обратно в больницу. Анна-Мария и другая монахиня ждали возле отделения интенсивной терапии, выразив готовность остаться с Амму на всю ночь. Они попросили Амму поспать, а сами позаботятся о Рави. Расстелив на земле свою шаль, Амму проспала до раннего утра. Около восьми часов Амму вызвали в административный офис больницы и попросили немедленно внести двести тысяч рупий. Амму заплатила деньги чеком.

Администрация больницы сообщила Амму, что пациенту, возможно, придется оставаться там еще десять дней. Она сидела возле отделения интенсивной терапии, наблюдая за Рави, и весь день ни о чем другом не думала. Она думала только о Рави. Вечером Анна-Мария пришла с другой монахиней и настояла на том, чтобы Амму спала ночью не менее шести часов. Амму спала с одиннадцати до четырех утра. Анна-Мария и другая монахиня ушли в шесть утра, пообещав прийти снова около пяти вечера, чтобы Амму могла на некоторое время вернуться домой и повидаться с Теджасом. Хирург и другие врачи, которые оперировали Рави, сказали Амму, что состояние Рави немного улучшилось. Возможно, ему потребуются дальнейшие операции в специализированной больнице, занимающейся травмами спинного мозга. Анна-Мария пришла со своей спутницей-монахиней около четырех часов вечера, и Амму поспешила домой. Теджас не возражал против этой аяты, и Амму обняла и поцеловала своего сына. Собрав все необходимое для айи и Теджаса, Амму вернулась в больницу около восьми вечера.

Амму заметила какие-то легкие движения в Рави. На следующий день бригада медиков приехала понаблюдать за ним. После длительной диагностики хирург сказал Амму, что она может перевести Рави в специализированную больницу для лечения травм спинного мозга на следующий день. Позже в тот же день администрация больницы позвонила Амму, чтобы вернуть триста двадцать шесть тысяч рупий. Амму заплатила деньги чеком. Анна-Мария пообещала приехать в больницу на следующий день, когда перевезет Рави в суперспециализированную больницу. Около десяти утра Амму и Анна-Мария отвезли Рави в новую больницу. Сверхспециализированная больница находилась на берегу озера Вембанад. По прибытии в больницу Амму попросили внести депозит в размере трехсот тысяч рупий, который Амму заплатила. После тщательной диагностики и тестирования администратор больницы решил, что пациенту необходима серия операций на спинном мозге. Хирург сказал Амму, что Рави, вероятно, нужно было оставаться в больнице в течение трех месяцев, поскольку травма головы требовала хирургического вмешательства.

Операция на голове была проведена в течение двух дней, и больница потребовала, чтобы Амму выплатила сумму в размере двухсот тысяч рупий, что она немедленно и сделала. В течение двух дней Амму снова выплатила сумму в двести тысяч рупий. В больнице ей сообщили, что операция на голове прошла успешно и в дальнейшем хирургическом вмешательстве не нуждалась. Анна-Мария приходила навещать Амму каждый вечер, и она была одна, поскольку ее настоятельница в монастыре разрешила ей ходить одной, поскольку Амму была ее преподавательницей в университете. Амму написала письма в юридическую фирму Штутгарта и университет с просьбой продлить дату вступления еще на четыре месяца, и она получила положительные ответы от обоих. Каждый вечер Амму приходила домой повидаться с Теджасом и айей и оставалась с ними на два-три часа. У Рави произошли заметные изменения после четвертой операции в суперспециализированной больнице, и за каждую операцию Амму платила двести тысяч рупий. Когда была завершена шестая операция на спинном мозге, Рави уже два месяца находился в сверхспециализированной больнице. Администрация больницы сообщила Амму, что требуются еще четыре операции.

Финансирование медицинских расходов стало для Амму значительным бременем. Их банковские депозиты быстро истощались. Поскольку Амму взяла двухлетний отпуск в университете, у нее не было месячной зарплаты, а у Рави не было дохода. Амму уже выплатила сумму в два миллиона рупий на лечение Рави. Она знала, что после оплаты последующих четырех операций и больничных расходов у нее не останется денег. К концу третьего месяца Рави перенес еще четыре операции, и Амму заплатила по двести тысяч рупий за каждую операцию. Теперь Рави мог сидеть на больничной койке, но не мог поднять голову. Он также потерял способность говорить. В предпоследний день пребывания Рави в больнице Амму попросили заплатить девятьсот тысяч рупий за лечение, медикаменты, аренду комнаты и расходы на питание. Из-за нехватки средств на банковском счете Амму продала свое кольцо с бриллиантом, которое Рави подарил ей в аэропорту Копенгагена, в известном ювелирном магазине в Кочи. Она получила за кольцо триста тысяч рупий. Из сертификата, выданного амстердамским ювелиром, Амму знала, что первоначальная стоимость кольца была эквивалентна одному миллиону рупий.

В тот вечер Анна Мария сказала Амму, что лекарство само по себе не может вылечить пациента; молитва не менее важна. Амму ответила, что она не верит в действенность молитвы, так как ее мать молилась напрасно. У нее была сильная вера в Иисуса и Деву Марию, и каждое воскресенье и в дни праздников святых Амму участвовала в евхаристическом богослужении вместе со своей матерью. Однако ее мать умерла от неизвестной болезни, и никто не смог ее вылечить. Анна Мария сказала Амму, что ее аргументы не отрицают силу молитвы и любви Божьей.

"Молитесь Богу каждый день о выздоровлении Рави, и вы увидите чудеса".

Амму ничего не сказала, так как не верила в Бога. После смерти своего отца Амму стала агностиком. Анна Мария рассказала Амму, что каждый день перед сном она молилась за Рави и перебирала за него четки, и что Пресвятая Дева помогла Рави, поэтому он мог сидеть. Амму знала, что Рави мог сидеть на кровати с ее помощью, но он не мог поднять голову или заговорить. Движения его рук не были свободными.

В день выписки Амму оплатила больнице окончательный счет в размере девятисот тысяч рупий. Врач сообщил Амму, что Рави может потребоваться по меньшей мере два-три года, чтобы поднять голову, и что никакого специального лечения не требуется. Ему нужно было заниматься физическими упражнениями каждый день, по крайней мере, по пятнадцать минут каждое, четыре раза в день, а его шея и руки нуждались в массаже физиотерапевтом утром и вечером. Далее врач сказал ей, что Рави может потребоваться два-три года, чтобы начать говорить, и ему нужны упражнения, чтобы двигать челюстями и губами. Постоянный уход был необходим для его выздоровления. Больница попросила Амму привозить пациентку раз в три месяца для полного обследования, которое могло стоить пятьдесят тысяч рупий за посещение. Амму уже потратила почти четыре миллиона рупий на лечение Рави. В течение четырех месяцев ее банковский баланс был почти равен нулю, и Амму не знала, что делать дальше.

Анна-Мария навестила больницу утром и помогла Амму перевезти Рави домой. Через четыре месяца Рави наконец вернулся домой. Однако он не мог поднять Теджаса и не мог с ним заговорить. Амму отвечала за уборку дома, стирку одежды, приготовление пищи, присматривала за Рави, массировала ему шею и руки и помогала тренировать челюсти. Она сидела с ним и читала книги вслух, чтобы он мог двигать губами и челюстями в соответствии с движениями губ и челюстей Амму. Она обтирала его губкой и каждый вечер рассказывала ему истории о его детстве. Она напомнила ему об их встрече в Копенгагене, их поездках в Муннар и Швецию, церемонии награждения в Уппсале, их велосипедной прогулке вокруг озера Эркен и их пребывании на озере Ваттерн. Она даже вспомнила, как он поднял ее, когда они шли к самолету во время их второго визита в Копенгаген. Рави слушал ее с большим интересом. Он понимал слова Амму, но не мог ни говорить, ни свободно двигать руками. Время от времени Амму пела песню Дидрика, и по глазам Рави она поняла, что он любит музыку и наслаждается ею. Он даже пытался подпевать Амму, и она спела несколько песен из фильмов на малаяламе, которые Рави обычно пел для своей матери Эмилии. Амму знала, что Рави выздоравливает, но это был долгий и болезненный процесс.

Анна Мария приходила каждое утро, и почти каждый день она приносила немного овощей и фруктов — бананов, гуавы, ананасов и манго, среди прочего, — из своего монастырского сада. Несмотря на то, что Амму запретила ей это делать, Анна-Мария все равно принесла их. Иногда, сидя напротив Рави, Анна-Мария читала вслух, чтобы помочь ему размять губы и челюсти. Она также помогала айе кормить Теджаса. "Молитва - это диалог с Богом", - сказала однажды Анна-Мария Амму. - Анна-Мария, я не верю в молитвы. Я верю только в эмпирические факты, которые могу наблюдать и анализировать", - ответила Амму. "В детстве ты молился вместе со своей матерью. А теперь вернитесь в свое детство и молитесь Богу искренне и открыто. Он выслушает тебя, - настаивала Анна-Мария.

"Я давно оставил Бога, потому что Бог не может помогать людям. Мы создали Бога", - сказала Амму.

"Тебе нужно быть скромным. Не молись за себя, молись за Рави. Пусть он выиграет. Просто молись. Молитва обходится недорого", - сказала Анна-Мария.

- Моего отца эксплуатировали священники и епископ. Я не хочу снова оказаться в такой же ситуации", - сказала Амму.

- Мэм, вам следует помолиться за своего мужа. Это все. Я знаю, ты хочешь, чтобы ему стало лучше, чтобы он мог говорить и ходить прямо, с высоко поднятой головой. Молись Пресвятой Деве, и она заступится за тебя", - пыталась убедить Амму Анна-Мария.

Амму на некоторое время задумалась и ничего не ответила. Через три месяца Амму и Энн Мария отвезли Рави в больницу super specialized для тщательного обследования в соответствии с инструкциями больницы. Диагностика и тестирование длились около шести часов, и врач заявил, что он доволен прогрессом, но Рави необходимо продолжать проходить обследование каждые три месяца в течение следующих двух лет. Амму заплатила пятьдесят тысяч рупий за полное обследование. Банковский счет Амму был почти пуст. Она поняла, что заплатить аят и купить продукты для семьи будет трудно в течение месяца. Энн Мария сказала Амму, что она могла бы использовать свои знания и навыки в исследованиях, чтобы заработать немного денег, которые могут помочь ей купить продукты для семьи. Дать небольшое объявление в местной газете о том, что будут доступны профессиональные консультации для ученых-исследователей и докторантов. Такая помощь была необходима для определения тем, проблем, целей и гипотез исследования, а также для разработки обоснования эмпирического исследования, структуры выборки и методологии. Анна Мария убедила Амму уделять два-три часа в день и зарабатывать пятьсот рупий в день, что было разумно в ее трудные времена.

Амму поместила объявление в местной газете, и в тот же день поступило с полдюжины запросов. Студенты, обучающиеся в докторантуре по различным наукам, обратились к ней за профессиональной помощью. Таким образом, Амму начал проводить по часу, помогая ученым-исследователям и докторантам каждое утро и вечер. В течение первого месяца Амму могла заработать около двенадцати тысяч рупий; во второй месяц она выросла до пятнадцати тысяч. Но этой суммы было недостаточно, чтобы оплатить аят и купить провизию для повседневной жизни. Амму подсчитала, что ей требовалось по меньшей мере сорок тысяч рупий ежемесячно, чтобы оплачивать аят, ежедневные расходы, воду, электричество и телефон.

Оплачивать расходы на полное обследование Рави каждые три месяца было непросто. Другого источника дохода не было, и Амму иногда впадала в депрессию. Она хотела, чтобы Рави поправился и начал работать, но ей нужно было подождать два года с физиотерапией, массажем и трехмесячным общим обследованием, как было предложено больницей.

На следующий день Анна-Мария сказала Амму, что хочет на днях пойти с ней в церковь Пресвятой Богородицы. Статуя Богородицы находилась в уединенном доме, пристроенном к церкви, и многие люди ежедневно посещали статую Богородицы, потому что это был центр паломничества. Анна Мария рассказала Амму, что в церкви раньше происходило много чудес благодаря статуе Богородицы и короне, привезенной из Фатимы. Амму поехала на автобусе в паломнический центр, чтобы порадовать Анну-Марию. "Фатима в Португалии", - сказала Анна-Мария. "Я знаю, - ответила Амму, - потому что я была практикующей католичкой до смерти моего отца".

"Ты должен вернуться в церковь, и Пресвятая Дева благословит тебя", - сказала Анна-Мария.

- Дай-ка я посмотрю, - сказала Амму.

"В Фатиме есть паломнический центр, известный как Носса Сеньора де Фатима. Пресвятая Дева Мария явилась трем детям-пастушкам в тысяча девятьсот семнадцатом году и открыла им три тайны. Там, где произошло явление, был установлен образ Богородицы", - рассказала Анна-Мария.

"Хорошо", - ответила Амму.

"В тысяча девятьсот сорок шестом году папа Пий Двенадцатый совершил коронацию образа Фатимской Девы", - объяснила Анна Мария.

Автобусная остановка находилась рядом с домом отдыха. Тысячи женщин и несколько мужчин громко пели и перебирали четки. Это было так, как если бы люди потеряли способность рассуждать, и многие были в трансе. Анна-Мария отвела Амму в дом уединения, и там стояла длинная очередь, чтобы увидеть статую Девы Марии, на которой была корона. Простояв в очереди около часа, они добрались до статуи. Люди катались по земле и восхваляли Пресвятую Деву на многих языках. Для Амму это была хаотичная сцена. Она считала, что это скорее суеверие и страх, чем духовность. "Корона в доме уединения была из Фатимы, и это точная копия короны Богородицы в Фатиме", - сказала Анна Мария.

- Зачем Пресвятой Деве нужна корона? Она была обычной женщиной из деревни", - сказала Амму. "Если ты наденешь корону и подойдешь к алтарю, Пресвятая Дева исполнит все твои желания", - сказала Анна-Мария, не отвечая на вопрос Амму.

Толпа толкала их, и у них не было времени стоять спокойно и смотреть на Деву Марию или ее корону. - Чудеса случаются здесь каждый день. Тебе нужна вера, вера, как ребенку. Это абсолютная вера в Пресвятую Деву и ее силу. Она - матерь Божья. Она может исполнить все, что угодно, любое твое желание", - повторяла Анна-Мария, как молитву. Посетив Пресвятую Деву и ее корону, Амму и Анна-Мария сели в автобус. - Я сообщу нашей матери-настоятельнице в Триссуре, что я отвел тебя к Пресвятой Деве и показал тебе корону. Она будет в восторге", - сказала Анна-Мария, когда они ехали в автобусе. "Кто ваша верховная мать?" - спросила Амму. - Она - мать Кэтрин. Наш епископ Джордж, основатель нашей конгрегации, благословил ее", - сказала Анна-Мария.

Амму не сказала Анне-Марии, что она знала мать Кэтрин еще ученицей старшей школы. Мать Екатерина и епископ провели беседу о добродетели девственности. - Ей почти сорок восемь, и она по-прежнему ежедневно посещает епископа, чтобы помочь ему. Епископу перевалило за пятьдесят пять, и он активен и посещает различные места, включая Ватикан, Фатиму, Святую Землю, и наша мать-настоятельница сопровождает его, чтобы помочь в его духовной деятельности", - добавила Анна Мария. Амму вернулась домой засветло, а Анна-Мария вернулась в свой монастырь. Рави ждал Амму, и она рассказала о своем визите в паломнический центр. Однако Амму не сказала ему, зачем она пошла посмотреть на корону Пресвятой Девы. Это был первый раз, когда она что-то скрыла от Рави.

На следующий день, когда Анна-Мария приехала, она рассказала Амму, что прошлой ночью ей приснилась Пресвятая Дева. Пресвятая Дева сказала ей, что она вылечит Рави, если Амму наденет корону Пресвятой Девы. Амму посмотрела на Анну Марию, но ничего не сказала. Она хотела вернуть Рави к здоровой жизни любой ценой. Как и любой другой адвокат, она хотела, чтобы он ходил вокруг да около, доказывал свою правоту и выигрывал. У него было много лет впереди. Когда он поправился, она подумала, что поедет с ним в Германию к мирной жизни. Однако она столкнулась с серьезным финансовым кризисом. Несмотря на то, что с момента нападения Рави прошел год, Амму только один раз отвезла его на полное обследование, предложенное больницей. Но у Амму не было денег, чтобы заплатить. Сумма в пятьдесят тысяч рупий была для нее такой значительной, и не было никакой возможности собирать эту сумму каждые три месяца в течение двух лет. Даже ежедневные расходы стали неуправляемыми. Она могла зарабатывать около двадцати тысяч рупий ежемесячно на своем научном руководстве, и это было все. Амму забыла о многих важных вещах, потому что не могла себе их позволить. Она подумала, что Рави и Теджас не должны страдать от голода, и решила предоставлять профессиональные консультации большему количеству студентов еще в течение двух часов, чтобы она могла зарабатывать еще несколько рупий в день.

Тем временем Амму получила уведомление из банка, в котором говорилось, что она не выплачивала кредит за предыдущие восемь месяцев. Если бы деньги не выплачивались каждый месяц, банк подал бы в суд на заемщиков Амму и Рави. Заработать столько денег было невозможно, и не было никакого источника для получения такой суммы. Но Амму была благодарна Анне Марии за то, что она подала ей идею консультирования по научным исследованиям, поскольку Амму могла зарабатывать почти тысячу рупий в день, руководя своими студентами-исследователями. Однако было трудно выделить четыре часа, поскольку ей приходилось проводить с Рави не менее шести часов за кормлением, физическими упражнениями, массажем его рук и купанием. Айя выразила свое желание уйти с работы, поскольку ей было утомительно продолжать работать в такой ситуации. Но Амму умоляла ее остаться еще на несколько месяцев. Возможно, Анна-Мария права. "Молитва может иметь свои неведомые преимущества", - подумала Амму. В ее сердце внезапно зародилось решение пойти и посмотреть на статую Пресвятой Девы. Она хотела расспросить о процессе ношения короны как о духовном упражнении. Амму подумала, что корона Пресвятой Девы могла бы помочь ей преодолеть ее глубоко укоренившиеся проблемы и помочь Рави восстановиться после травм спинного мозга. Ее убеждение постепенно перешло из состояния неверия в ситуацию веры.

Амму подумала о своей матери, которая искренне верила в Пресвятую Деву. Ее мать никогда не пропускала воскресную мессу, но не была суеверной, как ее отец, у которого не было твердой веры, но он верил в ритуалы и правила. Он гордился своим сирийско-христианским происхождением, и ему привили убеждения его деда. Он думал, что святой Фома, апостол, пришедший в Кералу проповедовать Евангелие Иисуса, обратил в свою веру девять семей браминов и основал девять церквей в пятьдесят втором году нашей эры. Отец Амму зарабатывал деньги, но не был благоразумен в их расходовании, и он жертвовал огромные суммы церкви, священникам, монахиням и епископу. Им так ни за что и не отплатили, а епископ даже не был благодарен. Но Амму считала, что в вере может быть какой-то смысл. Вера, подобная вере ее матери — искренняя и надежная, зрелая и нежная — могла бы помочь ей преодолеть свои проблемы. Она решила пойти в паломнический центр в воскресенье без каких-либо исследований или консультаций. Амму хотела сказать Анне-Марии, когда та навестит ее на следующий день, что она планирует присутствовать на церемонии и с удовольствием надела бы корону Пресвятой Девы. В тот вечер Анна-Мария позвонила Амму и сообщила ей, что настоятельница ее матери перевела ее в главный дом в Триссуре. Анне Марии пришлось помогать епископу на его ежедневной святой мессе, поскольку ее мать-настоятельница Кэтрин заболела. Анна-Мария была счастлива вернуться в главный дом, но ей было грустно покидать Амму, Рави и Теджаса в трудные времена.

Доверив Рави айе, Амму ушла. Некоторое время она стояла перед статуей Пресвятой Девы. Амму обнаружила, что в короне Девственница выглядела как королева. Священник дома уединения сказал Амму, что ей нужно две недели покаяния. Очень важно было каждый день в течение пятнадцати дней перебирать четки, стоя на коленях. Не есть рыбу и мясо и не вступать в сексуальные отношения, даже со своим мужем, было частью покаянных действий. Ей нужно было исповедаться священнику приюта во всех грехах, которые она, возможно, совершила. Амму подумывала о том, чтобы пройти покаянную службу, и была готова пострадать, чтобы угодить Пресвятой Деве. Она знала, что много лет ни разу не исповедовалась, потому что ей не нравилось рассказывать свои истории мужчине, который сидел в исповедальне и жадно наблюдал за ней.

Ношение короны Пресвятой Девы было известно как коронация. Священник возлагал корону ей на голову под пение и молитвы. Частью церемонии было облачение в голубое платье, символизирующее девственность Девственницы даже после рождения Иисуса. С четками в руках и алтарниками в облачениях, стоящими по обе стороны, во главе со священником, она подходила к церкви и принимала святое причастие, затем возвращалась к статуе Богородицы, где священник снимал корону и снова возлагал ее на голову Богородицы. Амму чувствовала себя счастливой; она надеялась, что Рави скоро поправится. Корона на ее голове вылечила бы Рави от травмы спинного мозга. "Рави немедленно поправится. В будущем у него не будет никаких проблем,

Пресвятая Дева благословит его, и он выздоровеет окончательно". Амму вспомнила слова Анны-Марии. Амму делала все для Рави, и она была готова умереть за него.

В конце допроса священник сказал Амму, что ей нужно сделать церкви небольшой подарок перед коронацией. Это было сделано для поддержания статуи Пресвятой Девы в великолепии и славе.

"Конечно, я сделаю подарок", - сказала Амму, глядя на священника.

"Таков обычай, небольшой подарок", - повторил священник.

- Какова сумма? - спросил я. - спросила Амму.

"Сто тысяч рупий", - сказал священник.

Амму была шокирована и некоторое время не могла среагировать.

"Вы должны сдать подарок на хранение в этот офис, получить квитанцию и предъявить его в доме отдыха. Затем они приступят к коронации", - продолжил священник.

- Спасибо тебе, отец, - сказала Амму, поворачиваясь обратно.

Как заработать эти деньги и откуда? Амму задумалась. В автобусе она чувствовала себя грустной и удрученной, думая о том, как помочь Рави и убедить Пресвятую Деву, что Рави нуждается в ее благословениях. Возложение короны на ее голову было единственным способом помочь Рави. "Пусть Иисус исцелит его от травмы спинного мозга милостью Пресвятой Девы", - размышляла Амму. Когда Амму вернулась домой, Рави не спал. Он выглядел несчастным, подумала Амму. Он мог медленно ходить, но не мог поднять голову, не мог правильно пользоваться руками и не мог говорить. Рави очень нуждался в благословении Пресвятой Девы. "Радуйся, Мария, исполненная благодати, Господь с тобой, благословенна ты среди женщин, и благословен плод чрева твоего, Иисус", - декламировала Амму на кухне.

"Святая Мария, матерь Божья, молись за нас, грешных, сейчас и в час нашей смерти". Она помолчала, а затем произнесла вслух: "Аминь!"

"Дорогая Дева, пожалуйста, помоги мне собрать эту сумму", - молилась Амму. "Пожалуйста, помоги моему Рави снова стать нормальным и полностью выздороветь", - продолжила она свою молитву.

Амму взяла белые четки, подаренные ей Анной-Марией. Белые четки. Бусины были голубыми и блестящими, с крестом, на котором висел Иисус. Амму вспомнила слова Анны Марии: "Он отдал свою жизнь за грехи человечества". Она молилась: "Дева Мария, помолись за моего

Рави. Господь Иисус, помоги моему Рави преодолеть это страдание". Айя была занята Теджасом в гостиной, поэтому Амму опустилась на колени на кухне и начала читать свои четки - традиция, которой она много лет делилась со своей матерью. Они преклоняли колени перед изображением Пресвятой Девы и молились от всего сердца с верой и любовью. Амму выучила наизусть все таинства розария и быстро повторяла их, поскольку они шли от ее сердца. Она закрыла глаза, сложила руки и помолилась за Рави.

"Святая Дева, пожалуйста, помоги моему Рави, позволь ему полностью выздороветь".

Каждый день, когда Амму на кухне кормила Рави, массировала ему руки и купала его, она много раз молча читала четки. Теперь четки стали ее дидриковской песней.

Рави заметил перемену в Амму. Она стала тише, умиротвореннее, а временами и печальнее. Выполняя упражнение по чтению, он почувствовал, что Амму читает медленно. Раньше она была громче и быстрее.

Подстригши его французскую бороду, что Амму обычно делала два раза в неделю, она поцеловала Рави в щеку. - Ты выглядишь таким красивым, Рави, - сказала она, заметив, что глаза Рави увлажнились. Студенты-исследователи Амму приходили регулярно, и она была счастлива, что у нее есть доход на повседневные нужды, и она оплачивала электричество, воду, телефонные счета и зарплату айи. В очередной раз Амму получила уведомление из банка, информирующее ее о том, что ежемесячные платежи по жилищному кредиту не были выплачены за предыдущие двенадцать месяцев. Амму почувствовала, что дрожит, и это замечание ошеломило ее. - Святая Дева, помоги мне… помоги мне помочь моему Рави", - молилась она. Когда Амму была на кухне, она услышала какой-то звук из спальни и подбежала к Рави, заметив, что он упал в обморок. Она подняла его и толкнула на кровать, несмотря на его вес. - Что с тобой случилось, Рави? - спросила она, поглаживая его по лицу. Амму заметила, что Рави тяжело дышит. - Пресвятая Дева, помоги моему Рави, - громко произнесла Амму. Рави посмотрел на нее, хотя и не мог поднять головы. На его лице отразилось изумление. "Старая вера иногда извергается, как вулкан", - сказала Амму, глядя на Рави. "В эти дни я часто чувствую себя совершенно опустошенной и беспомощной. Мне нужна хоть от кого-то защита. Даже если я рациональна, мне трудно оставаться одной", - добавила Амму, беря Рави за руку.

Рави пытался показать, что понимает ее мучения, боль, страхи, убежденность и любовь — ее завораживающую страсть к нему. "Амму, я люблю тебя. Я слишком сильно люблю тебя. Но мне нечем отплатить за твою любовь. Конечно, любви ничего не нужно взамен. Это принятие, тотальное и завершенное", - попытался сказать Рави, но его губы задрожали, и не было слышно ни звука.

"Рави Стефан, я понимаю, о чем ты говоришь. Ты говоришь мне, что любишь меня, любишь слишком сильно. Вы не должны отплачивать мне за мою любовь, поскольку вы приняли меня как личность, подобную вам. Ты и я - одно целое, - сказала Амму.

Затем она крепко и надолго обняла его. Она чувствовала, как будто черпала от него силу, как будто что-то вытекало из него и проникало во все ее тело. Это было нечто большее, чем просто удар током; это было приятно, прелестно, волшебно и таинственно. Амму верила, что целостное существование и сознание Рави входят в нее. Она поцеловала его в щеки и почувствовала, что пришло время подстричь его бороду, прелестную французскую бородку, которую она подстригала дважды в неделю. Она чувствовала его нос, губы, шею и грудь. Она обнимала его тысячи раз и всегда испытывала одно и то же ощущение единения, сплоченности и любви.

"Рави, ты всегда был любим мной. Я не могу представить себе ни минуты вдали от тебя. Ты даешь мне силу и могущество. Ты даешь мне надежду и стремление к лучшей жизни", - сказала Амму, прижимаясь к его груди.

Рави чувствовал Амму — то же самое чувство, которое он испытал, когда впервые встретил ее в аэропорту Копенгагена. Это было то же самое чувство, когда она ездила с ним в Муннар; то же самое чувство, когда он ездил с ней в Швецию; то же самое чувство, когда они впервые занимались любовью в стокгольмском отеле — первое для них обоих, единение тела и разума, слияние их любви. Рави нравилось оставаться в таком состоянии, но он не мог обнять ее, так как его руки не двигались. Он хотел остаться с Амму на всю свою жизнь, до самой вечности. Рави старался быть поближе к Амму, и она поняла это и почувствовала, что обнимает его еще крепче. От нее исходил чудесный запах — аромат ее личности, букет ее женственности и благоухание ее существования, — и он наслаждался этим запахом и прижимался носом к ее шее. Это опьяняло, и постепенно он забыл обо всем на свете. Он мог видеть ее томные, блестящие глаза, и его Амму выглядела чувственной и прекрасной. Амму и Рави хотели оставаться такими до конца своих дней. Внезапно в дверь позвонили. Это был почтальон с письмом из суперспециализированной больницы.

"Вы пропустили все обследования, кроме одного полного. Мы можем предоставить вам скидку в размере десяти тысяч рупий. Вы платите сорок тысяч вместо пятидесяти", - прочитала Амму.

"У меня в руках нет даже четырех рупий", - сказала себе Амму.

Жизнь превратилась в настоящее испытание. Ей нужны были деньги, и ничто не могло их заменить. Она должна была сделать это, иначе у нее должен был быть банковский счет, полный денежных купюр.

Но было важно немедленно обеспечить Рави лучшее лечение. Благословение Пресвятой Девы сделало бы это и могло бы устранить все их сбои, печаль, беспокойства, болезни и травмы. Ей немедленно потребовались сто тысяч рупий, чтобы сделать подарок церкви для проведения коронации короной Пресвятой Девы. Амму вспомнила, что там был строитель по имени Мохаммед Койя. Он построил монастырь Анны Марии, школы, больницы, семинарии и другие учреждения. В течение десяти лет он стал известен в городе. Амму подумала о том, чтобы попросить у него взаймы сто тысяч рупий, чтобы она могла пожертвовать их церкви. Внезапно Амму почувствовала приподнятое настроение. Амму видела офис Койи — это было по дороге в ее университет. Покормив Рави, Амму посидела с ним и рассказала много историй об их путешествиях по Европе. Она посещала трех своих студентов-исследователей до встречи с Мохаммедом Койей.

Его офис находился в элегантном здании, которое он построил примерно в трех километрах от дома Амму. Койя была в офисе, и, прождав сорок пять минут, он позвонил ей. "Здравствуйте, мадам, добрый вечер. Что я могу для тебя сделать?" - спросила Амму улыбающаяся Койя. "Мне нужен заем, сумма в сто тысяч рупий", - сказала Амму без всяких предисловий. - Нет проблем. Мы начисляем сложные проценты в размере восемнадцати процентов, рассчитываемые каждые три месяца. Вы можете взять кредит под залог золота, регистрационных документов вашего дома или любого другого имущества", - ответила Койя. "Золота нет, и мы взяли ссуду в банке под залог нашей собственности", - ответила Амму. "Итак, вам нужны деньги без залога недвижимости?" - сказала Койя. "Да..." Амму ответила. - Нет проблем. Дай мне подумать об этом. В любом случае, я должен помочь вам, так как вы пришли за деньгами. Я не хочу отправлять тебя обратно с пустыми руками." Койя была очень откровенна, и Амму это почувствовала. "Итак, что мне следует делать?" - спросила Амму. -

"Встретимся через неделю. Я ухожу и возвращаюсь через неделю, и ваши деньги будут у вас в руках, когда я вернусь. Это несомненно." Койя написал свой номер телефона на листке бумаги. "Вот мой номер телефона", - сказала Койя с улыбкой, отдавая его Амму.

Амму чувствовала себя такой счастливой. Спустя много месяцев она вернулась с улыбающимся лицом. Она купила овощи, молоко, яйца, фрукты и другие предметы первой необходимости. Придя домой, Амму приготовила Рави кофе и помогла ему медленно потягивать его. "Рави, я люблю тебя. Скоро с тобой все будет в порядке", - сказала Амму, помогая Рави пить кофе столовой ложкой. Затем она вытерла его губы мягкой салфеткой. Взяв Теджаса за руку, она заговорила с ним и села рядом с Рави.

"Теджасу через неделю исполнится два года", - сказала она Рави и заметила искорку в его глазах.

Вечером у Амму были еще два студента-исследователя, и она провела с ними около двух часов до восьми. Амму очень заботилась о том, чтобы айя была счастлива, и регулярно выплачивала ей вознаграждение. Но после совершения всех необходимых платежей в ее кошельке ничего не осталось. Амму продолжала свой пост и епитимью. После рождения Теджаса она вела воздержанный образ жизни. Она ежедневно читала четки, стоя на коленях, и молилась Пресвятой Деве, чтобы та помогла Рави вылечить его травмы спинного мозга. Когда она молилась, то закрывала глаза и складывала руки, и ей казалось, что Пресвятая Дева слышит ее молитву. Она была уверена, что сразу после коронации короной Пресвятой Девы ее Рави будет в полном порядке и сможет ходить и говорить, как нормальные люди. Тогда они путешествовали бы по всему миру, наслаждаясь жизнью во всей ее полноте. Она подумала о маленькой семье, обосновавшейся в Штуттгарте: Рави, Теджас и она сама.

Она верила, что Пресвятая Дева сотворит чудеса и что корона Пресвятой Девы изменит ее жизнь.

Прошла неделя, и Амму вернулась в офис Мохаммада Койи. - Добрый вечер, мадам, - поприветствовала ее Койя с широкой улыбкой. - Добрый вечер, - ответила Амму. "Итак, вам нужно сто тысяч рупий без залога имущества", - сказал Койя, глядя на Амму. Амму оглянулась на Койю. "Но я не даю никаких денег без надлежащих записей или документов. Однако у меня есть друг, который дает деньги без каких-либо записей", - продолжила Койя.

"Итак, стоит ли мне с ним встретиться?" - спросила Амму.

"да. Я отведу тебя к моему другу. Он хороший человек", - сказал Койя.

- Что вы имеете в виду? - спросила Амму.

"Его деньги - это не ссуда. Нет никакого интереса. Тебе даже не нужно его возвращать", - сказала Койя.

"почему?" - спросила Амму.

- Ты не понимаешь, о чем я говорю. Это просто, - сказала Койя, снова улыбаясь.

"Скажи мне ясно", - сказала Амму. "Поскольку он отдает деньги без каких-либо записей и процентов, вам нужно вернуть ему что-то без каких-либо записей", - объяснила Койя. "Но я верну деньги", - откровенно сказала Амму. - Ему не нужны деньги. Но ты можешь дать ему что-нибудь взамен", - сказала Койя. "что это?" - спросила Амму. - Ты молода и прекрасна. У вас в руках будет сто тысяч рупий. Отдай моему другу себя на одну ночь", - сказала Койя. "Что ты хочешь этим сказать?" - сказала Амму, вставая со своего места.

- Никто не заплатит сто тысяч за одну ночь. Ваши деньги в безопасности", - добавил Койя.

Амму ничего не сказала; она вышла. Придя домой, она была удивлена, увидев, что Рави медленно расхаживает по дому. - Рави! - позвала она. "В тебе есть какие-то улучшения!" Целуя его в щеки, Амму сказала. Она взяла его за обе руки и убедилась, что есть некоторое улучшение. "Я уверена, что через месяц ты сможешь нормально ходить, и скоро будешь держать вещи в руках", - сказала Амму, выражая свое счастье. Рави попытался заговорить, но не смог. "С тобой все будет хорошо, дорогой Рави", - сказала она, положив ладони по обе стороны от его лица. На следующий день пришли два банковских служащих. Они сказали Амму, что банк больше не может ждать, и если все восемнадцать платежей не будут выплачены в течение месяца, банк выселит их из дома и вступит во владение. Амму не знала, как реагировать. Не было никакой возможности заработать деньги. Университет назначил кого-то другого на ее место на два года, так что ей пришлось ждать окончания своего отпуска.

Если Рави скоро поправится, все будет хорошо, а он нуждался в благословении Пресвятой Девы. "Позволь мне надеть корону Пресвятой Девы ради Рави", - подумала Амму. В тот вечер, покормив Рави, вымыв его, помассировав ему руки и челюсти, расчесав ему волосы, переодев его в пижаму, убрав весь дом, заперев ворота и автостоянку, заперев входную дверь и прочитав свои четки, Амму обняла Рави. Однако она не могла заснуть. Она думала о том, как выбраться из финансовой трясины и ежедневной тяжелой работы и помочь Рави преодолеть травму, чтобы вести здоровый образ жизни. Амму поняла, что это титаническая задача, и обратилась за вдохновением к Пресвятой Деве. Она подумала о Пресвятой Деве. Затем Амму внезапно почувствовала, что Пресвятая Дева вдохновила ее прочесть Магнификат.

"Душа моя возвеличивает Господа, и дух мой радуется о Боге, моем Спасителе, ибо Он благосклонно взирал на одиночество Своего слуги. Отныне все поколения будут называть меня благословенным, ибо Могущественный совершил для меня великие дела, и свято Его имя. Его милость - для тех, кто боится Его из поколения в поколение".

Пресвятая Дева была помолвлена с Иосифом и обещала выйти за него замуж, и Иосиф любил ее и доверял ей. Несмотря на то, что они были обручены, Пресвятая Дева не возражала против того, чтобы Бог родил в ней своего сына. Да, Дева Мария зачала ребенка благодаря божественному вмешательству, и это было сделано с определенной целью — спасти мир от греха, — и у нее не было никаких эгоистичных мотивов. Амму верила, что у Пресвятой Девы не было эгоизма и что ее молитва об исцелении Рави была не для личного удовольствия. Ей срочно понадобились сто тысяч рупий, чтобы сделать подарок церкви, чтобы она могла надеть корону Пресвятой Девы, которая была коронована короной Фатимы. Тогда Амму сказала "да", как Дева из Назарета сказала "да" ангелу Гавриилу.

Девственница не согрешила. Вместо этого она уничтожила грехи человечества через своего сына Иисуса, чьим отцом был Бог. Затем Амму было видение Девы Марии и явление ангела Гавриила, сообщившего Богу, что он доволен ею и ее союзом с Богом, и Дева забеременела. Иосиф всегда был с ней, никогда не расспрашивал Марию и доверял Божьему плану.

Амму верила, что она похожа на Деву Марию, и чувствовала себя обязанной собрать достаточно денег, чтобы заплатить церкви за ношение короны Девы Марии. Внезапно зрение Амму обострилось, и она снова почувствовала, что Девственница находится в физическом и ментальном единении с Богом. Это был невероятный физический опыт, слияние сексуальности и божественности, которое превратило переживание Девственницы в глубокое наслаждение, очень похожее на оргазм Амму с Рави во время рождения Иисуса.

Временами Амму преображалась в Деву Марию и переживала, как носит Иисуса в своем чреве. В эти моменты она теряла всякую внешнюю осознанность и испытывала периодическую, но кратковременную сексуальную эйфорию. Ее чувство времени и пространства исчезло бы, но существовало прекрасное и святое единство. Она воспринимала Бога как личность, и секс с ним был подобен сотворению Вселенной, которое заняло семь дней. В последний день она впадет в транс, и, наконец, Бог успокоится.

ГЛАВА ДЕСЯТАЯ: ЛЕГЕНДА

Амму была опьянена Богом и верила, что Бог осуществил ее, подобно Деве, наделенной Святым Духом. Это был мучительный физический союз, эсхатологический и продолжительный сексуальный опыт, проникающая любовь к Богу, утопление в Боге, погружение в Бога и возвращение к Богу. Амму прониклась глубоким доверием к Мохаммаду Койе, новому Габриэлю, и позвонила ему, чтобы сообщить, что она готова.

Помассировав руки Рави и покормив его утром, Амму сказала ему, что пойдет в монастырь Анны Марии на ночную молитву и уединится с монахинями. Рави уже знал, что Амму участвовала в каком-то богослужении, поэтому на его лице не отразилось никаких эмоций, хотя он и не верил в молитвы. Он знал, что Амму делает для него все, чтобы он выздоровел. Однако Амму почувствовала глубокую обиду, поскольку ей пришлось солгать Рави, это была первая ложь, которую она когда-либо говорила ему. Несмотря на это, Амму выполняла всю работу по дому, массируя Рави, делая ему зарядку, кормя его и убирая за ним, что приносило ей радость. Она проинструктировала айю, сказала ей, что ее не будет всю ночь, и тепло поцеловала Теджаса. В их спальне она обняла Рави, заметив, что он выглядит элегантно с французской бородкой. Затем Амму поехала на автобусе в офис Мохаммада Кайи, где он ждал на своем "Мерседесе".

"Нам нужно проехать около пятидесяти километров отсюда в сторону холмов", - сказал он Амму.

Амму ничего не сказала, но выглядела счастливой. На ее лице было написано ожидание, что она получит сто тысяч рупий, чтобы заплатить церкви за ношение короны Пресвятой Девы. Она верила, что Пресвятая Дева немедленно вылечит Рави. Там были уличные фонари, хотя они находились за пределами города.

- Мой друг - молодой, умный холостяк, немного старше тебя. Он зарабатывает миллионы каждый месяц и очень щедр", - продолжал говорить Мохаммад Койя.

Амму молча слушала его, пока они проезжали через обширную каучуковую плантацию в холмистой местности. "Мы были друзьями последние десять лет. Я руковожу всеми его строительными работами.

Работать с ним - одно удовольствие", - добавил Мохаммед Койя. "Я ищу для него партнера на ближайшие десять-пятнадцать лет. Это уменьшит мое бремя - искать его каждый месяц", - сказал Мохаммад Койя, оглядываясь назад. "Я готов платить по сто тысяч за каждый визит". Амму не ответила. Внезапно они остановились перед элегантным особняком. - Это мой гостевой дом. Здесь нет никого, кроме моего друга, который пришел сегодня вечером. Есть несколько слуг, но они никогда тебя не увидят. Мой водитель будет ждать вас здесь утром", - сказала Койя, входя в здание. "Вот это", - сказал он, когда они подошли к тускло освещенной двери, и протянул пачку банкнот.

Койя открыла дверь, но света было недостаточно. Амму поняла, что это был номер люкс. - Жди здесь. Он будет здесь в любой момент, - сказал Койя, закрывая дверь. Амму села на диван и услышала тихие шаги. Внезапно он оказался там. Амму не могла разглядеть его как следует, но он был таким же высоким, как Рави, и бородатым. Он встал перед Амму, протянул руку и сказал: "Добро пожаловать". Затем он нежно обнял Амму. - Пойдем, - сказал он, беря ее за руку и ведя в спальню. К спальне примыкала ванная комната. Он снова обнял Амму, поцеловал ее в щеки и губы, раздел ее и долго целовал ее соски, пупок, половые губы и клитор. В постели он поначалу был внимательным и нежным, но временами становился жестоким. Вскоре Амму поняла, что он гораздо опытнее ее. Они экспериментировали со многими позами, и его толчки, хрюканье и гимнастика продолжались до раннего утра.

Она была готова к семи утра, а он спал голый, уткнувшись лицом в кровать. Амму медленно открыла дверь, закрыла ее и вышла. Водитель ждал у ворот. Амму попросила водителя остановить машину примерно за километр до ее дома. Когда машина остановилась, она подошла к своему дому пешком. Она была так счастлива видеть, как Рави прогуливается, шаг за шагом; его голова была опущена, он пытался пошевелить обеими руками. - Пресвятая Дева благословила нас! Знаки налицо. Я должна внести деньги в церковь в качестве подарка и надеть корону Пресвятой Девы", - подумала Амму. "Рави..." - позвала она, обняла и поцеловала его в щеки. - Тебе становится лучше, Рави. Я так счастлива", - добавила она.

Рави попытался заглянуть ей в лицо, но его голова все еще была опущена. Айя кормила Теджаса, и Амму поцеловала его. Приняв ванну, Амму приготовила завтрак и накормила Рави. После еды Амму помогла ему пройтись и привела Теджаса, чтобы он помог Рави подержать его. После многих попыток Рави смог удержать Теджаса, но его хватка была ненадежной. Потом Амму убрала весь дом и вымыла его. Прибыли трое ее учеников. Следующие два часа она проводила исследовательскую консультацию со своими студентами, ознакомилась с их черновиками дипломных работ и помогла им провести более качественный статистический анализ их данных и убедительную интерпретацию лежащих в их основе статистических значений.

Амму уже завершила свой пост и епитимью, продолжавшиеся более трех месяцев, хотя обязательным был только один месяц. Она планировала исповедаться к концу следующей недели, а затем сделать подарок в размере ста тысяч рупий ретритному центру, надев корону Пресвятой Девы, чтобы вылечить Рави от травмы спинного мозга. Неделя была приятной, и Амму чувствовала себя счастливой. Теперь Рави мог подержать Теджас в руке пару минут. Рано утром Амму выполняла свою домашнюю работу, в том числе помогала Рави с его распорядком дня. У нее оставался всего один месяц, чтобы завершить свой двухлетний отпуск в университете, и она решила вернуться. Когда Рави полностью поправится, они отправятся в Германию, или Рави снова начнет свою практику в верховном суде. У нее была полная надежда на лучшее будущее. Прошли те дни страданий и боли. Амму верила, что два года лишений станут прелюдией ко многим годам устойчивого счастья.

Их сын Теджас через три года должен был пойти в школу, и Амму верила, что он преуспеет в учебе. Она также надеялась, что он пойдет по стопам своего отца и станет добросовестным, готовым помогать угнетенным и жертвам. Амму представляла себе, как Теджас встает на защиту бедных и нуждающихся, борется за их права и в конечном счете добивается хорошей жизни. Она верила, что в жизни для других есть смысл и целеустремленность. Амму представляла, как Теджас станет адвокатом по правам человека и предстанет перед судом вместе со своим отцом, демонстрируя свои знания и навыки в области права и раскрывая его скрытый смысл. Она верила, что права человека будут связаны с правосудием для судей и что они в конечном счете добьются победы. Опасения Амму были глубокими и болезненными, но она не теряла надежды на будущее Теджаса.

Забыв о боли от расставания с Рави и Теджасом, Амму отправилась в дом уединения. Она обещала Рави, что будет молиться за их лучшее будущее. В автобусе она думала о короне Пресвятой Девы и коронации. Священник возлагал корону ей на голову, она надевала ее и направлялась к церкви в сопровождении служек и священника. Царила бы духовно заряженная атмосфера, и в церкви царила бы молитва. Воздух наполнялся ароматом благовоний, и служка передавал кадило священнику, который покачивал его в направлении алтаря, чтобы поклониться Богу. Ароматические благовония будут гореть в кадильнице, и выделяющийся аромат будет радовать Бога, который благословит Рави через заступничество Пресвятой Девы.

Амму знала, что она наденет корону Девственницы для Рави, надеясь, что Девственница вылечит его. Когда она прибыла в дом уединения, большая толпа молилась о заступничестве Пресвятой Девы, в первую очередь об исцелении своих близких. Она увидела изображение Пресвятой Девы в короне на высоком пьедестале у входа.

Амму преклонила колени перед статуей Пресвятой Девы и помолилась, чтобы она помогла Рави вести здоровый образ жизни. Затем она пошла в исповедальню и прижала к груди свою сумочку, в которой лежала пачка банкнот достоинством в сто тысяч рупий. Она целый час простояла в очереди, ожидая своей очереди. Амму не знала, что сказать священнику во время исповеди и как относиться к сексуальному контакту, который у нее был две недели назад. Для Амму собрать деньги на подарок было Божьей волей. И это было ради церкви; она повиновалась Божьей воле точно так же, как Дева Мария последовала Божьей воле зачать Иисуса, сына Божьего.

В исповедальне Амму опустилась на колени и сказала: "Во имя Отца, и Сына, и Святого Духа". Она также один раз прочитала молитву Господню и "Радуйся, Мария".

Амму заметила, что исповедальня была похожа на кабинет, а она была в исповедальне почти восемнадцать лет.

"Благослови меня, отец", - сказала она.

"Да, дочь моя, во имя Отца, Сына и Святого Духа", - услышала Амму слова священника. Она видела, как он осеняет себя крестным знамением правой рукой.

"Отец, я делаю это признание спустя восемнадцать лет", - сказала Амму.

- После восемнадцати лет? - воскликнул священник.

Сквозь маленькое отверстие исповедальни Амму посмотрела на священника. "Он похож на него", - мысленно произнесла она. "Он не может быть им", - спорила она сама с собой.

"Отец, однажды я занималась сексом с кем-то, кто не был моим мужем", - сказала она.

"Дочь моя, заниматься сексом с кем-то, кроме твоего мужа, - это прелюбодеяние. Это смертный грех и нарушение шестой заповеди Божьей. Вы совершили тяжкий грех", - сказал священник.

"Но, отец, Пресвятая Дева".

- Нет, дочь моя, это было грубое нарушение заповеди, закона, данного Моисею Богом. Вам нужно совершить епитимью и помолиться о заступничестве Пресвятой Богородицы", - добавил священник.

Амму снова заглянула в отверстие исповедальни. Она могла слегка разглядеть его лицо. - Он похож на него… это он!" мысленно произнесла Амму. "Дочь моя, ты согрешила", - услышала она слова священника. "Его голос мне знаком", - подумала Амму. "Это его голос". Она вдруг вспомнила, как он сказал: "Добро пожаловать". "Но он не может быть им", - подумала Амму. "Он никогда не сможет стать самим собой", - утешала себя Амму. "Тебе нужен пост и епитимья в течение следующих трех месяцев, а также проси Божьей милости и молись Пресвятой Деве. Это и есть наказание. Я прощаю твои грехи во имя Отца, Сына и Святого Духа", - сказал священник, благословляя Амму. - Спасибо тебе, отец, - сказала Амму. "Но он не может быть им", - тысячу раз мысленно повторяла Амму. Она пошла в офис "Ретрит хаус", чтобы заплатить сто тысяч рупий, подарок и ту пачку банкнот, которая лежала у нее в сумочке. Священник, который обычно получал деньги, отсутствовал. Она снова вышла и двинулась вместе с толпой почитателей Пресвятой Девы. Ей нужно было предъявить денежный чек, чтобы присутствовать на коронации Пресвятой Девы и церковных молитвах перед алтарем.

Через час она снова пошла платить за подарок. В очереди перед ней стояло несколько человек. Она знала, что священник сидит внутри, получает деньги и выписывает квитанцию. Она стояла в очереди, и несколько человек были позади нее, когда она подошла к двери. Перед ней был еще один человек, и священник получил деньги и выдал квитанцию. Она увидела на его столе большое распятие, вероятно, сделанное из стали, с изображением распятого Иисуса. Она достала из сумочки банкноты и встала перед сидящим священником.

"Отец..." - позвала она.

Внезапно он посмотрел на нее.

"Это он", - мысленно произнесла она.

Пачка банкнот выпала из ее руки на землю. Амму схватила распятие, которое держала в руке. Он был довольно тяжелым, и она изо всех сил ударила его по голове. Она видела, как правая рукоятка распятия вошла глубоко в голову священника, пронзила его мозг и осталась там. Суматоха, крики и вопли у нее за спиной продолжались всю оставшуюся жизнь. Собралась огромная толпа, и вскоре после этого появились полицейские машины. В ту ночь Амму заперли, а на следующий день полиция отвезла ее к мировому судье. Поскольку это было убийство, залог не был внесен, и Амму находилась под следствием в течение трех месяцев. Тюремные власти держали ее в камере, потому что она относилась к самой опасной категории. Во время судебного разбирательства у нее не было адвоката, и она отказалась принять адвоката из благотворительной организации.

Обвинение было непреклонным и успешно доказало, что Амму украла деньги у о. Стол Эпена, и когда священник поймал ее, она ударила его распятием. Это было преднамеренное убийство. Амму хранила молчание во время длительного судебного разбирательства; ей нечего было сказать, и она не отвечала на вопросы, поставленные обвинением.
- Это вы совершили убийство? Судья задал ей прямой вопрос. Но она не ответила, и судья был поражен. "Она заслуживает смертной казни", - настаивало обвинение.

- Разве ты не знаешь, что у меня есть власть назначить тебе наказание? Тогда почему ты молчишь?" судья спросил Амму.

Она хранила глубокое молчание.

"Обвиняемая признала свое преступление, которое было преднамеренным. Она заслуживает смертной казни", - утверждало обвинение. - Бесспорно доказано, что вы совершили убийство. Все улики против вас. Многие были свидетелями вашего поступка", - сказал судья. Для Амму молчание было ее правдой, и преимущество молчания заключалось в том, что ей не нужно было запоминать, что она сказала.

Судья приговорил Амму к пожизненному заключению без права досрочного освобождения, что означало, что она останется в четырех стенах до самой смерти. Местные газеты роскошно освещали этот случай, наперебой заявляя, что священник был святым. Фр. Эпен отвечал за благотворительность и развитие епархии, курируя более семидесяти пяти школ и различные инженерные, художественные и научные колледжи в разных приходах. Он также руководил более чем тридцатью благотворительными учреждениями и наблюдал за строительством таких зданий, как семинарии, учебные заведения и больницы, сотрудничая при этом со многими женскими монастырями.

"Отец. Эпен поддерживал здоровые отношения со всеми другими священниками и монахинями в епархии, и он был правой рукой епископа", - писала газета.

"Человек скромного происхождения из маленькой деревни, известной как Маттара, за Иритти, он помог сотням детей в сиротских приютах, женских учреждениях и домах престарелых, находящихся в ведении епархии. Люди любили его и восхищались им", - писала другая местная газета.

"Отец. Эпен вел скрупулезный учет денег, которыми он распоряжался. Он был честен с иностранными средствами, полученными от донорских агентств в США, Италии, Испании, Ирландии, Германии и Нидерландах, и он никогда не жаждал огласки", - упоминала другая газета.

"Человек со скудными потребностями и скромным образом жизни, о. Epen олицетворял лучшее в человечестве", - сказал Мохаммад Койя, его давний друг и строитель. Койя взял на себя почти все строительные работы в епархии, включая строительство главной семинарии.

"Его смерть — большая потеря - святой человек, жестоко убитый жадной женщиной", - писала другая газета.

"Поскольку священник дома уединения был в отъезде по срочной работе, о. Эпен приехал из далекой Талассерии, чтобы в течение двух дней присматривать за административной работой дома уединения. Конечно, Ватикан вскоре объявил бы его святым", - писал епархиальный журнал новостей.

Дни Амму в тюрьме были насыщены событиями, и ее поведение было образцовым. Через десять лет, когда пришел новый суперинтендант, ее попросили обучать заключенных-мужчин в тюрьме, что стало первым мероприятием в штате Керала. Она начала обучать осужденных, так как около десяти процентов из них были неграмотными. Амму использовала тот же метод, который она применяла к женщинам-заключенным, отбирая грамотных заключенных в качестве инструкторов. Она разделила около ста сорока учеников на семь групп и обучила их чтению, письму и арифметике. В течение нескольких месяцев большинство из них начали читать газеты на малаяламе и могли писать письма домой. Она могла ходить по палатам заключенных-мужчин одна, без сопровождающего охранника-мужчины, поскольку завоевала большое уважение заключенных-мужчин и доверие тюремных служащих. Все заключенные называли ее "Амму-Учительница". В течение пятнадцати лет о ее программах обучения грамоте взрослых в тюрьмах стало известно по всей Керале, и подробности об обучении были включены в ежегодный отчет тюрем штата.

Начальник тюрьмы попросил Амму подготовить заключенных мужского пола к экзаменам пятого и десятого классов. Подготовка к пятому классу далась ей намного легче, но десятый класс был тяжелой работой. У заключенных-мужчин было много других интересов, что затрудняло концентрацию на выпускном экзамене. Из первой группы заключенных мужского пола, явившихся на экзамен в десятый класс, только двое из десяти добились успеха. Однако Амму не сдавалась. Одиннадцать из них были успешными. На следующий год восемнадцать человек написали экзамен. Начальник тюрьмы каждые три месяца организовывал встречи для всех осужденных мужчин-заключенных. Около семисот заключенных попросили Амму поговорить с ними о семейной жизни, здравоохранении, грамотности, образовании детей дома и о важности поддержания отличного общения с членами семьи посредством написания писем. Тюремные власти также попросили Амму поговорить с заключенными о необходимости поддержания навыков или профессиональной подготовки, предлагаемых в тюрьме, ежедневных физических упражнениях, участии в спортивных мероприятиях и играх, организуемых в тюрьме, участии в культурных программах и отказе от курения, употребления наркотиков и алкоголизма. Как тюремный персонал, так и заключенные высоко оценили выступления Амму. У нее был природный талант объяснять проблемы простым языком, и заключенные с нетерпением ждали ее слов. Тюремный персонал уважал ее знания и индивидуальность, поскольку Амму могла по-разному помочь тысячам заключенных.

Когда Амму отсидел восемнадцать лет в тюрьме, появился новый суперинтендант. Однажды он позвал Амму к себе в кабинет и попросил ее присесть. Это был первый раз, когда тюремный надзиратель попросил ее сесть перед ним. "Я слышал, что вы высокообразованный человек, и я узнал, что вы получили докторскую степень в Швеции и говорите по-шведски и по-английски", - сказал он без всякого вступления. Как обычно, Амму хранила молчание.

"У меня есть просьба. Не могли бы вы научить мою жену разговорному английскому, пожалуйста?" Обращаясь с просьбой, он посмотрел на Амму.

Амму ничего не сказала. Она просто посмотрела на суперинтенданта.

- Ты можешь говорить. Я разрешаю вам говорить, - сказал суперинтендант.

"Сэр, я буду счастлива сделать это", - ответила Амму.

"Это здорово. Моя жена придет сюда; вы не можете выйти за пределы тюрьмы. Рядом с моим кабинетом есть комната, и вы можете обучить ее беглому английскому языку в течение одного года. Вы также можете помочь ей улучшить навыки чтения и письма", - сказал суперинтендант, улыбаясь.

- Да, сэр, - ответила Амму.

"Видите ли, мы часто получаем приглашения от колледжей, институтов и других организаций выступить и принять участие во встречах и семинарах, и хорошее владение разговорным английским языком полезно", - добавил суперинтендант.

На следующий день Амму начала тренировать жену суперинтенданта в комнате, примыкающей к его кабинету. В комнате стояли два стула, стол и классная доска. Новой студенткой Амму была Сарита, получившая степень бакалавра социологии. Сначала Амму задала Сарите несколько основных вопросов и попросила ее ответить на них по-английски. Затем он попросил ее прочитать вслух определенные отрывки из газеты. Несмотря на то, что Сарите было чуть за тридцать, она проявила большой интерес к изучению нюансов устного и письменного английского языка у Амму. Амму каждый день поручала ей выполнять многочисленные упражнения в качестве домашнего задания, и Сарита всегда выполняла их к удовлетворению Амму. Суперинтендант был доволен прогрессом и похвалил Амму и его жену. Он купил полдюжины книг для упражнений по чтению и несколько хрестоматий по основам грамматики и композиции. Амму потратила час на разговорный английский, полчаса на чтение и еще полчаса на письмо. В течение шести месяцев Сарита без особых усилий могла говорить по-английски.

Оставшийся день Амму провела, организуя программы обучения грамоте взрослых в женском и мужском отделениях. Более сорока заключенных ежегодно сдавали экзамены на аттестат зрелости; от десяти до пятнадцати - выпускные экзамены; и примерно от четырех до пяти - выпускные экзамены после окончания школы. Результаты всегда были обнадеживающими. К ее двадцатилетию почти все заключенные, включая женщин, стали грамотными, что было уникальным достижением. Сарита хорошо говорила по-английски и сказала Амму, что может следить за новостями Би-би-си и понимать каждое слово дикторов. Амму чувствовала себя счастливой. За день до того, как суперинтенданта перевели в другую тюрьму, он вызвал Амму к себе в кабинет. Сарита тоже присутствовала в офисе.

"Мадам, мы благодарны вам", - сказал суперинтендант Амму.

Амму была несколько озадачена, услышав, что суперинтендант называет ее "мадам". Впервые за все время пребывания в тюрьме офицер обратился к ней с уважением.

"Это был мой долг, сэр", - ответила Амму.

"Это выходило за рамки ваших обязанностей", - добавил он.

Затем Сарита обняла Амму. "Мадам, большое вам спасибо", - сказала она. "Что мы можем для вас сделать?" - спросила Сарита у Амму.

Амму посмотрела на Сариту. Она знала, что ее конец наступит в тюремных стенах, а место ее захоронения будет под тиковым деревом внутри стен. - Мы можем помочь вам, мадам. Я получаю повышение в должности заместителя генерального инспектора тюрем. Когда я отправлюсь в Тривандрум, я позабочусь о том, чтобы ваше пожизненное заключение было заменено пожизненным заключением. Вы будете освобождены из тюрьмы, поскольку уже отбыли необходимый срок пожизненного заключения. Правительство может принять такое решение", - пояснил он. Амму не знала, что сказать. "Мадам, мы поможем вам", - сказала Сарита. Перед уходом Сарита еще раз обняла Амму.

Амму продолжила свою программу обучения грамоте взрослых. Новым суперинтендантом был молодой человек. Однажды он вызвал Амму к себе в офис. "Политика правительства заключается в исправлении и реабилитации, а не в наказании, и власти серьезно рассматривают возможность вашего освобождения из тюрьмы, чтобы вы могли вести нормальную жизнь", - сказал суперинтендант. Через неделю комитет из пяти экспертов тюремного департамента встретился с Амму, чтобы выяснить, может ли правительство заменить пожизненное заключение Амму пожизненным заключением. Они задавали Амму вопросы о ее работе над программами повышения грамотности взрослых, которые она организовывала в тюрьме в течение последних двадцати четырех лет, и она ответила на все вопросы. Комитет, по-видимому, был в достаточной степени удовлетворен ее ответами. В течение месяца суперинтендант сообщил Амму, что комитет безоговорочно дал положительное заключение о ее освобождении из тюрьмы. Правительство одобрило рекомендации комитета и приняло решение безоговорочно освободить Амму из тюрьмы, когда она отбудет двадцать пять лет тюремного заключения. В предыдущий день своего освобождения Амму обошла различные отделения тюрьмы. Все заключенные хорошо знали ее, так как она была их учительницей в течение многих лет, и все они уважали ее. Она была единственной женщиной-заключенной, которой когда-либо разрешалось посещать мужское отделение тюрьмы. Она преподавала в мужском отделении тюрьмы в течение пятнадцати и двадцати пяти лет в женском отделении. Ее дни стали неотъемлемой частью тюрьмы.

В течение многих лет Амму не могла спать по ночам, думая о бессмысленности жизни. Она знала, что ее конец будет под тиковым деревом, поскольку никто не заявит права на ее тело, когда она умрет в старости. Но Амму была довольна своими образовательными программами для взрослых, поскольку она могла помочь тысячам осужденных в течение двадцати пяти лет и существенно изменить их жизнь.

Амму был шестьдесят один год, и она вернулась в этот мир с пустыми руками. Ей некуда было идти. Она была бы сиротой, блуждающей с улицы на улицу или из деревни в деревню, никого не встречая. У нее не было ни дома, ни родственников, и она была бы чужой на своем месте, даже в Куттанаде, где она много лет выращивала *свой* Куттерн. В течение двадцати пяти лет тюрьма была ее домом, единственным местом, на которое она могла претендовать, где она была в безопасности и где ее уважали как человеческое существо. Амму никогда не знала, где был ее сын, но она была уверена, что он бы устроил свою жизнь сам, помогая другим жить лучше, как его отец. Амму не с кем было встречаться, кроме как с ее покойным мужем. Из мира заключенного тюремные власти выпустили ее в мир мертвеца.

Она уходила из места, где не было свободы, туда, где место было только для мертвых. Она хотела узнать, где спит ее муж, бесконечно разговаривать с ним днем и ночью и спать с ним до бесконечности. Это было ее страстным желанием последние двадцать пять лет.

Внезапно Амму превратилась в брошенную женщину.

Раздался стук в дверь, и Амму внезапно встала и открыла дверь. Это был сияющий Джанаки. - Доброе утро, профессор Майер, - сказал Джанаки. - Доброе утро, дорогая Джанаки, - поприветствовала ее Амму. - Ты хорошо спала? - спросил я. поставив дымящуюся чашку кофе на стол, Джанаки поинтересовался: "Конечно", - ответила Амму. После кофе перед сном Амму присоединилась к Джанаки и Аруну в приготовлении завтрака. - Доброе утро, профессор Майер, - сказал Арун. - Доброе утро, Арун, - ответила Амму. У них были *идли, вада, уппама, самбар, чатни* и фруктовый салат. И снова кружка кофе. "Какая сегодня программа?" - спросила Амму. "Утром мы уберем весь дом", - сказал Арун. - Тогда идите и отдавайте наши голоса. Сегодня выборы в Государственную ассамблею", - сказал Арун. "Какие партии являются основными?" - спросила Амму. "Как обычно, Конгресс, Коммунистическая партия и УНП", - сказал Джанаки. "Ультранационалисты никогда не получали ни одного места в штате Керала. Есть человек по имени доктор Бхат, который несколько лет назад создал политическую партию, известную как *партия Бхарат Преми*, и с момента ее основания около двадцати лет назад у него всегда было одно место. Теперь УНП потребовала, чтобы он стал их лидером в Керале. И он объединил свою партию с УНП. Политологи говорят, что он может получить от четырех до пяти мест на этих выборах. Это будет большой победой UNP и проверкой способностей доктора Бхата", - объяснил Арун.

Амму никак не отреагировала. "В штате Керала насчитывается сто сорок избирательных округов, и Конгресс и Коммунистическая партия имеют более или менее равную силу. Предполагая, что на этот раз УНП получит пять мест, они могли бы изменить весь политический сценарий в Керале", - сказал Джанаки. - Это правда. Конгресс ненавидит Коммунистическую партию, а Коммунистическая партия ненавидит Конгресс, и они оба ненавидят УНП. Но для того, чтобы они могли сформировать правительство, если бы они не получили простое большинство самостоятельно, им крайне необходима поддержка УНП", - сказал Арун. "УНП ждет возможности искоренить как Конгресс, так и Коммунистическую партию. Но она горит желанием присоединиться к правительству с любым из них. Конгресс и коммунисты хорошо знают, что без УНП ни один из них не сможет сформировать правительство", - пояснил Джанаки. "Таким образом, УНП может стать самой могущественной партией в Керале, если им удастся получить четыре-пять избирательных округов в ассамблее. *Поскольку партия Бхарат* Преми объединилась с УНП и Бхат взяла на себя ее руководство, есть все шансы, что УНП превратится в сильную силу и будет использовать свою недавно обретенную мощь", - проанализировал Арун. "Политические эксперты утверждают, что Бхат станет заместителем главного министра в следующем правительстве. Без него и Конгресс, и коммунисты будут бессильны, а при его поддержке любой мог бы сформировать правительство, но остаться бессильным. Бхат просто ждет, чтобы нанести удар! Он жесток", - заметил Джанаки.

"Кто является лидером коммунистов?" - спросила Амму.

"Это Адитья Аппуккуттан, в высшей степени рациональный, преданный своему делу человек. Он чувствует пульс людей. Ради партии он давным-давно дистанцировался от всех своих родственников, кроме жены. Адитья имеет скромное происхождение и полон решимости изменить Кералу. Он не похож на старых коммунистов. Дэн Сяопин - его идеал. В эти дни он восхваляет политику Си Цзиньпина", - объяснил Арун.

После паузы Амму спросила: "А как насчет его родителей?"

"Их больше нет", - сказал Арун.

"Адитью обучает его жена Дженнифер, замечательный политический манипулятор и идеолог. Некоторые политические комментаторы говорят, что она не коммунистка. Она может даже предложить Бхату самую высокую должность, чтобы сделать своего мужа заместителем главного министра, но это маловероятно", - пояснила Джанаки, потягивая кофе.

Амму на мгновение замолчала. Несмотря на то, что она никогда не встречалась с Адитьей и Дженнифер, Рави так много рассказывал ей об Адитье и упоминал имя Дженнифер.

Амму присоединилась к Аруну, и Джанаки убралась в доме, на что ушло около трех часов. Около полудня Джанаки и Арун решили приготовить бирьяни из говядины, а Арун был шеф-поваром. Он взял определенное количество кардамон, гвоздику, корицу, анис, тмин, зира, мускатный орех и мускатный цвет, и Амму помог ему растереть их в мелкий порошок. Затем Джанаки принесла маринованное мясо. Арун смешал специи с говядиной, имбирной пастой, чесночной пастой, соком лайма, творогом, кориандром и листьями пудины. Он слоями выложил специи, наполовину сваренный рис и мясо в емкость, а сверху добавил слегка обжаренные орехи кешью и нарезанный лук. Арун плотно закрыл плиту и поставил ее на слабый огонь, чтобы бирьяни тушился.

На закуску у них был *веллаяппам* с тушеным мясом. "Бирьяни из говядины обладает уникальным вкусом", - сказала Амму во время еды. "Это квинтэссенция праздничного блюда Малабара", - добавил Арун. "Специи хорошо сбалансированы, и они не ухудшают вкус говядины", - заметила Амму. "Говядина - это освободитель и уравнитель", - прокомментировал Арун. "Это самая лучшая и дешевая питательная пища для миллионов индийцев. Далиты, племена, мусульмане, христиане и многие другие получают от этого удовольствие. Но элиты в UNP хотят запретить употребление говядины по всей Индии, подавляя свободу и равенство тех, кто ест говядину", - сказал Джанаки. "Употребление говядины придает обычным людям умственную и физическую силу, но властолюбцы из UNP ее не переваривают. Ультранационалисты хотят доминировать над большинством, ограничивая их пищевые привычки. Идеологическое господство приводит к физическому угнетению. Самосуд над коровами, насилие толпы, а также убийства и изнасилования женщин и девочек являются признаками этого господства и угнетения. Вот почему лидеры УНП молчат о самосуде над коровами. Молчаливо поддерживая фанатиков и фундаменталистов, УНП превратила себя в индийский талибан", - проанализировал Арун. "Первые поселенцы Индии были мясоедами, как и все остальные люди. Неотесанные арийцы, пришедшие из Малой Азии и напавшие на коренной народ Индии, были мясоедами, и употребление говядины продолжалось веками. Позже жрецы среди арийцев выдумали истории против употребления говядины в пищу, чтобы доминировать над большинством людей", - попытался изложить историческую точку зрения Джанаки.

"Говядина содержит много белка, и вам не нужно потреблять много пищи. Во время производства и потребления нет необходимости выбрасывать продукты питания", - добавила Амму.

"Те, кто утверждает, что они вегетарианцы, тратят впустую даже половину того количества пищи, которое кладут на свои тарелки, поскольку никто не имеет права тратить ресурсы впустую, даже если деньги принадлежат им", - сказала Амму.

"Я видел людей в Сингапуре, Южной Корее, Японии, Израиле, многих европейских странах и США, которые даже в ресторанах и на вечеринках не тратили впустую ни кусочка еды. Такова их культура, поскольку нет необходимости выбрасывать невегетарианскую пищу. В то время как в Индии большинство людей выбрасывают от сорока до семидесяти процентов пищи, которую кладут себе на тарелку, как будто расточительство вегетарианской пищи является частью их культуры или правом. Таким образом, настаивая только на вегетарианской пище, страна тратит впустую огромное количество приготовленной пищи", - категорично заявил Джанаки.

"Я был вегетарианцем, пока не поступил в Индийский технологический институт. Мой друг, Раман Намбудири, продемонстрировал преимущества употребления говядины. Он не мог позволить себе дорогую вегетарианскую еду, подаваемую в столовой. Итак, он начал готовить себе еду в своей маленькой комнате: много говядины, хлеба, яиц, молока и фруктов. Он мог оплатить менее трети стоимости еды в столовой, при этом всегда оставался здоровым и умным, а в кармане у него был остаток наличных, который его овдовевшая мать присылала ему каждый месяц. Я начал есть с ним не потому, что у меня не было денег, а потому, что я был убежден в положительных результатах его экспериментов и идеологии, лежащей в основе его действий. Я был удивлен, увидев огромное количество пищи, ежедневно выбрасываемой вегетарианцами без каких-либо угрызений совести в столовой. С тех пор как я присоединился к Raman, я всегда оставался здоровым и богатым и не чувствовал ни вины, ни стыда", - сказал Арун решительным голосом.

Джанаки от души рассмеялся. "До говядины не существовало касты или вероисповедания, класса или клуба, религии или языка, региона или провинции. Все равны. Все равны", - добавила она.

"В индийском контексте полностью вегетарианская диета предвзято относится к бедным, маргинализированным слоям населения и среднему классу, особенно к тем, кто занимается физическим трудом, женщинам и растущим детям. Они не могут позволить себе достаточное количество овощей и фруктов, поскольку они дорогие и менее питательные", - сказала Амму.

"Так называемые вегетарианцы, которые пьют коровью мочу и коровье молоко, потребляют сырую говядину каждый день, поскольку в каждом стакане молока и мочи содержатся миллионы свежих коровьих клеток. Также фактом является то, что ученые могли бы клонировать клетки, выделенные из коровьего молока и мочи, для получения здорового коровьего потомства. Жаждущая власти мафия среди УНП увековечивает миф о том, что употребление говядины в пищу - это грех. Басня угнетает миллионы и обращает их в рабство", - очень красноречиво объяснил научные факты Арун.

Убрав со стола и вымыв посуду, Арун и Джанаки отправились на избирательный участок, чтобы отдать свои голоса, в то время как Амму погрузилась в *"Просветление сейчас"* Стивена Пинкера. "Как поживает книга?" - спросил Джанаки, когда они вернулись. "Убедительно аргументировано и увлекательно", - ответила Амму. "Автор привел тысячи соответствующих фактов в доказательство своих аргументов. Факты могут помочь нам понять сложности социальной среды, и вместе с мотивацией, любовью, доверием, целеустремленностью и достоинством факты могут помочь нам вести счастливую жизнь", -

сказала Амму. "Я согласен с вами, профессор Майер", - добавил Арун. - Вот почему компьютеры не могут быть людьми. Они знают много фактов и могут анализировать и интерпретировать их статистически. Это голые кости, без какой-либо плоти или крови. Кроме того, у них нет внутренней мотивации к достижениям". "Люди разные", - сказал Джанаки, сидя на диване рядом с Амму. "От австралопитека до Homo sapiens эта мотивация достижения очевидна. В путешествии Homo sapiens, даже Homo neanderthalensis, Homo rudolfensis, Homo floresiensis или Homo Naledi мотивация была мощной силой".

"Человеческая мотивация основана на различных уровнях потребностей. На первом месте стоят биологические потребности, такие как еда и секс. Когда люди голодны, они способны на все и становятся каннибалами, как капитан, первый помощник и матрос с потерпевшей кораблекрушение Резеды летом тысяча восемьсот восемьдесят четвертого года. На двадцатый день, находясь в своей спасательной шлюпке далеко в Южной Атлантике, без всякой еды, капитан и еще двое человек убили юнгу Ричарда Паркера и съели его. Юнге было всего семнадцать лет. Компьютер не может убить кого-либо ради еды или секса", - объяснила Амму.

Арун и Джанаки посмотрели на Амму. "Секс побуждает всех животных, даже растения, к выживанию. Поскольку компьютер не может заниматься сексом с другим компьютером, выживание компьютера зависит от человеческих решений", - далее проанализировала Амму. "В противном случае компьютерам пришлось бы изобретать другое удовольствие, более высокое, чем секс, но такие попытки никогда не предпринимаются без мотивации", - сказал Джанаки. "В тот момент, когда человек ест и чувствует себя удовлетворенным, он или она думает о безопасности, а компьютер никогда не задумывается о такой возможности, потому что он не может мыслить независимо", - добавил Арун. "Мы, люди, делаем что-то, чтобы достичь чего-то и получить опыт. Мы хотим любить кого-то, доверять дорогому человеку и жертвовать собой ради других. У многих разные мотивации, и в любом случае, это мотивации", - объяснила Амму. "Существует сильный страх, что мощный искусственный интеллект может настигнуть людей, подчинить их себе и уничтожить", - сказал Арун. "Но у искусственного интеллекта нет потребностей, предназначения, задач или мотивации к достижению. Искусственный интеллект не заботится ни о себе, ни о других, поскольку у него нет собственной личности, индивидуальности, достоинства и удовлетворения от своих действий", - высказал мнение Джанаки. - Васко де Гама прибыл в Каликут, а Колумб высадился в

Северной и Южной Америке. Люди побывали на Луне, исследовали Марс и посмотрели на звезды. Но у искусственного интеллекта нет ни Малабара, ни Америк, ни звезд", - смеясь, сказала Амму. Арун и Джанаки рассмеялись вместе с ней. "Если бы люди могли создать мотивацию в искусственном интеллекте, который может расти и размножаться как цифровые люди, первоначальный толчок должен исходить от человеческого интеллекта", - сказал Арун. "Это возможно", - сказал Джанаки.

После недолгого размышления Амму сказал: "Мотивация - это побочный продукт миллионов лет эволюции, и ИИ не может приобрести ее за несколько лет. Только люди могут мотивировать искусственный интеллект в нынешней ситуации, что может потребовать многих лет экспериментов и исследований. Мы не можем просто предполагать, что произойдет в будущем, поскольку это зависит от нашей системы ценностей. Вслед за биологической потребностью эволюционировали системы ценностей, которые переплелись с нашими эмоциями и чувствами. Если создание цифрового существа оправдано, никто не может этого отрицать. Даже благосостояние общества не может отменить самостоятельное решение человека создать цифровое существо с мотивацией. Потому что это свобода, и это неизбежно. Никто не может отрицать свободу другого человека".

Потом они выпили кофе и перекусили, и Арун вышел. "Я вернусь к обеду", - сказал он Амму и Джанаки. - Профессор Майер, каждую неделю, когда он дома, вероятно, по четвергам и воскресеньям, Арун отправляется на поиски своего отца. Он занимается этим с тех пор, как мы поселились здесь", - сказал Джанаки Амму. Амму посмотрела на Джанаки. - Он много раз говорил мне, что скучает по своему отцу. Он скучал по фигуре отца и не имел возможности учиться у него. Когда ему было два года, его мать сказала ему, что нашла Аруна возле своей калитки. Она усыновила его и любила как своего собственного. Он тоже любит ее и говорит мне, что Малати Намбияр - его мать. Но есть пустота. Его отца, - сказал Джанаки.

"Детям, особенно мальчикам, нужен отец. Это страстное желание, которое длится до конца жизни", - добавила Амму.

- Арун ищет повсюду. В поисках своего отца он посещает чайные, рестораны, кинозалы, рыбные и овощные рынки, трудовые лагеря, трущобы, сельские районы, кладбища, крематории, пляжи, горные станции, сельскохозяйственные поля, промышленные предприятия и даже храмы, мечети, церквушки и дома престарелых и людей с ограниченными возможностями. Он мечтает о своем отце и просмотрел почти все муниципальные документы. К сожалению, он не знает имени своего отца, возраста или других подробностей, но у него есть его мысленный образ, и он думает, что, возможно, был похож на него. Арун уверен, что однажды он найдет его. Он пытается разработать приложение для поиска пропавших людей по образцам ДНК их детей. Он уверен, что добьется успеха", - объяснил Джанаки.

Амму снова погрузилась в размышления.

- А что насчет его матери? она спросила.

"Арун говорит, что он не скучает по своей биологической матери, потому что у него есть мать. Но он очень внимателен и уважителен ко всем женщинам, которых встречает. Он в каждом видит свою мать", - добавил Джанаки.

Амму и Джанаки обсуждали различные события и проблемы и наслаждались обществом друг друга. "Мы не знаем причины. Иногда мы влюбляемся в незнакомцев. Первое появление создает привязанность и глубоко личные отношения. Это глубокое чувство, но у него нет определения. Профессор Майер, Арун и я чувствуем то же, что и вы", - сказал Джанаки Амму. - Спасибо тебе, Джанаки, - сказала Амму. - Я тоже чувствую вечную близость с тобой. Это затрагивает мое существование, мои чувства и мои рассуждения. Вы двое стали неотъемлемой частью моей жизни".

В дверь позвонили. "Это Арун", - сказал Джанаки, когда его фотография вспыхнула на цифровом стекле двери. "Привет!" Джанаки поприветствовал Аруна. "Профессор Майер, я ищу своего отца, которого я никогда не встречал. Иногда мои родители могли оставить меня вдвоем из-за какой-то проблемы, и они могли уехать в отдаленное место. Но я скучаю по своему отцу, - сказал Арун, глядя на Амму. "Это естественно. Но я уверена, что когда-нибудь ты добьешься успеха", - ответила Амму.

Затем все они принялись готовить свой ужин. После ужина Амму, Джанаки и Арун уселись вокруг чайника на диване. Джанаки и Арун исполнили две песни Мохаммеда Рафи, а именно "*Кья Хуа Тера Вада*" и "*Бахарон Пхул* Барсао". Затем они попросили Амму спеть вместе с ними. Они пели "*Йех Дуния, Йех Мехфил*" и "*Хойя, Хойя* Чанд".

"У вас прекрасный голос, профессор Майер", - сказал Арун. "Пожалуйста, спой для нас песню", - умолял Джанаки Амму. Затем Амму спела песню Дидрика, и Джанаки с Аруном посмотрели на Амму с изумлением, как будто были совершенно загипнотизированы ее пением. "Это потрясающе, трогательно и в то же время душераздирающе, даже несмотря на то, что мы не понимаем языка", - сказал Арун.

Внезапно Арун и Джанаки подошли к Амму и сели по обе стороны от нее. Они взяли ее за руки и поцеловали.

"Большое вам спасибо, и давайте споем это вместе", - сказал Джанаки.

Они обхватили ее руками. "Мы так сильно тебя любим", - сказал Арун.

Затем Амму спела это снова, со слезами на глазах Джанаки и Аруна. "Профессор Майер, на следующей неделе мы отправляемся в Сингапур. В качестве введения, у нас есть проект по искусственному интеллекту с тамошним университетом", - сказал Арун. "Мы пробудем в Сингапуре три дня, а затем вернемся", - добавил Джанаки. "Раз в два месяца мы посещаем Сингапур, Южную Корею или Японию по официальной работе. Мы приглашаем вас присоединиться к нам во время нашего визита в Сингапур", - сказал Арун. "Мы немедленно оформим ваш паспорт и визу", - сказал Джанаки.

Амму посмотрела на них и сказала: "Мне бы понравилось путешествовать с вами, но я должна сдержать два обещания".

Последовало долгое молчание.

"Мы думали, ты останешься с нами навсегда", - сказал Джанаки.

"Я бесконечно благодарен вам обоим. Три дня, которые я провел с тобой, были золотыми. Я не знаю, как выразить свою благодарность за любовь и доверие, которые вы мне оказали. Вы оба всегда будете в моем сердце. Я уезжаю завтра утром", - сказала Амму.

Утром Амму была готова. Джанаки и Арун обняли Амму и расцеловали ее в щеки.

"Пока..." - сказала Амму и медленно вышла. Она планировала дойти до железнодорожной станции, расположенной примерно в двенадцати километрах отсюда, чтобы поехать в Тривандрум и встретиться с Адитьей, прежде чем вернуться и провести ночь с Рави на кладбище, как она ему обещала. Рави пообещал встретиться с Адитьей и его женой, и Амму хотела выполнить это обещание. Поезд был назначен примерно на семь вечера."

Амму шла, держа в руках свою маленькую сумку с парой платьев. Утреннее солнце грело приятно, и она гуляла целый час. На обочине дороги она увидела табличку: "Дом для брошенных женщин", и в течение пяти минут Амму стояла перед воротами, а затем вошла и закрыла ворота. Внушительных размеров старое здание находилось в хорошем состоянии, и его окрестности были чистыми. Там был сад, и Амму увидела в парке нескольких женщин среднего и пожилого возраста. Стоя возле сада, Амму наблюдала, как они подрезают растения и копаются вокруг. Там была Анна-Мария, но не в одеянии монахини. "Анна-Мария сильно изменилась", - сказала себе Амму. - Анна-Мария?.. - позвала Амму. Амму увидела, что Анна-Мария пристально смотрит на нее, и несколько минут стояла неподвижно.

- Профессор Майер! - крикнула Анна-Мария, подбегая к ней. Они долго крепко обнимали друг друга.

"Как ты?" - спросила Амму.

"Я в порядке. Как ты?" Ответила Анна-Мария.

Потом они сели вместе на ступеньки здания. - Я здесь уже восемнадцать лет. Я уже двадцать два года как не монахиня. Я покинула общину, поэтому я не являюсь членом "Дочерей Пресвятой Девы", - сказала Анна-Мария. "Когда ты пришел?" - спросила Анна-Мария. "Меня освободили четыре дня назад", - сказала Амму. Последовало долгое молчание. "Часто я чувствовала себя виноватой, так плохо. Мне не следовало водить тебя в ретритный центр и заставлять носить корону. Это было глупо с моей стороны. Я никогда не думала о последствиях", - сказала Анна-Мария. - Забудь об этом. Мы никогда не сможем вернуть то, что потеряли", - сказала Амму. "Ты прав. Бессмысленно думать о том, что уже произошло. Мы бессильны перед определенными силами", - прокомментировала Анна Мария. "Но сейчас ты работаешь, и это хорошо", - сказала Амму. - Мы сами это начали. Здесь моя первая спутница, такая же покинутая женщина, как и я. Я встретил ее на улице, когда выходил из монастыря. Она была беременна, как и я, и ей некуда было идти. Мы оба отправились в трущобы за железнодорожной станцией, где сняли лачугу. Мы там готовили и спали. Утром мы собирали отходы, пластик, старый металл, газеты и все, что попадалось под руку, и продавали это, чтобы заработать себе на жизнь", - рассказала Энн Мария.

Амму посмотрела на Анну Марию и увидела ее сияющие глаза. Она помнила ее активной и умной аспиранткой на своем курсе в университете. Ее полевой проект был лучшим.

"Это моя первая спутница, Сунанда". Анна-Мария сказала: "Мы начали это вместе", указывая на женщину в дальнем конце сада. "Сунанда -

самая старая, но все же активная", - подумала Амму. "Нас здесь сорок восемь человек, и Сунанда присматривает за кухней", - сказала Анна-Мария. - Когда ей было около сорока, муж выгнал ее из дома, чтобы жениться на женщине помоложе. Как и мне, ей некуда было идти, но она была на шестом месяце беременности, и мы встретились на улице. Она принимала роды первой, и у нее не было денег, чтобы поехать в родильный дом. Несколько женщин из трущоб помогли нам, но это был мертворожденный ребенок. Моя дочь появилась на свет через месяц", - добавила Анна-Мария. - Где она? - спросил я. - спросила Амму. - Анита со мной. Потом мы встретили еще двух женщин, которых все бросили, потому что они были старше. Они остались с нами, и наша семья росла. Нас стало одиннадцать, и на нашем прежнем месте мы пробыли около двух лет. Только четыре человека могли работать; остальные были больны или физически слабы. Однажды я нашел адрес немецкого фонда на клочках бумаги и написал им письмо. Вскоре я получил ответ с просьбой предоставить все подробности. Мы, одиннадцать женщин, немедленно зарегистрировали неправительственную организацию и назвали ее *Домом для брошенных женщин*. Два человека из Германии приехали к нам на встречу и долго беседовали. Они были так рады нашему проектному предложению. В течение трех месяцев все было готово, и они помогли нам арендовать это здание. Последние восемнадцать лет мы получали средства от Фонда Эмилии Стефан Майер для брошенных женщин. Они помогли нам приобрести это здание пять лет назад", - рассказала Энн Мария.

Амму слушала ее молча. "Теперь никто не сможет выселить нас отсюда. Это наше, - уверенно сказала Анна-Мария. "Чувства драгоценны, поскольку они зарождаются в сердце. Если вы обращаете на них внимание, они зеленеют, застаиваются и увядают, если вы их отвергаете. Они остаются частью жизни, если вы поливаете их любовью, и Анна-Мария делает то же самое, чтобы преодолеть горький жизненный опыт", - подумала Амму. Раздался звонок, извещающий всех о том, что обед готов. Амму заметила, что у них была большая трапезная и пять обеденных столов с пятью стульями с каждой стороны. В зале стояли два больших холодильника, кулеры для воды и вентиляторы. Еда была питательной. "У нас есть несколько коров, кроликов, свиней и небольшая птицефабрика, поэтому мы получаем достаточно яиц, мяса и молока для нашего потребления. Энн Мария сказала, что *Фонд Эмилии* очень щепетильно относится к поддержанию чистоты в помещениях и подаче здоровой и питательной пищи", - сказала Энн Мария. "Когда нет коррупции, кумовства или нарушений прав, жизнь становится более спокойной и счастливой", -

прокомментировала Амму. - Вы правы, профессор Майер. Большинство трагедий в человеческой жизни происходят из-за нарушений прав человека. Здесь у нас нет слуг, и мы сами делаем всю нашу работу. Среди нас нет иерархии, так как все равны. Мы наслаждаемся абсолютной свободой и испытываем настоящую справедливость. Мы не допускаем никакого внешнего влияния, религиозного или политического". Слова Анны-Марии были точны.

После обеда Амму присоединилась к остальным, чтобы вымыть посуду. Затем Анна-Мария представила Амму свою дочь Аниту.

- Аните двадцать один год, и она талантлива в живописи. Там есть выставочный зал, где вы можете посмотреть многие картины Аниты", - сказала Анна-Мария.

Затем она отвела Амму в угловую комнату на первом этаже здания. Анита сопровождала их. Амму была поражена, увидев картины Аниты. Все они были о женщинах — покинутых женщинах — и темы, цветовые сочетания и чувства на их лицах были великолепны. Они вызывали щемящее чувство в среде угнетения и порабощения и создавали правдоподобие в жизненных ситуациях, которые были пугающими и в то же время завораживающими. Но в каждой картине был какой—то луч надежды - не скрытый, не явный. Амму посмотрела на лицо Аниты. Она была тихой и настороженной. "Анита глухонемая, и ее умственный возраст составляет около двенадцати лет", - сказала Анна-Мария.

Несмотря на то, что Амму была шокирована, услышав, что сказала Анна-Мария, на ее лице не отразилось никакой реакции.

"Когда я была на пятом месяце беременности, меня выселили из монастыря. Мне некуда было идти. Мои родители умерли, и два моих брата не хотели, чтобы я жил в их домах. Мои родители были бедны, а две другие мои сестры были монахинями в монастырях Северной Индии. У меня не было активов, на которые можно было бы положиться", - сказала Энн Мария.

"Это был мучительный опыт. Я могу понять, - сказала Амму.

"Многие женщины испытывают это на себе. Монахини, выходя из монастырей, чувствуют себя нежеланными. Они всегда испытывали маргинализацию по отношению к основной массе католического общества. Живя заброшенными, они ведут жалкую жизнь, не обладая достоинством человеческого существования", - объяснила Анна Мария.

"Ты был и остаешься сильным человеком", - сказала Амму.

"Это были самые трудные времена в моей жизни, которые привели меня к формированию моих ценностей и приоритетов, и они помогли мне смотреть на жизнь такой, какая она есть", - сказала Энн Мария.

"Я согласна с тобой", - сказала Амму.

Воцарилась тишина.

"Сила женщин в основном зависит от системы ценностей общества. Женщине непросто противостоять сообществу, которое отрицает права женщин и игнорирует их равенство и справедливость", - объяснила Энн Мария. "Общество, в котором доминируют мужчины, не верит в достоинство женщин".

"Другие не верят женщинам, когда они говорят чистую правду; мужчины думают, что женщины не имеют права говорить правду, потому что для мужчин они являются хранителями истины", - сказала Амму.

"Это факт, что маргинализация, криминализация, сексуальная эксплуатация и изоляция являются оружием против женщин. Женщины сталкиваются с отчуждением и бессилием, особенно монахини, - основными проблемами, с которыми сталкиваются женщины среди католиков. Я отправился в Родительский дом с большими ожиданиями, и мой настоятель попросил меня помогать епископу в его ежедневных религиозных обязанностях с семи до десяти утра каждый день. Наша мать Кэтрин много лет помогала епископу, но мне пришлось выполнять ее работу в доме епископа, когда она заболела", - рассказала Анна-Мария.

"Будучи священником, епископ был основателем конгрегации "Дочери Пресвятой Девы". Как его создатель, он обладал абсолютной властью над нами. Он также был председателем всех органов, принимающих решения, и его слова были окончательными. Никто их не расспрашивал. Если бы вы сопротивлялись ему, ваша жизнь превратилась бы в ад. Он был известен как святой, и я тоже верил, что он был таковым. Я должен был быть в его кабинете к семи утра, чтобы присутствовать на его мессе, готовить ему завтрак на его личной кухне, примыкающей к его спальне, чистить его облачение и гладить его одежду. Мать Кэтрин делала все это в течение нескольких лет без каких-либо жалоб, и на самом деле ей было приятно это делать, поскольку она могла сопровождать его во всех его зарубежных поездках", - Анна Мария остановилась на минуту и посмотрела на Амму.

Ее глаза сияли, и в них не было ни следа страха или стыда. "Анна Мария, я понимаю проблему тотального доминирования мужчин над женщинами. Когда вы придаете мужскому доминированию духовное или политическое измерение, это становится ужасающим, и у женщин нет выхода из этого", - отреагировала Амму. "Дом епископа представлял собой большое двухэтажное здание. Главный офис епископа, зал собраний, зал для семинаров, главная часовня, конференц-зал, трапезная и около десяти комнат для гостей находились на первом этаже. В десять утра епископ обычно находился на первом этаже, посещая свои собрания, семинары и конференции. Он обедал, пил чай и ужинал в трапезной со священниками", - объяснила Анна-Мария. - Его личный кабинет находился на втором этаже, и он оставался там каждый день до десяти утра. Неписаное правило гласило, что его не следует беспокоить, потому что епископ был на молитве, утренней мессе и легком завтраке. Это был небольшой кабинет с примыкающей к нему спальней, а справа от спальни находилась его личная часовня, где он служил мессу, и никому не разрешалось входить туда, кроме человека, который помогал ему на ежедневной мессе. Я был назначен в канцелярию епископа, чтобы помогать ему на ежедневной святой мессе в семь утра. Его кухня была пристроена к небольшому помещению для стиральной машины и гладильных принадлежностей с левой стороны его кабинета. Мой первый день прошел довольно гладко, и епископ смеялся вместе со мной и отпускал много шуток. Он несколько раз похлопал меня по плечу, когда мы завтракали в его личной кухне-столовой", - сказала Энн Мария.

Посмотрев на нее, Амму сказала: "Энн, я могу себе это представить".

"В первый день, когда я вернулась в монастырь около десяти утра, мать Екатерина позвонила мне и спросила, как прошла моя работа с епископом. Я сказал ей, что все прошло хорошо, и она напомнила мне, что епископ был нашим основателем и председателем конгрегации. Она подчеркнула, что я должен подчиняться всем его словам, и я пообещал ей, что сделаю так, как она пожелает. На второй день, после святой мессы, я увидел через приоткрытую дверь, как епископ расхаживал голым по своей комнате, готовя кофе. Я был шокирован и подумал, что он, возможно, по ошибке оставил дверь приоткрытой. Когда он вышел на завтрак, он был полностью одет и настоял на том, чтобы я завтракала с ним ежедневно, как это делала мать Кэтрин с самого начала. Потом он захотел обнять и поцеловать меня, сказав, что я молода и красива". Анна-Мария остановилась на минуту, когда они поднимались по лестнице, ведущей в длинный коридор.

"На третий день, когда я гладил свою одежду, епископ подошел ко мне сзади и обнял меня, прижав ладони к моей груди. Затем он поцеловал меня в щеки".

Амму могла представить себе эту ситуацию. "Ты выглядишь умной и сильной, Энн", - сказал он. Я дрожал. Затем он встал рядом со мной и сказал, что через два года может отправить меня в любой европейский университет или в США для получения высшего образования. Затем он сказал, что хотел бы заняться со мной сексом. У матери Кэтрин не было никаких проблем. Он попросил меня рассмотреть его предложение и сообщить ему о моем решении на следующий день". Анна-Мария остановилась, помолчала и добавила: "Когда я вернулась в монастырь, мать Екатерина подозвала меня к своей постели и сказала, что епископ - святой, поэтому я должна повиноваться всем его словам. "Как наш основатель и председатель руководящего органа, он принимал решения о нашем становлении, образовании, переводе, карьере, финансовых ресурсах и всем, что связано с нашей жизнью. У нас не было других вариантов, и нам больше некуда было идти. Она снова попросила меня полностью повиноваться ему и делать то, что он мне сказал".

"Каждый день мне приходилось ходить в дом епископа, на свою работу. На четвертый день, после святой мессы, еще до завтрака, он силой отнес меня к себе в постель и дважды изнасиловал. Ему нравилось оставаться обнаженным передо мной, а я чувствовала себя потерянной, бессильной и несчастной. Я знал, что потерял свое достоинство и способность принимать решения. Я был пойман в ситуацию, из которой не было выхода, и мне некому было рассказать о своей боли. Епископ обнял, поцеловал и сказал мне, что я свежая и потрясающая, и что секс со мной был захватывающим переживанием. Затем он дал мне несколько таблеток, которые я должен был принимать каждый день, и предупредил, чтобы я никому их не показывал. В тот день он приготовил завтрак, а позже попросил меня сопровождать его, чтобы обратиться к детям во время подготовки к их первому святому причастию. Возвращаясь в монастырь, епископ попросил меня вернуться к нему домой на обед в главной трапезной с другими священниками, чтобы он мог представить меня им". Анна-Мария была очень откровенна.

Затем Амму медленно отреагировала: "Женщины теряют свою свободу, когда мужчины принимают за них все решения, даже их сексуальный выбор".

- В моем случае это было правдой. Вскоре я стала сексуальной рабыней епископа. Мои гениталии стали частной собственностью епископа".

В словах Анны-Марии звучала глубокая боль.

В течение месяца мать Екатерину перевели в другой женский монастырь в отдаленном уголке епархии. Перед уходом она позвала меня к себе в комнату и заплакала, сказав, что служила епископу более двадцати лет. Когда она стала немного старше, епископ отказался от нее.

"Женщина становится игрушкой в руках сексуальных маньяков", - сказала Амму.

"В тот день я должен был присутствовать на обеде с епископом и священниками в главной трапезной епископского дома. Все присутствующие относились к епископу как к святому, с глубоким почтением. Он представил меня другим, сказав, что я аспирант, очень хорошо учусь и планирую уехать за границу для получения докторской степени. Он гордился мной, поскольку я принадлежала к созданной им общине; таким образом, я была его духовной дочерью. Он сказал, что у меня будет светлое будущее в винограднике Господнем. Он напомнил им, что я каждый день помогал ему на святой мессе. Все священники и монахини из отдаленных мест хлопали в ладоши и высоко ценили епископа. Затем он сказал мне, что я поговорю со старшеклассниками о важности девственности и следовании за Пресвятой Девой в их повседневной жизни. На следующий день, лежа в постели, он сказал, что всем понравилась моя внешность, и поздравил его с тем, что он принял меня в свою общину".

"В определенные дни он насиловал меня, как только я приходила в его офис, и перед мессой. Много раз он целовал меня в губы во время святого причастия", - сказала Анна-Мария, всхлипывая.

"Анна Мария, у вас был самый мучительный опыт, и вы молча страдали. Я знаю, что тебе некуда было бежать, и если бы ты рассказала кому-нибудь о епископе, никто бы тебе не поверил, или никто не был бы готов поверить тебе, поскольку они считали, что ты, как женщина, не имеешь права обвинять мужчину. Невозможно победить власть, положение и деньги одновременно. Это все равно что сражаться против Бога, поскольку вам негде спрятаться и некуда убежать от него", - прокомментировала Амму.

Они оба спустились вниз и сели в саду. "Каждый день я беззвучно плакала. Мое одиночество стало моим бременем, и епископ приковал меня своей властью. Я знала, что он эксплуатировал меня день за днем, и секс был его развлечением. Через два года я поняла, что беременна, и сказала ему об этом. Епископ ответил, что мать Екатерина дважды беременела, несмотря на то, что регулярно принимала таблетки. Епископ сказал мне, что эмбрион можно прервать в больнице в пятистах километрах оттуда, и он знал там нескольких врачей. Я отказалась делать аборт. Затем, в монастыре, я сказала матери, что беременна, но не раскрыла причину беременности. В течение недели она попросила меня покинуть монастырь и закрыла передо мной его двери, и я оказалась на улице", - рассказывала Анна-Мария.

"Это показывает жестокость церкви. Здесь нет ни любви, ни милосердия", - отреагировала Амму.

Амму знала епископа Джорджа, когда он навещал ее отца, чтобы собрать наличные, пожертвования и подарки, в первые годы своего пребывания на посту епископа, вместе с Кэтрин, когда она была послушницей. Став монахиней, Кэтрин говорила о девственности, святости и необходимости подражать Пресвятой Деве. Амму вспомнила, что это было, когда она училась в старшей школе.

"Когда я оглядываюсь назад, я чувствую, что это была возможность вырваться из вечного сексуального рабства", - сказала Энн Мария, обнимая Амму.

- Профессор Майер, спасибо вам за то, что терпеливо выслушали меня. Я никогда не думал, что встречу вас, и всегда хотел рассказать вам свою историю. Я так долго ждал тебя. Теперь я чувствую себя лучше, и вы помогли мне снять этот жернов с моей шеи, чтобы уменьшить мою вину. Теперь я чувствую себя легче. Но я говорю вам, что католическая церковь - это мошенничество, а епископы, священники и монахини увековечивают это мошенничество". Слова Анны-Марии были резкими.

Амму поцеловала Анну-Марию в щеки и сказала: "Я желаю тебе всего наилучшего. Я люблю Аниту и ценю ее картины. Это учреждение изменило мое восприятие брошенных женщин. У них тоже есть своя жизнь. Вы доказали, что ваши способности предназначены для других, а их благополучие - для вас". Амму встала с цементной скамейки в саду и продолжила: "Мне нужно эволюционировать в лучшего человека, и этот процесс продолжается". Анна Мария ответила: "Я знаю, что когда ты преодолеваешь судьбу, ты становишься победителем".

"Когда вы видите других в себе, вы преображаете себя; когда вы видите себя в других, вы любите их. Анна-Мария, я люблю тебя, - сказала Амму.

- Профессор Майер, пожалуйста, не уходите, оставайтесь с нами. Будь одним из нас. У нас впереди прекрасная жизнь", - взмолилась Анна-Мария.

- Анна-Мария, мне нужно идти. Мне нужно сдержать два обещания", - сказала Амму.

"Я думала, ты останешься с нами навсегда", - сказала Анна-Мария.

"Прощай..." - сказала Амму, идя впереди.

Поезд прибыл вовремя, и поездка до Тривандрума была приятной. Рави пообещал ей, что однажды они встретятся с Адитьей и его женой, так как Амму раньше с ними не встречалась. Однако Рави так и не смог выполнить свое обещание, и после их свадьбы у них не было возможности встретиться. Теперь Амму хотела выполнить обещание Рави. Она вспомнила, как двадцать восемь лет назад они с Рави ездили в этот город. Около девяти утра Амму добралась до Тривандрума. Она села на автобус от железнодорожного вокзала до Срикарьяма, где жил Адитья. С автобусной остановки она подошла к его воротам. У входа было припарковано много автомобилей, а снаружи ждала огромная толпа, несколько полицейских контролировали толпу. Амму написала свое полное имя на листке бумаги, отдала его привратнику и велела ему сообщить Адитье, что его невестка пришла навестить его и ждет снаружи, чтобы встретиться с ним. Охранник попросил ее следовать за ним, и она направилась к главной двери. Когда охранник вошел внутрь, Амму осталась ждать снаружи.

Через некоторое время вместе с охранником пришла элегантно одетая женщина.

"Я Дженнифер, жена Адитьи", - представилась она, стоя на пороге.

"Я Амму". Дженнифер посмотрела на нее, и воцарилось долгое молчание. "Я невестка Адитьи", - пояснила Амму, стоя снаружи.

"Но Адитья никогда не говорил мне, что у него есть невестка", - ответила Дженнифер.

"Я хочу сказать, что Адитья - брат моего покойного мужа", - пояснила Амму.

- О чем ты говоришь? Насколько я знаю, у Адитьи нет брата, - в голосе Дженнифер звучало раздражение.

"Я пришла встретиться с Адитьей", - сказала Амму.

"Он полностью занят дискуссиями с политическими элитами. Вы не сможете встретиться с ним в течение следующих трех месяцев. Кроме того, вам нужно записаться на прием, прежде чем связаться с ним", - пояснила Дженнифер.

- Я понимаю, - сказала Амму, поворачиваясь, чтобы уйти.

- Не возвращайся и не тревожь его. Он не хочет ассоциировать себя с бывшими заключенными", - сказала Дженнифер.

Амму чувствовала себя униженной, и это было шокирующе. Но то, что она сказала, было правдой, подумала Амму.

"Охранник, заприте ворота и никому не позволяйте входить", - услышала Амму, как Дженнифер инструктирует охранника.

На железнодорожном вокзале Амму купила местную газету. В статье отмечалось: "Между Коммунистической партией и УНП ведутся серьезные дискуссии относительно формирования правительства. Коммунистическая партия имеет шестьдесят восемь мест, Конгресс - шестьдесят шесть, а УНП - шесть из ста сорока. Без поддержки УНП никакое формирование правительства невозможно. Коммунистическая партия и Конгресс пытаются привлечь УНП в свои ряды. Позиция УНП прочна, и она может присоединиться либо к Коммунистической партии, либо к Конгрессу. Конгресс предложил УНП пост заместителя главного министра и дополнительную должность в правительстве. Доктор Бхат обсуждает эти события в их резиденции с Адитьей и его женой Дженнифер.

Был ночной поезд, и Амму прождала на вокзале до десяти. На следующий день она добралась до города, откуда хотела отправиться на кладбище, где спал Рави. Она села на автобус, проезжавший через дом уединения, и когда она приехала, Амму увидела большую толпу, и все дороги были перекрыты из-за того, что там собрались тысячи и тысячи людей. Водитель автобуса попросил всех пассажиров выйти там, поскольку автобус не мог проехать дальше, так как дорога была непроходимой из-за праздничных мероприятий, связанных с домом отдыха. Амму могла видеть большие транспаранты возле церкви: *"Папа объявляет о. Эпен святой", "Церемонии в Ватикане", "Святой Эпен, молись за нас, грешных", "Святой Эпен, почитатель Пресвятой Девы"* и *"Святой Эпен принял мученическую смерть, защищая целомудрие и девственность"*. Амму потребовался почти час, чтобы пройти мимо толпы, и в углу она увидела еще один плакат: *"Почетный епископ Преп. Доктор Джордж, Живой Святой, будет руководить Молитвами, Несмотря на то, что Он очень Стар".*

И снова Амму целый час шла пешком, чтобы добраться до маленького городка. Она поехала на автобусе на кладбище. С автобусной станции она подошла к могиле, где спал Рави. Когда стемнело, Амму опустилась на колени перед могилой, поцеловала ее и засвидетельствовала свое почтение.

"Рави Стефан..." - сказала она. - Я вернулся, как и обещал. Позволь мне поспать с тобой, и вот мое сердце, которое я люблю хоронить вместе с тобой", - сказала Амму, простираясь ниц на вырытой могиле.

"Рави, я хочу поделиться с тобой радостной новостью. Я познакомился с нашим Теджасом, и, как и вы, он хороший человек, очень успешный и предприимчивый. У него есть любящая, образованная и очаровательная спутница жизни. Ты будешь счастлива познакомиться с ними, - пробормотала Амму так, словно делилась секретом.

Она слышала, как Рави разговаривал с ней.

Внезапно Амму почувствовала себя так, словно они с Рави плывут в маленьком каноэ по океану и вместе путешествуют в далекие страны на дни, месяцы и годы, где свет и тьма танцуют до бесконечности. К своему удивлению, Амму увидела, что *Каттерн* прыгает по обе стороны каноэ. Она пела песню Дидрика в каждой гавани и слышала голос Рави; он пел вместе с ней. Временами Амму была Гаутамой, а Рави - ее Говиндой.

Амму увидела Эмилию с раскрашенным лицом в отдаленном порту, одетую *в* костюмы Тейяма, а Стефан Майер был Кативануром Веераном. Они обходили различные *Кааву*, и люди толпились вокруг них с факелами, чтобы посмотреть, как они исполняют *Тейям*, но они были с Амму и Рави, что было загадкой. Находясь в каноэ, в глубоком море, Амму сняла с себя одежду и осталась обнаженной. Ее тело стало единым целым со светом далеких звезд, как будто она обнимала Рави и сливалась с ним в вечном объятии. Они были стары, но оставались молодыми. Амму протянула руки, как будто была на кресте, и Рави обнял ее. Он повсюду носил ее с собой; куда бы они ни пошли, она могла видеть око Бога, такое же огромное, как небо, и океан был внутри ока. "Я - женщина", - трижды громко крикнула Амму, и в ее крике отразились боль и мучение, печаль и стыд, отчаяние и надежда, жизнь и смерть. Затем Амму переспала со своим возлюбленным Рави на целую вечность.

Через месяц муниципальные служащие отправились на кладбище, чтобы похоронить брошенное тело. Они обнаружили сильно разложившийся труп между большим валуном и остатками древнего дерева. Тело было обнажено. Они не смогли доставить тело в местный морг для обследования и верификации, поэтому на кладбище был вызван врач, чтобы подтвердить причину смерти и установить пол и возраст умершего. Врач определил, что смерть наступила в результате естественных причин и что останки принадлежали женщине в возрасте от шестидесяти до шестидесяти пяти лет. Но он не заметил старого скелета, обнимавшего разложившееся тело снизу.

Поскольку труп находился в провалившейся могиле, муниципальный служащий приказал своим рабочим не рыть еще одну погребальную яму, а засыпать разлагающееся тело рыхлой грязью. Перед похоронами рабочие в знак уважения накрыли его старыми газетами, чтобы земля не попала прямо на труп. Внезапно офицер, руководивший работами, прочитал вслух крупные буквы на таблоиде: "Доктор Бхат принес присягу в качестве главного министра, а Адитья - его заместитель. Политологи предсказывают, что доктор Бхат станет премьер-министром в течение пяти лет".

ОБ АВТОРЕ

Варгезе В Девасия - бывший профессор и декан Института социальных наук Тата в Мумбаи и глава Института социальных наук Тата в кампусе Тулджапура. Он также был профессором и директором Института социальной работы MSS при Нагпурском университете, Нагпур.

Он получил сертификат о достижениях в области правосудия в Гарварде, диплом по праву прав человека в Национальной юридической школе Индийского университета Бангалор, окончил философский факультет Колледжа Святого Сердца в Шенбагануре, получил степень магистра социальной работы в Институте социальных наук Тата в Мумбаи, степень магистра социологии в Университете Шиваджи в Колхапуре и Степень магистра права, MPhil и PhD в Нагпурском университете. Он опубликовал множество научных справочников по криминологии, управлению исправительными учреждениями, виктимологии, правам человека, социальной справедливости, исследованиям с участием общественности и исследовательским статьям в рецензируемых национальных и международных журналах.

Он является автором антологии рассказов "*Женщина с большими глазами*", изданной лондонским издательством "Олимпия Паблишерс". Издательство "Укието Паблишинг" опубликовало два его романа "*Амайя-Будда*" и "*Обет безбрачия*". Издательство "Белый сокол" опубликовало его художественную повесть "*Молчание узника*". Издательство Mulberry Publishers, Каликут, опубликовало его повесть на малаяламе "Дайватинте *манасум Куришутхакартхаванте Кудавум*". Он живет в Кожикоде, штат Керала.

Электронная почта: *vvdevasia@gmail.com*

www.ingramcontent.com/pod-product-compliance
Lightning Source LLC
LaVergne TN
LVHW091713070526
838199LV00050B/2381